Dana Lukas
Weihnachtschaos auf vier Hufen

PIPER

Zu diesem Buch

»Was war das? Dieses Tier vor mir war zwar groß wie ein Hund, doch sein Fell sah aus wie bei einem Schaf. Davon abgesehen hatte es mehr Ähnlichkeit mit einem Pferd. Einem sehr kleinen Pferd. Einem Pony. Einem sehr, sehr kleinen Pony. Und was machte dieses kleine Pony auf meinem Grundstück? Nun: Es fraß. Es fraß sich durch meinen Garten. Das war offensichtlich. Die letzten Grashalme, die noch nicht im herbstlichen Schlamm versunken waren, genauso wie die letzten Blätter von den Sträuchern.«
Als Hilde Püppilotta erstmals in ihrem Garten entdeckt – und erfolglos zu verjagen versucht – ahnt sie noch nicht, dass dieser kleine Vierbeiner ihre Welt komplett auf den Kopf stellen wird. So ein Weihnachtsfest hat sie noch nie erlebt …

Dana Lukas ist das Pseudonym einer tierbegeisterten Schriftstellerin aus dem Ruhrgebiet, die sich für ihren Roman von einem Shetty mit dem zauberhaften Namen Zinderella inspirieren ließ.

Dana Lukas

Weihnachtschaos auf vier Hufen

Roman

PIPER

Mehr über unsere Autorinnen, Autoren und Bücher:
www.piper.de

Wenn Ihnen dieser Roman gefallen hat, schreiben Sie uns unter Nennung des Titels »Weihnachtschaos auf vier Hufen« an *empfehlungen@piper.de*, und wir empfehlen Ihnen gerne vergleichbare Bücher.

Von Dana Lukas liegen im Piper Verlag vor:
Weihnachtszauber mit Alpakas
Eichhörnchenglück
Weihnachtschaos auf vier Hufen

Originalausgabe
ISBN 978-3-492-32156-3
Oktober 2025

Für direkten Kontakt und Fragen zum Produkt
wenden Sie sich an: *info@piper.de*
Redaktion: Hanna Bauer
Umschlaggestaltung: zero-media.net, München
Umschlagabbildung: FinePic®, München
Satz auf Grundlage eines CSS-Layouts von
digital publishing competence (München) mit abavo vlow (Buchloe)
Druck und Bindung: CPI books GmbH, Leck
Printed in the EU

Für die kleinsten Pferde
mit der größten Persönlichkeit

Eins

»Was machst du?«

»Ich suche.«

»Und was suchst du, Hilde?«

Ich musste Werner nicht ansehen, um zu wissen, dass er nicht von seiner Zeitung aufschaute, während er am Küchentisch saß und mit mir sprach. Das machte er jetzt immer so. Als wäre mit seiner Rente plötzlich jede Nachricht von irgendwo auf der Welt so wichtig, dass man keine Sekunde den Blick davon heben konnte. Fast zwei Stunden brachte er täglich damit zu, blätterte eine Seite nach der anderen um, las wahrscheinlich jeden einzelnen Buchstaben und trank dazu genau zwei Tassen Kaffee mit genau vier Schlucken Milch.

Anfangs hatte ich darüber noch geschmunzelt, inzwischen war mir das Lachen allerdings vergangen.

Wenn ich erst in Rente bin, das war sein Lieblingssatz gewesen. Über vierzig Jahre hatte ich mir den angehört, in einer Endlosschleife. Wenn ich erst in Rente bin. Stunden hatte er damit verbringen können, darüber zu erzählen, was er alles tun und lernen und wissen würde, wenn er nicht mehr arbeiten musste.

Dann werde ich endlich Golf spielen. Dann werde

ich mehr Fahrrad fahren. Dann werde ich Mandarin lernen. Dann fange ich an zu töpfern. Dann belege ich ein Wochenendseminar Buchdruck. Dann zeichne ich in der Natur. Dann besuche ich Vorträge über Weinanbau. Dann lese ich jeden Morgen in Ruhe meine Zeitung.

Wie hätte ich ahnen sollen, dass er all das auch tatsächlich tun würde?

Oft war Werner jetzt sogar noch seltener da als früher. Weil er irgendwelche Volkshochschulkurse besuchte. Weil er angeln wollte. Weil er dringend ein paar Bahnen schwimmen musste. Oder er war da, hatte aber was vor. Briefmarken sortieren zum Beispiel. Die Garage auf Vordermann bringen.

Auch jetzt lag wieder ein aufgeschlagenes VHS-Kursheft im Wohnzimmer. Jedes Eselsohr markierte eine von Werners neuen Leidenschaften und sollte mir zeigen, dass er ein viel besserer Rentner war als ich.

Werners Eltern waren früh gestorben, und er hatte für seinen jüngeren Bruder sorgen müssen. Oft hatte er erzählt, wie gerne er weiter zur Schule gegangen wäre, vielleicht das Abitur gemacht und dann studiert hätte.

»Ich wollte immer lernen«, erklärte er oft. »Mich hat alles interessiert. Aber ich musste in Lohn und Brot. Alles andere konnten wir uns nicht leisten.«

Mit vierzehn hatte Werner bei der Bundespost angefangen, erst als Postbote, später am Schalter, schließlich im Büro.

»Ich hab mich hochgearbeitet.« Das betonte er noch immer gern. Dabei stellte er sich besonders gerade hin, die Schultern zurück. Früher war er mir dadurch größer vorgekommen. Er war stolz darauf. Ich war stolz darauf. Aber ich fand, dass es auch lange her war. Seit letztem Jahr arbeitete er nicht mehr, ein neuer Lebensabschnitt hatte begonnen.

Jetzt hatte er Zeit für Hobbys.

Und ich? Ich hatte nichts.

»Du kümmerst dich gern.« Das sagten alle. Meine Kinder. Unsere Bekannten. Werner. »Du kümmerst dich eben gern.«

Früher war ich mal Assistentin der Geschäftsführung bei einem großen Versicherungsunternehmen, aber das lag so weit zurück, dass ich es manchmal selbst vergaß.

»Warst du nicht die rechte Hand des Chefs?« Wenn ich das auf einer Feier gefragt wurde, war ich überrascht.

»Ja, schon«, sagte ich dann, »damals, aber ... nein, eigentlich nicht.«

Nach den Kindern, unseren Töchtern Elisa und Merle, die beide inzwischen weit über dreißig waren und natürlich längst nicht mehr zu Hause wohnten, wollte ich ursprünglich in meinen alten Beruf zurück. Das war der Plan gewesen. Ich hatte extra einen Abendkurs besucht, aber in der Zwischenzeit hatte sich viel geändert, und alles wurde plötzlich mit Computern erledigt. Für jemanden wie mich hatte man keine Verwendung mehr. Deshalb fing ich bis zur Rente vor einigen Jahren zwar wieder bei der Versicherung an, aber natürlich nicht auf meiner alten Stelle.

»Das geht nicht, Frau Gildemeister. Sie waren so lange raus und haben nichts gemacht. Die Welt hat sich weitergedreht. Alles ist jetzt ganz anders als früher. Das verstehen Sie doch, oder?«

Also bekam ich die Aufgaben, die niemand erledigen wollte. Und ich eigentlich auch nicht.

»Ich suche deine Golfbälle«, rief ich Werner nun zu, während ich noch immer in der Abstellkammer kramte.

»Warum suchst du meine Golfbälle?«

Übertrieben laut schob ich eine der Weihnachtskisten zur Seite, die noch immer unausgepackt in der Ecke standen, obwohl in fünf Tagen bereits der erste Advent war. Ich verrückte Dosen, raschelte mit Papiergirlanden in Sternchenform, als könnten die Golfsachen wirklich hier sein. »Weil die Tennisbälle keine gute Idee waren«, sagte ich.

»Wofür?«

»Um den Hund zu verjagen«, erwiderte ich.

»Welchen Hund?«

»Kowalskis Hund natürlich.«

»Aha«, machte er nur.

»Der kommt ständig durch das Loch im Zaun, verrichtet sein Geschäft auf dem Rasen und gräbt den gesamten Garten um. Dabei bin ich gerade dabei, meine Pflanzen winterfest zu machen. Außerdem habe ich vor ein paar Wochen ganz viele Blumenzwiebeln gesetzt, damit es im Frühling wieder richtig schön blüht.

Aber er macht alles kaputt. Weißt du noch, wie schön bunt es dieses Jahr bei uns war?«

»Jaja.«

Ich streckte den Kopf aus der Abstellkammer und schaute auf eine Wand aus bedrucktem Papier, hinter der Werner vollständig verschwunden war. Nur seine Hand schob sich seitlich kurz heraus zu seiner Tasse, er griff danach, nahm hinter der Zeitung einen Schluck und stellte sie anschließend zurück. Einen Moment starrte ich auf das eng bedruckte Papier, als könnte ich Werner dahinter erkennen.

Er hatte mich längst wieder vergessen.

»So kann das nicht weitergehen. Oder, Werner?«, fügte ich hinzu.

»Hm.«

»Wegen dieses Störenfrieds komme ich nie dazu, irgendetwas für Weihnachten vorzubereiten. Ich habe noch keine Deko ausgepackt und nichts aufgehängt.« Wie zum Beweis wies ich auf die leeren Fenster. »Noch nicht einmal Plätzchen habe ich gebacken. Geschweige denn Geschenke gekauft. Weil ich die ganze Zeit nur damit beschäftigt bin, diesen Hund aus unserem Garten fernzuhalten.«

Wieder kam keine Reaktion.

»Dabei habe ich normalerweise um diese Zeit schon alles fertig geschmückt.« Ich machte eine kurze Pause. »Dem Kowalski habe ich das schon tausendmal gesagt. Er muss endlich den Zaun reparieren. Und seinen Hund erziehen. Die Leute müssen wirklich ihre Tiere besser erziehen.«

»Hm.«

»Ich habe schon überlegt, die Polizei zu rufen. Oder die Feuerwehr. Vielleicht könnten sie den Hund mit Pfefferspray ansprühen. Oder mit Tränengas. Oder einem von diesen Wasserwerfern.«

»Klingt gut, klingt gut.«

»Vielleicht könnte auch ein Hubschrauber kommen und über dem Haus kreisen und den Hund mit Scheinwerfern und Lautsprecherdurchsagen verscheuchen. Meinst du, das würden sie tun?«

»Sicher, sicher.«

»Du hörst gar nicht zu, Werner«, sagte ich vorwurfsvoll.

»Doch«, behauptete er.

»Worüber habe ich gesprochen?«

»Darüber, dass du Tiere hasst.«

»Ich hasse Tiere nicht«, widersprach ich. »Ich hasse Tiere nicht«, wiederholte ich, als Werner nicht reagierte.

»Wie du meinst«, brummte er durch die Zeitung zurück.

Einen Moment überlegte ich, ob ich mit ihm noch weiter darüber diskutieren sollte. Doch das führte zu nichts. Deshalb fragte ich stattdessen: »Und wo könnten sie sein?«

»Wer?«

»Deine Golfbälle.« Ich seufzte.

»Weiß nicht«, erwiderte er, und dann, als wäre es ihm doch noch eingefallen: »Flur.«

Nicht einmal mehr ganze Sätze.

Ich runzelte die Stirn. »Was machen sie im Flur?«

»Ich gehe später golfen. Mit Roberto.«

»Heute?«

»Deshalb sage ich *später*«, gab er zurück.

»Du warst doch erst gestern golfen.«

»Man kann mehrmals in der Woche golfen, Hilde«, klärte er mich auf, mit diesem oberlehrerhaften Tonfall, obwohl er nie Lehrer gewesen war.

»Das weiß ich. Aber wollt ihr wirklich bei diesem Wetter golfen?«, fragte ich und wies zum Fenster hinaus, wo es mal wieder ohne Unterlass regnete.

So ging das schon seit Tagen. Es war kalt und nass und einfach ungemütlich. An weiße Weihnachten war nicht zu denken. Das passte genau zu meiner Stimmung, die auch noch so gar nicht weihnachtlich war.

»Wir feilen an unseren Abschlägen.«

Belustigt hob ich die Augenbrauen. »Ihr *feilt* an euren Abschlägen?«

»Das kann man bei jedem Wetter«, erwiderte Werner ernst, als hätte er meinen Tonfall nicht bemerkt. Bevor ich noch etwas sagen konnte, blätterte er demonstrativ und mit lautem Rascheln die Seite um.

Ich warf ihm einen letzten Blick zu, den er nicht bemerkte, dann drehte ich mich um und ging in den Flur. Dort stand die viel zu große Golftasche. Es hatte gleich das Profimodell sein müssen. Mit jeder Menge Schnickschnack. Und zu teuer. Vor allem dafür, dass Werner kompletter Anfänger war, das Golfspielen in ein paar Wochen wahrscheinlich schon wieder satthaben würde und der Winter vor der Tür stand.

Ich kramte ziellos in der Tasche herum, die viel zu viele Fächer hatte, um irgendwas zu finden, ehe ich hinter einem der vielen Reißverschlüsse gleich mehrere Bälle entdeckte. Außerdem nahm ich einen Schläger und zog meine Winterjacke an.

Als ich zurück in die Küche kam, blieb ich kurz in der Tür stehen, mit den Bällen und dem Schläger in der Hand. Damit Werner mich sehen konnte. Ich räusperte mich sogar. Doch er machte sich erneut nicht die Mühe, von der Zeitung hochzuschauen, deshalb sagte ich: »Ich bin dann jetzt draußen.«

»Ist gut.«

»Und beschieße den Hund mit den Golfbällen.«

»Viel Spaß.«

Ich zögerte und wollte Werner eine letzte Chance geben, aber als er schweigend weiterlas und mich offenbar schon komplett vergessen hatte, stapfte ich schließlich mit großen Schritten hinaus.

Auf der Terrasse blieb ich einen Moment in der kühlen Novemberluft stehen. Der trommelnde Dauerregen hatte sich ein wenig abgeschwächt. Doch noch immer fielen aus den tief hängenden, dunkelgrauen Wolken einzelne Tropfen, deshalb zog ich mir die Kapuze über und schlug den Kragen hoch.

Werner und ich wohnten in einer Siedlung aus kleineren Einfamilienhäusern am Rande des Ruhrgebiets, früher gemeinsam mit unseren beiden Töchtern, dann kurzzeitig mit Werners Bruder Alfred, seit dessen Tod vor zwei Jahren jedoch allein. In der näheren Umgebung gab es einige wenige Geschäfte und Lokale, die sich selten lange hielten, weil dafür die Kundschaft fehlte. Für alle größeren Erledigungen brauchte man das Auto, und für Kino, Restaurants und Co. musste man ohnehin in die Stadt fahren. Früher hatte ich mich dazu manchmal aufgerafft, aber inzwischen fehlte mir oft die Kraft. Ich hatte auch niemanden, mit dem ich hätte gehen können. Denn bis auf Rim lebte keine Freundin in meiner Nähe. Und Werner verbrachte seine Zeit ja lieber ohne mich.

Am Ende der verkehrsberuhigten Straße begann bereits beinahe schon das Land, mit einer großen Parkanlage, Wald, Feldern und Bauernhöfen.

Die Nachbarschaft war auf eine distanzierte Art nett. Wenn man sich zufällig traf, grüßte man sich und hielt vielleicht mal ein kleines Schwätzchen. Hin und wieder half man sich auch mit etwas Zucker aus. Aber davon abgesehen blieben alle für sich, innerhalb ihrer sorgfältig umzäunten Häuser mit den gleichförmigen Gärten, und kümmerten sich um ihre Angelegenheiten.

Eigentlich hatte ich mit niemandem von ihnen Probleme. Einzige Ausnahme war Kowalski mit seinem Grundstücksgrenzen ignorierenden Hund.

Nach Letzterem hielt ich auch jetzt Ausschau und dachte erst, er hätte sich bereits wieder aus dem Staub gemacht. Aber nein. Da war er. Hinter dem Baum. Ha! Der würde jetzt sein blaues Wunder erleben.

Anfangs hatte ich versucht, das Tier durch Rufen und Schreien zu vertreiben. Ich hatte laut in die Hände geklatscht und mit Geschirrtüchern gewedelt, sogar einen Besen geschwungen. Ich hatte mit Töpfen und Pfannen geklappert. Alles umsonst. Dieser Hund war unerschreckbar. Und er kam immer wieder.

Die Sache mit den Tennisbällen war nicht die beste Idee gewesen. Das hatte ich inzwischen verstanden. Ich kannte mich nicht gut mit Tieren aus, mit Hunden schon gar nicht. Es gab ein Foto von mir als kleinem Mädchen neben einem Schäferhund. Man hatte mich neben ihn gestellt, für das Foto, vielleicht meine Mutter, vielleicht mein Vater, vielleicht eine meiner übergriffigen Tanten. Ich wusste nicht einmal mehr, von wem der Hund eigentlich war. Ich wusste nur, dass ich weinen musste, weil ich Angst hatte und nicht so dicht neben diesem großen Tier stehen wollte, das mir nicht geheuer war. Die Fotografie war schlecht, sehr unscharf, aber ich erkannte darauf noch die Tränen. Werner hatte sie nie gesehen. Und kurz nach dem Foto hatte mich der Hund gebissen, nicht doll, nur in den Oberschenkel gezwickt. Seitdem hielt ich mich von Hunden fern.

Aber ich hasste Tiere nicht. Das war Unsinn.

Nur weil ein Mensch Angst vor Hunden hatte oder es nicht in Ordnung fand, wenn einer von ihnen mehrmals am Tag unerlaubt durch den Zaun auf ein fremdes Grundstück kam und den gesamten Garten umpflügte, der viel Arbeit machte, und Blumen zerstörte, die viel Geld kosteten, hasste er oder, in meinem Fall, sie dann Tiere?

Dennoch musste ich zugeben, ich hätte selbst darauf kommen können, dass man mit fliegenden Tennisbällen keine Hunde verjagen konnte. Das Tier hatte wahrscheinlich gedacht, ich wollte mit ihm spielen, denn es war sogar auf mich zugelaufen, um mir den Ball zurückzubringen. Eindeutig hatte es Spaß gehabt. Ich nicht. Erschrocken war ich in die Küche geflüchtet und hatte die Tür hinter mir zugedrückt und gewartet, bis der Hund endlich verschwunden war.

Doch Golfbälle waren anders. Sie sprangen nicht lustig auf und ab. Sie waren nicht weich, wenn man darauf herumkaute. Außerdem gefiel mir der Gedanke, dass ich dafür Werners geliebtes Golf-Equipment irgendwo im Garten versenkte.

Ich wollte den Hund nicht verletzen. Nicht wirklich. Aber er sollte es sich zweimal überlegen, bevor er erneut in meinen Garten kam und meine schönen Beete in eine riesige Kraterlandschaft verwandelte. Dafür schienen mir Golfbälle das richtige Mittel zu sein.

Noch ahnte der Hund nichts und streifte arglos im hinteren Teil des Gartens über den matschigen, von großen Pfützen bedeckten Rasen. Ich sah sein helles Fell zwischen den Baumstämmen.

Würde ich es schaffen? Ich legte eine der kleinen weißen Plastikkugeln auf den Terrassenboden, nahm den Griff in beide Hände und machte mich bereit. Wenn der Hund nur ein Stück weiter nach rechts kommen würde, hatte ich freie Schussbahn.

Ich wartete. Ich lauerte. Dann endlich. Das Tier kam zwischen den Bäumen hervor.

Ich griff den Schläger fester. Noch ein Blick zum Ball. Ein Blick zu meinem Ziel. Ich wollte gerade ausholen, als ich erstarrte.

Was war das?

Das Tier vor mir war zwar groß wie ein Hund, doch sein Fell sah aus wie bei einem Schaf. Davon abgesehen hatte es mehr Ähnlichkeit mit einem Pferd. Einem sehr kleinen Pferd. Einem Pony. Einem sehr, sehr kleinen Pony.

War das möglich? Gab es so etwas überhaupt? Seit wann hatte Kowalski ein sehr, sehr kleines Pony? Und was machte dieses kleine Pony auf meinem Grundstück?

Zumindest die letzte Frage konnte ich beantworten: Es fraß. Es fraß sich durch meinen Garten. Das war offensichtlich. Die letzten Grashalme, die noch nicht im Schlamm versunken waren, genauso wie die letzten Blätter von den Sträuchern.

»Schscht«, machte ich so laut ich konnte. »Schscht.«

Das Tier hob nicht einmal den Kopf.

Ich wusste nicht viel über Pferde. Nur, dass sie groß waren. Viel zu groß. Und sie hatten riesengroße Füße und riesengroße Zähne. Als junges Mädchen hatte ich auf einem von diesen Ungetümen gesessen, im Urlaub, irgendwo am Meer. Einem Kutschpferd, das den ganzen Sommer über Tag für Tag Eltern mit ihren Kindern durch die Gegend gezogen hatte.

»Meine Tochter würde so gerne mal auf dem Pferd sitzen«, hatte mein Vater behauptet.

Keine Ahnung, wieso er das dachte. Ich hatte nie etwas in der Richtung gesagt. Aber kurzerhand hatte man mich gepackt und oben auf den Rücken dieses unfassbar großen Tieres gesetzt. Ich hatte nicht geweint, war eher wie erstarrt gewesen und hatte mich nicht getraut, mich zu bewegen, weil ich Angst hatte, ich könnte herunterfallen oder aufgefressen werden. Immerhin war in diesem großen Maul mit den großen Zähnen eine ganze Möhre verschwunden. Einfach so.

Als man mich wieder heruntergeholt hatte, musste ich einfach gegangen sein, wortlos, so hatten es mir mein Vater erzählt und es wohl witzig gefunden. Daran konnte ich mich nicht erinnern. Überhaupt konnte ich mich an nicht viel mehr erinnern als an die erschreckende Größe des Pferdes. Ich wusste allerdings noch, dass der Besitzer des Pferdes, der Kutscher, eine Peitsche dabeigehabt hatte, um das eher gemütliche Tier vorwärtszutreiben.

Der Golfschläger hatte damit nicht unbedingt Ähnlichkeit, aber es würde schon gehen, deshalb nahm ich ihn, zog die Kapuze tiefer ins Gesicht und stapfte langsam über die nasse Wiese in Richtung des Ponys, den Stiel vor mich haltend wie eine Lanze. Es schien mich bisher nicht bemerkt zu haben, bewegte nur einmal kurz die Ohren, graste aber ansonsten friedlich vor sich hin. Mit den Lippen suchte es den Boden ab und fand jeden noch so kleinen Halm. Dunkel erinnerte ich mich daran, dass man niemals von hinten an ein Pferd herantreten sollte, weil sie ausschlagen konnten, obwohl das Tier immer weniger wie ein richtiges Pferd aussah, je näher ich kam. Trotzdem lief ich so, dass ich seitlich von ihm blieb.

Manche Dinge werden größer, wenn man sich ihnen nähert. Dieses Tier jedoch schien mir eher noch zu schrumpfen. Außerdem war es sehr dick. Eine goldfarbene Fellkugel auf vier kurzen Beinen. Das traf es wohl am besten. Der große, runde Bauch wirkte wie aufgeblasen. Wilde, blonde Haare standen zu allen Seiten ab, dicht wie ein Schafpelz. Unter dem zotteligen Schopf waren die großen Augen kaum zu erkennen, aber es schien, als hätte es diese halb geschlossen, während es sich genüsslich durch meinen Garten mampfte und offenbar nicht gewillt war, sich dabei von mir stören zu lassen.

»Hey, du«, rief ich ihm deshalb zu, während ich auf das Tier zuging, immer in sicherem Abstand. Unterstützend schwang ich Werners Schläger.

Das Pony reagierte nicht.

»Mach, dass du dahin zurückkommst, wo du hergekommen bist. Na los.«

Immer noch nichts.

Ich fuchtelte stärker. Bewegte den Schläger durch die Luft. Ohne Erfolg. Das Tier drehte nicht einmal eines seiner kleinen Ohren zu mir. Ich überlegte, was ich tun sollte. Mit dem Stock antippen? Stupsen? Ein bisschen klopfen? Schlagen konnte ich das Pferd ja wohl auf keinen Fall.

»Los jetzt«, sagte ich streng, als ich es fast erreicht hatte.

Trotzdem blieb das Pony unbeeindruckt. Deshalb streckte ich den Arm aus, lehnte mich leicht vor und berührte mit dem Stielende den Ponypo. Ich machte mich darauf gefasst, dass es nach mir treten würde. Doch das passierte nicht.

Stattdessen schüttelte das Tier den Kopf. Und ich erschrak fast zu Tode.

Mit einem beherzten Sprung rückwärts brachte ich mich in Sicherheit und japste kurz. Starrte das Pferdchen an. Es starrte nicht zurück, sondern kaute genüsslich weiter, weil ich ihm vollkommen egal war.

»Okay, so wird also gespielt«, murmelte ich, als ich mich wieder beruhigt hatte. »Hör mal zu, auch wenn ihr Tiere das anscheinend nicht wisst, aber das hier ist mein Garten. Und das sind meine Pflanzen, die du frisst. Das geht so nicht. Ich will, dass du jetzt verschwindest!«

Ich zwang mich, wieder einen Schritt nach vorne zu machen. Inzwischen stand ich so dicht neben dem kleinen Pony, dass ich es mit der Hand berühren konnte. Also tat ich es. Ich klopfte auf seinen Hintern, pikste in sein dichtes Fell, stemmte mich schließlich sogar mit aller Kraft gegen die Ponyrückseite. Die Gefahr eines Tritts hatte ich vergessen, weil ich nur wollte, dass es endlich einen Schritt nach vorne machte.

Doch es geschah nichts. Rein gar nichts.

»So ein Mist«, entfuhr es mir, während ich mir den Schweiß von der Stirn wischte.

Denn trotz der kühlen Novemberluft war ich durch meine Bemühungen mächtig aus der Puste geraten und blieb einen Moment abgestützt auf den Ponypo stehen. Ich fühlte mich erschöpft und hilflos. Wie inzwischen immer öfter, ohne dass ich genau sagen konnte, wieso. Das war wahrscheinlich das Alter, das sich in den letzten Jahren immer schonungsloser bemerkbar machte. Es war eben nichts für Feiglinge. Sagte man das nicht so?

Ich überlegte, was ich noch tun könnte, als es passierte. Das Minipferd lief los. Ganz plötzlich und unvermittelt. Einfach so.

Ein Ruck ging durch meinen Körper. Ich verlor den Halt, plumpste mit einem kräftigen Flatsch in die Matsche, während das Minipferdchen mit hochgerecktem Kopf und wehender Mähne erst über die Wiese trabte, dann mitten durch mein Beet, kurz die Nase senkte, unter dem Zaun hindurchtauchte und verschwunden war.

Ich dagegen saß auf meinem Hintern und sah ihm fassungslos nach.

Hatte mich jemand gesehen? Ich schaute mich um und machte mich eilig daran, aufzustehen, bevor noch jemand aus der Nachbarschaft auf mich aufmerksam würde. Das hätte mir noch gefehlt. Dass meine misslungene Auseinandersetzung mit einem Minipony zum Gerede in der Straße werden würde. Als ich mich hochstemmte, schoss ein heftiger Schmerz durch mein lädiertes Knie, das sich von einem Unfall nie mehr richtig erholt hatte. Altersbedingte Arthrose nannte das mein Arzt inzwischen, was für mich sehr danach klang, als würde mein Körper Stück für Stück den Geist aufgeben. Jetzt kämpfte ich mich jedoch nach oben und versuchte vergeblich, mir den kalten, klebrigen Schlamm von den Händen und der Hose zu reiben. Dann nahm ich Werners Golfschläger und ging mit schnellen Schritten ins Haus zurück.

Als ich die Terrassentür hinter mir geschlossen hatte, warf ich einen letzten Blick durch den Garten. Gut, offenbar wurden kleine Ponys nicht mit Peitschen vertrieben, oder dieses winzige Pferd wusste nichts davon. Aber zumindest war es jetzt weg.

Also ein Erfolg. Oder zumindest etwas in der Art.

»Du glaubst nicht …«, setzte ich an und drehte mich zum Küchentisch, wo Werner eben noch gesessen und gelesen hatte.

Die Geschichte musste er unbedingt hören. Aber sein Stuhl war leer. Die Zeitung hatte er wie immer sorgfältig zusammengelegt und in den Papiermüll geworfen, als wäre er der Einzige in diesem Haus, der Zeitung las, und als würden die Nachrichten nach ihm niemanden mehr interessieren. Die Kaffeetasse stand auf der Arbeitsplatte, genau über der Spülmaschine und links neben dem Waschbecken, aber nicht drin, auch wie immer.

»Werner?«, fragte ich.

Wohin konnte er in der wenigen Zeit verschwunden sein?

Ich hatte doch nur kurz mit dem Minipferdchen gekämpft und war keine Viertelstunde draußen gewesen. Doch die Küche sah aus, als hätte Werner nie hier gesessen. Ich warf einen schnellen Blick in den Flur. Die Golftasche war weg. Na toll, das konnte wieder Stunden dauern. Und er hatte es nicht für nötig gehalten, sich von mir zu verabschieden.

Ich wollte mich gerade auf den Weg nach oben machen, als ich einen Zettel am Kühlschrank bemerkte, eine Seite, ausgerissen aus der Zeitung und schief mit einem Magneten an der Tür befestigt. Ich trat näher heran. Es waren Kleinanzeigen, und eine von ihnen hatte Werner grob mit einem Kugelschreiber umkringelt, mit mehreren großen Schwüngen, damit ich sie nicht übersehen würde.

Leihoma gesucht.

Das stand fett darüber.

Und daneben in Werners Handschrift: *Das wäre doch was für dich!!!* Mit gleich drei Ausrufezeichen. Weil er sich offenbar absolut sicher war.

Einige Augenblicke lang starrte ich die vierzehn kleinen gedruckten Buchstaben an. Dann drehte ich mich schließlich um und verließ die Küche.

Nachdem ich mich von meinem Erlebnis mit dem Minipferdchen und dem Fund dieser eigenartigen Anzeige halbwegs erholt hatte, wollte ich mich endlich daranmachen, das Haus weihnachtlich zu dekorieren. Für meine Verhältnisse war ich inzwischen spät dran, denn in wenigen Tagen war der erste Advent.

Üblicherweise waren die Zimmer zu diesem Zeitpunkt bereits lange festlich geschmückt. Meine Familie zog mich regelmäßig damit auf, dass sich die großen Supermarktketten mit dem Beginn des Weihnachtssortiments an mir orientierten und Spekulatius und Co. in die Regale packten, sobald ich ihnen das Startsignal dazu gab.

Das war natürlich Unsinn, aber ich konnte nicht behaupten, dass ich nicht ein großer Weihnachtsfan war. Das lag nicht zuletzt daran, dass ich aus einer Familie kam, in der nicht viel gefeiert wurde. Als Kind kannte ich besondere Traditionen und Rituale zu diversen Festtagen deshalb nur aus den Erzählungen meiner Freundinnen. Spätestens mit der Geburt meiner älteren Tochter Elisa hatte ich jedoch entschieden, dass ich es ganz anders machen wollte. Ich wollte besondere Momente und wunderbare Erinnerungen, die wir alle nicht vergessen würden. Und Weihnachten war dafür der perfekte Anlass.

Deshalb hatte ich mir angewöhnt, gleich tonnenweise Plätzchen zu backen, viel zu viele für eine einzelne Familie. Schon morgens lief bei uns Weihnachtsmusik, von alten Klassikern wie *Stille Nacht, heilige Nacht* bis zu neueren Popsongs. Vor allem *Last Christmas* durfte an keinem Tag fehlen, worüber meine Kinder früher regelmäßig die Augen gerollt hatten. Und ich liebte es, mir schon lange im Voraus Gedanken über Geschenke zu machen, sodass ich sie meist im November schon alle zusammenhatte.

Über die Jahre hatte ich außerdem unzählige Dekorationsartikel zusammengesammelt und selbst gemacht, allein oder gemeinsam mit meinen Kindern, sodass ich inzwischen über so viele Kisten und Kartons verfügte, als würde ich nicht ein Haus schmücken wollen, sondern gleich zehn. Für jeden Raum gab es etwas Besonderes, und ich hängte Girlanden, Tannenzweige, Lichterketten, Strohsterne und Kugeln in einer solchen Menge auf, dass meine Töchter mich damit ärgerten.

Doch dieses Mal war etwas anders. Ich war spät dran. Dabei war ich mit der Verbreitung von Weihnachtsstimmung noch nie spät dran gewesen. Nicht einmal Achtundneunzig, als ich zwei Wochen lang mit einer Magen-Darm-Grippe im Bett gelegen hatte, oder in dem Winter, als ich mir das Bein gebrochen hatte. Mit einem Gips hatte ich mich auf Elisas rollendem Mickey-Mouse-Schreibtischstuhl von Zimmer zu Zimmer bewegt und jede Kerze und jeden Stern aus Salzteig an seinen Platz gebracht.

In diesem Jahr konnte ich mich allerdings zu rein gar nichts aufraffen. Ich hatte nichts gebacken, ich hatte nichts aufgehängt und kein einziges Geschenk besorgt. Ich schob es auf das miese Wetter, das so gar keine Weihnachtsstimmung aufkommen lassen wollte. Aber gleichzeitig befürchtete ich, dass es mehr war als das. Denn ich spürte schon seit Längerem eine allgemeine Müdigkeit, die nicht nur die Feiertage, sondern mein ganzes Leben betraf. Es kam mir eintönig vor und ich mir selbst nutzlos und langweilig.

Auch jetzt musste ich nach einigen halbherzigen Versuchen, zumindest das Nikolausgeschirr zusammenzusuchen, wieder aufgeben und rief stattdessen meine ältere Tochter Elisa an.

»Was machst du gerade?«, fragte ich, als sie abnahm.

»Ich arbeite. Ich sitze noch immer an diesem Hackerangriff auf das Krankenhaus. Schon seit Wochen mache ich deswegen jede Menge Überstunden. Aber ich glaube, wir können das Schlimmste abwenden und den Leuten da den Hintern retten. Und du?« Sie klang ein wenig gestresst.

Gegen meinen Willen spürte ich ein Gefühl von Neid. Elisa hatte eine Arbeit, die ihr Spaß machte und sie mit Stolz erfüllte. Und was hatte ich?

»Ich wollte gerade anfangen, die Küche zu schmücken«, behauptete ich deshalb und drehte mich so, dass ich den Kartons, die ich aus der Abstellkammer nach draußen gezogen hatte, den Rücken zudrehen konnte.

Stattdessen trat ich wieder näher an die Terrassentür heran und spähte nach draußen in den Garten. Durch einen weiteren Regenschauer hindurch scannte ich Rasenfläche und Blumenbeete ab, wie ich es immer machte, um Kowalskis Hund rechtzeitig zu entdecken. Für den Moment schien jedoch alles ruhig, auch das kleine Pferdchen war nicht zurückgekommen. Ich konnte nur hoffen, dass ich zumindest das Pony endgültig vertrieben hatte.

»Jetzt erst? Mama, ich bin schockiert. Du wirst ja nachlässig.« Elisa lachte.

»Ja, haha«, gab ich zurück und bemühte mich, amüsiert zu klingen.

»Aber da wir gerade bei Weihnachten sind …«

»Was ist damit?«

»Wahrscheinlich hast du schon wieder alles komplett durchgeplant und die Supermärkte in der Umgebung längst leer gekauft.«

»Ach«, machte ich ungenau.

»Ich kenne dich doch, Mama.«

»Tja.«

»Also?«

»Also was?«, fragte ich.

»Was wird es geben?«

»Geben?«

»Zu Heiligabend. Welches vollkommen übertriebene Zwanzig-Gänge-Menü wirst du uns kredenzen?«

Ich zögerte, dann sagte ich möglichst beiläufig: »Weiß ich noch nicht.«

»Nicht dein Ernst«, platzte Elisa heraus.

»Doch …« Ich räusperte mich, weil mir die Stimme entglitt. So sehr bemühte ich mich zu klingen, als wäre das alles nicht der Rede wert. »Ich dachte, ich lasse es dieses Jahr etwas langsamer angehen.«

»Langsamer? *Du?*«

»Ja, warum nicht?«

Meine Tochter schwieg einige Momente, weil sie offenbar nicht wusste, wie sie darauf reagieren sollte. Dann erwiderte sie schließlich: »Aber dann passt das ja noch.«

»Was passt noch?«

»Ich habe dir bisher gar nicht gesagt, dass Mika und ich nicht mehr nur vegetarisch essen. Wir sind jetzt vegan.«

»Was soll das heißen?«

»Wir essen keine tierischen Produkte …«

»Ich weiß, was vegan bedeutet«, fiel ich ihr ins

Wort. »Ich lebe schließlich nicht hinterm Mond. Aber was hat das mit Weihnachten zu tun?«

»Na ja, ich dachte, das solltest du wissen, wenn du das Essen für die Feiertage planst.«

»Dann seid ihr auch an Weihnachten vegan?«, gab ich zurück.

»Natürlich, Mama.« Ich merkte Elisa ihre Belustigung über mich an. »Man hört doch nicht auf, vegan zu leben, nur weil Weihnachten ist.«

Ich deutete ein Schulterzucken an. »Warum denn nicht? Es sind doch nur drei Tage. Und was an Weihnachten passiert, bleibt an Weihnachten«, fügte ich hinzu.

»So funktioniert das nicht. Aber Mika und ich können dir Rezepte raussuchen, oder wir bringen unser eigenes Essen mit. Du brauchst dir unseretwegen nicht zusätzliche Umstände zu machen.«

Ich überlegte, schüttelte dann aber den Kopf. »Nein, nein, das kriege ich schon hin. Ich meine ... wie schwer kann das schon sein? Ein Vier-Gänge-Menü ohne Eier und Butter ... und Sahne«, ergänzte ich. Mein Mut sank.

»Und Merle verzichtet auf Gluten. Vergiss das nicht.«

»Nein, klar, auch kein Gluten. Wird gemacht.«

»Bist du dir sicher?«

»Natürlich«, antwortete ich etwas hastig. »Das wird eine ... ganz neue Herausforderung. Bestimmt macht das sogar Spaß.« Ich bemühte mich, dass meine

Stimme zu meinen Worten passte, aber es wollte mir nicht gelingen.

Ich konnte mir kaum vorstellen, ein ganz normales, durchschnittliches Weihnachtsessen auf die Beine zu stellen, von einem veganen, glutenfreien ganz zu schweigen. Wenn mir in diesem Jahr schon keine gewöhnlichen Rezepte einfallen wollten, wie sollte es dann erst mit solchen ohne tierische Produkte und Gluten sein?

»Also kümmerst du dich darum?«

»Ich kümmere mich darum«, sagte ich. »Aber was ist eigentlich mit Merle?«

»Was soll mit ihr sein?«

»Hast du heute schon mit ihr gesprochen?«, wollte ich wissen.

»Nein.«

»Sie ist deine Schwester.«

»Ist mir klar.«

»Kannst du sie nicht anrufen?«, bat ich. »Sie klang gestern komisch.«

»Dann ruf du sie an und frag sie, warum sie gestern komisch klang.«

Ich zögerte, dann antwortete ich: »Mach du das. Und frag sie auch, wie es ihr geht. Und ob sie was braucht. Und ...«, wollte ich hinzusetzen.

Aber Elisa unterbrach mich: »Sie ist nicht krank, Mama, sie ist nur schwanger.«

»Weiß ich.«

»Dann tu nicht so, als hätte sie eine unheilbare Krankheit«, verlangte sie.

Als ich mich von meiner Grundstücksbeobachtung ab- und zurück in die Küche wandte, fiel mein Blick auf die benutzte Kaffeetasse, die noch immer dort stand. Ich ging hinüber, klemmte mir das Telefon zwischen Schulter und Ohr und drehte den Wasserhahn auf. Mit geübten Griffen spülte ich sie ab, griff dann nach einem Handtuch und räumte die abgetrocknete Tasse schließlich wieder zurück in den Schrank.

»Tue ich gar nicht«, widersprach ich meiner Tochter.

»Doch, tust du«, beharrte Elisa. »Und das nervt.«

»Hat Merle das gesagt? Ich glaube nicht, dass es Merle stört, wenn ich mich hin und wieder erkundige, wie es ihr geht.«

»Wenn es nur hin und wieder wäre. Aber du bist wie ein verdammter Helikopter. Wir sind beide weit über dreißig, Mutter. Schon vergessen? Du musst dich nicht mehr um uns kümmern.«

Ich zögerte. »Aber ich bin eure Mutter«, entgegnete ich. »Ich werde mir doch wohl noch Sorgen machen dürfen. Schließlich ist Merle ganz allein.«

»Sie ist nicht ganz allein.«

»Deine Schwester bekommt als alleinstehende Frau ein Baby. Das würde ich schon allein nennen.«

»Aber sie hat Freundinnen und Freunde, die sie unterstützen. Sie hat uns.«

»Deshalb erkundige ich mich ja nach ihr«, beharrte ich.

»Merle ist eine erwachsene Frau, die entschieden hat, sich auch ohne einen Mann ihren Kinderwunsch zu erfüllen.«

»Ich will doch nur nicht, dass sie glaubt, sie hätte keine Hilfe.«

»Wie soll sie auf so eine Idee kommen, wenn du ihr deine Hilfe tausendmal am Tag aufdrängst?«

»Das mache ich nicht«, widersprach ich. Als Elisa nicht reagierte, wiederholte ich: »Nein wirklich, das mache ich nicht.«

Doch meine Tochter antwortete nicht. Sie hatte in dieser Hinsicht definitiv zu viel von ihrem Vater. Beide hatten das angeborene Talent, durch gezielt eingesetztes Schweigen alles zu sagen. Wenn sie wollten, konnten sie wie eine wortlose Wand sein, an der man sich eine blutige Nase holte.

»Dein Vater behauptet, ich sei eine Tierhasserin«, versuchte ich, das Thema zu wechseln.

»Stimmt ja auch.«

»Ist gar nicht wahr«, protestierte ich.

»Und was war mit Inas Katze?«

»Die hat immer ganz eigenartig geguckt«, gab ich zurück. »Als wollte sie sich gleich auf mich stürzen und mir das Gesicht zerkratzen. Außerdem habe ich in meinem Leben bereits einige schlechte Erfahrungen gemacht. Dafür kann ich nichts. Aber das heißt nicht, dass ich alle Tiere hasse.«

»Dann nenn mir ein einziges Tier, das du magst«, forderte Elisa mich auf.

Ich dachte kurz nach, dann sagte ich: »Diesen einen Hund. Von diesem Mann.«

»Welchen Hund von welchem Mann?«

»Diesem schrulligen, grummeligen alten Mann.«

»Ich hab keine Ahnung, wen du meinst«, entgegnete meine Tochter mit einem unterdrückten Seufzen.

»Na, diesen etwas schrulligen, grummeligen alten Mann, der bei der Polizei arbeitet und Mordfälle aufklärt und immer diesen Trenchcoat trägt und mit so einem alten Auto rumfährt.«

»Du meinst Columbo?«, kam es von ihr.

»Ja, genau.« Ich wollte in die Hände klatschen, bemerkte aber zum Glück rechtzeitig, dass ich das Telefon wieder in den Fingern hielt. »Und der hatte doch immer diesen Hund dabei. So einen ganz lethargischen und faulen. Ich glaube, der ist in der ganzen Serie keine drei Schritte gelaufen. Das würde mich ja nerven. Wenn du so ein Tier nicht vom Fleck bekommst und am Ende noch die ganze Zeit hinter dir her schleifen musst. Schrecklich! Dann würde ich wahrscheinlich niemals mit dem vor die Tür gehen, weil mir viel zu peinlich wäre, dass er sich nicht von der Stelle bewegt.«

»Siehst du?«, rief meine Tochter. »Nicht einmal das einzige Tier, das du magst, kannst du leiden.«

»Das stimmt doch nicht. Aber was soll man mit so einem störrischen und sturen Tier anfangen? Wenn man nicht mal mit dem rausgehen kann, ohne vor Scham im Erdboden zu versinken. Das würde ich mir nicht antun.«

»Du könntest ihn ja einfach nach draußen in den Garten lassen.«

»Würde ich auch. Wenn er es überhaupt bis dahin schafft und nicht auf halber Strecke einpennt. Aber dann soll er lieber dort blöd rumsitzen und schnüffeln und laufen und ein bisschen buddeln. Was Hunde eben so machen.«

»Wie Kowalskis Hund?«, fragte Elisa.

Denn natürlich kannte sie die Fehde zwischen unserem Nachbarn und mir nur zu gut. Diese hatte vor zehn Jahren angefangen, zwei Wochen nachdem Kowalski neben uns eingezogen war und das erste Mal sein Laub auf unsere Seite des Zauns geworfen hatte. Bis heute hatte ich ihm das nicht verziehen.

»Ja«, antwortete ich etwas zu schnell. Jetzt konnte ich das Gesicht meiner Tochter direkt vor mir sehen. Triumphierend und selbstzufrieden, weil sie dachte, ich wäre ihr in die Falle gegangen. »Aber nicht in meinem Garten«, fügte ich eilig hinzu.

»Dass der Garten dir gehört, weiß der Hund doch nicht.«

»Er sollte es wissen.«

»Woher?«

»Weil da ein Zaun ist. Eine Grundstücksgrenze. Und die trennt Kowalskis Garten von unserem. Das ist sogar gesetzlich geregelt. Er soll einfach nur auf seiner Seite bleiben und da von mir aus alles umgraben oder was auch immer er tun will. Das geht mich nichts an.«

»Ein Hund versteht doch nicht, was eine gesetzlich geregelte Grundstücksgrenze ist. Oder ein Zaun.«

»Natürlich«, widersprach ich. »Da zwängt er sich doch mehrmals am Tag durch, nur um auf meinem

Grund und Boden alles zu zerstören, was mit viel Arbeit gemacht wurde und auch viel Geld gekostet hat.«

»Dann musst du mit Kowalski sprechen.«

»Habe ich doch längst versucht. Mit dem ist aber nicht zu reden.«

Warum verstand sie mich denn nicht?

»Ich sage doch nur, dass der Hund nichts dafürkann«, erklärte Elisa. »Er ist einfach nur ein Hund.«

»Das ist eine blöde Ausrede.«

»Das ist gar keine Ausrede.« Sie lachte. »Es bringt nichts, auf ein Tier sauer zu sein, weil es gar nicht weiß, weshalb du sauer bist und es mit Tennisbällen bewirfst.«

»Von wem hast du das denn?«

»Von Papa. Er hat das in unsere Familien-Chat-Gruppe geschrieben«, antwortete meine Tochter und fügte dann hinzu: »Und das wüsstest du, wenn du die Nachrichten da mal lesen würdest. Oder überhaupt irgendwelche Nachrichten auf deinem Handy.«

»Wozu? Damit ich mir Fotos von deinem Vater beim Golfspielen anschauen kann? Oder seinen tollen Laubsägearbeiten oder seinem Tauchkurs oder dem Makrameeflechten?«

»Wann hat Papa denn jemals Makramees geflochten? Außerdem kannst du doch auch Bilder in die Gruppe schicken.«

»Wovon denn?«, platzte ich heraus und bereute es sofort.

»Na ja ...« Elisa zögerte, zögerte noch etwas länger.

»Vom Kochen zum Beispiel. Oder ... wenn du einkaufen gehst.«

»Von den neuesten Sonderangeboten, oder was?«

»Oder von deinem Garten. Wenn du wieder neue Blumen gepflanzt hast.«

»Wir haben Winter.«

»Dann von der Weihnachtsdeko, die du aufgehängt hast.«

Ich warf einen Blick auf die noch immer vollen Kisten und die noch immer leeren Fenster. »Glaubst du, das ist alles, was ich tue? Kochen und einkaufen und Weihnachtsdeko aufhängen?«

Auch diese Frage hätte ich am liebsten nicht ausgesprochen. Und eigentlich wollte ich auch keine Antwort.

»Nein ... Mama ... ich ...«

Schlagartig fühlte ich mich schrecklich müde. Am liebsten wäre ich einfach am helllichten Tag nach oben gegangen und hätte mich ins Bett gelegt, um mir die Decke über den Kopf zu ziehen und den Rest des Tages zu verschlafen. Diesen Gedanken hatte ich mittlerweile immer öfter.

»Mama?«, hörte ich Elisas Stimme. Sie wirkte seltsam, irgendwie besorgt. »Ich wollte nicht ...«

»Und nur zu deiner Information«, antwortete ich, und es kostete große Kraft, ruhig und gefasst zu klingen. »Es bringt sehr wohl was.«

»Was meinst du?«

»Das Sauerwerden auf Tiere. Gerade heute habe ich nämlich ein Minipferdchen erfolgreich aus meinem Garten vertrieben. Nur, dass du es weißt.«

»Du hast was?«

»Und jetzt ruf bitte deine Schwester an und frag sie, wie es ihr geht.«

»Was für ein Minipferdchen? Wovon redest du?«

»Ich muss jetzt los.«

»Mama!«

»Bis dann.« Damit legte ich hastig auf.

Nach dem Telefonat mit Elisa hatte ich die noch anstehenden Haushaltsaufgaben erledigt, hatte ein paar Dinge zusammengeräumt und Wäsche sortiert. Dann war ich eine Weile ziellos durchs Haus gestreift. Das Altpapier mit Werners Zeitungen hatte ich erst in den Flur gestellt, damit er es direkt sehen würde, wenn er nach Hause kam, nur um es dann doch zurück an seinen Platz zu schieben.

Ich hatte darüber nachgedacht, etwas für uns zu kochen, aber es war mir inzwischen zu oft passiert, dass ich am Ende allein in der Küche gesessen und gegessen hatte. Werner war dann irgendwann später hereingeschneit, als Kartoffeln und Fleisch längst kalt waren, und hatte übertrieben mitleidig verkündet, er hätte schon gegessen, im Restaurant am Schwimmbad, im Museumsbistro oder dem Café am Golfplatz.

Schließlich war mein Blick auf einen der hässlichen, unförmigen Aschenbecher gefallen, die Werner getöpfert hatte, obwohl wir beide nicht rauchten, und die ich jetzt als Blumenuntertöpfe nutzte. Ich wollte nicht schon wieder den ganzen Tag hier ausharren, während er sich in der Weltgeschichte herumtrieb und in einigen Stunden wieder auftauchen und von seinen Abenteuern berichten würde.

Kurzerhand hatte ich deshalb beschlossen, meine beste Freundin Rim zu besuchen, die in der nahe gelegenen Stadt wohnte. Und jetzt saß ich hier in ihrem wunderbaren kleinen Wintergarten in einem ihrer wunderbaren pinkfarbenen Plüschsessel und trank mit ihr Kaffee, aß Doppeldeckerschokoladenkekse und hörte mir die neuesten Gerüchte aus der Welt des Theaters an, die Rim noch immer aufschnappte, obwohl sie inzwischen nur noch wenige Rollen angeboten bekam.

»Wie spät ist es?«, fragte ich sie und sammelte die letzten Kekskrümel von meinem Teller.

»Willst du das wirklich wissen?«, gab sie zurück und sah mich an.

Rims Wintergarten war so vollgestopft mit riesigen Pflanzen, dass man sich beinahe wie in einem Urwald fühlte. Dazu lief das ganze Jahr die Heizung und erzeugte eine fast tropische Hitze, die bei den aktuellen Temperaturen draußen jedoch mehr als angenehm war. In der Mitte, eingerahmt von einem Fensterblatt und einem Elefantenohr, stand ein runder Holztisch mit einem bunten Tuch als Tischdecke und den zwei Sesseln, in denen wir saßen. Über uns hingen Laternen aus Metall.

»Was sollte ich sonst wissen wollen?«, erwiderte ich und leckte einen Krümel von meinem Finger.

»Ob Werner schon zu Hause ist und sich fragt, wo du steckst?«

Rim kannte mich zu gut.

Eigentlich hatten einfache Frauen wie ich keine extravaganten Freundinnen wie Rim. Ich kannte sie nicht notgedrungen aus der Nachbarschaft, weil wir gegenseitig die Blumen füreinander gossen oder den Briefkasten leerten. Wir hatten uns nicht über die Kinder kennengelernt, waren uns nicht auf der Arbeit über den Weg gelaufen, wenn ich den halben Tag lang irgendwelche stumpfsinnigen Abtippaufgaben erledigt hatte, weil ich nach zwei Kindern und einem Dasein als Hausfrau und Mutter für mehr nicht zu gebrauchen zu sein schien. Und wir waren uns bei keinem der Alte-Frauen-Wassergymnastik-Kurse begegnet, die ich bereits angefangen hatte, als ich noch gar keine alte Frau gewesen war.

Denn all das tat Rim nicht.

Sie war mit Anfang zwanzig aus Marokko nach Deutschland gekommen, um Schauspiel und Tanz zu studieren, und hatte Engagements an allen größeren Häusern gehabt.

Ich hatte mir nie viel aus Theater gemacht, auch deshalb nicht, weil ich mich für zu ungebildet hielt, um irgendetwas davon zu verstehen. Aber irgendwann hatte Werner von der Arbeit aus Gratiskarten für *Kiss Me, Kate* bekommen, und ich hatte mir nicht die Blöße geben wollen, dass mir der Titel des Stücks rein gar nichts sagte, und war mit ihm hingegangen. Die Mädchen waren zu diesem Zeitpunkt drei und fünf und blieben für den Abend zum ersten Mal bei einer Babysitterin. Der Abschied von ihnen hatte in einem riesigen Chaos geendet, mit jeder Menge Geschrei und noch mehr Tränen. Ich hatte deshalb keine Zeit mehr gehabt, mich umzuziehen oder zumindest ein wenig zurechtzumachen, und fühlte mich zwischen all den kultivierten Theatermenschen, als würde man mir aus hundert Metern Entfernung ansehen, dass ich eigentlich nicht hierhergehörte.

Noch gut konnte ich mich an Werners Blick erinnern, als ich vor der Pause so dringend auf Toilette musste, dass ich mich unter gedämpften Entschuldigungen und vorwurfsvollen Seufzern durch die gesamte Reihe bis zum Ausgang durchgequetscht hatte. Nachdem ich endlich draußen gewesen war, hätte ich heulen können. Nicht, weil ich jetzt etwas von diesem besonderen Erlebnis verpasste, sondern weil ich mir noch nie so einfältig vorgekommen war wie an jenem Abend und weil es mir schon davor graute, mit Werner später im Auto zurückfahren und mir dabei seine vermeintlich fachmännischen Kommentare anhören zu müssen.

Anstatt zur Toilette war ich deshalb erst mal nach draußen gegangen, um ein wenig frische Luft zu schnappen, und eine wunderschöne Frau in einem Kostüm hatte mich angesprochen, ob ich eine Zigarette hätte. Niemals zuvor hatte ich mir mehr gewünscht zu rauchen, nur um ihr wenigstens ein Feuerzeug anbieten zu können.

»Leider nein«, hatte ich bedauernd gesagt.

»Wie gefällt es Ihnen?«

Ich musste sie sehr fragend angesehen haben, denn sie deutete mit einer großen Geste in die Richtung, aus der ich gekommen war.

»Ach so, Sie meinen das Stück. Gut, nehme ich an«, hatte ich unsicher hinzugefügt.

»Sie nehmen es an?«

»Ich befürchte, ich bin nicht ... na ja ... ich habe leider keine Ahnung von diesen Dingen.«

»Wieso nicht?«

»Normalerweise gehe ich nicht ins Theater.«

»Aber gerade dann sollten Sie genau wissen, ob es Ihnen gefällt oder nicht. Mit der Zeit kommt es Ihnen so vor, als hätten Sie alles schon gesehen. Es gibt dann nur noch wenig, was Sie wirklich für sich einnimmt. Aber die ersten Male im Theater vergisst man nicht. Und deshalb sollte es wirklich schon mehr sein, als *gut, nehme ich an*«, wiederholte sie meine Worte und zupfte an ihrer Bluse.

Ich überlegte. »Die eine Frau ...«

»Welche?«

»Die große mit der blauen Schürze.«

»Liliane Vanessi. Und es ist ein Kleid.«

»Wirklich?« Überrascht hob ich die Augenbrauen. »Es sieht eher wie eine Schürze aus.«

»Ich weiß. Was ist mir ihr?«

»Sie singt mir zu laut.«

»Ja, das macht sie leider. Sie denkt, das wäre ausdrucksstark und temperamentvoll, aber leider ist es nur Geschrei. Was noch?«

»Und ich befürchte, ich verstehe nicht immer, was sie sagt. Auf der Bühne muss natürlich ganz anders gesprochen werden, aber leider weiß ich dadurch manchmal nicht, worum es eigentlich geht. Ich erkenne einige der Worte gar nicht wieder. Aber vielleicht liegt es auch an meinen Ohren.«

»Nein, das liegt daran, dass unsere Liliane Vanessi nuschelt und die meiste Zeit ihren Text vergisst. Mit Ihren Ohren ist alles in Ordnung, glauben Sie mir. Wenn Sie nach der Pause das Lied *Nur kein Mann* singt, dann hören Sie ganz genau hin. So gut wie jedes Mal verwechselt sie dabei die Worte und singt nicht: ›Ich habe dich durchschaut, Mann‹, sondern ›durchsaut‹. Ich sehe mir den Teil nur an, um mich jeden Abend neu darüber zu amüsieren. Ich sage Ihnen was: Wenn ich recht behalte, laden Sie mich nach dem Stück auf ein Glas Rotwein ein. Wenn nicht, geht der ganze Abend auf mich.«

»Aber ich bin mit meinem Mann hier.«

»Dann schicken Sie ihn nach Hause.«

Und genau so war es gekommen.

Später hatte ich Rim dann gefragt, woher sie das alles wisse. Und sie hatte geantwortet: »Weil ich die neidzerfressene Zweitbesetzung bin.«

Seitdem waren wir beste Freundinnen, obwohl wir so verschieden waren. Gleichzeitig fühlte ich vom ersten Moment an, dass uns beide etwas Tieferes verband, ohne dass ich es genau hätte benennen können. Aber ich hatte vor Jahren entschieden, mir darüber weniger Gedanken zu machen, sondern mich einfach zu freuen, dass es so war.

Rim und Werner waren dagegen nie wirklich warm miteinander geworden. Dafür liebten Elisa und Merle ihre Tante Rim über alles, und ich fragte mich hin und wieder, wie sehr ich ihr zu verdanken hatte, dass die beiden so unabhängige und selbstbewusste Frauen geworden waren, die sehr genau wussten, was sie wollten.

Natürlich hoffte ich, dass auch ich daran nicht vollkommen unbeteiligt war, aber ihre Karrieren und großen Pläne konnten sie weder von ihrem Vater haben noch von mir. Das war klar.

»Es geht mir nicht nur darum, ob Werner schon zu Hause ist oder nicht«, widersprach ich ihr jetzt trotzdem, aber wie immer ließ sie mich damit nicht durchkommen.

»Doch, tut es«, antwortete sie und hob dabei vielsagend eine ihrer nachgezeichneten Augenbrauen.

Ich überlegte kurz, ob ich weiter darauf beharren sollte, aber sie hatte ja recht. Ständig machte ich mir jetzt Gedanken darüber, wo Werner war und was er tat, und vor allem, was ich nicht tat. Es nervte mich selbst, aber es kam mir wie eine Art Wettstreit vor, den ich jedes Mal verlor.

»Was sagt es über mein Leben aus, wenn das einzige Highlight meines Tages, ach, Unsinn, meiner letzten Wochen und Monate der Besuch eines Minipferdchens in meinem Garten ist?«, fragte ich stattdessen.

»Das freut mich sehr für dich«, erwiderte Rim zu meiner Überraschung. Als sie meinen irritierten Blick sah, fügte sie hinzu: »Ist das nicht ein Code für ein bisschen Abenteuer in deinem ... Garten?« Sie deutete in Richtung meines Schoßes.

»Was? Nein!«

»Ach so. Ich dachte, wir reden hier über ein wenig Erotik. Obwohl ich mir für dich einen großen, stattlichen Hengst gewünscht hätte und nicht nur ein Minipferdchen. Aber es wäre ein Anfang.« Sie grinste mich schelmisch an.

»Sehr witzig.«

»Wofür ist es dann ein Code?«

»Es ist kein Code. Ich hatte wirklich ein Minipferdchen im Garten.«

»Ich sollte dir das vielleicht nicht sagen, aber ich habe mit Elisa und Merle eine Verabredung. Sobald ich erste Anzeichen von Alzheimer oder Demenz an dir feststelle, muss ich ihnen Bescheid geben. Ab wann muss ich mir Sorgen um deinen Geisteszustand machen, liebste Freundin?«

»Du hast eine Verabredung mit meinen Töchtern?«, fragte ich entrüstet.

»Natürlich.«

»Und wem muss ich es melden, wenn ich glaube, deine Verrücktheit hat die Schwelle zum Wahnsinn überschritten?«

»Ich weiß, wem du es nicht sagen solltest. Einem meiner Ex-Männer. Die werden nämlich nicht überrascht sein und behaupten, so wäre ich schon immer gewesen. Aber kommen wir zum eigentlichen Thema zurück: dem Minipferdchen in deinem Garten.«

»Hör auf, das so anzüglich zu sagen«, verlangte ich entschieden.

»Können wir nicht wenigstens Pferdchen dazu sagen? Das klingt zumindest etwas ...«

»Es war wirklich ein Minipferdchen in meinem Garten hinterm Haus«, unterbrach ich sie.

»Ach, hinterm Haus.« Sie zwinkerte mir zu.

»Du bist unmöglich, Rim«, stellte ich tadelnd fest.

»Ich wünsche dir einfach etwas mehr Aufregung in deinem Garten. Egal, in welchem. Aber okay.« Sie machte eine beschwichtigende Geste. »Es war also ein echtes Minipferdchen zwischen deinen Blumenzwiebeln.« Rim sah mich mit verschwörerischem Blick an.

»Warum klingt das aus deinem Mund immer noch, als wäre es etwas Anstößiges?«, fragte ich und merkte, wie ich rot wurde.

»Muss an meinem Mund liegen. Was genau ist ein Minipferdchen?«, wollte sie wissen. »Wenn wir tatsächlich von einem tierischen Minipferdchen sprechen.«

»Tun wir. Und es ist einfach ein sehr, sehr kleines Pferd.«

»Aber warum war das dein Highlight der letzten Monate?«

»Weil mein Leben abgrundtief langweilig ist.«

»Sprich nicht so über das Leben meiner besten Freundin«, sagte sie tadelnd.

»Aber ist doch so«, erwiderte ich und wusste selbst, dass ich ein bisschen nach einem trotzigen Kind klang. »Werner ist ständig unterwegs und erfindet sich gerade neu. Und ich? Ich tue rein gar nichts. So wie immer.«

»Rede keinen Unsinn. Du hast zwei Kinder großgezogen und einen alten, hilfebedürftigen Mann bei dir zu Hause versorgt. Und dann war da doch auch noch Werners Bruder, um den du dich mehrere Jahre gekümmert hast«, fügte sie mit einem schelmischen Augenzwinkern hinzu, weil sie sich ihre Spitzen gegenüber Werner selten verkneifen konnte.

Ich erwiderte ihr Grinsen, indem ich den Mund etwas schief verzog.

»Das ist wirklich nicht nichts, sondern eher das absolute Gegenteil von nichts. Ich wäre schon mit der Hälfte von deinem Pensum absolut überfordert gewesen.«

»Du hast auf Theaterbühnen überall auf der Welt gestanden und wurdest für deine Auftritte gefeiert«, erinnerte ich sie.

Aber Rim schüttelte entschieden den Kopf. »Ich habe jede Menge Applaus dafür bekommen, dass ich für einige Abende in die Rolle anderer Frauen schlüpfen kann. Aber die wirklich große Leistung findet backstage statt, ohne Scheinwerferlicht und Beifall, ohne vorgefertigtes Skript und Regieanweisungen. Und für diese Performance hättest du, liebe Hilde, einen Oscar verdient.«

Ich musste schlucken. »Aber was ist mit jetzt?«, fragte ich. »Jetzt bin ich offenbar gerade gut genug für eine Stelle als Leihoma.«

»Als *was?*«

»Das ist eine Oma zum ... na ja ... Ausleihen.«

»Du bist doch kein Gartenwerkzeug oder ein Anhänger fürs Auto.«

»Werner findet offensichtlich, dass das perfekt zu mir passen würde. Deshalb hat er die Anzeige extra aus der Zeitung ausgerissen und am Kühlschrank befestigt. Mehrfach umkringelt und mit drei Ausrufezeichen«, berichtete ich ihr.

»Ich kann dir sagen, wohin dein Göttergatte sich seine drei Ausrufezeichen stecken kann«, entgegnete Rim ärgerlich und ließ eine etwas unschickliche Geste folgen. »Leihoma.« Sie schnaubte. »Der soll mal froh sein, wenn wir *ihn* nicht mit einem Zu-verschenken-Schild auf den Bürgersteig stellen. Was denn? Macht man das nicht so mit den ausrangierten Sachen?«

Ich schwieg. Normalerweise half es mir, wenn Rim für mich wütend wurde und mit ihrer unnachahmlich uncharmanten Art die Dinge zurechtrückte. Aber heute machte es mich nur noch frustrierter. »Das kann doch jetzt nicht alles gewesen sein«, sagte ich mutlos.

»Das ist auch noch nicht alles«, sagte meine Freundin entschlossen. »Noch lange nicht. Es fängt gerade erst an.«

»Aber wie denn? Ich habe keine Ahnung, wie ...«

Rim musterte mich einige Augenblicke, dann schien ihr wieder etwas einzufallen. »Kommen wir noch mal auf dieses Minipferdchen in deinem Garten zurück.«

»Was soll damit sein?«

»Du meintest doch, es wäre das Highlight.«

»Ist das nicht traurig?«

»Nein, finde ich nicht«, antwortete sie zu meiner Überraschung.

»Ach nein?«

»Nein. Die Frage ist, was du daraus machst.«

Es war bereits später Nachmittag, als ich mich auf den Weg nach Hause machte. Inzwischen wurde es langsam dunkel, und die ersten Lichter in den Fenstern und Vorgärten gingen an. Zunächst dachte ich noch, ich würde zwar gemächlich, aber zumindest direkt unsere Adresse ansteuern. Doch irgendwann bemerkte ich, dass es ein großer Umweg war.

Während ich Straße um Straße ablief, spähte ich in die weihnachtlich geschmückten Häuser fremder Leute. Ich sah ein Kind mit seiner Oma am Küchentisch backen. Ihre Gesichter wurden von den aufgehängten Lichterketten warm erleuchtet, und ich hörte die dumpfen Klänge von Weihnachtsliedern, zu denen sie mitsangen. Eine Katze balancierte innen auf der Fensterbank an großen Porzellanrentieren entlang, die dort aufgereiht waren. Sie schien dabei einen Vogel im Visier zu haben, der auf einem Baum hockte. Zwei ältere Frauen waren dabei, den Weihnachtsbaum zu dekorieren, der bereits in einer Ecke des Zimmers stand. Es schien, als würden sie sich darüber austauschen, wo die Kugeln und Kerzen platziert werden sollten, wie ich es mit meinen Töchtern früher auch immer getan hatte.

Ich blieb einen Moment stehen und betrachtete sie. Sie sprachen nicht, warfen sich jedoch Blicke und ein Lächeln zu. Natürlich wusste ich, dass ich hätte weitergehen sollen. Es fühlte sich nicht richtig an, diesen privaten Moment zu beobachten. Aber meine Füße rührten sich nicht von der Stelle, als wären meine Beine plötzlich unsagbar schwer.

Eine lähmende Traurigkeit überkam mich, die ich

nicht eindeutig bestimmen konnte. Sie saß in meinem Bauch und meiner Brust. Ich schlang die Arme um mich, als wollte ich diese Kälte in mir mit meinem eigenen Körper wärmen. Doch das half nur mäßig.

Plötzlich kam mir wieder dieses kleine Minipferdchen in den Sinn. Irgendwoher musste es gekommen sein. Wohnte es vielleicht sogar in der Gegend? Möglicherweise konnte ich herausfinden, wo genau sein Zuhause war.

Dieser Gedanke half mir, mich endlich von dem Blick in ein fremdes Wohnzimmer zu lösen und mich in Bewegung zu setzen. Ich lief die Straße entlang und suchte nach Hinweisen darauf, dass in einem der Gärten ein Pony leben könnte. Ich war mir nicht sicher, wonach genau ich Ausschau hielt, aber ich blieb an einem Fenster mit Pferdebildern ebenso stehen wie an einem Hinterhof, in dem ich eine ungewöhnlich große Hütte erspähte. Das kleine Tier mit den witzigen, explodierten Haaren entdeckte ich jedoch nicht.

Irgendwann musste ich meine Suche aufgeben und mich doch auf den Heimweg machen. Ich war über eine Stunde unterwegs gewesen, war müde und erschöpft.

Aber schon, als ich die Haustür aufschloss, war klar, dass Werner noch immer nicht da war. Alles war dunkel, der Flur war leer, die Küche war leer, das Wohnzimmer war leer, und auch seine Jacke fehlte noch immer an der Garderobe.

Kurz spielte ich mit der Möglichkeit, endlich den ersten Weihnachtsschmuck anzubringen. Das konnte ich schließlich nicht ewig vor mir herschieben. Doch zu mehr als einem halbherzigen Versuch, die Kisten zusammenzuschieben, konnte ich mich nicht durchringen. Unter dem Küchentisch fegte ich deshalb ein paar Krümel zusammen, wischte über den Wasserhahn, zupfte halb vertrocknete Blüten von einer der Aschenbecherblumen, dann entschied ich mich, meine jüngere Tochter Merle anzurufen, und setzte mich dafür auf die Couch im Wohnzimmer. Es kostete mich etwas Überwindung, ihre Nummer zu wählen, obwohl das natürlich albern war.

Merle brauchte eine Weile, ehe sie abnahm. »Ja?«, fragte sie in den Hörer und klang schläfrig.

»Habe ich dich geweckt?«

»Nein«, behauptete sie, aber ich wusste, dass es nicht stimmte.

»Tut mir leid. Soll ich später noch mal anrufen? Dann kannst du weiterschlafen.«

»Ich hab nicht geschlafen, Mama. Alles gut. Ich bin nur ein bisschen müde.«

Ich zögerte, dann fragte ich: »Was machst du gerade?«

»Ich hab Wäsche gewaschen und zusammengelegt.«

»Bitte überanstreng dich nicht.«

»Tu ich nicht.«

»Wenn du aus dem Keller nach oben kommst, musst du eine Pause machen.«

»Mach ich ja«, erwiderte sie und klang bereits genervt.

»Es sind sehr viele Stufen.«

»Das weiß ich.«

»Und du bist schwanger«, sagte ich, obwohl ich selbst wusste, wie überflüssig das war.

»Auch das weiß ich. Stell dir vor.«

»Ich könnte dir die Wäsche auch abnehmen.«

»Das musst du nicht.«

»Weiß ich. Aber ich mache es gern«, antwortete ich.

Doch sie blieb uneinsichtig. »Ich möchte das lieber selbst tun. Schließlich ist es meine Wäsche.«

»Ich wollte nur helfen«, murmelte ich, wusste aber selbst nicht, ob sie mich hören sollte.

»Ist Papa da?«, wechselte Merle das Thema.

»Dein Vater? Nein. Wieso?«

»Wo ist er?«

Ich zuckte die Schultern. »Weg.«

»Wieder bei einem seiner Hobbys? Er macht wirklich viel in letzter Zeit.«

»Kann sein«, gab ich zurück.

»Wann kommt er wieder?«

»Nachher.«

»Und was machst du bis dahin?«

Ich runzelte die Stirn. »Was soll das heißen *bis dahin?*«, fragte ich.

»Nichts. Ich meinte nur ...«

»Ich warte doch hier nicht, bis dein Vater wieder da ist, und versuche, die Zeit irgendwie totzuschlagen.«

»Das hab ich auch gar nicht gesagt.«

»Ich habe mein eigenes Leben«, erklärte ich.

»Natürlich«, erwiderte meine Tochter. »Natürlich hast du das. Ich wollte gar nicht ...«

»Du wirst es vielleicht nicht glauben, aber ich verbringe nicht den lieben langen Tag damit, die Haustür anzustarren, in der Hoffnung, dass dein Vater endlich zurückkommt, um mich wie ein Ritter in strahlender Rüstung und auf einem weißen Schimmel aus der Tristesse meines traurigen Daseins zu befreien ...«

»Schimmel sind immer weiß.«

»Ich weiß mich durchaus zu beschäftigen«, fuhr ich fort, ohne ihren Einwurf zu beachten. »Auch ohne deinen Vater. Das mache ich nämlich seit vielen Jahren. Dein Vater ist noch nicht lange Rentner. Er ist quasi ... neu dabei«, fügte ich hinzu. »Es wirkt jetzt vielleicht so, als wäre er der Experte in Sachen Freizeitgestaltung ...«

»Experte? Wer hat denn was von Experte gesagt?«, wollte sie wissen. »Wovon sprichst du?«

»Ständig ist er auf Achse und hat unglaublich viel zu tun. Aber ich kenne mich ein bisschen besser aus, wenn es darum geht, meine Zeit sinnvoll einzuteilen und zu gestalten.«

»Das ist doch kein Wettbewerb«, behauptete Merle.

Wieder ignorierte ich ihren Einwand. »Das habe ich schon gemacht, als er jeden Tag zur Arbeit gegangen ist. Und nur zu deiner Information: Ich habe heute schon einiges erlebt.«

»Was hast du gemacht?«, fragte meine Tochter nach und erwischte mich damit auf dem falschen Fuß.

Ich geriet ins Schwimmen. Was konnte ich erzählen, was nicht langweilig und belanglos klang? Gab es in meinem Leben überhaupt irgendwas, das wenigstens halbwegs interessant auf andere wirkte?

»Zum Beispiel war ich bei Rim auf einen Kaffee«, erwiderte ich, erleichtert, dass mir das eingefallen war. »Und ich habe einige wichtige Dinge erledigt, für die dein Vater nie Zeit hat«, fuhr ich ungenau fort. »Die müssen nämlich auch gemacht werden.«

»Ja, Mama. Ich meinte doch nicht ... Ich wollte dich nicht verärgern.«

»Hast du nicht.«

»Du klingst verärgert.«

»Bin ich aber nicht«, widersprach ich, obwohl ich selbst hörte, dass meine Worte irgendwie säuerlich klangen.

»Sicher nicht?«

»Nein.«

»Ich mache mir einfach Sorgen um dich, weißt du?«

»Rede keinen Unsinn. Warum solltest du dir Sorgen um mich machen? Du hast doch genug um die Ohren, schließlich bekommst du in den nächsten Wochen ein Baby und bist kugelrund.« Ich lachte und konnte nur hoffen, dass es sich durch das Telefon nicht so seltsam schrill anhörte wie auf meiner Seite der Leitung.

»Ich habe Angst, dass du unglücklich bist. Und irgendwie ... ein bisschen einsam.«

Mir blieb die Luft weg. Plötzlich war da so ein komisches Gefühl in meiner Brust, fast eine Art Schmerz. Fühlte sich so ein Herzinfarkt an?

»Ich habe meinen Garten heute gegen ein Minipferdchen verteidigt«, sagte ich, obwohl ich gar nicht vorgehabt hatte, davon zu erzählen. Meine Stimme war so rau, dass ich mich räuspern musste.

»Du hast *was?*«

»Es stand einfach da. Ich dachte erst, es wäre der Hund von Kowalski. Dieser Streuner. Es hat auch fast die Größe. Aber ansonsten sah es ziemlich aus wie ein Pferd. Nur sehr, sehr klein. Irgendwie eingelaufen. Vielleicht haben sie es zu heiß gewaschen«, ergänzte ich und versuchte erneut, zu lachen. Ganz wollte es mir jedoch nicht gelingen.

»Ein Shetty.«

Nun war ich irritiert. »Was?«

»Ein Shetlandpony.«

»Was soll das sein?«

»Ein sehr, sehr kleines Pferd.«

»Woher weißt du das?«, wollte ich wissen.

»Ich hatte früher eine Wendy-Phase«, erwiderte meine Tochter.

»Was für eine Phase?«

»Ich war doch eine Weile reiten. Auf einem der Höfe bei uns in der Nähe.«

Erstaunt runzelte ich die Stirn. »Warst du?«

»Ja. In der Grundschule.«

»Wirklich?« Ich überlegte. »Stimmt. Ich glaube, ich erinnere mich dunkel daran. Wer ist denn noch mal mit dir dahin gegangen?«

»Zozans Mutter. Du ja ganz bestimmt nicht«, fügte Merle lachend hinzu.

»Warum sagst du das so? Ich habe fast meine gesamte Zeit damit verbracht, euch irgendwo hinzufahren und von irgendwo wieder abzuholen. Ich war das reinste Taxiunternehmen.«

»Weiß ich doch, Mama«, entgegnete sie. »Das sollte ein Scherz sein. Weil du doch Tiere nicht leiden kannst und Pferde schon gar nicht.«

»Das stimmt doch so nicht. Warum sagt ihr alle …?«

»Jedenfalls gab es in dem Stall damals auch Shetlandponys«, wechselte meine Tochter wieder das Thema, bevor ich weiterreden konnte. »Es war bestimmt ein Shetlandpony. Vielleicht sogar ein Minishetlandpony. Die gibt es, glaube ich, auch. Die sind nicht einmal einen Meter groß.«

»Das könnte passen. Warte kurz, das schreibe ich mir auf. Wie buchstabiert man das?«

Ich angelte über den Wohnzimmertisch nach einem Stift und zog Werners aufgeschlagenen VHS-Katalog heran. Neben Aktzeichnen für Anfänger notierte ich mir die Buchstaben, die Merle mir durchgab. Keine Ahnung, wieso, aber ich hatte fest vor, danach im Internet zu suchen. Vielleicht gab es da ja Tipps, wie man diese Tiere dauerhaft aus seinem Garten fernhalten konnte.

»Dick ist es«, fuhr ich fort, als ich mich wieder zurückgelehnt hatte.

»Das sind sie meistens«, stimmte Merle zu. »Weil sie ziemlich verfressen sind.«

»Und es hatte überall Fell. Ich weiß gar nicht, wie es bei so vielen Haaren überhaupt was sehen konnte.«

»Woher kam es?«

»Weiß ich nicht. Es war plötzlich einfach da.«

»Aber irgendwem muss es doch gehören. Wahrscheinlich ist es von einem der Pferdehöfe in der Gegend. Vielleicht ist es ja nur irgendwo ausgebüxt und kommt nicht wieder.«

»Kann sein«, antwortete ich unbestimmt. »Hast du heute eigentlich schon was Anständiges gegessen?«

»Was?«

»Ich könnte dir was kochen und es gleich vorbeibringen«, schlug ich vor.

»Du musst mir doch jetzt nichts kochen.«

Merle gab ein Geräusch von sich, bei dem ich mir nicht sicher war, ob es ein Lachen oder ein Seufzen war. Wahrscheinlich eine Mischung aus beidem.

»Warum denn nicht? Es würde mir nichts ausmachen. Ich tue das gern. Ist doch für mein Enkelkind.«

»Ich habe schon gegessen«, antwortete sie.

»Was denn?«

»Muss ich darüber jetzt einen Bericht ablegen?« Ihr Tonfall war fast ein wenig scharf.

»Eine gesunde und ausgewogene Ernährung ist gerade während der Schwangerschaft wichtig.«

»Das weiß ich.«

»Ich will nur helfen.«

»Vielleicht solltest du dich ein bisschen mehr um dein eigenes Leben kümmern, dann bräuchtest du dich nicht so auf meins konzentrieren.«

Das hatte gesessen.

Nachdem Merle und ich aufgelegt hatten, blieb ich einige lange Augenblicke vor dem stummen Telefon stehen. Ich wusste, wir hatten nicht gestritten. Ich wusste, wir hatten nicht einmal eine wirkliche Meinungsverschiedenheit gehabt. Es gab eigentlich keinen Grund, verletzt zu sein. Doch genau so fühlte es sich an.

Um nicht weiter darüber nachzudenken, machte ich mich schließlich doch ans Kochen. Es war kurz nach sechs, und ich hatte mich für ein Gericht entschieden, für das ich lange brauchen würde. Einiges an Gemüse musste klein geschnitten werden, der Fisch blieb länger im Ofen, die Kartoffeln kamen in die Pfanne. Genug Zeit für Werner, wieder nach Hause zu kommen.

Aber über eine Stunde später war er immer noch nicht da. Wie lange konnte man denn golfen? War dieser Sport nicht eher eine Art Spaziergang, den man in zwei, maximal drei Stunden beendet hatte?

Werner war seit dem Vormittag unterwegs. Jetzt war es abends.

Natürlich hätte ich mein Handy suchen und ihn anrufen oder ihm eine Nachricht schreiben können. Aber ich wollte ihm und mir selbst nicht eingestehen, dass ich neugierig war. Diese Blöße wollte ich mir nicht geben. Wie ein Spürhund lief ich deshalb durchs Haus und hielt Ausschau nach Hinweisen, wo Werner bleiben konnte. War er bei einem Vortrag? Hatte ich einen Geburtstag vergessen? Machte er einen Abendkurs? War er mit irgendwem verabredet?

Ich durchblätterte den VHS-Katalog und diverse Broschüren, machte an jedem Eselsohr und jedem Klebestreifen halt. Aus dem Altpapier kramte ich alte

Veranstaltungsseiten und durchforstete sie nach dem heutigen Datum. Ich suchte in Werners Kalender und sogar in seinen Hosen- und Jackentaschen.

Aber nichts. Ich hatte keine Ahnung, wo er steckte. Und ich hatte keine Ahnung, wann er nach Hause kommen würde.

Machte ich mir Sorgen? Nein. Kein bisschen. Ich war vielmehr ärgerlich.

Inzwischen war das Essen längst fertig, das Gemüse viel zu durch, der Fisch halb verbrannt, die Kartoffeln verkocht. Ich hatte selbst kaum noch Lust, irgendwas davon zu essen. Trotzdem lud ich mir den Teller voll, schenkte mir ein Glas Wein ein und setzte mich vor den Fernseher.

Ich wollte mir einen schönen Abend machen. Das hatte ich fest vor. Vielleicht einen guten *Tatort* gucken oder eine nette Serie. Mir doch egal, wo Werner blieb und dass ich ein weiteres Mal umsonst für ihn gekocht hatte und dass nun eine ganze Portion wahrscheinlich im Müll landen würde. Ich würde es mir schmecken lassen. Ich würde meinen Wein genießen. Ich würde mir einen tollen Film ansehen. Und ich würde danach ins Bett gehen.

Wahrscheinlich hatte sich Werner mit seinem Golffreund Roberto verquatscht. Wahrscheinlich hatte er noch irgendwo einen Absacker getrunken. Wahrscheinlich hatte er einfach nicht auf die Uhr geguckt.

Was interessierte mich das? Richtig: Nichts.

Leider waren Gemüse, Fisch und Kartoffeln wirklich viel zu lange auf dem Herd und im Backofen geblieben. Lecker war anders. Trotzdem aß ich alles auf, während im Fernsehen irgendein schlechter Film lief, den ich kaum beachtete. Am Ende holte ich mir ein zweites Glas Wein.

Damit fühlte ich mich jedoch endlich in der Lage, mich an eine meiner Weihnachtskisten zu machen. Ich holte sie aus der Küche und begann, die verschiedenen Gegenstände auf dem Wohnzimmerboden auszubreiten. Es war, als läge die Vergangenheit unserer Familie vor mir auf dem Boden.

Während meine Töchter noch klein gewesen waren, hatten wir beinahe jedes Jahr etwas für Weihnachten gebastelt. Wir hatten Ketten aus Popcorn gemacht, Sterne aus Pappe ausgeschnitten, Kugeln aus Pappmaché hergestellt, Strohfiguren zusammengesteckt, einen eigenen Adventskranz geflochten und Säckchen für den Kalender genäht. Anschließend hatte es uns allen großen Spaß gemacht, das ganze Haus damit auszustaffieren. Die Dinge passten nicht so gut zusammen wie bei anderen, die alles farblich genau aufeinander abstimmten, aber das störte mich nicht. Jedes Stück hatten wir gemeinsam angefertigt, und dadurch hatte es eine Geschichte, die mir viel wichtiger war als eine Festtagsdeko Ton-in-Ton.

Ich freute mich normalerweise deshalb schon das ganze Jahr über darauf, unseren Weihnachtsschmuck auszupacken, und fing immer früh an, für jeden Gegenstand den perfekten Platz zu suchen. Die kleinen Kekssterne aus Salzteig, die wir an einem Adventssonntag ausgestochen und mit roten Bändern an den Zweigen befestigt hatten. Die Girlanden aus bunten Papierstreifen, mit denen ich die Fenster verzierte. Oder den kleinen, flauschigen Schneemann aus Wolle, dem Merle ein lustiges Gesicht aus Pappstücken geklebt hatte. Ich liebte es einfach, meinen Erinnerungen nachzuhängen und an die schönen Erlebnisse zu denken, die wir zusammen hatten.

Warum fiel mir das jetzt so schwer? Wieso konnte ich mich kein bisschen dazu aufraffen?

Nicht einmal mit der Unterstützung des Weins gelang es mir, die Dekoration zumindest zu sortieren. Schon ein einzelner kleiner, selbst gebastelter Wichtel ließ mich innehalten. Er bestand aus einem Haselnusskopf und trug einen Umhang und eine spitze Mütze aus rotem Filz. Man hätte ihn an einem kleinen Faden an einen Tannenzweig aufhängen können, doch der war gerissen. Ich hätte ihn einfach nur zusammenknoten müssen. Doch irgendwie brachte ich es nicht über mich. Stattdessen hielt ich den Wichtel in der Hand und starrte ihn an.

Mit einem Mal wurde ich unfassbar traurig. So viele Weihnachten waren unwiederbringlich vorbei, so viel gemeinsame Zeit für immer verloren. Und nun saß ich hier mit dem untrüglichen Gefühl, dass davon am Ende nicht viel mehr übrig war als ein Nussmännchen mit einem kaputten Band. In diesem Augenblick hätte ich weinen können, obwohl ich nicht wusste, woher das plötzlich kam. Ich lehnte mich mit dem Rücken an die Couch und spürte ein tiefes, schmerzhaftes Schluchzen in meiner Brust. Ich wartete, dass es an die Oberfläche kommen würde. Doch das tat es nicht. Es steckte fest.

Was war los mit mir? Weihnachten hatte mir immer so viel bedeutet. Und jetzt wurde ich dadurch nur noch deprimiert?

Mir kamen Merles Worte in den Kopf. *Ich habe Angst, dass du unglücklich bist und irgendwie … ein bisschen einsam.*

War ich das? War ich unglücklich und einsam?

Um nicht länger darüber nachzudenken, trank ich den letzten Schluck Wein aus, dann zwang ich mich aufzustehen. Als ich das übrig gebliebene Essen energisch in den Mülleimer warf, entdeckte ich wieder den Zeitungsausschnitt am Kühlschrank. Die Anzeige, die mit einem Kugelschreiber eingekreist worden war. *Leihoma gesucht.* Wenn man es genau betrachtete, gingen die schwungvollen Linien durch die Überschrift und verdeckten das M und das A, sodass nur Leiho blieb. Leihopei. Das gefiel mir irgendwie besser.

Warum hatte Werner dabei an mich gedacht? Wieso hatte er geglaubt, dass ich eine Leihoma sein wollte? Er hatte mich noch nie gefragt, ob ich zu seinem Tai-Chi-für-Anfänger-Kurs mitgehen oder etwas über das Imkern lernen wollte. Zu seinen historischen Stadtrundgängen nahm er mich auch nie mit.

»Das interessiert dich sowieso nicht. Das ist nichts für dich«, hatte er mal gesagt.

Leihoma. Als könnte man sie sich borgen und wieder zurückgeben, wenn man sie nicht länger brauchte.

Es standen noch einige andere Informationen darunter, außerdem ein Name und eine Telefonnummer. Natürlich hatte ich nicht vor, da anzurufen. Unter keinen Umständen. Doch dann tauchten erneut Merles Worte vor mir auf, groß wie die Leuchtbuchstaben einer Reklametafel. Es war unmöglich, sie zu ignorieren, obwohl ich es gerne getan hätte. Deshalb steckte ich den Zettel schließlich ein, räumte das Geschirr in die Spülmaschine und ging dann mit Bauchschmerzen ins Bett, die nicht allein von dem schlechten Essen kamen.

Zwei

Ich wusste nicht genau, wann Werner nach Hause gekommen war.

Nicht etwa, weil ich zu diesem Zeitpunkt schon längst erholsam eingeschlafen war, sondern weil ich so still gelegen hatte, als wäre ich nicht mehr wach, und deshalb nicht auf die Uhr hatte schauen können.

Die Decke bis zur Nasenspitze gezogen und die Augen zugepresst, hatte ich gelauscht und jede seiner Bewegungen gehört. Wie er die Treppe raufgekommen war. Wie er ins Bad gegangen war. Wie er sich ausgezogen hatte. Dann wieder an. Wie er bemüht leise die wenigen Schritte zum Bett gemacht hatte. Er roch nach Alkohol, nicht stark, aber dieser feine, bittere Duft war mit etwas anderem vermischt, das mir das Atmen schwer machte: dem Geruch nach einem schönen Abend.

Innerhalb kürzester Zeit war Werner eingeschlafen. Ich erkannte es an den tiefen, langsamen Atemzügen, die ich nur vorgab. Ich hingegen lag fast die ganze Nacht wach.

Morgens war ich so zerschlagen, dass ich nicht aus dem Bett kam. Das ging mir jetzt oft so. Manchmal lag ich noch eine gefühlte Ewigkeit hier und konnte mich nicht überwinden, auch nur ein Bein unter der Decke hervorzuschieben.

Werner dagegen war zeitig aufgestanden, hatte sich rasiert und angezogen und anschließend das Haus verlassen, wahrscheinlich zum Sport, welchem auch immer. Ich hatte die Augen kaum öffnen können, aber in dem Moment, als ich hörte, wie unten die Tür ins Schloss fiel, zwang ich mich schließlich, meinen müden Körper von der Matratze zu hieven. Denn ich hatte einen Entschluss gefasst.

Ich wusch mich. Zog mich an. Schnell noch etwas Schminke. Noch schneller die Haare. Alles zack, zack. Und mit einem Ohr in Richtung Haustür. Keine halbe Stunde später hatte ich telefoniert und stand fertig im Flur. Ein letzter Blick in den Spiegel. Kurz mit der Fusselbürste über den beigefarbenen Wintermantel und die graue Hose.

Ich wollte gerade den gemusterten Schal neu binden und meine Brosche geraderücken, als ich Geräusche hörte. Das Tor am Vorgarten. Schritte. Schlüsselklappern. Werner. Er kam zurück.

Ich griff nach meiner Handtasche. Nach einem Regenschirm. Und lief los. Durch die Küche. Seit wann ging die Balkontür so schwer auf? Ein letztes Horchen. Als Werner das Haus betrat, schlüpfte ich hinaus. Ich beugte mich vor, machte mich klein, während ich unter den Fenstern in Richtung Garage huschte. Ich stolperte über eine Gießkanne. Ruderte mit den Armen. Wollte das Gleichgewicht halten. Vergebens. Polternd fielen sie und ich auf den Boden.

»Hilde?«, hörte ich seine Stimme über mir.

Wahrscheinlich sah er von der Küche aus nach draußen. Hastig stand ich auf. Presste mich gegen die Hauswand. Mein Herz klopfte heftig. Ich war außer Atem, versuchte aber, möglichst die Luft anzuhalten. Er sollte mich nicht bemerken.

War er noch da?

Ich spähte nach oben zum Fenster. Konnte nichts erkennen. Mit dem Rücken an der Fassade schob ich mich weiter, die Arme zu beiden Seiten ausgestreckt, einen Fuß neben den anderen. Endlich erreichte ich die Garagentür. Von hier aus wollte ich zur Straße. Aber die Garagentür war verschlossen.

»Mist«, fluchte ich leise, drückte die Klinke noch einmal, zweimal, dreimal. Nichts zu machen.

Was jetzt? Zurück ins Haus? Das ging nicht.

Ich entschied, den Weg durch Kowalskis Garten zu nehmen. Dafür musste ich ein Stück über den nassen, sumpfigen Rasen. Aus der Deckung heraus. Schnell schaute ich zurück. Werner war nicht zu sehen. Ich gab mir einen Ruck. Löste mich aus dem Schatten. Eilte über das Wiesenstück auf den Zaun zu. Presste meine Handtasche und den Schirm dabei fest an mich.

Es war trotz des Loches nicht leicht, über den Zaun zu steigen. Der Boden war rutschig. Mein Mantel blieb an einem wild wuchernden Brombeerstrauch hängen, den Kowalski längst hätte schneiden müssen. Nun hielten mich die Dornen richtig fest. Ich zog und zerrte. Schließlich schaffte ich es mit einiger Anstrengung auf Kowalskis Seite und hockte mich schwer atmend hinter die Hecke. Durch einige Äste lugte ich zurück zum Haus. Dort war Werner. Er stand auf der Terrasse und hielt Ausschau.

Hatte er mich gesehen? Ruckartig zog ich den Kopf wieder ein. Was sollte ich tun?

Ich blickte die Grundstücksgrenze entlang. Wenn ich unbemerkt bleiben wollte, hatte ich keine andere Wahl. Geduckt und in einem komischen Watschelgang bewegte ich mich vorwärts. Der Schirm diente mir als Krücke, meine Tasche schleifte ich hinter mir her.

Ich hatte beinahe das verrostete, niedrige Tor erreicht, durch das man den Garten verlassen konnte und auf den Gehweg kam, als ich ein Räuspern hörte. Sofort schaute ich auf. Da saß er. Kowalski. In einem alten Gartenstuhl auf seiner Terrasse, rauchte und starrte mich an.

Hatte er mich die ganze Zeit beobachtet? War das ein Grinsen?

Ich hatte mittlerweile eine Stelle erreicht, die vor Blicken aus unserem Garten geschützt war, deshalb richtete ich mich langsam und so würdevoll wie möglich auf, klopfte mir die Hose ab, packte mir die Handtasche fest unter den Arm und wischte mir über das Gesicht. Inzwischen war mir so heiß geworden, dass ich Schweiß auf der Stirn, im Nacken und auf dem Rücken spürte. Keine Ahnung, was das für ein Anblick sein musste.

Trotzdem reckte ich trotzig das Kinn vor, Brust raus, und sagte so vorwurfsvoll wie möglich, während ich den Geschmack von Erde im Mund hatte: »Sie sollten dringend die Hecke schneiden. Die Dornen sind lebensgefährlich. Wie oft soll ich Ihnen das noch sagen?«

Damit wandte ich mich schwungvoll um und verließ mit großen Schritten Kowalskis Garten.

Mit einem kleinen Zettel, auf dem ich mir die Adresse notiert hatte, ging ich die Straße entlang, ein grauer Novemberhimmel mit einigen tief hängenden Wolken über mir, aus denen bereits wieder erste Tropfen fielen. Es war kurz nach halb zehn, Werner saß jetzt wahrscheinlich noch beim Zeitunglesen und trank die zweite Tasse Kaffee. Fragte er sich, wo ich war? Wahrscheinlich nicht. Wahrscheinlicher war, dass er mich längst wieder vergessen hatte.

Es war kalt, sicher nur ein paar Grad über null. Ich schlug den Kragen höher und war froh, dass ich heute die warmen Winterschuhe angezogen hatte. Ein leichter Wind blies mir entgegen, während ich bergauf lief, die Absätze konzentriert auf die Steinplatten des Gehsteigs setzend, als müsste jeder Schritt genau gleich lang sein. Die Anzeige war zusammengefaltet in meiner Manteltasche verstaut.

»Wann können Sie kommen?«, hatte der Mann am Telefon gefragt.

»Heute«, hatte ich geantwortet. »Jetzt.«

»Das wäre natürlich toll.«

Ich hatte irgendwie erwartet, dass eine Frau abnehmen würde. Aber es war eine männliche Stimme gewesen. Freundlich hatte der Mann geklungen, ein wenig unsicher vielleicht, er hatte mir von seiner Freundin und dem vier Monate alten Baby erzählt, die ein wenig Unterstützung bräuchten. Ja, er habe die Anzeige aufgegeben. Aber es sei natürlich mit der Mutter des Kindes abgesprochen. Es wäre nur einfach so ... Die Kleine würde ständig schreien, und seine Freundin sei am Ende. Sie habe Schwierigkeiten, sich helfen zu lassen, und er müsse leider zu viel arbeiten. Auch bei unserem Kennenlerntreffen könne er leider nicht dabei sein. Natürlich würde er auch Elternzeit nehmen. Das sei selbstverständlich. Aber die zwei Monate seien erst später im Jahr geplant. Vielleicht würden sie dann eine schöne Reise zusammen machen. Mit dem Camper. Sie seien erst vor zwei Jahren hierhergezogen und würden noch nicht viele Leute kennen. Die Eltern lebten nicht in der Nähe. Daher habe er gedacht, dass eine Leihoma vielleicht das Richtige sein könnte. Denn ja, es sei einfach so. Sie bräuchten dringend Hilfe.

Du kümmerst dich eben gern, Hilde.

Der Mann, seine Freundin und das schreiende Baby wohnten nicht weit von unserem Haus entfernt. Zu Fuß waren es zwanzig Minuten. Ich hätte das Auto nehmen können, aber nach meinem spektakulären Aufbruch wollte ich lieber laufen.

Werner und ich hatten Elisa bekommen, als ich gerade achtundzwanzig geworden und er zum Abteilungsleiter befördert worden war. Mir war Elisa wie ein Wunder vorgekommen, weil ich zuvor zwei Fehlgeburten gehabt hatte und nicht mehr sicher gewesen war, ob wir überhaupt eine Familie würden gründen können. Ich hatte das Gefühl, sehr dankbar sein zu müssen.

Anfangs hatte es mir sogar gefallen, als Hausfrau und Mutter alles so machen zu können, wie ich es für richtig hielt. Ich musste nicht mehr Tag für Tag am Kopierer stehen, am Telefon Leute durchstellen, die für mich kaum mehr als ein flüchtiges Guten Morgen übrig hatten, im Restaurant Tische bestellen und wieder abbestellen und wieder neu bestellen, Briefe voller Rechtschreibfehler an der Schreibmaschine fehlerlos abtippen, bis mir die Finger und Handgelenke und Schultern wehtaten, und jeden Morgen, Mittag und Abend zu *Schätzchen* hier und *Fräulein* da lächeln und nicken.

Werner mischte sich nicht ein, so eine Art von Ehemann und Vater war er nicht. Ich entschied, wie ich Elisa und später Merle erziehen wollte. Ich entschied, wann wir zum Babyschwimmen gingen, wann auf den Spielplatz, wann in den Zoo. Ich entschied, was sie essen würden, wann es Kuchen gab oder Süßigkeiten, was ich zu ihrem Geburtstag backen würde. Ich entschied, wie ich das Besteck ordnen, in welchem Rhythmus ich die Fenster putzen, wann die Wäsche machen wollte, wann eingekauft wurde und was. Ich organisierte unsere Stunden, unsere Tage, unsere Wochen, Monate, Jahre. Ich vergaß keine Zahnarzttermine, keine Impfungen, Merle bekam eine Brille, als sie eine brauchte, Elisa ihre Mittel gegen Neurodermitis. Bei Ausflügen packte ich für die Kinder Schokohörnchen ein und für Werner Salamibrötchen, und wenn wir in den Urlaub fuhren, konnten sich alle darauf verlassen, dass ich kühlendes Gel bei Sonnenbrand, Pfefferminzöl gegen Kopfschmerzen, leere Dosen für Muscheln, Sand und Steine und Koffeintabletten für Werner dabeihatte, wenn er am Steuer müde wurde.

Ich kümmerte mich eben.

Das konnte ich.

Dabei hatte ich mir das alles selbst beibringen müssen. Meine Mutter war früh gestorben. Da war ich noch keine sechs Jahre alt. Mein Vater hatte wenig Interesse an einem Kind, deshalb war ich die meiste Zeit auf mich allein gestellt. Ich musste selbst für ein Pausenbrot sorgen, wenn ich in die Schule ging, und ich lernte schon früh, mir selbst etwas zu kochen, weil es sonst niemand für mich getan hätte.

Das alles wollte ich für meine Kinder nicht. Ihnen sollte es an nichts fehlen. Sie sollten es besser haben als ich. Daraus hatte mein Leben viele Jahre bestanden. Und lange hatte ich keinen Zweifel daran gehabt, dass es all das wert gewesen war.

Als ich jetzt die Hauptstraße erreichte, musste ich an der roten Ampel warten. Ich brauchte diesen Moment, um noch einmal tief durchzuatmen.

Das Haus, in dem die Familie wohnte, war eines dieser neu gebauten Mehrfamilienhäuser hier in der Gegend, die furchtbar modern waren und alle gleich aussahen. Für mich wirkten sie mit ihren spiegelnden Fenstern, den weißen Briefkästen und akkurat gepflegten Vorgärten, als wäre das Leben in ihnen irgendwie schicker, besser und leichter auch. Noch einmal blickte ich auf den Zettel mit der Adresse.

Ja, hier war ich richtig.

Wir hatten unser Haus gekauft, als Elisa in den Kindergarten gekommen war. Werner wollte es, ich hätte auch weiter in unserer kleineren Mietwohnung wohnen können, aber im Nachhinein war ich froh, dass wir das Haus hatten. Ich liebte es. Weil es unser Zuhause war. Der Rückzugsort unserer Familie, an dem meine Töchter groß geworden waren. Sicher, im Vergleich zu anderen Häusern in unserer Straße, die mit den Jahren modernisiert und vergrößert worden waren, wirkte es altmodisch, aber ich hatte alles mit viel Arbeit gut in Schuss gehalten. In letzter Zeit fragte ich mich jedoch immer öfter, um welchen Preis.

Als der Summer ertönte, drückte ich die Haustür auf. Der Flur war hell, mit glänzenden Steinstufen. Es gab einen Aufzug, was mir angeberisch vorkam, ich entschied mich fürs Treppensteigen, trotz meines Knies, vielleicht auch gerade deshalb, und bereute es nach der zweiten Etage.

Das Schreien hörte ich schon frühzeitig. Es war ein kräftiges, kreischendes, unangenehmes Babyschreien. Ein bisschen erinnerte es mich an Merle, die manchmal so entsetzlich hatte brüllen können, als wäre ich die schlechteste Mutter der Welt. Es gab wahrscheinlich kein anderes Geräusch, das sich mehr nach Schmerz anfühlte.

»Hallo.« In der geöffneten Tür erschien eine Frau. Sie trug eine ausgebeulte Jogginghose und ein weites, schlabbriges T-Shirt, über ihrer Schulter lag ein fleckiges Handtuch. »Sie müssen Frau Gildemeister sein«, sagte sie und streckte mir ihre Hand entgegen.

Mit einem erschöpften Seufzen stieg ich die letzten beiden Stufen nach oben, drückte mich dabei auf dem guten Knie ab. Ich brauchte einen Moment, um zu Atem zu kommen, stellte mich aufrecht hin, die Fäuste in die Hüften gestützt.

Werner ging jeden Montag und Mittwoch zu einer Walkinggruppe. »In meiner Altersklasse bin ich der Schnellste«, hatte er mir erzählt. »Selbst Männer, die zwanzig Jahre jünger sind als ich, stecke ich locker in die Tasche. Ich war noch nie so fit wie jetzt. Ich fühle mich großartig.«

Mir tat die linke Seite weh, als hätte mir jemand ein Messer hineingerammt.

»Freut mich«, sagte ich schließlich und nahm die Hand. »Ganz schön hoch.«

»Wieso haben Sie nicht den Aufzug genommen?«

Ich winkte ab.

Jetzt, da ich ihr direkt gegenüberstand, sah ich die Müdigkeit der Frau, an die ich mich gut erinnerte. Sie lag in ihrem Gesicht, ihrer Stimme, in jeder ihrer Bewegungen.

»Am besten gehen wir schnell rein. Die Nachbarn«, fügte die Frau hinzu, als wäre damit alles gesagt, und sie schien fast erleichtert, die Wohnungstür hinter mir schließen und uns mit dem Geschrei einsperren zu können. »Sie denken bestimmt, was für ein Chaos, oder?«, fuhr sie fort, noch ehe ich einen Blick in die Wohnung hatte werfen können.

Ich schaute mich um. Auch hier war es hell, mit großen Fenstern und transparenten Gardinen, bestehend aus einem dieser riesigen Räume, die Küche, Essbereich und Wohnzimmer in einem waren, schick eingerichtet, mit einer Couch, die teuer aussah, Glastischen, glänzenden Schrankfronten, einem großen Flachbildfernseher und Kunstdrucken an den Wänden.

»Ich bin nicht dazu gekommen ...« Mit einer dieser sparsamen, fahrigen Gesten wies die Frau um sich.

»Ist mir noch nicht aufgefallen«, erwiderte ich, um freundlich zu sein.

Denn natürlich hatte ich mit einem Blick die liegen gebliebenen Wäscheberge gesehen, ein voller Korb ungefalteter Hemden, Pullover und Hosen neben der Couch. Ein weiterer stand unter dem Küchentisch, während sich darauf begonnene und wieder vergessene T-Shirt-Türmchen gegeneinanderlehnten, die einzelnen Stücke nicht nach einem einheitlichen System zusammen- und schief aufeinandergelegt, sodass die Stapel instabil waren und zu kippen drohten. Natürlich waren mir die Zeitungen nicht entgangen, ungelesene Ausgaben, die jemand notdürftig hinter der Tür verstaut hatte, anstatt sie ordentlich zu stapeln, mit einer Kordel zu einem Paket zusammenzubinden und zum Altpapier zu bringen. Und natürlich hatte ich das ungespülte Geschirr, die stehen gelassene und wahrscheinlich leere Milchpackung, die Flecken und Krümel auf den Fliesen, die zusammengeknüllten und nicht zum Trocknen aufgehängten Handtücher gleich bemerkt.

Nur zu gut konnte ich mich an die Zeit erinnern, als die Kinder noch ganz klein waren. Manchmal, vor allem in der Zeit, nachdem Merle geboren war, nannte ich unser Haus das Putz-Karussell, weil Aufräumen und Saubermachen in den vielen Zimmern kein Ende nahmen. Ich konnte kaum jemanden einladen, weil es fast unmöglich war, das Haus in Ordnung zu halten, und dieses Chaos niemand sehen sollte. Schon frühmorgens stellte ich die Waschmaschine an und wischte die Küche, ehe die Kinder aufwachten. Heute dagegen lehnte im Keller ein Klappstuhl an der Wand hinter der Tür, weil ich mich an manchen Tagen vor das Bullauge der Waschmaschine setzte, um den drehenden Bewegungen der Trommel und dem Schaum zuzusehen.

»Und das ist also der kleine Schreihals«, sagte ich nun mit einem Lächeln, nachdem ich aus meinem Mantel geschlüpft war und ihn an die Garderobe gehängt hatte.

Auf dem hellblauen Veloursledersofa stand eine Babyschale, aus der das laute Schreien drang, das den großen Wohnraum erfüllte. Ich trat näher.

»Das ist Tula«, sagte die Frau, machte ebenfalls einen zögerlichen Schritt nach vorne, als wäre sie unsicher in ihrer eigenen Wohnung, blieb stehen.

»Du bist Tula?« Ich beugte mich über das Baby, dessen Gesicht hochrot und verzerrt war, die Haut um die Augen nass. »Und du machst deiner Mama ab und zu das Leben schwer, hm?«

»Nein, nein, gar nicht. Sie ist ...« Die Frau fasste

nach dem Handtuch auf ihrer Schulter und knetete den Stoff mit den Fingern. »Sie ist ganz wunderbar. Wir haben großes Glück. Jan und ich. Mein Freund. Wir sind sehr glücklich, dass wir sie haben.«

»Darf ich sie auf den Arm nehmen?«, fragte ich und wies auf die schreiende Tula.

»Ähm ... ja ... Ich meine ... natürlich, klar.«

»Magst du mal zu mir auf den Arm kommen, meine Kleine? Was sagst du?« Ich schlug die dünne Babydecke zur Seite, hob Tula vorsichtig aus der Schale und auf meinen Arm. Das Geschrei war jetzt direkt an meinem Ohr und unvorstellbar laut. Ich spürte das Gewicht auf meiner Brust. »Was ärgert dich, meine Kleine, hm? Worüber bist du so wütend?«

»Wir haben alles versucht.« Tulas Mutter fuhr sich über das Gesicht und die schwarzen, lockigen Haare, die sie zu einem unordentlichen Zopf zusammengebunden hatte. Sie sah aus, als hätte sie sich seit Tagen nicht geduscht. »Wir waren bei allen möglichen Ärzten, weil ich dachte ... Ich war mir sicher, dass sie was hat, dass irgendwas nicht stimmt. Ich meine, weil sie so schreit. Das kann doch nicht normal sein. Und sie schreit wirklich immer. Wenn sie nicht schläft, schreit sie. Aber ihr fehlt nichts. Alles ist gut. Sie will eben einfach schreien, und ich ... ich weiß nicht ... Ich möchte ihr gerne helfen. Sie tut mir ja leid und alles, aber ... ich weiß einfach nicht, wie.«

»Bei manchen Kindern ist das so. Da kann man nichts machen.«

»Aber ich bin ihre Mutter. Ich denke immer, ich

müsste ihr helfen können. Wenn ich es nicht kann, wer dann, oder?«

Ich strich Tula über die heiße, nasse Wange, dann das dunkle Haar, wiegte sie leicht hin und her, hielt ihren kleinen Kopf sanft mit meiner Hand. Leise sprach ich auf sie ein. Es war das Babymurmeln, das ich mir bei meinen eigenen Kindern angewöhnt hatte. Es waren keine richtigen Worte, meist wusste ich selbst nicht, was ich sagen wollte oder ob überhaupt etwas. Aber Elisa und vor allem Merle hatte es beruhigt. Wahrscheinlich waren es die Vibrationen meiner Brust gewesen, die sie gemocht hatten. Da war es egal, dass nichts davon Sinn ergab. In der Krabbelgruppe, in der ich mitgeholfen hatte, als die Kinder noch klein gewesen waren, hatte man mir die Schreihälse gegeben. Wenn nichts mehr geholfen hatte, hatte ich sie an mich gedrückt und auf sie eingeredet, und dann hatten sie aufgehört zu weinen. Es war etwas, das nur ich konnte. Auch wenn aus mir sonst nichts geworden war. Vielleicht sogar gerade deshalb. Babys liebten das Vorhersehbare, Langweilige, Immergleiche.

»Babyflüsterin«, so hatte mich Merle mal genannt.

Ich kümmerte mich eben.

»Ich hab schon alles versucht«, sagte die Frau, ihre Stimme nur ein Flüstern. »Nichts hilft.«

Tula beugte sich leicht nach hinten, schien mich zum ersten Mal anzusehen. Ich sprach weiter, und plötzlich wurde sie still, beobachtete mich, meinen Mund, ein wenig skeptisch, aber aufmerksam. Ich konnte es noch. Ich mochte vielleicht nicht Mandarin lernen oder Seidenmalerei. Aber diese besondere Gabe hatte nur ich.

»Na, siehst du, du musst gar nicht immer schreien, meine Kleine.« Mit einem Lächeln wandte ich mich an Tulas Mutter, die mich ansah.

Im ersten Moment erleichtert, dann schockiert, schließlich fing sie zu weinen an.

Es war, als würde ein Schluchzer, der schon lange in ihr feststeckte, endlich seinen Weg nach draußen finden. Wie Luftblasen, die sich an die Oberfläche drücken. Fast so laut wie zuvor Tulas Geschrei. Die Frau schlug die Hände vors Gesicht, ihre Schultern sackten nach vorne, als wollte sie sich um etwas in ihrer Brust einrollen. Einige lange Augenblicke standen wir in ihrem schicken, chaotischen Wohnzimmer, sie weinend, während ihre Tochter ganz still war.

»Warum können Sie das? Warum hört sie bei Ihnen …? Sie kennt Sie doch gar nicht.« Sie hob den Kopf, ihre Augen waren rot, die blassen Wangen nass von Tränen. »Ich bin ihre Mutter. Ich. Bei mir müsste sie aufhören zu schreien. Bei mir müsste sie sich geborgen fühlen und beschützt. Ich müsste sie … Aber das kann ich nicht. Ich kann gar nichts. Ich bin vollkommen nutzlos. Als Mutter. Und überhaupt. Und wissen Sie, was? Manchmal finde ich sie wirklich gemein. Tula. Es gibt Tage, da stehe ich vor ihr und schreie sie an. Und sie schreit mich an. Und wir schreien beide. Dabei …« Sie wischte sich über die Augen. »Ich habe mir so sehr ein Kind gewünscht. Natürlich habe ich mir ein Kind gewünscht. Aber ich habe mir vieles so anders vorgestellt, einfacher ...« Wieder sank sie in sich zusammen, das Gesicht in den Fingern verborgen, Tränen tropften auf den Parkettboden.

Das kleine Mädchen weiter auf dem Arm wiegend, ging ich zu der Frau und legte ihr für einen Moment meine Hand auf den Rücken. »Alles wird gut«, flüsterte ich. »Sie mögen es mir jetzt nicht glauben, aber alles wird gut.«

Es dauerte, bis sie langsam den Kopf hob. »Ich bin nicht immer so«, murmelte sie. »Ich bin eigentlich ganz anders.«

»Ich weiß«, erwiderte ich mit einem Lächeln, von dem ich hoffte, dass es aussah wie damals, wenn ich neben Merle auf dem Bett gesessen hatte, die von diesem fiesen Kind gehänselt worden war, oder als Elisa im Krankenhaus hatte bleiben müssen, weil sie sich den Fuß gebrochen hatte. Das Lächeln hatte ihnen gutgetan, genau wie meine Worte und die heiße Milch mit Honig, die ich ihnen gemacht hatte.

»Wissen Sie, was wir jetzt tun? Ich koche uns erst mal eine Tasse Tee, und dann sehen wir weiter.«

»Ich habe Ihnen nicht mal etwas zu trinken angeboten. Ich habe gar nicht ...«

»Machen Sie sich darüber keine Gedanken. Ist nicht schlimm«, entgegnete ich.

»Und vorgestellt habe ich mich auch nicht. Ich bin Saida.«

Mitfühlend sah ich sie an, wies sie dabei sanft, aber nachdrücklich in Richtung Esstisch, wartete, bis sie sich auf einen der Stühle gesetzt hatte, und übergab ihr dann ihre Tochter. Anschließend ging ich um die Theke herum zur Küchenzeile und setzte Wasser auf, während ich nach Tassen und Beuteln suchte, um alles in einer sinnvollen Reihenfolge aufzustellen.

»Sie werden sehen«, sagte ich, ohne mich umzudrehen, »mit warmem Tee im Bauch fühlen Sie sich gleich besser.«

»Ich bin eigentlich Anwältin. In einem großen Unternehmen«, erzählte Tulas Mutter, während ich dem Hightech-Wasserkocher dabei zusah, wie er seinen Inhalt erhitzte und dabei die Farbe wechselte. »Und ich bin ziemlich gut in dem, was ich tue. Ich sehe vielleicht jetzt nicht so aus, aber ich habe einige Firmenbosse das Fürchten gelehrt. Allerdings hatte ich dabei auch eher selten Babykotze auf dem T-Shirt.« Wie zum Beweis zog sie den Oberteilstoff nach vorne. »Wir wollten uns alles aufteilen. Gleichberechtigt aufteilen, wissen Sie?«, sprach sie weiter. »Fünfzig, fünfzig. Das war der Plan. Aber jetzt bin ich hier, in Elternzeit, und Jan arbeitet. Er arbeitet viel. Und ich bin eben hier. Am Ende macht das meiste wohl doch die Mutter, oder? Deshalb ... na ja ... Die Tassen stehen da vorn«, warf sie ein, als sie meinen suchenden Blick bemerkte.

Ich schaute in die Richtung, in die sie mit dem Finger wies. Auf einem Regalbrett waren Keramikbecher so sorgfältig aufgereiht, als wären es nicht Dinge für den täglichen Gebrauch, sondern Dekoartikel, nicht einer hatte einen Henkel. Was für Tassen sollten das sein? Als ich einen von den Bechern nahm, bemerkte ich, dass er leicht angestaubt war.

»Ich bin einfach in diesem Alter, wissen Sie? In meinem Alter bekommt man Kinder. Jetzt oder nie. Und ich wollte ja auch ein Baby. Eine Frau muss sich heute nicht mehr entscheiden. Zwischen Kind oder Karriere. Sie kann beides haben. Und sollte sie deshalb nicht auch beides haben?«

Ich wollte darauf antworten, doch sie sprach sofort weiter: »Ich bin nicht besonders mütterlich. Sie wahrscheinlich schon, oder?«

»Was heißt das schon?«

»Andere Frauen scheinen über einen natürlichen Mutterinstinkt zu verfügen, schätze ich. So wie Bären oder Buntspechte. Die wissen einfach, was zu tun ist. Dabei haben sie weder Internet noch Elternratgeberbücher«, fuhr sie fort, ohne auf meinen Einwurf zu achten. »Ich kümmere mich schon gern. Aber bisher waren das immer Sachverhalte. Paragrafen. Zahlen. Oder mal einen Machomann, der glaubt, mir über den Mund fahren zu dürfen. Bis vor Kurzem wusste ich nicht einmal, wie man Nudeln kocht.«

»Wozu gibt es Gebrauchsanleitungen, oder?«, warf ich ein.

»Stimmt.« Sie lachte jetzt. Ein raues Lachen, irgendwie langsam, als wäre sogar ihr Lachen müde geworden.

»Ich weiß, was Sie meinen«, sagte ich deshalb tröstend. »Eine Gebrauchsanleitung könnte auch für Babys manchmal nicht schaden.«

»Ja, oder?« Sie versuchte sich an einem dankbaren Lächeln.

Inzwischen hatte ich den Tee aufgegossen und trug den Becher zum Tisch.

»Danke«, sagte Saida, übergab mir bereits wie selbstverständlich wieder Tula, zog das Gefäß zu sich heran und legte die Hände darum.

Ich musste beinahe klettern, um mich auf einen der Stühle ihr gegenüber setzen zu können. Sie hatten eine seltsame Höhe, und wenn man sich anlehnen wollte, baumelten die Füße in der Luft. Wahrscheinlich waren das sehr teure und sehr moderne Stühle, aber ich verstand nicht, warum man viel Geld ausgeben sollte, um sich sehr klein zu fühlen.

Kurz hielt ich Tula in die Höhe und sah ihr ins Gesicht, dann legte ich sie mir wieder auf die Schulter und strich ihr über den Rücken.

»Wie viel verlangen Sie eigentlich?«, fragte mich Saida schließlich.

Ich zuckte zusammen. Es war der Moment gekommen, in dem ich ihr sagen musste, dass ich nicht vorhatte, eine Leihoma für Tula zu werden. Aber warum war ich dann überhaupt gekommen?

Werner war sich absolut sicher, dass es das Richtige für mich war. Merle wahrscheinlich auch, und Elisa erst recht. Aber Werner durfte Mandarin lernen, und ich würde einfach nur das tun, was ich schon immer getan hatte? Er durfte sich neu erfinden, und ich blieb die alte Hilde?

Gleichzeitig war es jedoch eine Möglichkeit, etwas

Sinnvolles zu tun. Ich konnte einer anderen Mutter helfen, die offensichtlich am Ertrinken war. Vielleicht war es das, was ich brauchte, um morgens wieder besser aus dem Bett zu kommen. Und Saida fragte mich offensichtlich nach der Bezahlung. Ich würde also Geld bekommen für etwas, das mir leichtfiel. Geld nur für mich.

»Vierzig Euro«, hörte ich mich schließlich sagen, obwohl ich mir über den Lohn bisher keine Gedanken gemacht hatte.

»Okay.«

»Die Stunde«, fügte ich hinzu und wartete Saidas Reaktion ab.

Die nickte jedoch. »Okay.«

»Und ich räume nichts auf.«

»Natürlich nicht«, erwiderte sie sogleich. »Dafür haben wir bald wieder jemanden.«

»Klar.«

»Wann können Sie anfangen?«

War da schon wieder dieses Minipferd?

Ich hatte gerade den Mantel ausgezogen und meine Handtasche abgestellt, als ich etwas im Garten bemerkte. Es war eher eine Bewegung, ein Farbklecks, aber mit wenigen Schritten war ich beim Fenster. Ich spähte hinaus und stieß mir dabei beinahe den Kopf, konnte es jedoch nicht entdecken. Deshalb lief ich auf die Terrasse.

Wenn es wirklich das Pony war, konnte es was erleben. Aber heute würde ich es anders machen. Ich würde es nicht mehr drücken und schieben, sondern locken. Ich war mir nur nicht ganz sicher, womit. Äpfel? Möhren? Vielleicht Brot? Ich würde schon was finden, das ihm schmeckte. Auf Zuckerstücke würde ich dagegen verzichten, denn dieses dicke Pony hatte nicht ausgesehen, als sollte es Süßes essen.

Hastig drehte ich mich wieder um, eilte zurück in die Küche und riss den Kühlschrank auf. Ich schnappte mir zwei Möhren und einen großen Apfel aus dem Korb neben der Mikrowelle, dazu wieder meinen Mantel, weil es draußen empfindlich kalt war. Danach war ich zurück auf der Terrasse und hielt erneut Ausschau.

Ich beugte mich vor, bewegte meinen Kopf nach links und rechts, konnte es jedoch zunächst nirgendwo entdecken. Doch es musste hier sein. Ich hatte es mir nicht nur eingebildet. Es musste ... Da. Endlich. Da war es. Mit schnellen Schritten lief ich nach links die Terrasse entlang, damit ich eine bessere Sicht hatte.

Aber es war nicht das kleine Pferd. Es war Kowalskis Hund, der damit begonnen hatte, unter dem Quittenbaum ein Loch zu buddeln. Der Novembermatsch flog nur so hinter ihn. Ich ließ Möhren und Apfel sinken.

»Du dämlicher Köter«, schimpfte ich. »Du dämlicher, blöder Köter.«

Einen Moment dachte ich darüber nach, wieder die Golfbälle und den Schläger zu holen und ihn ein für alle Mal zu vertreiben. Dann konnte ich Werner heute Abend zumindest von einem Erfolgserlebnis berichten.

Aber ich tat es nicht.

Stattdessen blieb ich noch einige Augenblicke stehen, beobachtete den Hund mit grimmigem Blick, wie er eifrig die Erde umgrub. Schließlich ging ich ins Haus zurück und wollte die Möhren und Äpfel gerade wieder an ihren Platz legen, als ich durch das Küchenfenster hindurch eine weitere Bewegung im Garten bemerkte. Ich hielt inne. Denn in diesem Moment schlenderte das kleine Shetlandpony durch das Loch im Zaun auf den Rasen.

Heute kam es mir sogar noch mehr wie eine waschechte Fellexplosion vor. Die blonden Haare standen in alle Richtungen ab. Der Hund hatte es noch nicht bemerkt, und ich wartete gespannt, was jetzt passieren würde. Mir fiel das Spiel ein, das Merle und Elisa früher gerne mit mir gespielt hatten. In einem Kampf zwischen einem Dinosaurier und einem Drachen, wer würde gewinnen? Ständig hatten sie mir diese Fragen gestellt und dabei die unterschiedlichsten Gestalten zusammengebracht. Fruchtfliegen und Blattläuse, Eichhörnchen und Chip und Chap aus der Fernsehserie, einen Power Ranger und einen von den Turtles, K. I. T. T. und Herbie. Manchmal hatten wir stundenlang darüber diskutiert, warum welche Partei den Sieg davontragen würde, und dafür die witzigsten Begründungen gefunden. Sie waren sehr kreativ gewesen, aber auch mir waren einige gute Sachen eingefallen.

Aber jetzt war die Frage ernst: In einem Kampf zwischen einem Hund und einem Minishetlandpony, wer würde gewinnen?

Kowalskis Tier war nicht riesig, eher so mittelgroß,

daher überragte ihn das Miniaturpony um mehrere Zentimeter. Aber natürlich hatte es keine Zähne wie ein Fleischfresser, der seine Beute jagte und tötete. Ich erinnerte mich, mal gelesen zu haben, dass Pferde Fluchttiere waren und sich lieber aus dem Staub machten, als sich zu wehren. Dann würde diese Sache wahrscheinlich schnell entschieden sein.

Tatsächlich schien das kleine Pferdchen diese Information über seine Art jedoch nicht zu kennen. Denn es warf dem buddelnden Hund zunächst einen Blick zu, der mir auch aus der Entfernung herausfordernd vorkam. Sein Kontrahent dagegen grub unbeeindruckt meinen Grund und Boden um und achtete nicht darauf, dass er in meinem Garten nicht länger allein war. Dieser Fehler wurde ihm jedoch in dem Augenblick bewusst, als das Pony Gas gab. Es galoppierte über den Rasen, dass die Schlammbrocken nur so flogen, und kam erst kurz vor dem Hund zum Stehen.

Der hob erschrocken den Kopf und machte einen Satz zur Seite. Dann starrte er das Shetlandpony an, das ihn ebenfalls ansah. Gespannt wartete ich darauf, was als Nächstes passieren würde. Würde nun Kowalskis Tier angreifen? Würde es eine echte Auseinandersetzung geben? Musste ich dagegen was unternehmen? Schließlich gab es vielleicht nur eine Sache, die ich weniger wollen konnte als Eindringlinge auf meinem Grundstück, und das waren verletzte Eindringlinge.

Doch in dieser Sekunde passierte es bereits. Das Minipferd schoss ein Stück nach vorne, hatte den Hals gesenkt und die Nase vorgeschoben. Die Ohren lagen so flach, dass es aussah, als hätte es nicht einmal welche. Es sah wirklich grimmig aus, und diese Einschätzung schien Kowalskis Hund zu teilen. Denn er machte sich augenblicklich aus dem Staub. Mit eingezogenem Schwanz sauste er über das Gras und verschwand durch die Hecke.

Überrascht sah ich das Pony an. Damit hatte ich nicht gerechnet. Es hatte so harmlos ausgesehen und auch nicht besonders einschüchternd. Aber offenbar konnte es auch anders und schien mit der Anwesenheit eines Streuners genauso wenig einverstanden wie ich. Das hatten wir zumindest gemeinsam.

Plötzlich wandte sich das Pferdchen um und sah neugierig in meine Richtung. Ich war mir nicht sicher, ob es mich hinter der Fensterscheibe wirklich erkennen konnte. Doch es wirkte so, als würde es mich direkt und voller Stolz anschauen. Nur mich. Und ich schaute zurück.

In einem Kampf zwischen einem Hund und einem Minishetlandpony, wer gewinnt? Die Antwort auf diese Frage kannte ich jetzt.

Draußen war es bereits dunkel. Ich saß mit Werner beim Abendbrot, und von meinem Platz aus konnte ich die weihnachtliche Beleuchtung in den Gärten unserer Nachbarinnen und Nachbarn sehen. Die einen setzten auf bunt blinkende Lämpchen, die anderen auf cremefarbene Lichterketten, die sie in die Bäume gehängt hatten. Schon immer hatte ich mir das gerne angeschaut.

Wir besaßen eine große Auswahl an strahlenden Sternen und elektrischen Kerzen, die ich auf der Terrasse und in den Beeten aufstellte, sobald die Tage kürzer wurden. Nicht einmal dazu hatte ich mich bisher überwinden können. Außerdem hatte ich mich seit gestern nicht wieder an die Dekoration herangewagt, sondern die Kisten mit Festtagsschmuck und vor allem das große Durcheinander aus Popcorngirlanden und Strohpüppchen, das ich im Wohnzimmer zurückgelassen hatte, bei meinen verschiedenen Wegen durchs Haus möglichst ignoriert.

Den ganzen Nachmittag hatte ich zudem nach dem Minipferdchen Ausschau gehalten. Immer wieder war ich zum Fenster gegangen. Doch es war nicht wieder aufgetaucht.

Nach seinem Sportkurs war Werner frisch geduscht und roch nach Seife, die Haare waren noch nass. Ich hatte mich zu Hause nur kurz umgezogen, obwohl ich nach wie vor Schmutz und Blätter von meiner Krabbelaktion durch Kowalskis Garten an mir entdeckte.

»Und?«, fragte er, während er in sein Brot biss.

»Was, *und?*«, gab ich zurück.

»Hast du da angerufen?«

Ich runzelte die Stirn. »Wo angerufen?«

»Bei der Familie aus der Anzeige, die ich dir an den Kühlschrank geheftet habe.«

»Ach die ...«, erwiderte ich gedehnt und tat möglichst beiläufig, weil ich eigentlich nicht darüber reden wollte. »Nein«, behauptete ich dann, obwohl ich selbst nicht genau sagen konnte, wieso.

»Warum nicht?«, wollte er wissen, und als ich nur ungenau die Schultern hob, fügte er hinzu: »Ich finde, die Anzeige passt perfekt zu dir.«

»Sehr schmeichelhaft«, antwortete ich.

Verdutzt sah Werner mich an. Einen Moment wirkte er, als wollte er die Sache auf sich beruhen lassen. Er griff wieder nach seinem Brot, das er hatte sinken lassen. Einige Sekunden lang schwebte die Wurstschnitte in der Luft, dann entschied er sich doch anders und legte sie zurück auf den Teller.

»Du würdest doch gern mehr rauskommen.«

Ich machte ein überraschtes Gesicht. »Wann habe ich das gesagt?«

»Na ja, also gesagt hast du es nicht«, gab er mit leicht wiegendem Kopf zu, »aber ich merke doch, dass irgendwas nicht stimmt.«

»Ach ja?« Meine Stimme war plötzlich nur ein Krächzen.

»Ja.« Werner nickte. »Und die Kinder auch.«

Ich schluckte, schwieg jedoch.

»Wir machen uns Sorgen. Wir möchten nicht, dass du den ganzen Tag zu Hause rumsitzt und ...«

»Ich sitze wohl kaum den ganzen Tag zu Hause rum«, erwiderte ich, etwas heftiger als beabsichtigt.

Werner beobachtete mich. Er schien unsicher und räusperte sich, bevor er weitersprach: »Wir möchten doch nur, dass du was machst, das dich erfüllt.«

»Und es ist erfüllend, wenn ich für andere Leute babysitte?«

»Das ist doch kein Babysitting«, widersprach er und tat, als wäre meine Antwort sehr lustig.

Mir war jedoch nicht danach mitzulachen. Deshalb fragte ich ausdruckslos zurück: »Und was ist es dann?«

»Erst vor Kurzem habe ich in der Zeitung einen Artikel darüber gelesen, wie sehr beide Seiten von so einer Leihoma-Sache profitieren. Du hast doch so viel Erfahrung. Du kannst das alles aus dem Effeff und könntest einer jungen Mutter helfen, mit den ersten Schwierigkeiten des Mutterseins zurechtzukommen.«

»Den ersten Schwierigkeiten des Mutterseins?«, wiederholte ich belustigt.

»Das ist doch nicht so leicht«, fuhr Werner fort.

»Woher willst *du* das wissen?«

»Du könntest deine Altersweisheit an sie weitergeben.«

»Du spielst mit deinem Leben, Werner«, antwortete ich. »Ich habe ein Brotmesser griffbereit und weiß damit umzugehen.« Gespielt drohend wies ich auf das Besteck vor mir.

Mit einem Grinsen hob er ergeben die Hände. »Deine Weisheit«, verbesserte er sich. »Deine Weisheit, meine ich. Es ist doch gut, weise zu sein. Außerdem bekommt unsere Tochter bald ein Baby. Da wird sie Hilfe brauchen, und du kannst das Omasein schon mal üben. Für Merles Kind.«

»Warum sollte ich das üben müssen?« Ich machte ein irritiertes Gesicht. »Ich dachte, ich hätte so viel Erfahrung.«

»Aber doch nicht als Oma.«

»Warum machst du das dann nicht?«

»Wieso?«

»Du hast auch keine Erfahrungen als Opa. Oder doch? Sollte ich da irgendetwas wissen?« Jetzt lachte ich doch, aber es klang irgendwie anders als sonst. »Aber ernsthaft«, sagte ich deshalb. »Warum rufst du da nicht an und bewirbst dich als Leihopa?«

»Das war ja nicht gesucht. Außerdem habe ich dafür keine Zeit«, fügte Werner hinzu.

»Ach so, ja, stimmt. Du hast immer so viel zu tun.«

»Habe ich ja auch.«

»Aber das wäre dann wenigstens mal was Sinnvolles«, stichelte ich.

»Ich mache sinnvolle Dinge«, widersprach Werner.

Die Heftigkeit seines Tonfalls überraschte nicht nur mich, sondern offenbar auch ihn. Trotzdem konnte ich nicht aufhören, ihn auf die Schippe zu nehmen: »Und zwar? Buchdrucken? Weil du in den nächsten Jahren vorhast, groß ins Buchdruckgeschäft einzusteigen? Du weißt schon, dass es diese neumodische Erscheinung gibt, die sich Computer nennt, oder? Ich befürchte also, dass sich die Sache mit dem Buchdrucken etwas erledigt hat.«

»Darum geht es doch gar nicht.«

»Und was ist mit Mandarin?«, fuhr ich fort.

Seine Miene verfinsterte sich. »Was soll mit Mandarin sein?«

»Wie man hört, ist das eine recht schwierige Sprache.«

»Und?«

»Du hast doch nicht wirklich vor, nach China zu reisen, oder?« Ich wusste selbst nicht genau, warum ich plötzlich eine so diebische Freude daran hatte, ihn zu ärgern.

»Das weißt du nicht«, gab er zurück. Seine Stimme hatte einen seltsamen Unterton.

»Ach, sind die Flugtickets schon gebucht?«

»Und wenn es so wäre?«

»Dann hoffe ich, dass du dir auch eine Begleitung organisiert hast. Denn ich werde ganz bestimmt nicht mitkommen.«

»Ich würde dich auch gar nicht mitnehmen«, antwortete er beleidigt.

Jetzt blieb mir die Sprache weg. Plötzlich kam mir nichts davon mehr lustig vor. »Ist das so?«, erwiderte ich rau.

»So ist das.«

»Dann ist ja gut.« Gekränkt verschränkte ich die Arme vor der Brust.

»Finde ich auch.« Quietschend schob Werner seinen Stuhl zurück und stand auf. Einen Augenblick lang dachte ich, er würde sich einfach umdrehen und gehen, doch stattdessen sah er mich an.

»Du solltest da dringend anrufen«, sagte er. »Das kann nur gut für dich sein.«

Ich schaute zurück und wollte etwas erwidern, aber mir fiel nichts ein. Ich konnte nur zusehen, wie er sich umwandte und die Küche verließ.

»Und du solltest dir dringend neue Sandalen und

weiße Tennissocken kaufen, damit sie dich in China auch als alten deutschen Rentner erkennen«, rief ich ihm schließlich hinterher.

Doch da war Werner längst verschwunden.

Am nächsten Morgen hörte ich das Geräusch schon von oben, als ich beim Anziehen war. Ein seltsames Brummen, das ich kaum richtig beschreiben konnte. Ich war mir sicher, es war etwas kaputt. Die Waschmaschine? Die hatte ich gar nicht angestellt. Der Herd? War aus. Aber irgendwas Elektrisches musste es sein. Oder kam das Geräusch von der Straße? Ich schob die Gardinen zur Seite und spähte hinaus. Vielleicht die Straßenreinigung? Ein Schaden beim Verteilerkasten? Nichts.

Aber es kam auch nicht von da. Es war im Haus. Ein wabernder Ton, der die Treppe zu mir heraufdrang.

Sollte ich die Feuerwehr rufen? Vielleicht waren wir in Gefahr und brauchten dringend Hilfe.

Und wo war Werner überhaupt? Seit unserem Streit am Abend waren wir einander aus dem Weg gegangen. Ich hatte es vermieden, nach unten zu gehen, während er in der Küche wieder seine Zeitung gelesen hatte, und tat so, als hätte ich im ersten Stock unglaublich viel zu tun. Aber wo steckte er jetzt? Hatte er noch nichts gehört?

Mit vorsichtigen Schritten ging ich die Stufen nach unten, auf das Geräusch zu, das komischerweise nicht wirklich lauter zu werden schien, nur dunkler. Es kam aus dem Wohnzimmer, jetzt wusste ich es sicher.

Ich schielte um die Ecke. Da saß Werner auf einem der grünen Ohrensessel, ein langes Rohr vor sich, den Kopf hochrot, als würde er jeden Augenblick kollabieren, presste seinen Mund auf die Öffnung am oberen Ende und blies hinein. Und dann kam am unteren Ende dieses seltsame Geräusch heraus.

»Du bist das«, sagte ich und überraschte ihn damit.

Er fuhr hoch, sah mich erschrocken an. »Was?«, fragte er und rang nach Luft.

Schweiß glänzte auf seiner Stirn, und um seinen Mund hatte sich ein tiefer Ring in seine Haut gedrückt. Er stützte eine Hand in die Seite, mit der anderen hielt er weiter das Instrument.

»Soll das so klingen?«, antwortete ich.

»Das ist ein Didgeridoo. Ein traditionelles Blasinstrument der nordaustralischen ...«

»Ich weiß, was ein Didgeridoo ist«, unterbrach ich ihn, bevor er mir wieder einen seiner berühmten Vorträge halten konnte. »Aber es hört sich an, als wäre es kaputt.«

Er rang nach Luft. »Ich übe noch.«

»Dein Kopf ist ganz rot«, stellte ich ein wenig amüsiert fest.

»Es ist auch ein bisschen anstrengend. Aber ich finde, es wird schon«, behauptete er.

»Und ich finde, du siehst aus, als hättest du Atemnot.«

Er hustete einige Male, sagte aber trotzdem: »Nein, mir geht es gut.«

»Ich dachte schon, ich müsste die Feuerwehr rufen«, berichtete ich. »Aber jetzt denke ich, ein Krankenwagen wäre vielleicht besser.«

»Bald habe ich den Dreh raus.«

»Wenn du meinst.« Ich musterte ihn noch einige Momente, dann zuckte ich schließlich die Schultern. »Machst du das noch lange?«

Werner beugte sich leicht vorneüber. Einen Augenblick befürchtete ich, er müsste sich übergeben, doch dann gab er ein Japsen von sich, das klang, als würde ein Fisch an der Wasseroberfläche Luft holen, wischte sich über die Stirn und zwang sich zu einem Lächeln.

»Ein Weilchen«, keuchte er. »Ich komme gerade so gut rein.«

Zweifelnd hob ich die Augenbrauen. »Wenn du meinst. Ich gehe dann in den Garten.«

»Ist gut.«

»Das heißt, ich höre dich vielleicht nicht, wenn du um Hilfe rufst.«

»Sehr witzig. Die schönsten Dinge sind mit ein wenig Anstrengung verbunden«, behauptete er.

»Die schönsten Dinge können einen alten Mann auch umbringen«, entgegnete ich.

Erst dachte ich, Werner würde noch etwas erwidern, aber er sah mich nur an, legte dann die Lippen wieder an das Didgeridoo und blies hinein. Ich wollte mich gerade umdrehen, als mein Blick auf den Haufen

Weihnachtsschmuck fiel, den ich auf dem Wohnzimmerboden zurückgelassen und seitdem absichtlich übersehen hatte. Er war kein großes Durcheinander mehr, sondern lag sortiert da. Nun gab es mehrere kleine und getrennt voneinander angeordnete Ansammlungen von Lichterketten, Kugeln, Girlanden, Kerzen, Sternen für die Fenster und Dekofiguren zum Aufstellen. Offenbar hatte Werner sich darangemacht, in diesem Chaos ein wenig Ordnung zu schaffen.

»Du hast ja aufgeräumt«, sagte ich, merkte aber selbst, dass ich zu leise gesprochen hatte, damit Werner mich verstand. Ich dachte, er hätte es nicht mal bemerkt, doch dann setzte er doch noch einmal das Instrument ab.

»Was?« Fragend schaute er mich an.

»Du hast ... na ja ... ein bisschen aufgeräumt.« Ungenau wies ich über die Dekostapel am Boden.

Damit schien er nicht gerechnet zu haben. Seine Augen gingen nun ebenfalls in Richtung Teppich. »Ja ... Ich dachte ...« Er ließ den Rest des Satzes wie einen losen Faden zwischen uns hängen.

»Ja ...«

Einen Moment überlegte ich, ob ich noch etwas hinzufügen sollte, mich vielleicht sogar bedanken, aber als ich aufsah, war Werner bereits wieder so damit beschäftigt, mit hochroten Wangen in dieses Rohr zu pusten, dass ich entschied, es zu lassen.

Das unangenehme Geräusch begleitete mich wie eine Welle in meinem Rücken, während ich erst in die Küche und dann nach draußen ging. Von der Garderobe hatte ich mir eine Jacke mitgenommen, in die ich schlüpfte, während ich die Terrassentür hinter mir zuzog.

Ich hatte mich darauf eingestellt, dass Kowalskis Hund wieder im Garten sein würde, aber ich konnte ihn nirgendwo entdecken, und auch das Minipony war nicht zu sehen. Ich beschloss deshalb, endlich ein wenig weihnachtliche Beleuchtung in Angriff zu nehmen. Darum konnte ich mich schließlich nicht ewig drücken, und morgen war schon der erste Advent. Vorher wollte ich jedoch einige der Verwüstungen der vergangenen Tage in Augenschein nehmen und möglichst beseitigen. Ich nahm deshalb eine Harke und einen Spaten und ging in die Richtung, in der das Tier des Nachbarn gestern gegraben hatte, ehe es von dem kleinen Pferd verjagt worden war. Das konnte ich eigentlich immer noch nicht wirklich fassen, und als ich nun daran dachte, bemerkte ich, dass sich ein leichtes Schmunzeln in meine Mundwinkel stahl.

Die Nacht über hatte es wieder durchgeregnet, und der Rasen bestand mehr aus Pfützen als aus Boden. Bei jedem Schritt schmatzte es unter meinen Füßen. Dazu wehte ein eisiger Wind, der mich auch in meiner Jacke frösteln ließ.

Das Gespräch mit Werner am vergangenen Abend hatte mich aufgewühlt. Im Bett hatte ich mich unruhig hin und her gewälzt und kaum richtig ein Auge zugemacht. Seine Worte beschäftigten mich. Und auch Merles Worte beschäftigten mich seit unserem letzten Telefonat. Warum dachte meine Familie offenbar, dass ich ein trauriges und einsames Leben führte?

Und hatten sie damit womöglich recht?

Ich hatte damit begonnen, die Erde, die von den Hundepfoten aufgewühlt worden war, wieder ordentlich und glatt zu harken, als ich etwas aus Richtung des Zauns hörte. Erst ein Knistern. Dann ein Rascheln. Und kurz darauf sah ich eine Bewegung.

Da war es. Das kleine Pferdchen. Es drängelte sich durch die Hecke und unter dem Zaun hindurch.

Im ersten Moment verhielt ich mich ganz ruhig und beobachtete regungslos, wie es über meinen nassen Rasen hinwegstampfte, die Nase gesenkt, als wollte es sichergehen, dabei nichts Essbares zu übersehen. An einem Hochbeet blieb es kurz stehen und rieb sich die Nase an einer der Ecken, marschierte dann zielstrebig weiter zum Kompost im hinteren Teil des Gartens und durchsuchte sehr sorgfältig die neuesten Abfälle, die wir dort seit seinem letzten Besuch gesammelt hatten. Offenbar kannte es sich schon aus. Deutlich drang sein Schmatzen zu mir herüber, als es den Apfelkitsch entdeckte, den ich dort gestern hingeworfen hatte. Anschließend fing es an, auf dem Boden davor einige Grashalme zu naschen.

Niedlich sah es schon aus. Das musste ich zugeben. Eine richtige kleine Blondine. Mit diesen hellen, dichten, dicken Haaren, die zu allen Seiten abstanden, als wäre es schon mehr als einmal einem Stromzaun zu nahe gekommen. Außerdem das kugelrunde Bäuchlein und die kurzen, stämmigen Beine. Das Gesicht mit den großen dunklen Augen hatte was Freches, als würde es unter diesem Schopf einiges aushecken. Etwas sagte mir, dass dieses kleine Tier ein sehr viel gewiefterer Gegner war als Kowalskis Hund.

Ich rührte mich nicht und wagte kaum zu atmen, um es nicht zu erschrecken oder zu verscheuchen, bis mir einfiel, dass ich das Minipferdchen eigentlich gar nicht im Garten haben wollte. Verjagen war also durchaus mein Ziel. Abgesehen davon hatte es gestern nicht gerade ängstlich gewirkt, als es das Tier des Nachbarn vertrieben hatte.

»Hey. Du. Pony«, rief ich deshalb und stellte die Harke zur Seite. »Shetlandpony«, verbesserte ich mich, als mir Merles Worte einfielen.

Aber wie bei unserem ersten Zusammentreffen hob es nicht einmal den Kopf.

»Was meinst du denn, was du da tust?«

Keine Reaktion.

»Das ist mein Garten, und ich möchte dich bitten, diesen unverzüglich zu verlassen.«

Meine höflich vorgetragene Forderung schien das Tier nicht im Geringsten zu interessieren. Es rupfte und malmte gleichmäßig weiter.

Ich ärgerte mich, dass ich keine Möhren und Äpfel mitgebracht hatte. Aber zurück in die Küche wollte ich auch nicht, weil ich keine Lust hatte, Werner zu erklären, was ich damit wollte. Aus einem mir unerfindlichen Grund hatte ich das Gefühl, ihn ginge das Minipferdchen nichts an.

Doch zum Glück trug ich meine Gartenjacke, in deren Taschen ich meist irgendwelche Snacks zur Stärkung während der Arbeit aufbewahrte. Tatsächlich wurde ich auch heute fündig und entdeckte hier die Reste eines trockenen Brötchens.

»Ich werde es heute mal anders versuchen«, erzählte ich dem Pony, während ich die ersten Krümel hervorkramte. Vielleicht konnte ich ihm damit das Verlassen meines Gartens im wahrsten Sinne des Wortes schmackhafter machen. »Meine Freundin Rim meint nämlich, es kommt immer darauf an, was man daraus macht. Und die muss es wissen, sie kommt nämlich vom Theater, und so viel kann ich dir sagen: Da gibt es regelmäßig und im wahrsten Sinne des Wortes jede Menge Theater.«

Das Pferdchen gab ein Schnauben von sich, und ich mochte den Gedanken, dass es über meinen Witz gelacht hatte. Vielleicht hatten wir ja denselben Humor.

»Leider habe ich meinen Geheimrat Dr. Oldenburg bereits abgeerntet, weißt du? Das ist ein Apfelbaum«, fügte ich erklärend hinzu für den Fall, dass das kleine Tier sich mit den Namen seines Futters nicht auskannte. »Der hat wirklich wunderbare, köstliche Früchte. Der Geschmack ist einmalig, das kann dir sagen. Wir zwei kennen uns zwar noch nicht lange, aber ich bin mir ziemlich sicher, dass du in deinem ganzen Leben noch keine so leckeren Äpfel gegessen hast. Meine Töchter lieben sie auch, und den ganzen Herbst hindurch muss ich Apfelkuchen backen, wenn sie zu Besuch sind.«

Einige Schritte vom Minipferdchen entfernt blieb

ich stehen und hielt das Brötchenstück in die Höhe. »Hör zu, ich habe nichts gegen dich persönlich. Ich weiß, dass es Gerüchte gibt, ich würde Tiere grundsätzlich hassen. Aber das ist nicht wahr. Du bist bestimmt ein ganz«, ich überlegte, »nettes kleines Pferdchen.« Ich deutete ein vages Schulterzucken an. »Aber das ändert nichts daran, dass das hier«, ich wies um mich, »mein Grundstück ist. Ihr Tiere könnt doch nicht einfach hingehen, wohin ihr wollt. Auch für euch gibt es Regeln. Abgesehen davon, dass Ponys auf einen Ponyhof gehören. Davon gibt es in der Nähe doch wirklich genug. Wenn dir deiner nicht gefällt, such dir von mir aus einen anderen. Aber mein Garten ist keine Option.« Ich versuchte, möglichst entschieden zu klingen. »Hast du ...?« Doch ich konnte nicht zu Ende sprechen.

Denn in diesem Moment hob das Minipferd ruckartig den Kopf. Es sah erst mich an, dann das Brötchen in meinen Händen. Augenblicklich drehte es sich um und kam schnurstracks auf mich zu. Nicht langsam, sondern ziemlich zügig. Erschrocken machte ich ein paar Schritte rückwärts. Doch das Tier steuerte weiter auf mich zu, hatte dabei die Nase vorgereckt und das Maul zuversichtlich geöffnet. Sogar für so ein kleines Pferdchen wirkte es etwas einschüchternd. Außerdem wusste ich ja seit gestern, wozu es fähig war.

Was sollte ich tun? Weglaufen? Mich tot stellen? Versuchen, auf einen Baum zu klettern? Oder mich auf den Boden legen und die wichtigsten Organe schützen, wie ich es für den Angriff durch einen Bären gelesen hatte? Viel Zeit für eine Entscheidung blieb nicht. Es würde mich jeden Moment erreichen.

In meiner Verzweiflung machte ich das, was mir als Erstes einfiel. Ich riss die Arme hoch und stampfte auf den Boden auf.

Das Pony stoppte.

Wir schauten einander an. Es wirkte überrascht. Aber ich genauso.

»Das hast du dir so gedacht, was?«, sagte ich zu ihm. »Aber nicht mit mir.« Langsam ließ ich die Hände wieder sinken.

Sofort trat das Minipferd wieder auf mich zu und wollte nach dem Brötchen schnappen.

»Hey, nein. Nein, nein, nein«, schimpfte ich und zog das Gebäckstückchen weg. »Du kannst mir das Essen doch nicht einfach aus den Fingern klauen. Weißt du nicht, dass sich das nicht gehört? Das ist sehr, sehr unhöflich von dir. Willst du sehr, sehr unhöflich sein?«

Anstelle einer Antwort folgte das Pony jeder meiner Bewegungen mit dem Kopf, die Augen starr auf den Snack in meiner Hand gerichtet. Es drängelte näher an mich heran, dass ich beinahe aus dem Gleichgewicht geriet.

»Du spinnst ja wohl«, brachte ich gerade noch heraus, als mir das Tier so einen Rempler verpasste, dass mir das Brötchen entglitt und auf den Boden fiel.

Gleichzeitig schossen wir vor, weil wir beide zuerst an das Essen wollten. Ich bückte mich, griff jedoch im ersten Moment daneben. Die Zähne des Ponys kamen mir bedrohlich nah. Trotzdem zuckte ich nicht zurück. Ich würde es nicht gewinnen lassen. Deshalb presste ich die Augen zu, schob den Arm vor und schloss endlich die Finger um das Brötchen. Dann zog ich die Hand hastig zurück.

»Ha!«, machte ich triumphierend und stellte mich aufrecht hin. »Das war ziemlich unverschämt von dir, weißt du das?« Ich baute mich vor dem Tier auf und sah es vorwurfsvoll an. »Und wer so unverschämt ist, bekommt gar nichts«, belehrte ich das Pferdchen.

Das schaute mich kurz an, dann wandte es sich um und trottete in Richtung Zaun. Bevor es diesen jedoch erreicht hatte, blieb es einen Moment stehen, hob seinen Schwanz und ließ einen Haufen auf meinen Rasen fallen. Anschließend trabte es in aller Seelenruhe davon und war kurz darauf verschwunden.

Fassungslos sah ich ihm nach und rief dann, weil mir nichts anderes einfallen wollte: »Ja, du mich auch.«

»Du hast gar nicht angerufen«, sagte Merle, als sie mir die Tür öffnete, an der ein großer Weihnachtskranz hing.

Sie wohnte in der Stadt, im vierten Stock eines Mietshauses ohne Aufzug, und ich keuchte noch schlimmer als bei meinem Besuch von Tulas Mutter. Mich mit einer Hand am Geländer festhaltend, musste ich einen Moment Pause machen, ehe ich die letzten Stufen nehmen konnte. Ich hatte Seitenstechen und bekam kaum Luft. Keine Ahnung, wie meine Tochter das mehrmals am Tag schaffte, mit dem dicken Bauch und den geschwollenen Füßen.

»War eine spontane Idee«, behauptete ich, obwohl das nicht ganz der Wahrheit entsprach. Ich japste so stark, dass ich mich selbst nicht verstanden hätte.

»Geht es dir gut?«, fragte Merle besorgt und kam auf mich zu.

Abwehrend hielt ich den Arm in die Höhe. »Geht schon, geht schon. Ich brauche nur einen Moment länger. So viele Stufen bin ich einfach nicht gewöhnt.«

»Vielleicht solltest du bei Papas Walkinggruppe mitmachen.«

Ich verzog das Gesicht. »Wieso?«

»Damit du auch ein bisschen in Form kommst.«

»Das sind alte Männer, die sich zweimal die Woche zum Spazierengehen und Quatschen und Pfeiferauchen verabreden. Und das nennen sie dann Walking, weil ein paar von ihnen diese seltsamen Stöcke dabeihaben, mit denen man früher durch den Park gegangen ist, um Müll aufzuspießen. Mit Sport hat das rein gar nichts zu tun«, presste ich hervor.

»Aber vielleicht würde dir das auch mal guttun.«

»Das Pfeiferauchen?«, fragte ich betont amüsiert zurück. »Ich passe.«

Ich zwang mich, mich wieder aufzurichten, stemmte die Fäuste in die Seiten und legte den Kopf in den Nacken.

»Geht's wieder?«, wollte meine Tochter wissen.

»War nie besser«, sagte ich und bemühte mich um

ein Lächeln, als ich die wenigen Schritte auf Merle zu machte. Ich blieb vor ihr stehen. »Wie geht es dir, Schätzchen?«, fragte ich und umarmte meine Tochter.

»Gut, wenn du dich nicht auf mir abstützen würdest.«

»Entschuldige. War ein Reflex.« Ich ließ sie wieder los. »Einmal im Profil, bitte«, sagte ich, und Merle drehte sich zur Seite. »Du siehst ziemlich schwanger aus.«

»Liegt vielleicht daran, dass ich schwanger bin.«

»Wäre möglich.« Ich lächelte sie an. »Gutes Argument.«

»Willst du reinkommen?« Sie machte eine einladende Geste.

»Wollen? Ja. Können?« Übertrieben deutlich wog ich den Kopf.

»Mama«, sagte Merle vorwurfsvoll.

»Ich komm ja, ich komm ja.« Ich betrat die Wohnung. »Heiß ist es hier.«

»Eigentlich nicht.«

»Dann bin ich vielleicht kurz vor dem Erfrieren.«

Verständnislos hob meine Tochter die Augenbrauen. »Was?«

»Kurz bevor man erfriert, wird einem doch total heiß«, erklärte ich.

»Ach ja?«

»Deshalb findet man in der Antarktis ja auch so oft Menschen im Eis, die nur noch einen Schlüpfer auf dem Kopf tragen.«

»Wenn du ständig solche Geschichten erzählst, woher sollen wir dann wissen, wann du richtig meschugge wirst, Mama?«, wollte sie wissen.

»Das sag ich euch dann schon.«

»Willst du was trinken?«, wechselte sie das Thema.

»Gern, hast du vielleicht ein Glas Saft?«

»Saft?«

»Apfel oder Orange oder etwas in der Art.« Ungenau wedelte ich mit der Hand durch die Luft.

»So was habe ich nicht.«

»Dann gib mir einfach, was du hast.«

Ich sah zu, wie Merle sich auf den Weg in die Küche machte, mit ihrem leicht watschelnden Gang, an den ich mich noch gut aus meinen eigenen Schwangerschaften erinnern konnte. Es war mir vorgekommen, als wären meine Beine so dick, wie sie sich anfühlten, und als könnten sie unmöglich noch in normalen Schritten aneinander vorbei passen. Außerdem hatte ich den riesigen Bauch ausbalancieren müssen, mit dem ich ständig Gefahr lief, vorneüber zu kippen.

Merle schien es da nicht anders zu gehen. Als meine Tochter in der Küche verschwunden war, ging ich ein Stück ins Wohnzimmer und sah mich um. Merles Wohnung war bereits weihnachtlich geschmückt. Sie hatte Tannengrün aufgehängt, auf der Kommode standen ein selbst geflochtener Adventskranz und weitere festliche Kerzen, und die Türrahmen waren mit Sternengirlanden aus Stoff dekoriert. Sie hatte alles für die kleine Familie vorbereitet, die sie schon bald haben würde. Schön sah das aus und machte mich gleichzeitig seltsam traurig.

»Das ist grüner Biotee mit Himbeerminze«, sagte sie, als sie zurückkam. Sie hielt mir ein Glas hin, das erschreckend grün und gesund aussah.

»Das ist bestimmt sehr ... lecker.« Ich hatte mich auf das Sofa gesetzt, nahm nun das Getränk und roch daran, ehe ich mich dazu überwinden konnte, einen ersten Schluck zu nehmen.

Es schmeckte, wie es geklungen hatte, aber wenigstens war es erfrischend.

»Und?«, fragte Merle.

»Ja«, antwortete ich gedehnt. »Genau richtig.«

Sie beobachtete mich, während ich weiter davon trank, deshalb machte ich ein möglichst ausdrucksloses Gesicht und konnte mir sogar ein kleines Lächeln abringen, als ich das geleerte Glas wieder absetzte.

»Willst du noch was?«, wollte sie wissen und musterte mich prüfend.

»Vielleicht nächstes Jahr«, sagte ich in Anspielung an Merles Spruch von früher. Wenn ihr als Kind etwas nicht geschmeckt hatte, war ihre Antwort immer gewesen, man könne das auch einmal im Jahr essen.

Merle lachte auf. »Und was hat dich jetzt so spontan zu mir geführt?«

»Nichts.«

»Nichts?«

»Darf eine Mutter nicht mal ihre schwangere Tochter besuchen und fragen, ob sie ihr irgendwie helfen kann?«

»Das ist sehr lieb von dir, aber ich brauche keine Hilfe«, sagte meine Tochter abwehrend.

Ich hatte es nicht anders erwartet. Die Beziehung zwischen Merle und mir war immer enger gewesen als meine Verbindung zu meiner älteren Tochter. Während Elisa schon früh auf eigenen Beinen hatte stehen wollen, selbstsicher gewesen war, mit einer klaren Meinung zu allem und jedem, hatte meine Jüngste mich noch lange um Rat gefragt. Sie hatte meine Hand genommen, wenn sie beim Schwimmen ins tiefe Wasser wollte. Den ersten BH hatten wir gemeinsam gekauft, wohingegen Elisa mir nur schlicht die Rechnung präsentiert hatte, die ich bezahlen sollte. Als es um die ersten Autofahrten nach der bestandenen Führerscheinprüfung gegangen war, hatte Elisa Werner gebeten, sie zu begleiten. Merle dagegen war fast ein halbes Jahr nur mit mir zusammen gefahren.

Doch seit ihrer Schwangerschaft war plötzlich alles kompliziert. Sie hatte mir übel genommen, dass ich nicht nur mit Begeisterung auf ihre Ankündigung reagiert hatte, alleine ein Kind zu bekommen. Gestritten hatten wir nicht, aber meine besorgten Nachfragen und Vorschläge hatte sie als Angriffe gewertet. Das hatte ich ihrem Gesicht angesehen, das mit jedem weiteren Wort verschlossener geworden war. Dabei wollte ich nur sichergehen, dass ihr klar war, worauf sie sich einließ. Ich wusste noch sehr gut, wie überfordert ich mich als junge Mutter gefühlt hatte, dabei hatte ich Werner an meiner Seite gehabt. Zwar war unsere Aufgabenverteilung sehr klassisch gewesen, aber zumindest war ich nicht für alles auf einmal verantwortlich gewesen. Ich hatte Angst, dass Merle sich diese ganze Sache zu leicht vorstellte.

Leider hatte ich es ihr gegenüber genau so formuliert, weil ich dachte, sie wollte meine Meinung dazu hören. Dabei hatte sie mich lediglich über ihre Pläne informiert. Seitdem fühlte es sich so an, als stünde eine Glaswand zwischen uns. Wir konnten uns noch sehen, aber schon das Sprechen war seltsam dumpf, mit ständigen Missverständnissen, und wirklich erreichen konnte ich meine Tochter nicht mehr.

Früher war ich oft ganz selbstverständlich zu ihr zu Besuch gekommen, doch jetzt kam es mir so vor, als wäre es ihr nicht recht. In meiner eigenen Familie fühlte ich mich fast wie eine Aussätzige. Elisa war schon immer eher ein Papakind gewesen, aber jetzt sprach auch Merle lieber mit ihrem Vater. Für mich blieb da niemand mehr übrig.

»Ich weiß, dass du keine Hilfe brauchst«, sagte ich deshalb eilig und fügte hinzu: »Aber vielleicht kann ich ja trotzdem irgendwas tun.«

Merle schüttelte entschieden den Kopf. »Das musst du nicht.«

»Ist das Kinderzimmer inzwischen fertig?«, versuchte ich nun ein anderes Thema.

»Natürlich.«

»Darf ich es sehen?«

»Um mich zu kontrollieren?«, wollte sie wissen.

»Einfach, weil es mich interessiert. Ich möchte doch sehen, wo mein erstes Enkelkind demnächst schlafen wird.«

Sie zögerte, dann zuckte sie jedoch die Schultern. »Klar.«

Das Glas noch in der Hand, weil es sich zumindest erfrischend kalt anfühlte, folgte ich Merle durch den Flur. An der Kinderzimmertür, die halb geöffnet war, blieb sie stehen, und nach einem leichten Fußstupser konnte ich hineinsehen. Im Vergleich zum letzten Mal hatte sich viel getan. Die Wände waren in einem hellen Zitronengelb gestrichen, über die Mitte zog sich eine Borte aus kleinen Sonnen-, Wolken- und Regenbildchen, die mich an die Seiten in Merles selbst gezeichneten Comics erinnerten. Das Bett war bereits aufgebaut. In der Ecke stand ein Sessel mit blauem Muster, am Fenster eine Wickelkommode, rechts an der Wand ein Kleiderschrank. Hübsch sah es aus.

»Hast du das selbst gemacht?«, fragte ich.

»Ich war nicht im Wald und habe Holz für die Kommode geschlagen, falls du das meinst«, antwortete meine Tochter.

»Genau das habe ich gemeint«, sagte ich.

»Ich hatte eine Malerin da. Die Decke und alles habe ich einfach nicht geschafft. Aber die Borte und die kleinen Schnörkelsachen auf den Möbeln, die sind von mir.«

Erst jetzt entdeckte ich die feinen bunten Zeichnungen auf dem Schrank und dem Holzbett und um die Kommodengriffe. Alle in diesem Mangastil. Als Jugendliche hatte Merle die Heftchen säckeweise verschlungen und sich zu Karneval sogar als einige von den Figuren verkleidet. Ich erinnerte mich noch gut daran, wie ich mich bemüht hatte, ihr die passende Frisur zu machen. Alles sollte so genau wie möglich sein.

»Das hast du selbst gemalt?«, fragte ich. »Findest du nicht, dass du dich ein bisschen schonen solltest?«

»So viel war das nicht. Eine Wolke pro Tag löst wohl kaum vorzeitige Wehen aus. Wenn es so wäre, würde ich die Tapete jetzt mit Gewitter vollkritzeln. Und mit dem Schrank und dem Bett haben mir Zozan und Caro geholfen. Wir haben eine kleine Möbelaufbauparty gemacht. Es hätte allerdings ein kleines bisschen weniger Alkohol geben sollen, dann wären vielleicht einige der Schrauben etwas gerader geworden. Jetzt mach nicht so ein Gesicht«, ergänzte sie mit einem Seufzen. »Ich habe natürlich nichts getrunken. Und niemand braucht gerade Schrauben und Nägel.«

»Ich mache gar kein Gesicht.«

»Doch, tust du.«

Inzwischen versuchte ich in der Gegenwart meiner Tochter nur noch eine freundliche oder zumindest neutrale Miene aufzusetzen. Sie sollte nicht denken, dass ich mit irgendetwas nicht einverstanden war. Ich wollte nicht noch mehr Distanz zwischen uns. Aber hin und wieder misslang mir das, und ihr entging das nie.

Um mich selbst davon abzulenken, ließ ich meinen Blick noch einmal durch den Raum schweifen. Sie hatte wirklich alles für die Ankunft des Babys vorbereitet. Für mich blieb nichts mehr.

»Aber hier fehlen immer noch Gardinen«, stellte ich fest und zeigte auf die unbekleideten Fenster.

»Mein Freund Jamal näht mir welche«, erwiderte sie. »Ich habe mit ihm Stoff bedruckt. Das ist richtig hübsch geworden. Er hat das für seine Tochter auch gemacht. Dann ist es nicht so ein Nullachtfünfzehnstoff.«

»Es gibt aber auch sehr schöne Stoffe zu kaufen. Ich habe da richtig niedliche …«

»Mag ja sein«, unterbrach sie mich entschieden. »Aber wir wollten es eben selber machen. Das ist doch meine Entscheidung.«

»Ja, natürlich«, antwortete ich, weil ich nicht wusste, was ich sonst sagen sollte.

Eine kleine Weile standen wir schweigend voreinander. Merle hatte sich leicht nach hinten gegen den Türrahmen gelehnt. Ich gab vor, mir immer noch den Raum anzuschauen.

»Das Pony war wieder da«, sagte ich schließlich, um die Wogen zu glätten.

Erleichtert stellte ich fest, dass sich ihr Gesicht aufhellte. »Das Shetty?«

»Es ist gestern bei mir im Garten aufgetaucht. Es hat sich durch die Hecke und den Zaun gezwängt und stand plötzlich wieder mitten auf dem Rasen. Nur weil Kowalski den Zaun nicht repariert, geht jetzt auch noch dieses Pferd bei mir ein und aus.«

»Warum machst du das nicht selbst?«

»Der Zaun gehört zu seiner Seite.«

»Ist das nicht egal?«, wollte sie wissen.

Irritiert runzelte ich die Stirn. »Nein, natürlich ist es nicht egal. Es ist sein Grundstück, und er muss …«

»Aber wenn du es selbst erledigen würdest, müsstest du dich nicht die ganze Zeit darüber ärgern.«

»Ich ärgere mich nicht *die ganze Zeit*«, widersprach ich. »Und ich werde doch wohl noch ... unzufrieden darüber sein dürfen, wenn mein Nachbar ...«

»Was hast du getan?«, unterbrach mich Merle.

»Womit?«

»Mit dem Pony.«

»Es rausgeworfen«, behauptete ich, obwohl es nicht wirklich das war, was passiert war.

»Du könntest es auch streicheln«, sagte meine Tochter.

»Warum sollte ich es streicheln?«

»Weil das schön ist.«

»Für wen?«

»Für das Pony und für dich.«

»Gibt man Pferden eigentlich noch Zuckerstücke?«, fragte ich stattdessen, weil ich einmal mehr das Thema wechseln wollte.

»Ich glaube nicht. Das ist wahrscheinlich wie bei uns Menschen. Zu viel Zucker ist ungesund und schlecht für die Zähne. Schon zu meiner Zeit haben die Pferde eher Äpfel und Möhren bekommen.«

»Ja, Äpfel mag es.«

»Hast du es mit Äpfeln gefüttert?«

»Es hat sich einen Apfelkitsch vom Kompost geklaut«, erwiderte ich. »Und was ist mit Brötchen?«

»Da bin ich mir nicht sicher. Ich meine, die sind bestimmt okay. Trotzdem wäre es wohl besser, wenn du ihm nur Äpfel oder Möhren füttern würdest.«

»Ich füttere ihm gar nichts«, gab ich sofort zurück. »Wie kommst du darauf, dass ich ihm irgendetwas füttern würde? Es soll sich einfach nur aus meinem Garten fernhalten. Mehr will ich gar nicht.«

»Aber wenn es jetzt öfter kommt, könntest du dich doch mit ihm anfreunden«, schlug meine Tochter vor.

»Anfreunden?«, wiederholte ich und lachte auf. »Ich werde mich doch nicht mit diesem kleinen, dicken, schafähnlichen Tier anfreunden. Da könntest du auch gleich sagen, ich soll mit Kowalskis Hund Freundschaft schließen. Das wird nicht passieren. Nie im Leben. Außerdem hat es mir mitten auf den Rasen gekackt.«

»Und das ist nun wirklich unverzeihlich«, gab Merle zurück.

»Allerdings.«

Drei

»Gibt es heute Salat zum Mittag?«, fragte Werner, als er in die Küche kam und mich dabei überraschte, wie ich am Tisch sitzend Obst und Gemüse für das Minipferdchen in kleine Stücke schnitt.

Falls es heute abermals in meinen Garten kam, wollte ich vorbereitet sein. Im Internet hatte ich gelesen, dass Pferde nicht nur Möhren und Äpfel gerne aßen. Einige mochten auch Rote Bete, Sellerie und Rüben, außerdem Bananen und Birnen. Deshalb war ich gestern Abend noch in den Supermarkt gefahren und hatte gleich eine größere Auswahl mitgebracht. Das pummelige Tier sah mir zwar nicht aus, als wäre es bei seinen Snacks besonders wählerisch, aber wenn es etwas gab, was ihm besonders schmeckte, wollte ich nichts unversucht lassen, um es wieder von meinem Grundstück wegzulocken. Allerdings würde es sich benehmen müssen. Sein freches Verhalten vom letzten Mal würde ich ihm nicht durchgehen lassen.

»Nein«, antwortete ich und schnitt weiter.

»Ein Glück«, seufzte er und ließ sich mit einem Stöhnen auf einen der Stühle mir gegenüber sinken.

Er trug einen alten Trainingsanzug und bewegte sich so geschmeidig wie ein Roboter. Kaum hatte sein

Hintern die Sitzfläche berührt, streckte er die Beine von sich und ließ die Arme rechts und links an den Seiten hängen. Seit seinem ersten Tag in Rente war er mir wie eines dieser Duracell-Häschen aus der Werbung vorgekommen. Aber nun wirkte sein gesamter Körper, als wäre von einem Moment auf den anderen die Luft raus.

»Ich brauche heute definitiv was mit Kalorien.« Er fuhr sich mit dem Ärmel über die Stirn. »Ich komme gerade vom Tai-Chi und könnte ein ganzes Pferd verdrücken.«

»Man isst keine Pferde.«

»Was?« Werner wirkte überrascht über meinen plötzlich etwas ärgerlichen Tonfall.

Ich tatsächlich auch. Bisher hatte ich auf dem Markt nicht einmal gezuckt, wenn an einem Stand 1-A-Fohlenfleisch angepriesen wurde. Außerdem war ich weit entfernt davon, Vegetarierin zu sein.

»Wir haben noch nie Pferd gegessen«, fügte ich für ihn und mich erklärend hinzu.

»Doch, ich schon. Als ich einmal ...«

»Also ich habe noch nie Pferd gemacht«, verbesserte ich mich. »In meinem ganzen Leben hatte ich noch kein Stück Pferd in der Pfanne.«

»Aber es schmeckt gar nicht schlecht«, sagte Werner. »Ähnlich wie ...«

»Warst du jetzt etwa auch noch bei einem Einstiegskurs zur Verarbeitung von Pferdefleisch? Wenn du unbedingt ein Pferdeschnitzel haben willst, musst du dir das selber machen.«

»Ich sage ja gar nicht, dass ich unbedingt ein Pferdeschnitzel …«

»Und heute koche ich sowieso nicht.«

»Wegen der Pferdefrikadelle?«, fragte er. »Ich habe doch gesagt, dass ich gar nicht …«

»Ich habe keine Zeit.«

Werner war sichtlich irritiert, was mir nicht entging. »Aber wir haben den ersten Advent.«

»Wirklich?«, gab ich überrascht zurück, denn daran hatte ich tatsächlich nicht gedacht.

Das schien ihn noch weiter zu verwirren. »Ja, wirklich.«

Ich zögerte kurz, dann sagte ich: »Trotzdem nicht.«

»Warum nicht? Was machst du?«

»Ich habe im Garten zu tun«, erwiderte ich ungenau.

»Im Garten?« Er hob die Augenbrauen. »Den ganzen Tag?«

»Ich muss unsere Weihnachtsbeleuchtung aufhängen. Das wollte ich schon die ganze Zeit, bin aber einfach nicht dazu gekommen«, behauptete ich. »Außerdem sollte sich endlich mal jemand um diesen blöden Zaun kümmern. Das sage ich dir schon seit Jahren. Und dem Kowalski auch. Aber von euch fühlt sich ja niemand zuständig.« Ich zuckte möglichst beiläufig die Schultern. »Selbst ist die Frau. Wenn ich nicht möchte, dass jedes Tier im Umkreis von zweihundert Kilometern …«

»Jedes Tier?« Werner lachte auf. »Ich dachte, Kowalski hätte nur einen Hund.«

»... da durchkommt«, sprach ich weiter, ohne auf seinen Einwurf zu achten, »und mir dann alles umbuddelt und den Rasen zertrampelt und sich am Kompost bedient.«

»Welcher Hund frisst denn Sachen aus dem Kompost? Da sind doch nur Restabfälle drin.«

»Vom Kowalski habe ich gar nichts anderes erwartet. Seit der hier eingezogen ist, kümmert der sich nur um sich selbst. An einer guten Nachbarschaft war dem von Anfang an nicht gelegen. So wie damals mit dem Laub. Und denkst du, dass der auch nur einmal unsere Tonnen mit rausgestellt hat, als wir in Italien waren? Und du wirst sehen, wenn es bald so richtig schneit, dann fegt der den Gehweg auch wieder nur bis zu seiner Grundstücksgrenze. Keinen Millimeter weiter.«

»Nach Schnee sieht es ja im Moment nicht wirklich aus.«

»Wenn er überhaupt mal was freiräumt«, fügte ich hinzu. »Da muss vor seiner Haustür wahrscheinlich erst jemand ausrutschen und sich das Genick brechen. Nicht mal dann würde der eine Schaufel in die Hand nehmen oder eine Heckenschere oder einen Rasenmäher oder einen Hammer, um diese dämlichen Latten wieder anzubringen. So schwer ist das doch nicht.«

Ich merkte erst jetzt, dass ich mich ein wenig in Rage geredet hatte, denn mir blieb schlagartig die Luft weg. Dabei wollte ich mich gar nicht so sehr ärgern. »Aber darum geht es ja nicht«, fügte ich deshalb hinzu.

»Worum geht es?«

Ich zögerte, dann antwortete ich: »Um dich, Werner.«

Er war sichtlich erstaunt und setzte sich langsam auf. »Um mich? Was habe ich denn gemacht?«

Ich musterte ihn. Am liebsten hätte ich ihm alles gesagt. Wie verletzt ich mich fühlte, wie gekränkt und auch wie frustriert. Doch ich konnte nicht. Es kam mir vor, als würden mir meine eigenen Worte im Hals stecken bleiben. Ich wollte mich nicht streiten. Ich durfte mich nicht streiten.

Durch seine Arbeit war Werner immer selten zu Hause gewesen. Er hatte die vielen kleinen und großen Schwierigkeiten des Alltags gar nicht mitbekommen, mit denen ich zu kämpfen gehabt hatte. Aber wenn er dann nach einem anstrengenden Bürotag heimkam, wollte ich ihm davon nicht erzählen. Es kam mir nicht richtig vor, ihn damit auch noch zu belasten. Die wenigen gemeinsamen Momente, die wir zusammen hatten, sollten schön sein. Nicht mehr, nicht weniger. Deshalb hatte ich mir angewöhnt, mir die Hand auf den Mund zu drücken, wann immer Wut in mir aufstieg, als könnte ich sie dadurch zurückstopfen. Und manchmal erwischte ich mich dabei, wie ich es immer noch tat.

»Dabei denke ich doch nur an unsere Töchter«, entgegnete ich jetzt, um nichts anderes zu sagen.

Erneut war Werner irritiert. »Was haben Elisa und Merle denn damit zu tun?«

»Merle bekommt bald ein Kind.«

»Und?«

»Ich möchte nicht, dass sie den kleinen Wicht ...«

»Ich dachte, wir wüssten noch nicht, ob es ein Junge oder ein Mädchen wird.«

»Oder die kleine Wichtin«, verbesserte ich mich, »mit in unseren Garten nimmt und das Baby dann hier von einem Hund oder einem Fuchs ...«

»Einem Fuchs?«

»Oder einem Wolf ...«

Seine Augenbrauen schnellten belustigt nach oben. »Einem Wolf?«

»... aufgefressen wird, nur weil du immer zu viel zu tun hattest mit deinem Karate oder Kanufahren oder Karaoke ...«

»Ich mache keinen Kurs in Karaoke. Was soll man denn da lernen?«

»... und keine Zeit hattest, um mal diesen blöden Zaun zu reparieren, worum ich dich schon tausendmillionenmal gebeten habe. Ist das wirklich zu viel verlangt?«

»Nein, ich ...«

»Und ist es wirklich zu viel verlangt, dass du dir heute mal selbst was kochst oder ein Schinkenbrot schmierst oder ein paar Eier in die Pfanne haust, damit ich den Tag damit verbringen kann, dafür zu sorgen, dass unsere Kinder und Enkelkinder nicht von Berglöwen zerfleischt werden, Werner?«

»Wir wohnen in einer Vorstadtsiedlung, Hilde. Wie kommst du denn jetzt auf Berglöwen?«

»Ist ja klar, dass du mich das fragst.«

»Ach ja?«

»Wenn du dir mal ein bisschen mehr Gedanken gemacht hättest, wärst du selbst draufgekommen.«

Natürlich hatte ich nicht vorgehabt, den Zaun zu reparieren. Das war nicht meine Aufgabe. Das musste Kowalski machen. Es war seine Seite. Es war seine Verantwortung. Und vor allem war es auch sein Hund. Aber auch die Weihnachtsbeleuchtung war eine Ausrede gewesen.

Um jedoch nicht beim Schummeln erwischt zu werden, hatte ich zumindest den passenden Karton mit nach draußen geschleppt und tat so, als wollte ich erst einmal die Außenlichterketten ordnen. Dafür setzte ich mich mit einer Decke auf die Terrasse, das klein geschnittene Gemüse und Obst direkt neben mir, und fing an, eines der Kabel aufzuwickeln, während ich jedoch eigentlich Ausschau nach dem Minipferdchen hielt.

Zunächst blieb alles lange ruhig. Ich fror und war eigentlich schon längst fertig mit meiner Beschäftigung, als das kleine Pony um die Mittagszeit plötzlich in meinem Garten auftauchte. Es war sehr geschickt, senkte den Kopf ganz tief und tauchte unter einer der oberen Latten hindurch, hob die kurzen Beine beeindruckend hoch und überstieg mit großen Schritten das untere Holz, dann gab es plötzlich Gas und schüttelte damit die Äste und Dornen ab, die nach ihm hatten greifen wollen. Der Schlamm spritzte bis hinauf zu seinem runden Bäuchlein.

Das Shetlandpony wollte sich direkt wieder auf den Weg zum Kompost machen, als es mich bemerkte. Im ersten Moment schien es unschlüssig, was es tun sollte, aber dann fiel sein Blick auf mein Körbchen mit Leckereien und es entschied, dass ich mit meinem Vorrat interessanter war als die Möglichkeit, etwas Schmackhaftes im Müll zu ergattern. Wie beim letzten Mal wollte es bereits wieder auf mich zusausen, hatte dafür den Hals vorgereckt, das Maul leicht geöffnet und die Ohren nach hinten geklappt, aber ich hatte damit gerechnet und ließ mich nicht noch einmal von seinem Angriff überraschen. Ich stand auf, stellte mich mit beiden Beinen fest auf die Erde, schob die Brust raus, machte mich groß und hielt vor allem den Korb weit genug in die Höhe, dass es sich nicht selbst daraus bedienen konnte.

Das kleine Pferd blieb eine Armlänge von mir entfernt stehen und sah mich an. Seine Ohren klebten ihm nicht mehr zu beiden Seiten des Kopfes, sondern hatten sich zu mir gerichtet. Es wirkte noch nicht richtig freundlich, aber zumindest für den Moment interessiert.

»Ja, du siehst ganz richtig«, erklärte ich. »Ich habe hier ein bisschen was für dich geschnitten. Es gibt Möhren, Äpfel, Rote Bete und Bananen. Aber«, fügte ich mit erhobenem Zeigefinger hinzu. »Das alles bekommst du nicht umsonst. Du musst etwas dafür tun.«

Als Antwort leckte es sich über die Lippen.

»Du weißt natürlich, dass du eigentlich gar nicht hier sein solltest. Das hier«, ich deutete um mich, »ist mein Garten. Da haben weder Hunde noch kleine Pferde etwas zu suchen. Wenn du also bereit bist, ohne große Diskussionen wieder zu gehen, bin ich bereit, diesen Korb von Leckereien ganz allein dir zu überlassen. Du kannst es Bestechung nennen. Für mich wäre es einfach eine Win-win-Situation. Also? Was meinst du? Haben wir eine Abmachung?«

Wie zur Bestätigung schnaubte das Tier einmal kräftig.

Deshalb erwiderte ich: »Das nehme ich mal als Ja.« Ich warf einen kurzen Blick auf das Essen, das ich dabeihatte. »Was hältst du für den Anfang mal von einer Banane?«

Augenblicklich schossen die Ohren des Ponys nach vorne, seine Augen wurden groß, und es trat einen entschlossenen Schritt nach vorne.

»Viel, wie ich sehe«, sagte ich. »Na, dann komm mal mit.«

Ich hielt das Obststück so, dass das Minipferdchen es genau sehen, aber nicht erreichen konnte. Damit ging ich los und in Richtung der Zaunstelle, durch die es kurz zuvor auf mein Grundstück gelangt war. Es zögerte keine Sekunde und folgte mir, trabte dafür sogar an. Seine wilde Mähne wippte lustig im Takt. Als wir die Hälfte des Weges geschafft hatten, hielt ich an.

»Das klappt doch wunderbar«, sagte ich anerkennend. »Ich denke, dafür hast du dir schon mal etwas Zwischenapplaus verdient.« Als ich ihm das Leckerchen hinhielt, wollte sich das Pony sogleich mit gebleckten Zähnen darauf stürzen. Eilig ballte ich die Finger deshalb zu einer Faust.

»Höflich«, forderte ich es auf, und als hätte es mich

verstanden, nahm es beim zweiten Versuch das Bananenstück vorsichtig aus meiner Handfläche. »Siehst du? Geht doch«, sagte ich lobend. »Also weiter.«

Nun suchte ich eine Scheibe Möhrchen heraus, zeigte sie dem Pferd erst und ging dann wieder voraus. Erneut folgte es mir auf dem Fuß. Ich lief etwas schneller, und es beeilte sich, mit mir Schritt zu halten. Wenn ich langsamer wurde, verringerte es ebenfalls seine Geschwindigkeit und sah mich dabei stets mit wachsamen Augen an. Meine Schuhsohlen und seine kleinen Hufe gaben im nassen Gras schmatzende Geräusche von sich.

Wir hatten den Zaun fast erreicht, als ich noch einmal stehen blieb. Sofort hielt auch das Shetlandpony an und schaute aufmerksam zu mir auf. Als Dank hielt ich ihm bereitwillig die Möhre hin, die es freudig verspeiste und anschließend wieder den Blick auf mich richtete.

»Genau so hatte ich mir das vorgestellt«, sagte ich zu ihm. »Und siehst du, schon sind wir da. War doch gar nicht schwer, oder? Du kannst also jetzt einfach wieder nach Hause gehen ... Es sei denn ...«, überlegte ich, weil mir plötzlich ein Gedanke gekommen war.

Irgendwie gefiel es mir, wie das Minipferdchen neben mir herlief. Natürlich wusste ich, dass es das allein deshalb machte, weil es dafür etwas Leckeres haben wollte. Aber das fand ich nicht weiter schlimm. Es achtete genau auf mich und auf das, was ich tat. Das machte beinahe Spaß, und ich fragte mich, ob es mir wohl auch noch weiter folgen würde, wenn ich den Weg durch den Garten noch etwas ausbaute.

Kurzerhand entschied ich, dass ich es ausprobieren wollte. Anstatt das Pony durch den Zaun zu schicken, nahm ich einen Apfelschnitz in die Hand und drehte mich selbst in die andere Richtung. Mit einem leichten Kribbeln im Bauch marschierte ich los, und einmal mehr blieb das Miniaturpferd an meiner Seite. Ich lief in Schlangenlinien, änderte die Richtung, hielt an und lief wieder los. Einige Male rannte ich sogar ein kleines Stück, obwohl mein kaputtes Knie davon nicht besonders begeistert war. Aber stets blieb das Pony bei mir. Das war ein wunderbares Gefühl, und ich konnte mir ein breites Grinsen nicht verkneifen.

Schnell hatte ich raus, wann ich ihm den Snack in meiner Hand tatsächlich geben musste, damit es nicht die Lust an unserem Spiel verlor. Denn wirklich motiviert war es nur, solange es eine neue Leckerei in meiner Hand erblickte. Ließ die Belohnung zu lange auf sich warten, drehte es Ohren und Nase bereits in andere Richtungen, um herauszufinden, ob es woanders vielleicht mehr zu holen gab. Meist reichte es aus, wenn ich es noch einmal kurz an das versprochene Obst- oder Gemüsestück erinnerte. Aber spätestens nach fünfzehn Schritten musste ich ihm unbedingt wieder etwas zum Naschen zwischen die Lippen schieben, damit es nicht vollends das Interesse verlor und sich eine andere Beschäftigung suchte.

So schwand mein Vorrat an Leckerchen schnell, und ich entschied, dass ich beim nächsten Mal alles kleiner schneiden musste.

»Beim nächsten Mal«, sprach ich meinen eigenen Gedanken laut aus und musste über mich selbst etwas amüsiert den Kopf schütteln. »Eigentlich sollte es kein nächstes Mal geben. Der Plan war schließlich, dass du hier verschwindest und möglichst nicht wiederkommst.« Streng schaute ich das Tier an, und es blickte unbeeindruckt zurück. »Aber eigentlich ist es ganz lustig, was wir machen, oder? Findest du nicht auch? Vielleicht wiederholen wir das ja doch noch mal irgendwann. Vielleicht ... und ich sage ganz vielleicht ...«, betonte ich, »ist es doch keine komplette Katastrophe, wenn du mich in meinem Garten noch mal besuchst. Wer hätte gedacht, dass ich so was überhaupt mal sagen würde?«

Ich betrachtete das kleine Ponygesicht, das unter den wilden Haaren beinahe verschwand. Es hatte wirklich etwas sehr Niedliches an sich.

»Kommst du noch ein Stück mit mir mit?«, fragte ich es und warf einen prüfenden Blick in mein inzwischen leeres Körbchen. »Aber was Leckeres kann ich dir dafür leider nicht mehr anbieten. Siehst du? Hier.« Wie zum Beweis reichte ich dem Shetlandpony den Behälter.

Es streckte seine Nase hinein, schnupperte einige Momente, dann hob es den Kopf und schaute mich sehr vorwurfsvoll an, wie ich fand.

»Jetzt mach doch nicht so ein Gesicht. Du hast doch alles aufgegessen. Ich war das bestimmt nicht. Aber du könntest ja auch freiwillig mit mir kommen, ohne dafür ständig eine Gegenleistung zu erwar...«

Ich konnte meinen Satz nicht beenden, denn in dieser Sekunde drehte sich das Minipferdchen schwungvoll um die eigene Achse, gab Gas und galoppierte davon.

»Alles klar«, murmelte ich. »Die Antwort war wohl eindeutig.«

Tulas Mutter Saida wollte sich endlich mal wieder mit einer Freundin treffen. Zum ersten Mal seit Monaten, wie sie selbst sagte. Ich war etwas zu früh da gewesen und hatte ihr deshalb zugesehen, wie sie sich fertig gemacht hatte. Mit einem sauberen T-Shirt, Jeans und frisch gewaschenen Haaren sah sie tatsächlich anders aus als bei meinem ersten Besuch vor einer Woche, doch die Schatten unter den Augen und ihr Blick verrieten sie.

Sie wirkte aufgeregt. »Fast ein bisschen wie früher, wenn ich zum Tanzen verabredet war. Dabei ist es nur ein Kaffee. Schrecklich, oder?«, fragte sie mich, während sie in ihre Turnschuhe schlüpfte.

Ich sagte nichts, sondern bewegte nur Tula auf dem Arm hin und her.

»Ist es auch wirklich okay?«, hatte Saida gleich drei Mal gefragt, ein Mal am Telefon und zwei Mal, seit ich durch die Tür gekommen war.

Als Antwort hatte ich genickt.

Saidas Anruf war gestern gekommen, an einem weiteren ereignislosen Nachmittag, die sich bei mir inzwischen aneinanderzureihen schienen, und ich war im ersten Moment vor allem erleichtert gewesen, dass Werner nicht da war. Ich hatte wenig Lust, ihm irgendwas davon zu erklären, dabei konnte ich gar nicht genau sagen, wieso.

»Also dann«, sagte Saida, bevor sie die Wohnung verließ, und ihr Blick hüpfte zwischen ihrem Baby und mir hin und her. »Und Sie kommen zurecht?«

»Sicher.«

»Und es ist wirklich okay?«

»Ist es okay für dich, Tula?«, wandte ich mich stattdessen an das Kind an meiner Schulter. »Für Tula ist es okay«, fügte ich hinzu.

»Ich bleibe ja auch nicht lange. Es ist wirklich nur ein Kaffee.«

»Okay.«

»Vielleicht auch zwei.«

»Okay.«

Seitlich wie eine Krabbe bewegte sie sich in Richtung Tür, nahm ihre Schlüssel, ihr Handy und eine Tasche von der Kommode links neben dem Eingang. »Und vielleicht noch ein wenig Weihnachtsshopping. Sie haben wahrscheinlich schon alle Geschenke, oder?« Ich war froh, dass sie nicht auf meine Erwiderung wartete. »Aber wirklich nur ganz kurz.«

»Okay«, wiederholte ich.

»Wenn irgendwas ist, können Sie mich anrufen. Meine Nummer haben Sie. Richtig?«

Ich nickte.

»Ich bin zum ersten Mal von Tula weg.« Eine Hand lag auf dem Türgriff, dabei rieb sie die bemalten Lippen übereinander.

»Sie müssen sich keine Sorgen machen. Wir kommen zurecht. Richtig, Tula?«

»Ja ...«, antwortete sie erst, als hätte ich die Frage an sie gestellt, entschied sich aber um. »Nein, das meine ich nicht. Ich ... Ich freue mich wirklich sehr darauf, einen Kaffee zu trinken und ganz in Ruhe mit meiner Freundin zu quatschen, ohne dass ich mich um mein Baby zu kümmern brauche. Ist das normal?«

Ich musste an die ersten Jahre mit Elisa und Merle denken. Es war schön. Und es war schrecklich. An manchen Tagen sprach ich mit einer anderen erwachsenen Person kaum ein Wort. Ich machte mir sogar die Mühe, beide und mich selbst anzuziehen, um in den Supermarkt gehen zu können, selbst wenn wir nichts brauchten, nur um das Gefühl zu haben, dass ich nicht der einzige Mensch auf der Welt war, der keine Windeln trug oder keinen Schnuller brauchte und nicht Babatee zu Banane sagte. Einmal hatte ich die Bäckereiverkäuferin fast zehn Minuten in ein Gespräch verwickelt, so getan, als wollte ich unbedingt noch einige Teilchen kaufen, obwohl die Schlange hinter mir immer länger geworden war, die Frau auf der anderen Seite der Theke gestresst gewirkt und ich zu Hause noch selbst gebackene Nussecken gehabt hatte. Es hatte Vormittage gegeben, an denen ich die Zeit über das Basteln von Tiger-und-Bär-Laternen vergessen konnte, und andere, an denen ich mich hätte übergeben können, wenn ich noch ein einziges Mal vorgeben musste, ein Stück Sandkuchen zu essen.

»Das ist schlimm, oder?«, fragte Saida, als ich

schwieg. »Richtig übel. Sie haben recht. So sollte das nicht sein. Es ist noch zu früh, oder? Sie ist noch zu klein. Denken Sie nicht auch? Mir sollte es schwerfallen, mein Baby, das erst ein paar Monate alt ist, bei einer Leihoma zu lassen ...«

Bei dem Wort zuckte ich noch immer zusammen.

»Bei einer fremden Person, die es gar nicht kennt. Wie soll es ihm dabei gehen, oder? Als würde ich es verlassen. Ich sollte ein schlechtes Gewissen haben. Schließlich bezahle ich jemanden, um mir mein Kind für die nächsten Stunden vom Leib zu halten. Das ist nicht in Ordnung, oder? Was meinen Sie? Und vor allem dürfte ich mich nicht so freuen. Ich meine, welche Mutter freut sich so darauf, dass sie ihr Baby abgeben und mit ihrer Freundin Kaffee trinken und dann endlich mal keine Sekunde über Fläschchen und Brei und Babyscheiße nachdenken kann? Nicht nur im übertragenen Sinne.«

»Eine, die schon sehr lange nicht mit einer Freundin Kaffee trinken war und keine Sekunde über Fläschchen und Brei und Babyscheiße nachgedacht hat?«, fragte ich zurück.

Saida sah mich einen Moment an. »Aber Sie hatten das bestimmt nie, oder?«

»Es waren andere Zeiten.«

»Sie hatten es nicht. Ich wusste es«, sagte sie, beinahe enttäuscht.

»Ich konnte niemanden dafür bezahlen.«

»Und wenn doch? Wenn Sie doch jemanden dafür hätten bezahlen können? Was hätten Sie dann gemacht?«

»Ich wäre Motorrad gefahren«, antwortete ich, weil das ein Traum war, den ich seit vielen Jahren hatte. Für mich stand das für Freiheit und Unabhängigkeit und einfach für Spaß, aber ich war nie in die Verlegenheit gekommen, es ernsthaft zu versuchen.

»Motorrad?«, wiederholte Saida überrascht. Das hatte sie mir offensichtlich nicht zugetraut. »Können Sie denn Motorrad fahren?«

»Nein.« Ich zuckte die Schultern. »Aber dann hätte ich es gelernt.«

Als die Tür schließlich hinter ihr ins Schloss gefallen war, hatte ich einen Moment dagestanden wie früher, wenn Werner sich auf den Weg zur Arbeit gemacht hatte.

Wie hatte ich mich damals gefühlt? Ich war mir nicht ganz sicher. Wie fühlte ich mich jetzt?

Tula wurde auf meinem Arm langsam schwer. Ich war es nicht mehr gewohnt, ein Baby zu halten, und erinnerte mich an den Erschöpfungsschmerz in den Schultern, wenn ich Elisa oder Merle zu lange gehalten oder getragen hatte. Man gewöhnt sich an alles. Aber daran hatte ich mich nie richtig gewöhnen können. Und auch nicht an den Fersensporn, den ich nach Elisas Geburt entwickelt und der sich noch einmal verschlimmert hatte, nachdem Merle geboren worden war. Vom ständigen Herumtragen und Wippen und auf Zehenspitzen gehen.

Manchmal hatte es sich angefühlt, als könnte ich keinen einzigen Schritt mehr vorwärts machen.

Ich drehte mich um.

Die Wohnung war chaotisch. Darauf hatte mich Saida bereits vorbereitet.

»Aber bitte einfach ignorieren. Ich mach das, wenn ich wieder da bin. Oder niemals.« Sie hatte gelacht.

Das war mir schon aufgefallen. Sie lachte in Momenten, in denen sie selbst nicht sicher zu sein schien, wie ernst sie es meinte.

Tatsächlich musste ich mich ein wenig zusammenreißen, um nicht in dieser fremden Wohnung mit dem Aufräumen anzufangen. Manchmal kam es mir vor, als könnte ich nicht anders. Sogar mit zwei kleinen Kindern hatte ich alles darangesetzt, ein Mindestmaß an Ordnung herzustellen. Ganz egal, wie erschöpft ich gewesen war und wie gerne ich mich auch nur einen Moment ausgeruht hätte, wenn Elisa und Merle gerade schliefen.

»Was machen wir zwei denn jetzt?«, fragte ich Tula. »Ich bin ein bisschen aus der Übung. Aber wahrscheinlich ist das wie Fahrrad fahren, oder?«

Ich trug das Baby durch die Wohnung und konnte mir dabei die einzelnen Zimmer genauer ansehen. Sogar ins Schlafzimmer warf ich einen kurzen Blick, weil die Tür offen stand. Das Bett war nicht gemacht, und über der Decke lagen einige Kleidungsstücke verstreut. Offenbar hatte Saida verschiedene Outfits anprobiert, ehe sie sich für das entschieden hatte, mit dem sie zur Tür hinausgegangen war. Es waren farbenfrohe T-Shirts und Blusen. Ich selbst trug eigentlich immer Beige.

Als Tula etwas unruhig wurde, wog ich sie leicht hin

und her und erzählte ihr von dem Pony in meinem Garten. Die Geschichte schien ihr zu gefallen, denn sie wurde ganz still und sah mich mit großen, runden Babyaugen an. Wie sehr ich diese großen, runden Babyaugen liebte, die wirkten, als würde das Kind über alles staunen. Das hatte ich früher schon gemocht.

Und ja, es war wie Fahrrad fahren. In den zweieinhalb Stunden, in denen Saida nicht da war, gab ich Tula ihr Fläschchen und sah zu, wie sie genüsslich trank. Ich sang ihr Kinderlieder vor, von denen ich nicht wusste, dass ich den Text überhaupt noch kannte. Ich klaute ihr die Nase, ich wechselte ihre Windel, ich machte Luftblasen an ihrem nackten Bauch, ich suchte einen ihrer Socken, nur um herauszufinden, dass sie ihn schon in der Küche verloren hatte, ich machte Grimassen, um sie zum Lachen zu bringen, ich zog einen Holzzug hinter mir her, ich bedeckte mein Gesicht mit den Händen und freute mich, dass sie sich freute, als sie mich wieder sehen konnte.

Alles war so selbstverständlich, als wären nicht weit über dreißig Jahre vergangen und als hätte ich nie aufgehört, mich um ein Baby zu kümmern. Ich konnte es noch. Jede Faser meines Körpers schien automatisch in eine Art Autopilot zu schalten. Die Arme und Beine und Hände und Finger wussten genau, was sie zu tun hatten. Sogar meine Stimme nahm von allein diesen höheren Tonfall an.

Vielleicht war ich ja doch eine Leihoma. Vielleicht hatten meine Töchter und Werner von Anfang an recht gehabt. Vielleicht war es das Beste für mich, wenn ich einfach genau das tat, was ich gut konnte, was ich schon immer gut konnte.

»Jetzt erzähl mir nicht, dass du von dieser Leihomasache kommst«, war das Erste, das Rim sagte, als sie mir die Tür öffnete.

Sie trug einen durchsichtigen Flattervorhang als Mantel, der hinter ihr herwehte, als sie sich umdrehte und vor mir her in Richtung Wohnzimmer marschierte, auf diese unnachahmliche Art, mit der sie schon immer gelaufen war, als würde sie vollkommen selbstverständlich auf einem Drahtseil tanzen. Wenn auch inzwischen etwas weniger entschlossen und kraftvoll. Ich dagegen war auf dem Rückweg von Tula mal wieder in einen Regenschauer gekommen und hätte mich nicht mehr wie ein begossener Pudel fühlen können.

»Wie kommst du darauf?«, fragte ich, während ich ihr folgte, durch den Dunst ihres reichlich aufgelegten Parfüms, das mir wie die Kondensstreifen eines Düsenjets vorkam.

»Ich dachte, mich hätte gerade so was Omamäßiges angehaucht«, erklärte Rim und setzte sich in ihren ausladenden Sessel, der mich stets an ein großes, schlummerndes Tier erinnerte. Vielsagend richtete sie dabei den Blick auf meine Bluse, auf der ich erst jetzt ein wenig Babyspucke entdeckte.

Eilig bemühte ich mich, sie wegzuwischen, machte es dadurch aber nur schlimmer. »Na, vielen Dank auch. Ich werde schließlich bald Oma.«

»Weiß ich doch, obwohl ich finde, dass wir viel zu jung dafür sind.«

»Hast du mal in den Spiegel geguckt?«, wollte ich belustigt wissen.

»Das mache ich aus Prinzip nicht.«

»Und wie schminkst du dich dann?«

»Malen nach Zahlen«, erwiderte sie mit einem Grinsen.

»Das erklärt einiges.« Ich grinste zurück.

»Darauf trinke ich. Schenkst du uns eine Kleinigkeit ein?« Sie deutete auf ihren Servierwagen, ein goldenes Gefährt, auf dem zahlreiche Flaschen und Gläser standen.

»Wie immer?«

»Wie immer«, bestätigte sie.

Ich machte mich daran, uns zwei Drinks zu mischen, bei denen ich keine Ahnung hatte, woraus sie genau bestanden, und die Rim gerne *Rim on the Rocks* nannte. Es war jeweils ein großer Schluck aus der lilafarbenen Flasche, dann ein kleinerer aus der blauen und ein Spritzer aus dem gelben Flakon. Dazu ein paar Eiswürfel und eine Limettenscheibe.

»Rim?«, setzte ich an, während ich sehr gewissenhaft die gefrorenen Quadrate in die Gläser gleiten ließ.

»Hilde?«, gab Rim zurück.

»Glaubst du, dass ich langweilig und unglücklich bin?« Ich merkte selbst, dass ich sehr leise sprach. Es hätte mich nicht gewundert, wenn meine Freundin mich nicht verstanden hätte, und vielleicht wollte ich das sogar.

Doch Rim hatte mich gehört: »Du bist so langweilig wie ein pinkfarbener Flamingo mit Glitzer an den Füßen.«

»Haha. Ich meine es ernst.«

»Ich auch. Du bist die mit Abstand unlangweiligste Frau, die ich kenne, liebe Hilde. Sonst wäre ich wohl kaum mit dir befreundet. Du weißt doch, wie sehr ich es hasse, mich zu langweilen. Aber die viel wichtigere Frage ist doch eigentlich: Findest du dich langweilig?«

»Ja«, sagte ich mit so einer Entschlossenheit, dass ich selbst überrascht war. Gleich darauf schämte ich mich bereits für meine Antwort.

»Und bist du unglücklich?«

»Ich glaube schon.«

»Dann tu was dagegen«, erwiderte Rim, ohne zu zögern.

»Ich weiß nicht, wie.«

»Das findest du heraus.«

Ich warf ihr einen Blick zu, während ich die Limette am Glasrand befestigte. Anschließend trug ich beide Drinks zu Rim hinüber. Als sie die Hand nach ihrem Getränk ausstreckte, zitterten ihre Finger leicht, und das Eis klirrte.

»Was ist?«, fragte ich.

»Was soll sein?«, gab sie zurück, griff mit der anderen Hand ebenfalls nach dem Drink und nahm direkt einen größeren Schluck. Anschließend stellte sie das Glas auf ihren Oberschenkeln ab.

Ich setzte mich schräg neben sie in einen anderen

Sessel, der so weich und tief war, dass ich das Gefühl hatte, ich könnte jeden Moment mit einem lauten Rülpsen von ihm verschluckt werden.

»Mit deiner Hand, Rim«, sagte ich.

»Was soll mit meiner Hand sein, Hilde?«

»Du hast gezittert.«

»Darf eine Frau nicht mal ein bisschen zittrig auf den Beinen sein, wenn sie eine Nacht wie ich hinter sich hat?«

»Was hast du gemacht?«

»Für die Kinder unter uns würde ich sagen, ich war ... ausreiten. Und dabei sind vielleicht ein ganz kleines bisschen die Pferde mit mir durchgegangen.« Einen Moment schien es, als wollte Rim den Arm heben, entschied sich dann aber offenbar anders und schaute stattdessen auf das Getränk in ihrem Schoß. »Und da wir gerade bei Pferden sind. Was macht denn dein Minipony?«

»Sag das nicht so.«

»Wie sag ich es denn?«

»Irgendwie anzüglich.«

Sie gab sich unschuldig. »Ich sage Minipony anzüglich?«

»Ja.«

»Tut mir leid, das ist wohl einfach meine Art zu sprechen. Ich kann nichts für meine erotische Grundhaltung.« Ungerührt hob sie die Schultern.

»Ich bringe ihm Kunststücke bei.«

»Kunststücke also.«

»Na ja, nicht wirklich«, schränkte ich ein. »Eigentlich habe ich es nur dazu gebracht, mit mir mitzulaufen. Aber immerhin durch den gesamten Garten.«

»Bei Fuß?«

»Fast ... ja.«

»Das ist wirklich ein Kunststück. Das habe ich bei keinem meiner Männer je geschafft.« Schelmisch zwinkerte meine Freundin mir zu.

»Ich habe festgestellt, dass es sehr futterorientiert ist.«

»Sind wir das nicht alle?«

»Aber als ich nichts mehr hatte, ist es sofort gegangen.«

»Gegangen? Wohin?«

»Weg. Keine Ahnung. Raus aus dem Garten. Dahin, wo es wohnt, nehme ich an.«

»Und wo wohnt es?«

»Weiß ich nicht. Bei mir um die Ecke sind doch jede Menge Reiterhöfe. Da irgendwo, denke ich.«

»Wie kannst du das nicht wissen?«

Ich runzelte die Stirn. »Woher denn? Es kommt, wie es will. Und es geht, wie es will. Soll ich mich auf die Lauer legen und ihm nachspionieren?«

»Was spricht dagegen?«

»Du meinst ...?«

»Sicher. Warum denn nicht? Es wird sich doch herausfinden lassen, woher dieses Minipferdchen kommt und wohin es immer wieder verschwindet.«

»Ist das ein Auftrag?«, gab ich amüsiert zurück.

Aber Rim blieb ernst. »Natürlich. Wäre doch gelacht, wenn du länger als zwei Tage brauchst, um das Rätsel zu lösen.«

»Du hast aber großes Vertrauen in meine detektivischen Fähigkeiten.« Ich lachte.

»Ich habe großes Vertrauen in alles, was du machst, Hildie-Schätzchen«, erwiderte Rim und sah mich an.

Weil ich nicht wusste, was ich sonst tun sollte, nahm ich einen großen Schluck aus meinem Glas. Er war so bitter, dass ich nicht anders konnte, als das Gesicht zu verziehen.

»Ist es eigentlich ein Junge oder ein Mädchen?«

»Wer?«, fragte ich mit heiserer Stimme, weil mich die Schärfe des Alkohols etwas aus dem Konzept gebracht hatte.

»Das Minipferd.«

»Ich weiß es gar nicht. Ich habe noch nicht drunter geschaut.«

»Mach doch mal. Ich habe allerdings schon einen Tipp.«

»Ach ja? Und welchen?«, fragte ich neugierig.

»Es isst gerne Süßes?«, gab meine Freundin zurück.

Ich nickte. »Ja.«

»Und macht dafür fast alles?«

»Genau.«

»Aber wenn es keine Lust mehr hat, geht es einfach?«

»Richtig.«

»Dann ist es entweder ein sehr dummer Mann oder eine sehr kluge Frau.«

»Ich habe dir schon Kaffee eingeschenkt«, sagte Werner, als ich am nächsten Morgen in die Küche kam, und ließ die Zeitung sinken.

»Was?«, fragte ich abgelenkt, weil ich nur meinen Plan im Kopf hatte.

Zum ersten Mal seit Langem hatte ich in der vergangenen Nacht vor Vorfreude kein Auge zugemacht. Stundenlang hatte ich überlegt, wie ich alles machen wollte und was ich dazu brauchte. Trotzdem war ich nicht so müde, wie ich befürchtet hatte und wie ich in letzter Zeit sonst oft war.

»Kaffee«, wiederholte er und wies in Richtung Arbeitsplatte, wo wieder einmal eine Tasse stand, aber offenbar dieses Mal nicht seine. »Ich habe dir schon Kaffee eingeschenkt. Mit Milch und Zucker.«

Irritiert legte ich die Stirn in Falten. »Wieso?«

»Weil du ihn doch so trinkst.«

Ich schwieg.

»Oder etwa nicht?«, hakte Werner nach. »Ein Schluck Milch und zwei Löffel Zucker. So trinkst du ihn immer, richtig? Hilde? Du trinkst deinen Kaffee mit einem Schluck Milch und zwei Löffeln Zucker. Ist doch so, oder nicht?«

»Jaja«, antwortete ich ungenau, weil ich stattdessen meine Vorbereitungen durchging.

»Ich dachte, du könntest dich zu mir setzen.«

»Warum?« Jetzt war ich verwirrt. »Du liest doch Zeitung.«

Etwas unsicher hob Werner die Schultern. »Muss ich ja nicht. Wir könnten auch zusammen Kaffee trinken.«

»Und dann?«

»Dann ...«, er stockte, »unterhalten wir uns.«

»Worüber denn?«

»Über alles. Oder nichts.« Er wedelte mit der Hand durch die Luft. »Wie du willst?«

Ich musterte ihn und war mir nicht sicher, was ich davon plötzlich halten sollte. Mein Blick ging von Werner zu der Tasse auf der Anrichte und wieder zurück. Die Zeitung lag vor ihm, und er sah mich an. Ich konnte mich nicht erinnern, wann ich morgens am Küchentisch das letzte Mal sein vollständiges Gesicht gesehen hatte. Und jetzt hatte er die Nachrichten sogar sinken lassen und redete in ganzen Sätzen?

»Wieso?«, fragte ich deshalb noch einmal langsam und öffnete dabei die Tür zur Abstellkammer. Für meinen Plan brauchte ich noch ein paar Dinge und hoffte, sie unter anderem hier zu finden.

»Einfach so«, behauptete Werner. »Darf ein Mann nicht mit seiner Frau morgens in Ruhe Kaffee trinken und sich ein bisschen unterhalten?«

»Doch ... sicher«, gab ich zurück und verschwand in dem kleinen Raum.

Letzte Woche oder vorletzte, vielleicht war es auch schon länger her, hatte ich hier ein Fernglas gesehen, das ich für meine Mission gut gebrauchen konnte. Ich schob Dosen und Kartons hin und her, während ich die Regale und Fächer durchsah.

»Also?«, hörte ich Werners Stimme von nebenan.

»Was also?«, fragte ich zurück, laut genug, dass er mich durch die Wand hören konnte.

»Willst du dich zu mir setzen und mit mir Kaffee trinken und ein bisschen reden?«

Da. Endlich. Ich hatte das Fernglas zwischen Ravioli und Sauerkraut entdeckt, zog es hervor, schaute einmal kurz durch, um zu prüfen, ob es noch funktionierte, und hängte es mir anschließend um den Hals. Außerdem griff ich nach ein paar Müsliriegeln, die ich irgendwann für Werner gekauft hatte, als er sich sicher gewesen war, dass er auf seiner Singvogelbestimmungsexpedition dringend Müsliriegel bräuchte. Seitdem lagen sie hier rum und wurden nicht gegessen. Aber wenn ich den ganzen Tag unterwegs war, waren sie vielleicht nicht schlecht.

»Was sagst du?«, wollte ich wissen, als ich wieder nach draußen kam.

»Wollen wir jetzt zusammen Kaffee trinken?«

Offenbar war Werner in der kurzen Zeit, die ich in der Abstellkammer verbracht hatte, aufgestanden und hatte meine Kaffeetasse auf den Tisch gestellt, ihm direkt gegenüber. Jetzt deutete er darauf mit einer Geste, die wahrscheinlich einladend wirken sollte.

»Musst du nicht zum Golf?«, wollte ich wissen.

»Ich war gestern.«

»Oder walken?«

»Ich mache gerade eine Pause.«

»Hast du nicht einen Kurs in Tuschezeichnen oder Alpakastreicheln oder Tatortreinigen oder Tierpräparation?«

»Ich habe noch nie einen Kurs in Tierpräparation besucht«, erwiderte Werner. »Den wollte ich mir für nächstes Jahr zu deinem Geburtstag aufbewahren. Für Geschenke. Für dich«, fügte er mit einem leichten Grinsen hinzu.

»Sehr witzig«, antwortete ich.

»Manchmal kriege ich das hin.«

Einen Moment sahen wir einander an. Mir kam es vor, als hätten wir uns schon seit Ewigkeiten nicht mehr richtig in die Augen gesehen.

Werner machte erneut eine einladende Geste. »Komm, setz dich doch zu mir.«

Jetzt tat es mir beinahe leid, dass ich tatsächlich etwas vorhatte. »Ich kann nicht.«

Mein Blick fiel auf das Fensterbrett hinter Werner. Dort standen gleich mehrere Weihnachtsfiguren, die ich nicht dort platziert hatte. Ein Schlitten mit Rentieren, kleine Wichtel mit roten Mützen, ein Schneemann und Geschenke. An die Scheibe hatte jemand Sterne aus Transparentpapier geklebt, die schon ewig alt waren. Vor zwei oder drei Jahren hatten Merle und ich zusammen neue gebastelt und einige von den sehr verschlissenen damit ersetzt. Sonst hängte ich sie immer auf, aber nun war man mir zuvorgekommen. Wahrscheinlich Werner. Warum? Wollte er mir etwa helfen?

Ich zögerte. Sollte ich meinen Plan vielleicht verschieben? Wirklich wichtig war es ja nicht. Und das Minipferdchen würde mir schon nicht weglaufen.

Werner machte ein erstauntes Gesicht. »Wieso nicht?«

»Ich hab was vor«, murmelte ich.

»Was hast du denn vor?«

Ich spürte, wie ich mich innerlich versteifte. Es war außerhalb seiner Vorstellungskraft, dass ich auch mal etwas vorhaben könnte, dass ich in meiner Freizeit etwas anderes tun würde, als auch dann noch zu putzen, zu kochen oder einkaufen zu gehen.

»Etwas vor eben«, gab ich etwas gereizt zurück und konnte nichts gegen den verletzten Unterton in meiner Stimme tun.

»Das klingt ja wichtig.« Er lachte unsicher.

»Ist es auch.«

»Das sehe ich.«

Ich verstand nicht. »Was?«

»Ist das Tarnkleidung, die du trägst?«, fragte er mit einem amüsierten Blick auf meine dunkelbraune Hose, die schwarzen Gummistiefel und die dunkelgrüne Regenjacke.

Tatsächlich hatte ich beides heute Morgen sorgfältig danach ausgesucht, dass die Farben zu meinem Vorhaben passten. Ich musste mich meiner Umgebung anpassen, um möglichst unauffällig zu sein und mit der Natur verschmelzen zu können. So stellte ich es mir vor, damit mich niemand bemerkte. Und nichts.

»Und wenn du sogar ein Fernglas brauchst«, fügte Werner hinzu und deutete auf meine Brust.

Ich hatte fast vergessen, dass ich es umgehängt hatte, und berührte es jetzt mit der Hand, als wollte ich sichergehen, dass es noch an seinem Platz war. »Ja«, sagte ich nur leise.

»Was willst du damit?«

»Darf ich mir das Fernglas nicht nehmen, wenn ich es brauche?«, wollte ich wissen.

»Doch. Natürlich«, stammelte er.

»Oder muss ich dich dafür um Genehmigung bitten? Gibt es dafür vielleicht ein Formular? Hätte ich etwas einreichen müssen? Brauche ich dafür deine Unterschrift und einen Stempel? Oder ist das so offiziell, dass ich sogar die Bestätigung eines Notars benötige, um das Fernglas mal für einen Tag benutzen zu können?«

»Hilde ... ich ...«

»Sag mir ruhig, wie die richtige Vorgehensweise ist, Werner, wenn ich mir das olle Fernglas aus der Abstellkammer nehme, das du für deinen verdammten Marderbeobachtungskurs unbedingt haben wolltest ...«

»Es waren Eichhörnchen«, warf er kleinlaut ein.

»Wie bitte?«

»Wir haben keine Marder beobachtet, sondern Eichhörnchen.«

»Wo ist der Unterschied?«, wollte ich wissen.

»Eichhörnchen gehören zur Gattung der Baumhörnchen, und ihr auffälligstes Merkmal ist ihr buschiger Schwanz, während Marder zu den hundeartigen Raub...«

»Ich weiß, was der Unterschied zwischen Eichhörnchen und Mardern ist«, unterbrach ich ihn.

»Aber du hast doch gefragt ...«

Ich schüttelte den Kopf. »Ich weiß auch, was ich gefragt habe.«

»Okay, entschuldige. Ich dachte, du wolltest wirklich eine Antwort.«

»Wollte ich nicht«, gab ich zurück. »Ich wollte einfach nur …«

»Was?«, fragte er und klang inzwischen ein wenig aufgebracht. Dann noch einmal etwas ruhiger: »Was wolltest du?« Er schaute mich aufmerksam an.

»Gar nichts«, sagte ich und schluckte schwer. »Ich wollte gar nichts.«

Das Fernglas um den Hals, marschierte ich zum Küchenschrank, nahm eine Thermosflasche heraus, packte die Tasse, die mir Werner auf den Küchentisch gestellt hatte, und schüttete deren Inhalt so schwungvoll von einem Gefäß ins andere, dass mir der halbe Kaffee danebenlief.

Für einen Moment wollte ich, dass mir das ganz egal war. Ich wollte einfach gehen und alles so lassen, wie es war. Sollte Werner das doch wegwischen.

Aber dann konnte ich nicht anders, zog ein Geschirrtuch vom Haken, wischte eilig über die braune Pfütze auf Boden und Tischplatte und die Spritzer auf der Stuhllehne und warf den Lappen in Richtung Arbeitsplatte. Er traf nur die Kante und rutschte nach unten auf die Fliesen.

Wieder rang ich mit mir. Und wieder bückte ich mich mit hochrotem Gesicht, um das Tuch aufzuheben und als zerknüllten Haufen an seinen Platz zu drücken. Dann packte ich die nun leere Tasse und riss die Spülmaschinentür auf.

»Und könntest du bitte deine Tasse nachher mal in

die Spülmaschine räumen? Das passiert nämlich nicht von selbst.«

Ich versetzte der Tür einen energischen Stoß. Das Geschirr klapperte und klirrte. Dann nahm ich meine Thermoskanne und stapfte nach draußen.

Ich hatte mich hinter einem Rosenbusch versteckt. Auf dem Boden im Matsch hockend und den Kopf eingezogen, war ich hoffentlich nicht nur für das Minipferdchen nicht zu sehen, sondern auch für Werner, falls er aus einem der Fenster Ausschau nach mir halten würde. An diesem Tag tauchte das Tier erst in meinem Garten auf, als ich schon zwei der drei Müsliriegel aufgegessen und den gesamten Kaffee ausgetrunken hatte und längst komplett durchgefroren war. Zum Glück war es jedoch bis auf leichtes Nieseln einigermaßen trocken geblieben.

Als ich das Shetlandpony entdeckte, bereitete ich mich bereits darauf vor, aufzustehen und loszugehen. Denn ich hatte mir fest vorgenommen, endlich herauszufinden, wo es zu Hause war und wohin es jedes Mal verschwand, wenn es mein Grundstück wieder verließ. Dafür musste ich ihm folgen, doch zunächst einmal ließ sich das kleine Tier für alles unfassbar viel Zeit. Es suchte hier und schnüffelte da, zupfte einige Grashalme unter dem Birnbaum, dann in der Nähe der Holundersträucher, ehe es eine Runde drehte, ganz ähnlich der, die ich mit ihm gelaufen war. Einige sehr lange Augenblicke blieb es sogar vor der Terrasse stehen und schien durch die Glastür zu schauen wie letzte Woche.

Ich hielt die Luft an, ob Werner es von drinnen vielleicht sah und rauskommen würde, um das kleine Pferd zu verscheuchen, aber es tat sich nichts, und erleichtert beobachtete ich, wie sich das Tier wieder abwandte und noch einmal im Kompost nach weggeworfenen Früchten fahndete. Offenbar blieb es dabei erfolglos, denn es stromerte weiter, bis es schließlich in der Nähe der Hochbeete stehen blieb, sein rechtes Hinterbein anwinkelte und entspannt die Augen schloss.

»Echt jetzt?«, flüsterte ich. Machte es da jetzt wirklich ein Nickerchen?

Es war zwar lustig, dem Minipferdchen zuzusehen, aber inzwischen schmerzten meine Knie und mein Rücken. Ich hatte Krämpfe in den Waden und Händen, und es fiel mir immer schwerer, keinen Mucks von mir zu geben, weil ich das dringende Bedürfnis hatte, laut aufzuseufzen. Außerdem fühlte es sich an, als wäre die Dezemberfeuchtigkeit mir bis tief in die Knochen gezogen. Mit meiner Laune stand es deshalb nicht zum Besten, und ich spielte bereits mit dem Gedanken, meinen Plan aufzugeben und zurück ins Haus zu gehen. Ich stellte mir vor, eine heiße Dusche zu nehmen und einen Tee zu trinken. Vielleicht würde ich sogar endlich anfangen, das Haus festlich zu schmücken. Schließlich lag der erste Dezember bereits hinter uns, und ohnehin war alles besser, als bei diesem Wetter hinter einem Rosenbusch zu hocken und auf ein Minipferd zu lauern, das offenbar erst einmal in Ruhe ein Schläfchen machen wollte.

Nach einiger Zeit streckte das Pony eines der Hinterbeine weit nach hinten aus und machte auch den Hals rund, ehe es sich einmal kurz schüttelte.

»Das ist nicht dein Ernst«, murmelte ich und musste mich zusammenreißen, um nicht doch aus meinem Versteck zu springen. Denn das Minipferdchen hob in diesem Moment den Schweif. »Nicht schon wieder. Wag es ja nicht«, wisperte ich.

Aber entweder konnte es mich nicht hören oder meine Einwände waren ihm ganz egal, wahrscheinlich sogar beides, denn in aller Ruhe ließ es zum zweiten Mal einen dampfenden, stinkenden Pferdehaufen auf meinen Rasen fallen, der noch dazu sehr groß für so ein kleines Tier wirkte.

»Du spinnst doch«, schimpfte ich leise vor mich hin. »Und was jetzt? Jetzt gehst du einfach? Untersteh dich, jetzt einfach so zu gehen ...«

Doch genau das tat das Minipferd.

Es schaute noch einmal nach links, dann nach rechts, schnüffelte an seinen eigenen, eben abgeworfenen Äpfeln, als wäre es stolz auf sein Werk, dann trabte es plötzlich los und auf den Zaun zu.

Stundenlang hatte ich genau darauf gewartet. Hastig stand ich auf. Packte meinen letzten Müsliriegel. Drückte mir das baumelnde Fernglas auf die Brust.

Dann rannte ich los.

Ich war mir nicht sicher, ob das Pony mich bemerkt hatte. Aber wenn es so war, ließ es sich nichts anmerken.

Inzwischen hatte es das Tempo etwas verlangsamt, sodass ich ihm mit ein wenig Abstand gut folgen konnte. Zunächst durchquerte das Pferdchen Kowalskis Garten, wo es mit gespitzten Lippen einige Blätter vom wuchernden Brombeerstrauch zupfte, der dringend mal wieder geschnitten werden musste. Ich hielt mich in der Nähe der Hecke auf, leicht geduckt und möglichst leise, und wartete, wohin es als Nächstes gehen würde. Aus dem Augenwinkel nahm ich jemanden in der Nähe der Terrasse wahr, doch ich hatte keine Zeit, um herauszufinden, ob mich mein Nachbar ein weiteres Mal bei einer etwas seltsamen Aktion auf seinem Grundstück beobachtete, weil das Pony in diesem Moment durch ein weiteres Loch im Zaun schlüpfte und ich mich beeilen musste, um es nicht zu verlieren.

Neben Kowalski wohnte eine Familie mit zwei Kindern, mit denen ich bisher kaum mehr als ein paar Worte gewechselt hatte. Sie waren erst vor zwei oder drei Jahren eingezogen und blieben sehr für sich. Schon ihr Vorgarten war aufwendig weihnachtlich mit Lichtern und Dekofiguren geschmückt. Hinter dem Haus sah es nicht anders aus. Überall leuchtete und blinkte es. Ein beinahe lebensgroßer Weihnachtsmann seilte sich vom Dach ab, Rentiere zogen einen Schlitten voller Geschenke, und Zuckerstangen aus Plastik umrahmten die Terrasse. Das Minipferd kickte eine überdimensionierte Schneekugel über den Rasen, stupste gegen die Plastikschaukel, auf der ein Elf saß, nahm die Spielzeugnachbildung eines Lebkuchenmännchens ins Maul und trug sie auf die andere Seite des Gartens, wo es sie fallen ließ und stattdessen einige große Schlucke aus einem Wassereimer nahm und die letzten Körner aus einem Vogelhäuschen fraß. Dann sah es sich um und schien zu überlegen.

Gleichzeitig bemerkten wir die geöffnete Terrassentür. Das konnte es doch nicht machen. Das konnte *ich* doch nicht machen. Aber schon im nächsten Moment trabte das kleine Pferdchen munter genau darauf zu und verschwand im Inneren des Hauses.

Was sollte ich tun? Konnte ich ihm einfach folgen? War das nicht Einbruch? Oder zumindest Hausfriedensbruch? Machte ich mich damit strafbar? Doch wenn ich herausfinden wollte, wo das Pony wohnte, blieb mir wohl nichts anderes übrig.

Während ich mit großen, eiligen Schritten ebenfalls in Richtung Terrassentür lief, überschlug ich in meinem Kopf die möglichen Ausreden, mit denen ich mein Auftauchen in einem fremden Haus erklären konnte. Ich hatte keine Ahnung, wie ich mich aus dieser misslichen Lage befreien und meine eventuelle Verhaftung abwenden wollte, da spähte ich bereits ins Innere der Küche. Das Minipferd war gerade dabei, in aller Ruhe Butter vom Tisch zu fressen.

»Pst«, machte ich leise, während ich versuchte, meine matschigen Schuhe abzustreifen, aber das Tier ignorierte mich. »Hör auf! Das ist nicht deine Butter«, fügte ich flüsternd hinzu, doch das Pony leckte sich stattdessen genüsslich die Lippen.

Ich lehnte mich nach vorne durch die Türöffnung ins Innere und suchte den großzügig geschmückten

Raum ab. Es war niemand zu sehen. Niemand, bis auf ein kleines Mädchen in einem Hochstuhl, das erst das Pferdchen, dann mich mit großen Augen anschaute.

»Alles okay«, murmelte ich und dann noch: »Hab keine Angst«, obwohl die Kleine kein bisschen wirkte, als würde sie sich fürchten. Ihre Eltern waren nicht zu sehen. Beschwörend legte ich den Finger auf meine Lippen und zwinkerte dem Kind zu, worauf das Mädchen vergnügt gluckste.

Das Minipferd hatte beschlossen, dass es genug Butter gefressen hatte, und stiefelte nun auf das Kind zu, reckte sich zu ihm nach oben und stieß es mit der Nase an. Ein Kichern war die Antwort, und nach einem weiteren auffordernden Stupser reichte der kleine Mensch oben dem kleinen Pferd unten eine Handvoll Frühstücksflocken, die das Tier zufrieden und geräuschvoll knuspernd schmatzte.

»Du kannst dieses verfressene Pony doch nicht auch noch füttern«, flüsterte ich vorwurfsvoll. »Und du kannst dem Kind doch nicht sein Frühstück wegessen.«

Beide blieben unbeeindruckt.

»Christiane?«, hörte ich in diesem Moment eine Männerstimme.

Ich zuckte zusammen. Das Pferd nicht.

»Christiane, ist bei dir alles in Ordnung? Isst du auch schön dein Frühstück?«

»Komm!«, wisperte ich dem kleinen Pferdchen zu und versuchte, es zu mir heranzuwinken.

Wir konnten jeden Augenblick entdeckt werden.

Und die Terrassentür war der einzige mögliche Fluchtweg, ohne dass uns jemand bemerkte.

»Los jetzt!«, bemühte ich mich noch einmal, aber das Tier hatte andere Pläne.

Zielsicher lief es genau in die Richtung, aus der die Stimme gekommen war.

Mein Herz klopfte heftig. Eigentlich wusste ich genau, was ich jetzt tun sollte. Einfach zurückgehen, raus aus diesem Haus, runter von dem fremden Grundstück. Ich hatte hier nichts verloren. Solche Dinge tat ich nicht. Das war vollkommen untypisch für mich.

Doch anstatt die Küche zu verlassen, wandte ich mich an Christiane, die mich inzwischen etwas skeptisch betrachtete: »Es ist alles in Ordnung«, wisperte ich. »Ich folge nur dem kleinen Pferd. Aber ich werde dir nichts tun. Und auch sonst niemandem hier. Und ich stehle auch nichts. Ich begleite wirklich nur mein Pferdchen. Also, nein, genau genommen ist es nicht *mein* Pferdchen, es ist einfach irgendein Pferdchen, das zufällig in meinem Garten aufgetaucht ist. Ich möchte herausfinden, wo es wohnt, weil ich ... Keine Ahnung. Jetzt, wo du es sagst, weiß ich gar nicht, warum ich das eigentlich herausfinden möchte. Aber ... ich muss jetzt los. Es wäre toll, wenn du uns nicht verraten würdest.«

Ich nickte Christiane einmal kurz zu, dann wandte ich mich hastig um und folgte dem Pony. Das Tier war inzwischen im Wohnzimmer angekommen und hatte ein paar geknackte Nüsse aus einer Schale gefuttert, die zusammen mit einem Adventskranz als Dekoration auf dem Couchtisch standen.

»Du kannst dich doch nicht überall durchfressen«, flüsterte ich.

Doch das sah das Minipferd offenbar anders, denn es suchte schnüffelnd die Polster und Ritzen des Sofas ab, schien fündig geworden zu sein und knusperte irgendwelche Essensreste, während es einen letzten Streifzug durch den Raum machte.

»Ich komme jetzt runter, Christiane«, rief die Stimme in diesem Moment, und kurz darauf waren Schritte auf der Treppe zu hören.

Das Pony und ich sahen uns an. Fast ertappt.

»Was jetzt?«, fragte ich das Tier etwas verzweifelt. Die Geräusche wurden lauter. Obwohl ich die ganze Zeit gefroren hatte, trat mir jetzt Schweiß auf die Stirn. »In die Küche können wir nicht zurück«, widersprach ich, als das kleine Pferdchen in die Richtung schaute, aus der wir gekommen waren. »Wo sollen wir hin? Sie werden uns entdecken. Und dann komme ich ins Gefängnis und du wahrscheinlich in ein Tierheim. Vielleicht erkennen sie gar nicht, dass du ein sehr kleines Pferd bist, und halten dich für ein Schaf oder einen Hund. Dann kommst du wahrscheinlich in einen Zwinger mit anderen Hunden, und die sind vielleicht nicht so nett und dann ... Ich rede zu viel, wenn ich nervös bin. Deshalb die Kurzfassung: Wir müssen hier weg.«

Hatte das Pony mich verstanden? Wahrscheinlich

war das Quatsch, aber sein Blick wirkte auf mich entschlossen, als wollte es sagen: Folge mir. Und das tat ich.

Zielsicher lief es nach links durch eine Tür ins Esszimmer. Ich hinter ihm her. Von dort aus kamen wir zurück in den Flur, allerdings an einer anderen Stelle und geschützt von der Treppe. Gemeinsam steuerten wir auf die Haustür zu.

»Lass mich«, wollte ich sagen, doch da hatte sich das Minipferd bereits gestreckt, drückte mit der Nase die Klinke herunter, wartete, dass die Tür ein Stück aufsprang, schob den Kopf dazwischen, um sie weiter aufzudrücken, und warf mir einen letzten Blick zu, ehe es nach draußen verschwand.

Einen Moment war ich zu erstaunt, um zu reagieren. Ich wusste nicht, dass Pferde solche Sachen konnten. Oder konnten das auch gar nicht alle Pferde, sondern nur dieses im Miniaturformat?

Erst als ich hinter mir wieder die Stimme hörte, konnte ich mich aus der Erstarrung lösen und dem Pony nachlaufen.

»Christiane, hast du etwa die ganze Butter aufgegessen?«

Als ich die Haustür hinter mir schloss, brauchte ich einen Moment, um zu verschnaufen. Ich konnte es kaum fassen, dass wir es tatsächlich geschafft hatten und unbemerkt geblieben waren. Inzwischen war ich klatschnass geschwitzt. Gleichzeitig fühlte ich mich jedoch seltsam euphorisch.

So ein Abenteuer hatte ich noch nie erlebt.

Viel Zeit, mich auszuruhen oder meinen Moment der Freude auszukosten, blieb mir jedoch nicht, denn ich sah gerade noch den Ponypo hinter der nächsten Ecke verschwinden. Eilig lief ich also weiter dem Pferd nach.

Es hatte entschlossen den Weg Richtung Hundewiese eingeschlagen, überquerte dafür die zum Glück wenig befahrene Straße, ohne nach links oder rechts zu sehen, und schlenderte dann an der Bushaltestelle vorbei, an der ein älteres Ehepaar saß und offenbar auf die nächste Linie wartete. Mit großen Augen sahen sie erst das Tier an, dann mich. Ein wenig verlegen hob ich eine Hand und winkte ihnen, ehe ich dem lustigen, klappernden Geräusch folgte, das die winzigen Hufe auf dem Gehweg machten.

Ich dachte, es würde an der nächsten Kreuzung abdrehen, um über den Rasen zu laufen, auf dem viele Leute aus der Nachbarschaft ihre Hunde ausführten, aber stattdessen trappelte das Minipferd weiter geradeaus und machte erst bei einem Bäcker halt, von dem Werner früher manchmal Brötchen und Croissants mitgebracht hatte. Einige Zeit war das sogar ein regelmäßiges Ritual am Wochenende gewesen, aber inzwischen frühstückten wir ja so gut wie nie zusammen, deshalb hatte ich sogar fast vergessen, dass es den Laden am Ende der Straße überhaupt gab.

Für das Pony dagegen schien es genau das angestrebte Ziel zu sein. Es warf einen kurzen Blick ins weihnachtlich dekorierte Schaufenster, dann sprang es die drei Stufen hinauf und verschwand durch die geöffnete Tür im Geschäftsinneren. Obwohl ich einige Meter entfernt war, hörte ich die Klingel, als es durch die Lichtschranke spazierte.

Gespannt wartete ich, was passieren würde. Neben dem Eingang verwies ein Schild darauf, dass Hunde leider draußen bleiben mussten, und ich rechnete schon mit wütendem Schreien und einem Nudelholz schwingenden Bäcker, der das Minipferd aus seinem Laden jagte. Doch nichts geschah.

Ich setzte mein Fernglas an, um herauszufinden, was in dem Geschäft vor sich ging, aber die Oberfläche des großen Fensters spiegelte zu stark, und die bunten, blinkenden Weihnachtslichter blendeten zusätzlich. Ich konnte im Gebäudeinneren nichts erkennen. Gerade wollte ich mich näher heranpirschen, als die Schelle ein weiteres Mal ertönte und das Pferdchen in der Tür erschien, noch zufrieden schmatzend und mit Brötchenkrümeln ums Maul, die ich nun gut durch das Fernglas erkennen konnte. Kurz blieb es unentschlossen auf dem Gehweg stehen, dann setzte es sich in Bewegung und schlenderte weiter.

Trabtrabtrabtrabtrabtrab. Die Trippelschritte auf dem Asphalt machten irgendwie gute Laune. Das Tempo hatte sich so eingependelt, dass ich gut folgen konnte. Mein Gespräch mit Werner war vergessen, auch das Hocken und Warten hinter dem Rosenbusch. Sogar die Pferdeäpfel auf meinem Rasen hatte ich dem kleinen Pferd fast verziehen. Es sah einfach lustig aus, wie es da seiner Wege ging, seine dichten blonden Haare wippten im

Takt, und der Schweif wehte hinter ihm her wie eine Fahne.

Wir kamen wieder an einer Reihe von Vorgärten vorbei. Alle waren festlich geschmückt. In einem stand am Boden eine große Vogeltränke, die durch den Regen der letzten Tage randvoll gefüllt war. Das Pony stellte sich davor, nippte erst mit gespitzten Lippen und hob dann eines der Vorderbeine und zog den Huf schwungvoll durch das Wasser, dass die Tropfen in alle Richtungen spritzten. Es schien daran so viel Spaß zu haben, dass es erst aufhörte, als das Becken beinahe leer war.

Es schüttelte sich einmal kurz und schnaubte, dann ging die Reise weiter.

Schon von Weitem sah ich das nächste Ziel des Minipferds, denn wir waren gerade um eine Ecke gebogen, als es direkt auf eine kleine Pizzeria zusteuerte, die es schon gegeben hatte, als Elisa und Merle noch klein gewesen waren, allerdings unter einem anderen Namen. Gerade kam eine Frau aus der Tür, als das Pferdchen sich näherte. Sie hielt drei Kartons in den Händen und oben aufliegend eine Tüte mit Pizzabrötchen, deshalb sah sie das Pony nicht kommen. Und plötzlich wusste ich genau, was das freche Tier tun würde.

Ich wollte die Fremde gerade warnen, doch in diesem Moment passierte es. Das Shetty versetzt ihr einen Stoß, der sie augenblicklich aus dem Gleichgewicht brachte. Das Essen in ihren Armen geriet ins Rutschen. Die Pizzen konnte sie noch halten, doch die

Brötchentüte fiel auf den Boden. Blitzschnell schoss das kleine Pferd vor, packte das Papier und rannte los. Dabei zerriss die Verpackung und einige Teigstücke fielen heraus. Doch ihm reichte, was es hatte, und es trabte zufrieden weiter.

Fassungslos starrte die Frau mich an. »Ist das Ihrer?«, stammelte sie.

»Entschuldigung«, erwiderte ich nur und hob ungenau die Hände.

Aber die Frage gefiel mir. Bei dem Gedanken, dass jemand anders annehmen konnte, dieses kleine, freche Pony würde mir gehören, musste ich grinsen.

Hastig beugte ich mich zu Boden, sammelte die verteilten Pizzabrötchen auf und legte sie wieder oben auf die Kartons. »Entschuldigung«, wiederholte ich, beeilte mich dann aber, mich wieder an die Hufe des Ponys zu heften.

Ich war mir sicher, dass es den Gehweg entlang und dann nach rechts abgebogen war, aber als ich die Stelle erreichte, war von dem Tier nichts zu sehen. Ich lief einige Meter weiter. Nichts. Ich nutzte mein Fernglas, spähte die gesamte Straße hinab. Nirgendwo war es zu entdecken. Deshalb kehrte ich zur Kreuzung zurück, schaute mich noch einmal genau um. Ohne Erfolg.

Wo konnte es denn sein? Und was sollte ich jetzt tun?

Nach Hause gehen konnte ich nicht. Falls Werner da war, wollte ich ihm nicht erzählen müssen, was ich gemacht hatte. Falls nicht, hatte ich keine Lust, den restlichen Nachmittag in einem leeren Haus zu verbringen. Das hatte ich in den letzten Monaten oft genug getan, in den letzten Jahren, wenn man es genau nahm. Mit Werners Rente sollte das alles anders werden. Darauf hatte ich lange gewartet. Ich hatte mir vorgestellt, dass wir dann mehr Zeit miteinander verbringen würden, zum ersten Mal, zumindest zum ersten Mal seit Ewigkeiten. Mir hatte das gefehlt, sehr sogar, und ich dachte, Werner würde sich darauf genauso freuen wie ich. Aber offenbar hatte ich mich da getäuscht, denn manchmal kam es mir so vor, als wäre ich jetzt noch viel öfter allein als vorher.

Meine Töchter machten sich Sorgen, dass ich einsam war? Meine gesamte Familie hielt mich für unglücklich und mein Leben für trist und ohne Sinn? Sie hatten recht.

Nicht nur Werner hatte sich immer ausgemalt, wie sein Leben sein würde, wenn er nicht mehr würde arbeiten müssen. Auch ich hatte das getan. So viel hatte ich zurückgestellt. Wegen der Kinder. Wegen ihm. Dann hatte ich mich um Werners Bruder Alfred gekümmert, zu einer Zeit, als ich eigentlich dachte, aus dem Kümmern endlich rauszukommen und herausfinden zu können, was ich gerne noch machen würde. Irgendwie hatte ich immer alles aufgeschoben. Ich hatte gedacht, wir würden gemeinsam mehr vom Leben haben, wenn er erst in Rente war.

Stattdessen hatte er mehr.

Und ich hatte gar nichts.

In diesem Moment, in dem ich erschöpft und enttäuscht und traurig die Straße hinablief, nicht nach Hause, sondern in die entgegengesetzte Richtung, wurde mir klar, dass es das war, was ich Werner eigentlich vorwarf. Nicht nur, dass er jetzt alle seine Wünsche wahr machte, wie es ihm passte, sondern dass ich es nicht tat. Dass ich nicht einmal mehr wusste, *dass* ich welche hatte. Ich war Mutter, Ehefrau, Hausfrau, jetzt würde ich bald Oma sein, eine Leihoma war ich sogar schon.

Ich war Hilde, die sich gerne kümmerte, die verlässlich war, vorhersehbar, langweilig.

Aber verdammt, das konnte doch nicht alles gewesen sein.

Meine Beine kamen mir plötzlich sehr schwer vor. Die Krämpfe vom Hocken, das lange Laufen und schnelle Rennen rächten sich jetzt. Mein Knie schmerzte mehr als sonst, und es fühlte sich an, als könnte ich keinen einzigen Schritt mehr gehen. Ich schlug den Weg zum Park ein, der nicht mehr weit war, und ließ mich auf die erste Bank fallen, die ich finden konnte, obwohl deren Holz feucht aussah.

Ich streckte die Füße von mir, lehnte mich mit dem Rücken gegen die Lehne, schloss müde die Augen und merkte erst selbst nicht, dass ich tatsächlich weinte. Erst als ich etwas Salziges schmeckte und mir über das Gesicht wischte, nahm ich die Tränen auf meiner Haut wahr.

»So ein Mist«, murmelte ich. »So ein verdammter, blöder …«

In diesem Moment spürte ich etwas an meinem Oberschenkel. Eine Berührung. Sehr sanft und weich. Ich sah hin. Und entdeckte das Pony. Es stand vor mir, hatte erst mit der Nase meine Taschen abgetastet, legte nun sein Kinn auf mein Bein und schaute durch seinen dicken Schopf zu mir hoch.

Ich war sprachlos.

»Du bist das«, sagte ich, als ich die erste Überraschung überwunden hatte. »Ich habe dich schon überall gesucht. Wo warst du denn?« Ich streckte die Hand aus und berührte es zum ersten Mal richtig. Mit den Fingerspitzen fuhr ich über seine Nüstern und hinauf zu seiner Stirn. »Ich dachte schon, ich hätte dich verloren. Aber du bist da«, flüsterte ich erleichtert.

Ich setzte mich etwas mehr auf und betrachtete das Pferdchen.

»Du hast schon eine ziemliche Expedition hinter dir. Machst du das jeden Tag?« Das Tier blies seinen warmen Atem in meine Hände. Die feinen Barthaare kitzelten auf meiner Haut. »Was hast du jetzt vor? Vielleicht ins Café? Oder noch ein wenig einkaufen? Fehlen dir auch noch alle Weihnachtsgeschenke so wie mir? Du bist mir schon ein lustiges, kleines Kerlchen, weißt du das? Ich frage mich wirklich, woher du kommst. Gehörst du überhaupt jemandem? Oder gibt es bei uns Miniwildpferde?«, fragte ich grinsend. »Ich glaube, dein Besitzer hat überhaupt keine Ahnung, was du den ganzen Tag so anstellst. Kann es sein, dass du ein sehr eigenwilliges kleines Pferd bist, das einfach tut, wonach ihm ist, hm?«

Ich hatte mit den Fingern eine Stelle hinter den Ohren erreicht, die dem Tier offenbar gefiel. Es drängte sich weiter zu mir und hielt den Kopf so in meine Richtung, dass ich gar nicht anders konnte, als weiterzukraulen.

»Das gefällt dir?«, fragte ich und bearbeitete sein Fell mit den Fingern.

Als Antwort spitzte das Pony die Oberlippe, schloss genießerisch die Augen und gab ein leises Grunzen von sich. Es verrenkte so den Hals, dass ich schon befürchtete, es würde umfallen, aber wie durch ein Wunder hielt es das Gleichgewicht.

»Jetzt siehst du gar nicht mehr wie ein Pferdchen aus«, erzählte ich dem Minipferd. »Sondern wie ein Tapir. Oder eine Giraffe. Oder ... Keine Ahnung, welches Tier noch solche Gesichter macht«, fügte ich lachend hinzu, als es das Maul einen Spalt öffnete, die Zähne voller Verzückung auf und zu bewegte und dabei ein weiteres lustvolles Geräusch von sich gab, eine Mischung aus Brummen und Schmatzen und Seufzen.

»Du sabberst«, stellte ich amüsiert fest. »Ih, jetzt ist es genau auf meine Hose getropft. Das ist ziemlich eklig. Man spuckt doch niemandem auf die Kleidung. Hast du keine Manieren?«

Das Pony beachtete meine Vorwürfe nicht, sondern legte seinen Kopf noch etwas schräger, damit ich zum Abschluss noch einmal genau die Stelle hinter den Ohren erreichte, an der es offenbar besonders juckte. Dann schüttelte es sich, kaute und schleckte zufrieden, und sein kleines Mäulchen sah aus, als würde es lächeln.

Wahrscheinlich war das Quatsch. Ich hatte noch nie von lächelnden Pferden gehört. Aber genau so kam es mir vor.

»Hat dir das gefallen?«, wollte ich wissen. »Gern geschehen.«

Das kleine Pferdchen hatte die Lippen wieder vorgeschoben und suchte meinen Hosenstoff ab. Es war ein lustiges Gefühl, wie sich seine Nase über mein Bein hinwegbewegte.

»Da wirst du nichts für dich finden«, sagte ich ihm trotzdem. »Tut mir leid. Das ist nur ein Müsliriegel.« Ich schob die Hand in die Tasche und zog die Verpackung hervor. »Ich habe nur noch den einen. Und der ist für mich. Wirklich. Du brauchst mich gar nicht so anzusehen.« Ich öffnete den Riegel und begann, ihn Bissen für Bissen zu essen. Mit vollem Mund sprach ich weiter: »Jetzt mach nicht so ein beleidigtes Gesicht. Du kannst unmöglich noch Hunger haben. So viel, wie du heute schon gefressen hast. Erzähl doch nichts. Ich war schließlich dabei. Du hast in meinem Garten Gras gerupft und dir dann das Vogelfutter und die Butter bei meinen Nachbarn geschnappt, irgendwas vom Bäcker, den du wahrscheinlich auch mit so großen Augen mitleidig angesehen hast wie mich gerade, und jetzt noch die geklauten Pizzabrötchen von der Pizzeria. Ich finde, das ist schon eine ganze Menge. Vor allem für so ein kleines Pferd wie dich. Ich weiß auch ehrlich gesagt nicht, ob alles davon so gesund für dich ist. Hast du darüber mal nachgedacht? Am Ende bekommst du noch Bauchschmerzen oder

Durchfall oder was auch immer Pferde bekommen, wenn sie zu viel Blödsinn essen. Da muss es wirklich nicht auch noch ein Müsliriegel sein, finde ich. Du siehst das anders? Tja, aber leider«, ich schob mir das letzte Stück in den Mund, kaute und schluckte es demonstrativ runter, »ist nichts mehr übrig.«

Das Tier hatte jede meiner Bewegungen genau beobachtet. Als ich jetzt zum Beweis meinen Mund öffnete, um zu zeigen, dass er leer war, schien es die Augen zusammenzukneifen.

»Alle, alle«, fügte ich hinzu.

Das Minipferd schnaubte, drehte sich um und ging. Es ging einfach.

»Ist das dein Ernst?«, rief ich ihm nach. »Bist du jetzt wirklich sauer? Eine beleidigte Leberwurst?«

Ein älterer Mann, der in diesem Moment ein Stück weiter an meiner Bank vorbeiging, warf mir einen irritierten Blick zu. Ich verzog mein Gesicht zu einem kurzen, entschuldigenden Lächeln, dann sprang ich auf. Ich wollte das Pony nicht schon wieder verlieren, deshalb eilte ich ihm mit großen Schritten nach, bis ich es eingeholt hatte.

»Jetzt sei doch bitte nicht eingeschnappt.«

Dieses Mal lief ich dem Pferd nicht mit einigem Abstand hinterher, sondern blieb neben ihm. Anders als bei unserer ersten Annäherung in meinem Garten war jedoch nicht ich diejenige, die vorgab, wohin wir gingen und wie schnell, sondern ich passte mich ihm an. Das schien in Ordnung, es wurde weder langsamer noch schneller und entschied vollkommen selbstverständlich, wohin wir gingen. Ich begleitete es nur.

Wir durchstreiften den Park, dann noch eine weitere Wohnsiedlung. Hin und wieder begegneten wir Menschen, die uns amüsierte Blicke zuwarfen. Einige riefen uns auch Kommentare zu, ob das Pony ein großer Hund sei oder warum ich nicht reiten würde. Wir waren so etwas wie eine Attraktion.

Es war schön, das Pferdchen an meiner Seite zu haben, und es hatte ein gutes Tempo für mich und mein lädiertes Knie, es war leicht, ihm zu folgen.

Als wir nach einer Weile in einen Feldweg abbogen, wurde mir klar, dass sich das Pony seit unserer Diskussion um den Müsliriegel auf der Bank auf den Heimweg gemacht hatte. Denn hier begannen die abgezäunten Weiden, auf denen Pferde standen, die meisten von ihnen deutlich größer als meine Begleitung. Wir gingen den Pfad entlang, vorbei an den Wiesen, und steuerten auf einige Stallgebäude zu, die dahinter lagen. Es schien einer von den Reiterhöfen zu sein, von denen es im Umkreis einige gab, denen ich jedoch bisher nie wirklich Beachtung geschenkt hatte. Warum auch? Schon von Weitem erkannte ich mehrere Ponys, die unter einem Dach an einem langen Balken nebeneinander angebunden waren und geputzt wurden. Ein Mädchen ritt ein großes schwarzes Pferd auf einem Sandplatz.

»Hier wohnst du also?«, fragte ich mein Pony und spazierte neben ihm her durch die Toreinfahrt.

Einige Kinder drehten sich zu uns um.

»Püppilotta ist wieder da«, rief eines von ihnen.

»Püppilotta?«, fragte ich an das Minipferd gewandt. »Ist das dein Name?«

Als ich aufschaute, kam eine Frau mit entschlossenem Schritt über den Hof auf uns zu. Sie trug eine ausgebeulte Latzhose und schmutzige Gummistiefel. Auf dem Kopf saß eine Art Cowboyhut.

»Wo biste schon wieder gewesen?«, wollte sie vorwurfsvoll von dem Pony wissen.

»Ich habe es in meinem Garten gefunden«, antwortete ich für mein Pferdchen.

»Jetzt treibste dich schon in den Gärten fremder Leute rum? Du bist wirklich unmöglich. Ich hab dir schon tausendmal gesagt, datte aufm Paddock bleiben sollst. Sonst sperr ich dich demnächst einfach in 'ne Box. Und dann kannste sehen, wo du bleibst.«

Mit geübten Bewegungen zog die Frau dem Pony ein rotes Halfter über den Kopf und führte es daran auf dem gleichen Weg zurück, den sie gekommen war. Zu mir sagte sie kein Wort. Ich konnte mich nicht einmal von Püppilotta verabschieden, sondern ihr nur nachschauen, wie sie sich neben ihrer Besitzerin in Richtung Auslauf bewegte, den Kopf immer wieder unwillig schüttelnd, und versuchte, ihrer eigenen Wege zu gehen.

Das war's? Ich hatte das Pony hier abgeliefert. Und jetzt?

Ich hatte kein Dankeschön erwartet. Ich wusste eigentlich gar nicht, was ich erwartet hatte, denn so weit hatte ich gar nicht gedacht. Alles, was ich herausfinden wollte, war, wo das Minipferd wohnte.

Hatte ich also mein Ziel erreicht? Sollte ich nach Hause gehen? Und dann? Wartete ich darauf, dass Püppilotta das nächste Mal in meinem Garten auftauchen würde? Sollte ich darauf hoffen?

Unschlüssig trat ich von einem Fuß auf den anderen und spielte am Band meines Fernglases herum. Als niemand mehr aufzutauchen schien, drehte ich mich langsam um und machte mich auf den Weg in Richtung Ausgang.

»Hey«, hörte ich plötzlich hinter mir. »Warte.«

Ich wandte mich wieder um. Die Frau mit dem Cowboyhut kam erneut auf mich zu.

»Ja?«

»Danke fürs Herbringen«, sagte sie.

»Kein Problem.«

»Wo wohnste?«

»Dahinten in der Siedlung«, antwortete ich und deutete ungenau nach links, wo jedoch nur Bäume und Felder zu sehen waren.

»Und da biste mit ihr den ganzen Weg bis hierher gelaufen?«

»Ja.«

»Warum?«

»Ich wollte wissen, wo sie hingehört. Das ist alles.«

»Aha«, machte die Frau.

»Was machen Sie jetzt mir ihr?«

Mein Gegenüber runzelte die Stirn. »Was ich mach?«

»Sie sperren sie doch nicht wirklich in eine Box, oder?«

»Püppilotta ist 'ne kleine Ausreißerin. Das macht sie leider ständig. Und wir finden keinen Weg, wie wir sie daran hindern können. Sie geht durch jeden Zaun. Aber nein«, fügte die Hofbesitzerin hinzu, als ich sie wartend ansah, »ich sperr sie nich in 'ne Box. Dat machen wir hier nich. Aber irgendwat muss ich mir wohl einfallen lassen. Sie langweilt sich. Und dadurch kommt sie leider auf dumme Ideen. Auf sehr viele dumme Ideen.« Sie verdrehte die Augen.

»Vielleicht können die Kinder sich mit ihr beschäftigen«, schlug ich vor und wies zu den Mädchen, die begonnen hatten, ihre Ponys zu satteln.

»Die Kinder lieben Püppilotta und finden sie natürlich total süß. Aber Püppilotta mag Kinder nich besonders.«

»Sie mag keine Kinder?«, fragte ich erstaunt.

»Wat soll ich sag'n? Eigentlich war sie ja für die Kleinsten gedacht. Sie sieht aus wie 'n Engel, hat's aber faustdick hinter den Ohren, weißte?«

»Ist mir schon aufgefallen.«

»Sie lässt alles mit sich machen, solange sie stehen und fressen kann. Da is sie lammfromm. Aber wehe, man will wat anderes von ihr, dann is Schicht im Schacht. Keins der Kinder will wat mit ihr machen, weil sie einfach stehen bleibt, sich hinlegt oder sofort losreißt. Sie ist so wat wie 'n Kinderschreck hier.«

»Oh«, machte ich.

»Keine Ahnung, vielleicht muss ich sie doch irgendwann verkaufen. So macht's ja keinen Sinn. Aber wer kauft so 'ne Terrorkugel schon?«

»Weiß ich nicht«, antwortete ich, weil mir sonst nichts einfiel.

»Ich eben auch nich. Aber wie gesagt: Danke fürs Bringen.«

Damit wollte sich die Frau bereits wieder abwenden, und ich hatte mich ebenfalls bereits halb umgedreht, als mir noch etwas einfiel. »Aber führen kann man sie schon.«

»Wat?«

»Püppilotta. Ich habe sie durch meinen Garten geführt. Ganz ohne Seil oder so ...« Als ich den prüfenden Blick der Frau auf mir spürte, hob ich etwas verlegen die Schultern. Sie sollte nicht denken, dass ich angeben wollte. »Und sie war dabei eigentlich ganz lieb.«

Die Hofbesitzerin war sichtlich überrascht. »Ach ja?«

»Außerdem kann sie Türen öffnen. Mit der Nase«, berichtete ich.

»Dat erklärt einiges.« Sie verdrehte die Augen. »Woher weißte dat?«

»Ich habe sie dabei beobachtet«, erwiderte ich und überlegte, ob ich noch etwas ergänzen sollte. »Ich glaube, sie ist ziemlich schlau.«

Die Frau hatte die Hände leicht in die Hüften gestützt und musterte mich jetzt noch einmal genauer. Das machte mich nervös.

»Sie war ein paarmal in meinem Garten. Und na ja ... Eigentlich wollte ich sie nur von meinem Grundstück locken. Aber dann habe ich gemerkt, dass sie auch mit mir mitläuft, wenn ich was Leckeres dabeihabe. Dafür tut sie nämlich fast alles. Sie ist ziemlich verfressen.«

»Is mir nich neu.«

»Na ja, wie gesagt, sie war ein paarmal in meinem Garten«, wiederholte ich und fuhr mir unsicher über die Stirn.

»Ja.«

»Und ich wollte nur wissen, wo sie hingehört. Das ist alles. Jetzt weiß ich es. Aber vielleicht können Sie ja wirklich irgendwas dagegen tun, dass sie ständig ausbricht. Sie isst sich sonst durch den ganzen Ort. Das kann ja nicht gesund sein. Wie auch immer.« Ich deutete ein Kopfschütteln an. »Ich werde dann mal gehen.«

»Hm ...«

»Ihnen noch einen schönen Tag.« Ich nickte ihr zu und wollte mich wieder umdrehen und gehen, dieses Mal aber wirklich.

»Willste vielleicht wiederkommen?«, fragte die Frau.

»Wiederkommen?«, fragte ich überrascht. »Wohin?«

»Hierher.«

»Und wozu? Zum Reitenlernen? Ich glaube nicht, dass das in meinem Alter noch was ist. Außerdem habe ich Angst vor Pferden. Also den großen. Den richtigen. Die sind mir viel zu ...«

»Zu Püppilotta, mein ich.«

»Dem Minipferdchen?«

»Genau genommen is sie ’n Minishetlandpony. Aber ja, zu Püppilotta.«

»Warum? Was sollte ich dann tun?«, gab ich irritiert zurück.

»Keine Ahnung. Watte willst. Streicheln, sie herumführen …«

»Haben Sie nicht gesagt, sie reißt sich los?«

Sie schien unbeeindruckt. »Vielleicht is dat ja bei dir anders.«

»Wieso sollte das bei mir anders sein?«

»Weiß nich. Aber du hast ja auch rausgefunden, dat sie für ein bisschen wat inne Backen alles macht. Bei uns hat sie bisher nur gezeigt, wat sie alles nich macht. Und dat is ’ne Menge.«

»Aber …«, wollte ich einwenden, weil mir der Vorschlag immer noch zu absurd vorkam.

»Vielleicht mag sie dich.«

»Sie denken, sie mag mich?«, fragte ich überrascht und war noch überraschter, dass ich mich darüber freute. Dabei war es doch eigentlich vollkommen egal, ob mich dieses kleine Pferdchen, dieses Minishetlandpony mit Namen Püppilotta, mochte oder nicht.

»Wäre doch möglich«, brummte die Frau zurück.

»Und Sie meinen, ich könnte sie herumführen?«

»’nen Versuch wär’s wert, würd ich sagen.«

»Aber ich … Ich glaube …« Ich zögerte. Das ging doch nicht. Ich wollte dieses Pony loswerden und mich nicht auch noch darum kümmern. »Ich habe furchtbar viel zu tun«, antwortete ich deshalb. »Wahrscheinlich habe ich dazu gar keine Zeit. Ich meine, mein Mann ist in Rente.

Und ich werde bald Oma. Da muss ich mich natürlich richtig viel kümmern. Es ist für meine Tochter das erste Kind, wissen Sie? Und sie hat keinen Mann. Keinen Partner. Das wollte sie aber so«, fügte ich schnell hinzu. »Aber da braucht sie natürlich ganz viel Hilfe. Von ihrer Mutter. Mir. Und ich habe das Haus. Und den Garten. Und seit Neuestem bin ich auch noch eine Leihoma und muss ...«

Mein Gegenüber hob die Augenbrauen. »Wat soll dat denn sein?«

»Da kümmere ich mich um das Kind von jemand anderem.«

»Und wieso?«

»Weil die Mutter Hilfe braucht. Und mal ein bisschen Zeit für sich.«

»Wie 'n Babysitter? Biste dafür nich zu alt?«

»Es ist ja auch nicht richtig wie ein Babysitter.«

»Sondern?«

»Ich passe auf das Baby auf. Wir gehen auf den Spielplatz. Ich bringe es ins Bett und solche Dinge.«

»Klingt für mich sehr nach Babysitting«, gab die Hofbesitzerin nüchtern zurück.

»Ich kann das eben wirklich gut. Ich habe ein Händchen für Kinder. Das sagen alle. Bei mir hören sie plötzlich auf zu schreien. Es ist wie ... na ja, Magie will ich nicht sagen. Aber ich kümmere mich eben gern.«

»Aha.« Sie wirkte nicht beeindruckt.

»Und ich habe auch viel mehr Geld rausgehandelt, als ein normaler Babysitter bekommt«, fügte ich deshalb eilig hinzu.

»Wenigstens etwas. Wär ja auch noch schöner, wenn du dat alles auch noch umsonst machen würdest.«

»Jedenfalls … Meine Familie dachte, das wäre eine gute Idee. Damit ich nicht so … na ja …«

»Hör ma«, unterbrach mich die Frau, »mit Püppilotta, dat war nur so 'ne Idee. Ich hab gemeint, es könnte passen. Für Püppilotta. Für dich. Mir kam's so vor, als hättet ihr vielleicht 'nen Draht zueinander. Deshalb dacht ich, du könntest ein wenig Zeit mit ihr verbringen und Spaß haben …«

»Spaß«, wiederholte ich das Wort, als hätte ich es nie zuvor gehört.

»Aber wenn nich, eben nich. War nur 'n Vorschlag. Vielleicht lag ich auch komplett falsch. Is auch kein Beinbruch. Noch mal danke, datte sie den ganzen Weg hergebracht hast. Dat weiß ich sehr zu schätzen. Mach's gut«, fügte sie hinzu, drehte sich nun endgültig um und ging zurück über den Hof und in die Richtung, in der sie zuvor mit Püppilotta verschwunden war.

Ich blieb zurück und sah ihr nach. Und in diesem Moment begann es wieder zu regnen.

Vier

Mein Rückweg dauerte lange. Nicht nur, weil mir der Tag heute in den Knochen steckte und ich ihn in jedem meiner Muskeln spürte, sondern weil mir so viel im Kopf herumging und mich nichts wirklich nach Hause zog. Ein wenig hoffte ich sogar, Werner wäre wieder einmal unterwegs und ich hätte das Haus ganz für mich, um mich in Ruhe von allem zu erholen, um heiß zu duschen, mich umzuziehen, mir eine Kleinigkeit zu essen zu machen, und dann ins Bett zu gehen, ohne noch ein einziges Wort sagen zu müssen.

Doch als ich endlich nass und durchgefroren das Haus betrat, schlug mir gleich der angenehme, süßliche Geruch von frischen Plätzchen entgegen, und ich folgte dem flackernden Kerzenschein in die Küche, wo ein Adventskranz auf dem Tisch stand, auf dem zwei Lichter brannten. Er war mit rotem Band und kleinen goldenen Kugeln verziert.

Heute war der zweite Advent. Das hatte ich beinahe vergessen. Auch an den ersten hatte ich schon nicht gedacht. Wie konnte das sein?

Einen Moment blieb ich in der Tür stehen und betrachtete die hellen Flammen, die den gesamten Raum gleich gemütlicher machten. Ich atmete den süßen Duft ein und spürte die Wärme aus dem Ofen auf meinen kalten Wangen. Ich fragte mich, ob wirklich Werner gebacken hatte. Konnte er das überhaupt? Vielleicht würden er und ich ja einen heißen Kakao zusammen trinken und die ersten Kekse essen. So wie früher.

Dann fiel mein Blick auf Werner, der in den offenen Kühlschrank schaute und offenbar etwas suchte.

»Du bist ja da«, sagte ich ein wenig überrascht. »Und du hast gebacken.«

»Na ja, gebacken ...« Er wies ungenau und mit einem verlegenen Achselzucken auf die Packung mit Fertigteig, die neben der Spüle lag.

Ich konnte mir ein leichtes Schmunzeln nicht verkneifen. »Aber backen ist backen.«

Er musterte mich kurz, schien etwas sagen zu wollen, entschied sich dann jedoch offenbar um, sein Gesicht verfinsterte sich, und er erwiderte: »Du tropfst.«

Ich zuckte ein wenig zusammen. »Danke. Das weiß ich«, gab ich zurück.

»Du solltest dringend aus den Klamotten raus. Sonst holst du dir noch eine Erkältung.«

Ich nickte nur.

Kurz wartete er noch, ob ich etwas hinzufügen würde. Als ich das nicht tat, streckte er wieder den Kopf in den Kühlschrank und erklärte daraus: »Ich mache mir ein Brot.«

»Aha.«

»Ich wusste ja nicht, wann du kommst. Du guckst ja nie auf dein Handy.«

»Hm.«

»Aber ich finde die Butter nicht.« Es klang wie ein Vorwurf. Als würde ich die Butter verstecken.

Ich war so müde, dass ich auf solche Gespräche überhaupt keine Lust hatte. »Die steht auch nicht im Kühlschrank«, sagte ich deshalb knapp.

Er zuckte zurück. »Warum nicht?«

»Sie steht seit vierzig Jahren nicht im Kühlschrank, Werner.«

»Das stimmt doch nicht. Sie stand immer im Kühlschrank.«

»Sie stand nie im Kühlschrank.«

»Wieso sollte sie nicht im Kühlschrank stehen?«

»Weil sie dann steinhart wird und man sie nicht schmieren kann.«

»Aber sie ist aus Milch. Und Milch wird schlecht, wenn sie nicht im Kühlschrank steht.«

»Und?«

»Und deshalb muss Butter auch im Kühlschrank stehen, damit sie nicht ranzig wird.«

Ich war erschöpft und wollte eigentlich nur schlafen. Doch irgendetwas in mir ließ mich nicht. Ich fühlte mich ärgerlich, irgendwie richtig wütend. »Ist unsere Butter jemals ranzig geworden?«, fragte ich deshalb.

»Weiß ich nicht. Du benutzt sie ja meistens. Wie soll ich da ...«

»Hast du jemals ranzige Butter hier gegessen?«

»Nein, aber ...«

»Habe ich dir jemals ein Brot mit ranziger Butter geschmiert?«

»Das sage ich ja gar nicht ...«

»Oder Kartoffeln? Gab es jemals Pellkartoffeln mit verdorbener Butter? Spargel mit schlechter Buttersoße? Oder Fisch? Habe ich jemals einen Kuchen gebacken, in dem du ranzige Butter geschmeckt hättest, Werner?«

»Ich meinte doch gar nicht, dass du mir ranzige Butter vorgesetzt hast.«

»Was meintest du dann?«

Werner zögerte einen Moment. Er hätte es gut sein lassen können. Damit wäre die Sache erledigt gewesen, und wir hätten beide unserer Wege gehen können. Doch auch er schien aus einem mir unbekannten Grund nicht aufgeben zu wollen. Stattdessen schloss er den Kühlschrank und sah mich jetzt wieder direkt an.

»Vielleicht hast du sie immer vorher weggeschmissen«, erwiderte er.

»Was?«

»Vielleicht ist die Butter ja schon öfter bei uns schlecht geworden, weil du sie nicht im Kühlschrank gelagert hast, aber du hast sie dann jedes Mal weggeschmissen, bevor du damit gekocht oder gebacken hast. Vielleicht haben wir einen unnötig hohen Verbrauch an Butter, weil sie nicht angemessen aufbewahrt wird und dann jedes Mal im Müll landet. Das ist dann nicht besonders nachhaltig, sondern Lebensmittelverschwendung.«

»Das glaubst du also?«

»Ich habe gesagt, vielleicht. Hast du eventuell noch Kassenbelege?«, fügte er hinzu.

Ich war fassungslos. »Ob ich *was* habe?« Das konnte doch wohl nicht sein Ernst sein!

»Kassenbelege«, wiederholte Werner, aber er wirkte etwas unsicher. »Ich mache dir ja keinen Vorwurf.«

»Ach nein?«

»Es kann doch sein, dass dir das bisher einfach nicht bewusst war. So ist es doch oft mit den Dingen. Dann ist es ein wenig hier, ein wenig da. Im Alltag merken wir das gar nicht. Wir denken, es läuft alles gut ... Ich meine«, er räusperte sich, »es ist nicht viel. Aber wenn man das dann alles zusammennimmt, ist es eben doch eine ganze Menge. Und das könnte man verhindern, wenn man einfach nur die Lagerung optimiert.«

»Die Lagerung optimiert«, wiederholte ich tonlos.

»Auf der Arbeit hatten wir auch einige solcher Prozesse. Die sind im normalen Arbeitsbetrieb nicht aufgefallen. Bis wir mal eine größere Prüfung der Abläufe durchgeführt haben, und dabei ist dann aufgefallen, dass es manchmal die kleinen Dinge sind, die eine große Wirkung haben können. Redet Elisa nicht genau davon, wenn sie möchte, dass wir ein bisschen mehr für den Umweltschutz tun? Von den kleinen Schritten in die richtige Richtung? Ein paar Reste ranziger Butter, die regelmäßig in den Müll wandern, mögen nach nicht viel aussehen, aber in der Summe ...«

»Ich habe noch nie ranzige Butter weggeschmissen«, sagte ich zwischen zusammengebissenen Zähnen hindurch. Es hörte sich mehr wie ein Knurren an.

»Bist du dir da ganz sicher?«

»Ich bin mir da ganz sicher«, behauptete ich.

»Gut«, antwortete er knapp und legte die Hand auf die Kühlschranktür. Wie ein Türsteher wirkte er dadurch auf mich. Der Bewacher von Milch, Käse und Wurst.

»Du glaubst mir nicht«, warf ich ihm vor.

»Das habe ich doch gar nicht gesagt.«

»Aber gemeint.«

»Ich glaube, dass du das glaubst.«

»Sollen wir rausgehen?«, fragte ich.

Er schaute verdutzt. »Raus?«

»Vor die Tür.«

»Und dann was? Dann tragen wir es mit den Fäusten aus?« Er lachte, aber es klang irgendwie hohl.

»Dann gucken wir uns an, wie viel Butter ich diese Woche schon wieder weggeschmissen habe.«

Er verdrehte die Augen. »Mach dich nicht lächerlich.«

»Wieso? Die Tonnen sind noch voll. Sie werden erst morgen abgeholt. Wir können reingucken und zählen, wie viele Pakete es diese Woche waren.«

»Ich habe doch gar nicht ...«

»Doch, bitte, Werner. Lass uns nach draußen gehen und die Tonnen in unserer Einfahrt ausschütten und dann den gesamten Müll durchwühlen, um herauszufinden, wie viel Butter ich jetzt wieder verschwendet habe.«

»Ich werde jetzt nicht mit dir draußen in der Einfahrt den Müll durchsuchen. Du steigerst dich wieder einmal rein, Hilde.«

»Tue ich das, Werner? Ihr macht euch doch angeblich so große Sorgen um mich, du und Elisa und Merle, weil ich nichts tue, weil ich nichts mit mir anzufangen weiß, weil ich einsam bin. Das ist völlig unnötig. Denn ich verbringe meine gesamte freie Zeit damit, Butter in riesigen Mengen zu kaufen, ihr über Wochen dabei zuzusehen, wie sie durch falsche Lagerung ranzig wird, und sie dann wegzuwerfen. Das ist ein Fulltime-Job.«

»Mit dir kann man nicht reden, wenn du so bist«, antwortete Werner und drehte sich um. »Ich wollte eigentlich einen schönen zweiten Advent mit dir verbringen und gemeinsam zu Abend essen und reden.« Er ging in Richtung Tür. »Ich wollte dich fragen, wie dein Tag war und was du Schönes gemacht hast, was so wichtig war. Aber gut.« Betont deutlich hob er die Schultern, dann verließ er die Küche.

Ich blieb allein zurück und starrte den Adventskranz an, der auf dem Tisch stand und dessen zwei Kerzen weiterbrannten.

In dieser Nacht machte ich wieder einmal kein Auge zu. Es war jedoch nicht Werners und mein albernen Butterstreit, der mich wach hielt, sondern das Pony, Püppilotta, und das Angebot der fremden Frau. Es war mir nicht aus dem Kopf gegangen. Ich hatte hin und her überlegt und mich dabei im Bett gewälzt.

Natürlich war es Unsinn. Warum sollte ich wiederkommen wollen? Was hatte ich mit diesem kleinen Pferdchen zu schaffen? Ich kannte es ja eigentlich gar nicht. Es war ein paarmal in meinem Garten aufgetaucht, hatte meinen Rasen zertrampelt, aus meinem Kompost gefressen und Haufen mitten auf mein Grundstück gemacht. Mehr nicht.

Gut, ich hatte es geschafft, dass es mir nachgelaufen war, was offenbar bei diesem kleinen Dickkopf einem Wunder glich. Das war lustig gewesen. Aber deshalb konnte ich doch nicht ... Warum sollte ich ...?

Außerdem kannte ich mich mit Pferden gar nicht aus. Ich wusste gerade mal, wo vorne und hinten war. Und vor den großen hatte ich sogar eine Heidenangst. Was genau stellte sich die Frau überhaupt vor? Dass ich ihr die Arbeit abnahm und mich um ihr freches Pony kümmerte, das offenbar mit Vorliebe Kinder in die Flucht schlug und seinen Sturkopf durchsetzte?

Ich war schon die Leihoma für ein Baby. Ich hatte nicht vor, auch noch die Leihpflegerin für ein Pferd zu werden. Obwohl die Frau genau genommen nichts von Kümmern gesagt hatte. Sondern von Spaßhaben. Aber war das nicht Quatsch? War ich dafür nicht zu alt?

Kleine Mädchen mochten Pferde. Kleine Mädchen ließen sich von ihnen auf der Nase rumtanzen und misteten Ställe aus und stanken nach Pferdeäpfeln und wurden getreten und gebissen und kamen trotzdem jedes Mal wieder und liebten jede Sekunde davon. Aber ich war kein kleines Mädchen mehr und ganz bestimmt kein Pferdemädchen.

Abgesehen davon war dieses Tier nicht einmal ein richtiges Pferd. Im Grunde sogar eigentlich nicht einmal ein richtiges Pony. Eher ein halbes Pony. Ein eingelaufenes Pony. Welchen Spaß konnte man mit einem zu heiß gewaschenen Pferdchen haben?

Auch am nächsten Morgen schob ich meine Gedanken weiter hin und her, als das Telefon klingelte. »Wo warst du denn?«, fragte Elisa anstelle einer Begrüßung.

»Wo ich war?«, gab ich überrascht zurück und machte mich in der Küche daran, Kaffee aufzusetzen.

Werner war nicht da. Ich hatte oben im Schlafzimmer extra gewartet, bis ich gehört hatte, wie er gegangen war. Eigentlich stritten wir nicht so offen miteinander, deshalb war ich mir nicht sicher, wie ich mit ihm umgehen sollte, weil wir es zum ersten Mal seit Langem doch getan hatten. Die Maschine begann, hinter mir zu glucksen. Ich brauchte dringend Koffein.

»Hier«, fügte ich hinzu. »Zu Hause. Du rufst mich doch über das Festnetz an.«

»Ich meine nicht jetzt. Ich meine gestern.«

»Wieso fragst du?«

»Weil du nicht zu Hause warst. Den ganzen Tag nicht.«

»Woher weißt du das?«

»Von Papa.«

»Warum sagt dir dein Vater, wenn ich nicht zu Hause bin? Werde ich jetzt überwacht?«

»Überwacht?« Sie klang irritiert. »Wie kommst du denn auf so was? Papa hat sich Sorgen gemacht.«

Ich hätte beinahe aufgelacht. »Sorgen?«

»Ja, weil er nicht wusste, wo du steckst.«

»Das ist doch Unsinn.«

»Das ist kein Unsinn. Er meinte, du seist in den Garten gegangen, aber dann warst du plötzlich weg. Über Stunden.«

»Was hat er denn gedacht, was ich mache? Zwielichtige Buttergeschäfte?«

»Butter... was?«

»Hat er befürchtet, dass ich eine Bank überfalle? Oder in den Drogenhandel abgerutscht bin? Oder Männern am Bahnhof für Geld Sex anbiete?«

»Geld für Sex? Mama! Was musst du denn gleich wieder so übertreiben?«

»Ich übertreibe nicht«, gab ich zurück und verließ die Küche in Richtung Wohnzimmer. »Ich finde es nur einfach lächerlich, dass dein Vater dich anruft, weil er angeblich nicht weiß, wo ich bin. Er hätte mich doch einfach fragen können.«

»Er konnte dich nicht erreichen. Ich übrigens auch nicht. Du gehst ja nie an dein Handy. Und er meinte, du hättest so geheimnistuerisch getan.«

»Ich habe überhaupt nicht *geheimnistuerisch* getan.«

»Er meinte, du hättest es nicht sagen wollen.«

»Und deshalb hat er dann dich angerufen? Wozu? Um zu petzen?«

Elisa seufzte auf. »Wir sind doch nicht im Kindergarten. Um zu fragen, ob du bei mir bist.«

»War ich nicht. Hast du ihm das gesagt?«

»Natürlich habe ich ihm das gesagt. Aber deshalb wollte er wissen, ob ich weiß, wo du steckst.«

Während des Telefonats war ich immer unruhiger auf und ab gelaufen und hatte nun das Wohnzimmer erreicht. Schlagartig blieb ich stehen. Der Raum war geschmückt. Mir kam es beinahe vor, als würde ich gerade das Werk von Heinzelmännchen entdecken. Auf dem Sofa lagen unsere Weihnachtskissen, über den Couchtisch war eine rote Tischdecke ausgebreitet, und darauf stand eine Schale mit Walnüssen. Die beiden Fenster schmückten Girlanden aus selbst gebastelten Sternen. Es waren Kerzen aufgestellt, und in einer Vase in der Ecke erkannte ich Tannengrün, an dessen Ästen goldene Kugeln und Lichter befestigt waren. War Werner das gewesen? Er musste es gewesen sein.

Ich war einige Augenblicke lang sprachlos.

»Mama?«, fragte Elisa deshalb.

Ich ging näher an die Zweige heran und betrachtete die kleinen Strohsterne, die dort ebenfalls hingen.

Ich konnte mich noch gut an den Tag erinnern, an dem ich sie gemeinsam mit Elisa gebastelt hatte. An jenem Adventswochenende war Merle krank gewesen und hatte mit Fieber im Bett gelegen. Eigentlich hatten wir eine Nikolausvorstellung beim örtlichen Kindertheater besuchen wollen, doch daraus wurde natürlich nichts. Ich hatte aber wegen unserer Pläne nichts anderes vorbereitet und stattdessen improvisieren müssen. Um die enttäuschte Elisa bei Laune zu halten, schlug ich ihr schließlich vor, dass wir gemeinsam diese Sterne herstellen könnten. Erst war sie nicht begeistert gewesen, aber weil meine Älteste schon immer einen überdurchschnittlichen Ehrgeiz besessen hatte, konnte ich sie mit einem kleinen Wettbewerb ködern. Bis zum Abend hatten wir es geschafft, so viel Strohschmuck zu machen, dass er nebeneinandergelegt von einem Ende des Flurs zum anderen reichte.

»Bist du noch dran? Warum sagst du es nicht einfach?«, wollte Elisa jetzt wissen.

»Was denn?«

Genervt stöhnte sie auf. »Wo du warst.«

»Unterwegs.«

»Was heißt unterwegs? Ist es denn ein Geheimnis, wo du warst?«

»Nein«, antwortete ich.

»Und warum sagst du es dann nicht? Wir haben uns einfach Sorgen um dich gemacht.«

»Erst macht ihr euch Sorgen, weil ich nichts tue? Und jetzt macht ihr euch Sorgen, weil ich was tue?«, fragte ich verständnislos.

Elisa zögerte kurz, dann erwiderte sie: »Ja.«

»Hör zu, Elisa, so leid es mir tut. Aber dafür habe ich jetzt wirklich keine Zeit. Ich muss nämlich los.«

»Wohin denn?«

»Was spielt das für eine Rolle?«

»Ich möchte es einfach wissen.«

»Ich habe einen Termin.«

»Was für einen Termin?«

»Einen Termin zum Spaßhaben, Elisa. Bist du jetzt zufrieden?«

Damit legte ich auf.

Als ich auf den Reiterhof kam, sah ich zunächst nur einige kleine Mädchen, die dabei waren, ihre Pferde zu putzen. Zunächst schlenderte ich etwas verloren über das Gelände. Wiederholt spielte ich mit dem Gedanken, gleich wieder zu gehen, aber ich tat es nicht, sondern schaute mich stattdessen ein wenig nervös und unsicher um.

»Kann ich Ihnen helfen?«, sprach mich schließlich eines der Kinder an, und dafür hätte ich es vor Erleichterung umarmen und drücken können.

»Ich suche die ... na ja ... die Besitzerin von all dem.«

»Schmidt ist dahinten beim Mist«, antwortete mir das Mädchen und deutete nach links.

»Schmidt?«, fragte ich etwas irritiert.

Doch mein Gegenüber nickte sofort. »Ja, einfach Schmidt.«

»Alles klar«, murmelte ich. »Dann einfach Schmidt. Danke«, fügte ich an das Kind gewandt hinzu, dann machte ich mich auf den Weg in die Richtung, die es mir gezeigt hatte.

Beim letzten Besuch war ich zu sehr mit Püppilotta beschäftigt gewesen, sodass mir gar nicht aufgefallen war, wie weihnachtlich hier alles geschmückt war. Allerdings auf sehr eigenwillige Art. Gleich neben dem Eingang gab es eine große Tanne, an die jemand nicht etwa goldene Kugeln und Lichterketten gehängt hatte, sondern Möhren und Äpfel und etwas, das wie selbst gebackene Kekse an roten Bändern aussah. In der Nähe des Anbindebalkens unter einem Dach waren zwei große runde Heuballen aufgetürmt und geschmückt wie ein Schneemann. Ein Stück weiter befand sich ein alter Schlitten, vor den ein Holzpferd gespannt war, das eine rote Bommelmütze trug. Außerdem waren an den verschiedensten Stellen Papiersterne befestigt, die unverkennbar von Kindern bemalt und ausgeschnitten worden waren. Ein großes Schild aus Pappe warb für das diesjährige Weihnachtsturnier, für das man sich in eine Liste eintragen konnte. Es standen bereits mehr Namen darunter, als eigentlich Platz war. Das alles hatte etwas Eigenartiges, aber irgendwie gefiel es mir.

Als ich ein Geräusch hörte, folgte ich ihm und fand schließlich die Frau, mit der ich bei meinem letzten Besuch geredet hatte.

»Da bin ich«, sagte ich, weil mir nichts anderes einfallen wollte.

Die Hofbesitzerin war gerade dabei gewesen, eine Schubkarre in Richtung Misthaufen zu bugsieren, und sah sich nach mir um. Als sie mich erkannte, wirkte sie nicht sonderlich überrascht. »Dat seh ich«, antwortete sie.

Einen Moment standen wir wortlos voreinander. Deshalb fragte ich schließlich: »Was soll ich tun?«

»Wat willste denn tun?«

»Ich weiß nicht genau ...«, sagte ich unschlüssig.

»Dann fangen wir erst ma damit an, dat wir Püppilotta vom Paddock holen. Wenn sie noch da und nich schon wieder unterwegs is«, ergänzte sie.

In der Nacht hatte es wieder ohne Unterlass geregnet, und der Hof war übersät mit großen Pfützen. Schmidt nahm sich von einem Balken ein Halfter und eine Gerte, dann ging sie voraus, und ich folgte ihr nach hinten zu einem der Sandausläufe, die mit Heuraufen und Holzhütten versehen waren. Ich wusste nicht, wofür sie die Peitsche brauchte, aber ich wollte mich nicht einmischen, deshalb trottete ich stumm hinter ihr her und fühlte mich wie ein kleines Mädchen vor seiner ersten Reitstunde, aufgeregt, aber auch ohne jede Ahnung, was mich wirklich erwarten würde.

»Grade noch rechtzeitig«, brummte Schmidt, als wir zum Tor gekommen waren.

Denn mein kleines Pferdchen suchte offenbar bereits wieder nach einer geeigneten Stelle im Zaun, durch die es sich aus dem Staub machen konnte. Es lief die Begrenzung ab, als würde es patrouillieren, den Kopf hochgereckt, die Nase vor, in einem zügigen Schritt durch den Matsch, den ich dem dicken Pony gar nicht zugetraut hätte. Hin und wieder blieb es stehen, hielt die Nüstern an das Stromband, das dort gespannt war, dann lief es weiter.

»Unsere Ausbruchkönigin ärgert sich, dat ich die Stromlitzen neu gemacht und wieder 'n ordentliches Pfund draufgemacht hab«, erklärte Schmidt. »Für alle anderen bräucht ich überhaupt keinen Strom. Aber unsere Madam hier riecht schon aus tausend Meter Entfernung, wenn's nicht ordentlich fließt oder ich nich genug Volt reinhaue. Ich musste für sie auch extra noch 'ne neue Litze weiter unten anbringen. Normal reichen zwei oder drei. Wenn ich sie auf'n Paddock stelle, müssens mindestens vier sein, in ganz niedrig, niedrig und tief, weil sie mir sonst durchläuft, als hätte ich nich eine einzige gespannt. Sie treibt mich damit echt in den Wahnsinn. Ponys sind leider ziemlich schlau. Und sie is das schlauste von allen. Deshalb muss man auch sehr vorsichtig sein, wat man ihr beibringt. Sie merkt sich alles, egal, wat, und verwendet es am Ende gegen dich. Hör auf meine Worte.«

»Ja«, sagte ich, weil ich nicht sicher war, auf was ich mich eingelassen hatte, und mir gleichzeitig nicht vorstellen konnte, dass es wirklich so schlimm werden würde. Ich war eben eine komplette Anfängerin.

»Jetzt zeig ich dir ma, wie wir dat aktuell mit dem Einfangen machen. Normalerweise gehste bei einem Pferd einfach hin, begrüßt dein Pony und ziehst ihm dann 'n Halfter über. Aber weil ich bisher nich die Zeit hatte, mit unserer Püppilotta zu üben, und weil sie eben etwas speziell is, müssen wir eben 'n bisschen improvisieren. Und dafür brauchen wir 'ne Gerte.«

»Warum?«

»Dat wirste gleich sehen. Warte hier«, wies Schmidt mich an. »Und halt ja dat Tor geschlossen. Wenn sie versuchen sollte, hier rauszukommen, musste dat verhindern. Verstanden?«

»Verstanden«, antwortete ich, obwohl ich nichts verstanden hatte.

Redete diese Frau wirklich von meinem kleinen Pferdchen im Garten, das ich keinen Zentimeter von meinem Rasen bekommen und das ich schließlich mit

Apfelstücken bestochen hatte? Ich überlegte, ob ich Schmidt davon erzählen sollte. Als eine Art Geheimtipp. Aber ich entschied mich, erst einmal zuzusehen.

Von meinem Platz am Tor aus beobachtete ich, wie sie über den Auslauf marschierte, das Halfter leicht hinter ihrem Rücken verborgen, die Peitsche an der Seite. Püppilotta stand hinten in der Ecke, hatte aufgehört, den Zaun abzulaufen und nach einer Lücke zu suchen, sondern die Nase ins Heu gesenkt und schien in aller Ruhe zu fressen. Sie hatte Schmidt noch nicht bemerkt und drehte nur leicht ihr linkes Ohr in unsere Richtung. Sie machte einige kleine, sehr langsame Schritte.

Schmidt hatte sich inzwischen bis auf wenige Meter genähert. Gleich würde sie das Halfter hervornehmen und es dem kleinen Pony über den Kopf ziehen. Püppilotta war vollkommen ruhig. Sie hatte sich ein wenig gedreht und stand nun mit dem Hintern zum Tor, aber so konnte sie Schmidt wahrscheinlich gar nicht sehen und es würde noch leichter sein, sie zu erwischen. Die Gerte würde Schmidt sicher nicht brauchen.

Schmidt war jetzt so nah, dass sie das Pferdchen fast erreicht hatte. Sie hatte einen Bogen um den Ponypo gemacht und steuerte seitlich auf den Kopf zu. Das Halfter war noch immer versteckt. Gerade wollte sie es hervornehmen, als ein Ruck durch das kleine Tier ging. Es hob den Kopf. Setzte sich in Bewegung. Und wollte davontraben.

»So nich«, hörte ich Schmidt sagen.

Nun hob sie die Peitsche, machte einige schnelle Schritte, die ich von ihr ebenfalls nicht erwartet hätte, war vor Püppilotta und hielt die Gerte hoch, um ihr den Weg abzuschneiden. Das Shetty blieb abrupt stehen. Drehte um. Wollte in die andere Richtung. Doch auch da war Schmidt ihr ein Stück voraus, indem sie den Stock in die andere Ecke schwang. Wieder Vollbremsung. Wieder der Versuch eines Wechsels. Wieder war die Peitsche vor ihr da. Und ganz plötzlich blieb Püppilotta einfach stehen und sah Schmidt unschuldig an. Der Schweif bewegte sich ruhig nach links und rechts. Die Ohren wackelten. Mit einem entschlossenen Griff legte Schmidt dem Pony erst einen Strick um den Hals. Einen Moment war ich mir nicht sicher, ob das kleine Tier nicht doch noch einen Satz nach vorne machen würde, doch es entschied sich offenbar um und ließ sich ohne Probleme das Halfter über den Kopf ziehen. Anschließend folgte es Schmidt, als wäre es das Normalste der Welt.

»Sah gar nicht so schwer aus«, rief ich ihr zu.

In dem Moment gab Püppilotta plötzlich Gas. Als wäre ein Startschuss gefallen, düste sie los. Und riss Schmidt mit sich. Die stemmte sich in den Boden. Versuchte, das Seil festzuhalten. Doch es glitt ihr durch die Finger. Gerade noch rechtzeitig bekam sie es wieder zu fassen. Drehte sich seitlich. Das Pony kam leicht aus dem Gleichgewicht. Und blieb genauso schnell stehen, wie es losgerannt war.

Dann trottete es neben Schmidt her und schnaubte.

»Wie gesagt, dat braucht definitiv noch Übung«, sagte sie, als sie mit dem Pferdchen im Schlepptau zum Tor kam. Sie klang etwas außer Atem. Bei mir angekommen, drückte sie mir den Strick in die Hand.

»Soll ich sie nehmen?«, fragte ich trotzdem überrascht.

»Sicher«, antworte Schmidt unbeeindruckt und lief voran.

Ich warf dem Pony einen kurzen Blick zu und fragte mich, ob es einfach so mit mir mitgehen würde, aber das tat es. Also folgten wir Schmidt zu dem Balken, an dem ich beim letzten Mal bereits Pferde hatte stehen sehen.

»Erste Lektion: putzen«, sagte Schmidt und hatte aus einer Reihe mit Plastikkästen einen roten herausgesucht, auf dem Püppilottas Name stand. Die Pünktchen über den Buchstaben waren als Herzen gemalt.

»Putzen?«, wiederholte ich wenig begeistert. »Das mache ich schon mein ganzes Leben.«

»Bei Pferden is dat aber mehr als nur gründlich Reinemachen wie bei dir inne Küche. Es geht um Beziehungspflege. Man verbringt Zeit miteinander. Man versucht herauszufinden, wie's dem Pony geht, wo's vielleicht verspannt is oder sogar Schmerzen hat. Wenn hier 'n Pony sagt, dat wat nich stimmt, wird kein Sattel draufgelegt. Dat gibt's bei mir nich. Deshalb lernen die Kinder bei mir nich nur, wie sie den Dreck abkratzen, sondern vor allem, auf wat sie achten müssen, welche Signale wat bedeuten können und wie sie erkennen, wat ein Pferd mag oder nich mag.

Aber damit wird die Madam hier«, sie wuschelte Püppilotta durch die dichte Mähne, »sowieso nich hinterm Berg halten.«

»Aha«, machte ich nur, weil ich keine Ahnung hatte, was ich davon halten sollte.

»Bereit?«, fragte Schmidt, wartete aber nicht auf eine Antwort von mir. »Dann fangen wir ma an.«

In der nächsten halben Stunde zeigte sie mir die verschiedenen Bürsten und wie man diese anwendete, um Schmutz und lose Haare aus dem Fell zu entfernen. Sie erklärte mir auch den Sinn von verschiedenen Techniken, an welchen Stellen ich besonders vorsichtig und sanft sein sollte, an welchen ich fester schrubben konnte und welche Zeichen Pferde senden konnten, um ihr Wohlsein oder Unwohlsein auszudrücken. Sie brachte mir sogar bei, die Hufe auszukratzen, vor denen ich trotz der geringen Größe einigen Respekt hatte, und wie ich dabei feststellen konnte, ob mit den Füßen und Beinen alles in Ordnung war.

Nach einer Weile ließ Schmidt Püppilotta und mich allein, und ich probierte eigenständig die verschiedenen Werkzeuge aus dem Putzkasten aus. Es war wirklich etwas ganz anderes, als Fliesen zu wischen oder Fenster zu reinigen. Es war einfach schön, durch das flauschige Fell zu streichen und den warmen Pferdeduft einzuatmen. Schnell wurde außerdem deutlich, dass das blonde Minipony neben mir es vor allem mochte, wenn man seinen Hintern kräftig bearbeitete. Dann drehte es seine Rückseite extra auffordernd in meine Richtung, schloss die Augen und machte genießerisch die Nase spitz.

»Das magst du, oder?«, fragte ich das Pony lachend und bemühte mich, gleich noch etwas fester zu kratzen.

»Ah, ich seh schon. Dat wird wahre Freundschaft«, sagte Schmidt, als sie in diesem Moment zu uns zurückkam.

Ich konnte mir ein leichtes Lächeln nicht verkneifen. »Ja?«

»Der Weg ins Herz von so 'nem Pferd führt fast immer übers richtige Arschkraulen.« Sie grinste. »Wat meinste, wollt ihr zwei vielleicht 'ne Runde zusammen drehen?« Sie deutete in Richtung Hoftor.

»Sie meinen, ein bisschen spazieren gehen?«

Natürlich hatte ich bereits auf dem Weg zum Stall darüber nachgedacht, was Püppilotta und ich zusammen unternehmen konnten. Mir waren die Blicke der anderen Leute gestern nicht entgangen. Denn mit so einem kleinen, niedlichen Pferdchen an seiner Seite fiel man auf. Das war eigentlich vollkommen unwichtig, klar. Ich war eine einfache Hausfrau und Mutter und Teilzeitsekretärin und Oma in spe, die die meiste Zeit ein eher unsichtbares Leben führte, aber wenn ich ehrlich war, hatte ich mich ein bisschen über die erstaunten Gesichter, neugierigen Blicke und das Getuschel gefreut. Außerdem kannte ich das Minishetlandpony inzwischen ein wenig, und in meinem Garten war es mir sogar frei gefolgt. Trotzdem wurde ich jetzt etwas unsicher.

»Wir können auch erst ma einige Trockenübungen auf'm Reitplatz machen, wenn dir dat lieber is.«

Zweifelnd verzog ich das Gesicht. War das wirklich nötig? Immerhin ging es hier nur um eine kleine Runde durchs Gelände. Wie schwer konnte das schon sein? Und Schmidt hatte bestimmt genug Arbeit. Da brauchte sie keiner Rentnerin Nachhilfe in Sachen Pferdeführen geben.

»Machen Sie sich keine Umstände«, sagte ich deshalb. »Das kriegen wir schon hin, oder, Püppilotta?«, wandte ich mich an das Pony.

»Jeder Versuch macht kluch«, erwiderte Schmidt. »Dann viel Spaß, ihr zwei.«

»Danke.« Ich atmete noch einmal tief durch, dann löste ich den Knoten, mit dem Püppilotta am Balken befestigt war. »Also los«, forderte ich sie auf, und gemeinsam marschierten wir los und vorbei an den Kindern, die inzwischen auf dem Hof eingetroffen waren.

Das Pferdchen trottete nicht schnell, aber doch ausreichend fleißig neben mir her, und ich überlegte schon, in welche Richtung wir am besten gehen und welche Runde wir gemeinsam drehen wollten.

Doch dann hatte das Pony eine andere Idee. So plötzlich, dass ich es nicht einmal bemerkt hatte, stiefelte Püppilotta zum Gras, das hinter dem Zaun am Rande des Weges wuchs. Ich lachte noch und zupfte leicht am Strick, aber sie schien meine Anwesenheit nicht einmal zu bemerken.

»Hey«, sagte ich etwas vorwurfsvoll. »Du hättest gerade die ganze Zeit fressen können. Auf dem Auslauf, von dem ich dich geholt habe. Erinnerst du dich? Jetzt wollen wir spazieren gehen.«

Aber dieser Meinung war das Pony ganz und gar nicht.

Also zog ich etwas fester, erst am Ende des Seils, dann fasste ich es weiter vorne, schließlich legte ich sogar meine Finger um das Halfter, um das verfressene Tier von der Wiese zu bekommen. Aber mir fehlte die Kraft, um dauerhaft irgendetwas auszurichten.

Ich schaute zurück zum Hof. Wir waren zumindest so weit gekommen, dass man uns nicht sofort sehen konnte. Ich überlegte, ob ich zurückgehen und jemanden um Hilfe bitten sollte. Aber Schmidt war sicher beschäftigt, und eines der Kinder wollte ich nicht fragen. Also musste ich mir wohl oder übel etwas anderes einfallen lassen.

Mir fielen die Möhren- und Apfelstücke wieder ein, die ich extra für unseren Ausflug geschnitten und in einer Plastiktüte in meiner Handtasche verstaut hatte. Damit hatte es doch in meinem Garten auch geklappt. Es war also gewissermaßen meine Geheimwaffe.

»Willst du sehen, was ich dir mitgebracht habe, Püppilotta?«, fragte ich.

Das Pony ignorierte mich.

»Ich habe was ganz Feines für dich dabei.«

Ich klemmte mir den Strick unter den Arm und kramte betont geräuschvoll in meiner Tasche. Zunächst sah es aus, als wollte mich Püppilotta weiter mit Missachtung strafen, aber als sie das Knistern der Verpackung hörte, hob sie plötzlich den Kopf, spitzte die Ohren und sah mich an. Ich raschelte noch etwas lauter und fischte die erste Möhre aus der Tüte. Augenblicklich kam das Pony auf mich zu, so schnell und so nah, dass es mir beinahe auf die Füße trat. Ich musste eilig einen Schritt zurück machen, um meine Zehen in Sicherheit zu bringen. Aber das kannte ich ja schon.

»Nein«, sagte ich bestimmt und hielt energisch den Zeigefinger in die Höhe. »Nein, Püppilotta, nein.«

Sie reckte den Kopf zu mir rauf und versuchte, mit ihrer Nase in die Tüte zu gelangen. Mit einer ruckartigen Bewegung zog ich meine Handtasche weg und presste sie an meine Brust.

»Du weißt genau, dass du nichts bekommst, wenn du unhöflich bist«, stellte ich klar. »Die Diskussion hatten wir schon. Wo sind denn bitte deine Manieren?«

Dieses Mal schien mich das Minipferd verstanden zu haben, denn es hörte auf, mich zu bedrängen, hielt etwas Abstand und wartete darauf, was ich tun würde.

»Schon besser«, lobte ich und entspannte mich wieder. »Na, was ist? Wollen wir nicht vielleicht doch einen schönen Spaziergang machen? Aber das können wir nur, wenn du aufhörst, die Nase die ganze Zeit ins Gras zu stecken. Also komm. Wir haben das schon in meinem Garten geschafft, und wir schaffen es wieder.«

Ich hielt das Möhrenstückchen in meiner Hand und machte einen Schritt vorwärts. Püppilotta schien einen Moment zu überlegen, doch dann setzte sie sich in Bewegung, ein wenig widerwillig, wie ich fand, aber das sollte mir egal sein. Hauptsache, wir kamen vom Fleck und standen nicht bis heute Abend hier am Wegesrand. Nachdem das Pony einige Schritte neben mir hergegangen war, am durchhängenden Strick, gab ich ihm seine Belohnung.

»Das schmeckt, oder?«, fragte ich, während ich dem Pferdchen zusah, wie es zufrieden schmatzend das Gemüse verputzte. »Willst du noch was?« Es richtete seine runden Augen auf mich und stupste meine Hand mit der Nase an. »Dann musst du weiterlaufen«, verlangte ich. »Ohne Fleiß kein Preis.«

Wieder holte ich ein Leckerchen aus meiner Tasche, und wieder folgte mir das Pony einige Meter weit, ehe es das Apfelstück essen durfte. So kamen wir nicht nur bis zur Straße, sondern auch nach links in ein kleines Waldgebiet. Nach und nach versuchte ich, die Abstände zwischen den Süßigkeiten zu vergrößern, aber ich musste vorsichtig sein und nicht zu viel verlangen, denn sonst trat das Pony sogleich auf die Bremse und wollte keinen Schritt weitergehen, und es kostete einiges an Überzeugungsarbeit, um es wieder in Bewegung zu setzen.

Ich stellte fest, dass es noch besser funktionierte, wenn Püppilotta jedes Mal kurz meine Hand mit der Nase berührte, ehe ich ihr etwas Leckeres aus meiner Tasche gab. Dadurch waren meine Finger zwar das Ziel, aber sie stürzte sich nicht direkt drauf, sondern verstand schnell, dass sie die nur antippen sollte, damit sie belohnt wurde. Ich konnte sogar einige Schritte vorgehen, meine flache Hand in ihre Richtung halten, und sie kam angelaufen und stupste dagegen.

Wir hatten beinahe eine Bank erreicht, die ich schon von Weitem gesehen hatte und auf der ich eine kleine Pause machen wollte, als ich in meine Handtasche griff und nichts mehr fand. Ich suchte und suchte, zog die jetzt leere Plastiktüte hervor und kramte trotzdem noch einmal weiter, falls sich wenigstens ein letztes Stückchen irgendwo zwischen Hausschlüssel, Portemonnaie und Handy versteckt hatte. Aber da war nichts.

»Ich befürchte, mehr habe ich nicht«, beichtete ich Püppilotta, die gerade wieder mehrere Schritte mit mir gekommen war und nun auf ihre Bezahlung wartete.

Mit forderndem Blick sah sie mich an. Als ich nicht reagierte, drückte sie entschlossen mit der Nase gegen meine Hand, einmal, zweimal, dreimal, als wäre ich ein widerspenstiger Automat, der das Geld genommen hatte, aber keine Süßigkeiten herausgeben wollte.

»Tut mir leid. Aber du hast alles aufgegessen. Das war's. Mehr ist nicht zu holen.«

Wie zum Beweis zeigte ich ihr erst die leere Tüte, dann meine Tasche und schließlich sogar meine Finger. Sie schaute sich alles prüfend an.

»Aber wir hatten doch einen schönen Spaziergang, oder nicht? Bis auf die kleinen Startschwierigkeiten vorhin. Wir könnten uns doch vielleicht da vorne auf die Bank setzen«, ich wies in die Richtung, die ich meinte, »und gemeinsam eine Pause machen, und dann gehen wir einfach wieder …«

Ich konnte meinen Satz nicht beenden, weil es einen so heftigen Ruck am Strick gab, dass ich beinahe aus dem Gleichgewicht geriet. Ich musste einen

Ausweichschritt machen und ruderte mit den Armen, um nicht nach vorne und in den Schlamm zu fallen. Aber gerade als ich mich halbwegs gefangen hatte, zog das Pony erneut am Seil, und ich stolperte vorwärts. Püppilotta hatte mich so überrumpelt, dass ich keine Chance hatte, sie aufzuhalten. Ohne Rücksicht auf Verluste hatte sich das kleine Pferd in Bewegung gesetzt und marschierte los. Ich konnte nichts anderes tun, als den Strick irgendwie festzuhalten, obwohl er in meinen Fingern brannte, und halbwegs auf den Beinen zu bleiben. Einmal kurz versuchte ich noch dagegenzuhalten, wollte Püppilotta zu mir ziehen, doch sie drehte den Kopf schwungvoll in die andere Richtung, trabte an und zerrte mich hinter sich her.

»Bleib stehen!«, rief ich verzweifelt. »Bleibst du wohl stehen?«

Ich hatte Angst zu stürzen. Sah einige Male den Boden gefährlich auf mich zukommen. Konnte mich aber immer wieder fangen. Und taumelte weiter.

Das Shetty machte sich auf den direkten Weg nach Hause und nahm mich einfach mit. Ich hatte kaum Zeit, darüber nachzudenken, wie wir aussehen mussten. Ein rennendes kleines Pferd, das eine schreiende, schimpfende alte Frau hinter sich herzog. Wahrscheinlich hätte ich das Seil einfach loslassen sollen. Was sollte schon passieren? Püppilotta kannte den Weg. Aber ich konnte doch unmöglich zulassen, dass sie bei unserem ersten Spaziergang ganz allein nach Hause kam. Deshalb hielt ich so fest, wie ich konnte, und stolperte weiter.

Wir waren sehr viel schneller als vorher und steuerten auf dem Feldweg direkt auf das Hoftor zu.

Ich schöpfte schon Hoffnung, bis dahin irgendwie durchzuhalten. Vielleicht würde Püppilotta dann von selbst wieder stehen bleiben. An der Wiese, an der sie so gerne Gras fraß. Vielleicht würde mir auch irgendjemand helfen.

Aber dann passierte es doch noch.

Ich strauchelte. Über ein Steinchen. Oder einfach meine eigenen Füße. Ich verlor endgültig das Gleichgewicht. Krächzte erschrocken auf. Ließ den Strick los. Und fiel der Länge nach hin in eine der vielen Pfützen.

Wenn das Pferdchen überrascht war, dass es plötzlich niemanden mehr durch die Gegend zerren musste, ließ es sich jedenfalls nichts anmerken, sondern setzte seinen Weg unbeirrt fort. Ich hörte noch seine kleinen Hufe auf dem Kies, als es den Hof erreichte, sah ihm nach, wie sein Schweif hinter ihm her wehte, dann war es verschwunden.

Ich bewegte mich nicht. Wahrscheinlich würde bald jemand nach mir suchen, wenn das Pony mit Halfter und Strick, aber ohne mich am Stall auftauchte. Aber ich konnte mich nicht überwinden, mich aufzusetzen. Ich musste schrecklich aussehen. Und ich fühlte mich auch schrecklich. Schon jetzt tat mir jeder Knochen im Körper weh.

Einen Moment brauchte ich noch. Einen Moment musste ich noch hier im kalten Matsch liegen und weinen, ganz egal, ob mich jemand dabei sah.

Dann erst gelang es mir, mich langsam aufzusetzen, meine schmerzenden Hände abzureiben, mir den Dreck von der Kleidung zu klopfen und meine blutenden Wunden zu inspizieren.

Das Ende hatte ich mir definitiv anders vorgestellt. Vielleicht hatte ich ja wirklich verlernt, wie man Spaß hatte.

»Darauf trinken wir erst einmal einen ordentlichen Kaffee«, entschied Rim, als ich am Abend nach meinem Spaziergang mit Püppilotta, der etwas abrupt geendet hatte, mit ihr in ihrem dschungelartigen Wintergarten saß. Sie hielt nichts davon, Pflanzen zu schneiden, zu zupfen oder auch nur ein bisschen zu pflegen. Alles sollte wachsen, wie es wollte, und deshalb mussten wir Menschen uns meist ein Plätzchen suchen, das nicht schon eine Blume vor uns beansprucht hatte.

Halb unter den Blättern einer Dattelpalme hatten wir auf den zwei ausladenden pinkfarbenen Plüschsesseln Platz genommen, während es draußen mal wieder wie aus Eimern regnete. Um uns herum standen so viele Blumen und Bäumchen, dass ich manchmal befürchtete, ein Pflanzenarm würde heimlich nach mir greifen und mich festhalten und in eine Parallelwelt ziehen, wenn ich zu lange saß, ohne mich zu bewegen.

Jetzt gerade musste ich mich aber erst einmal wieder erheben, denn Rim bat: »Würdest du ihn aufsetzen?«

Überrascht sah ich sie an, denn normalerweise tat sie, als wäre die Bedienung ihrer geliebten Luxuskaffeemaschine so etwas wie eine Raketenwissenschaft, deren Geheimnis nur sie selbst bisher entschlüsselt hatte. Trotzdem stand ich schließlich schulterzuckend auf und machte mich auf den Weg in die Küche.

»Sei mit dem Pulver nicht knausrig«, forderte sie mich von nebenan auf. Als ich kurz darauf mit den befüllten Tassen zurück war, fügte sie hinzu: »Du hast es heute nötig, so wie du aussiehst.«

»Vielen Dank auch«, antwortete ich.

Aber meine Freundin hatte recht. Zum Glück war Werner nicht da gewesen, als ich nach Hause gekommen war, denn mein Äußeres war ziemlich ramponiert, und ich hätte sicher einige Fragen beantworten müssen. Die Rutschpartie auf dem schlammigen Feldweg hatte nicht nur Flecken, sondern auch Löcher in meiner Hose hinterlassen, außerdem waren meine Knie blau und aufgeschürft, genau wie meine Unterarme und Hände. Sogar mein Gesicht hatte etwas abbekommen. Mittlerweile war ich wieder sauber, aber bei meinem ersten Blick in den Spiegel war ich von einer grau-braunroten Matschschicht bedeckt gewesen.

Schmidt hatte darauf bestanden, mich nach Hause zu fahren, und ich hatte nicht die Kraft gehabt, ihr zu widersprechen. Als ich in ihrem altersschwachen, hustenden Jeep gesessen hatte, war ich sogar erleichtert gewesen, weil ich keine Ahnung gehabt hatte, wie ich mehr als die wenigen Schritte zum Wagen und die wenigen Schritte vom Wagen zum Haus hätte schaffen sollen.

»Machen Sie's gut«, hatte ich gesagt. Das war meine Version eines auf Nimmerwiedersehens. Denn für mich war das Projekt Pony endgültig vorbei. So viel war sicher.

Schmidt hatte nicht versucht, mich umzustimmen. Vielleicht weil ihr klar gewesen war, dass es aussichtslos gewesen wäre.

»Mach et jut«, hatte sie nur gesagt, und ich hatte mich nicht mehr zu ihr umgedreht, während ich durch den Vorgarten gehumpelt war.

Als ich die Haustür hinter mir geschlossen und sicher hatte sein können, dass Werner nicht zu Hause war, hatte ich zum zweiten Mal nach meinem Sturz geweint, aber dieses Mal deutlich länger und deutlich lauter. Beim Versuch, mir die Tränen aus dem Gesicht zu wischen, hatte ich einen Vorgeschmack darauf bekommen, welchen Dreck ich unter der Dusche von mir abspülte. Danach war es mir ein wenig besser gegangen, aber bevor Werner doch noch nach Hause kam, hatte ich mich entschlossen, zu Rim zu flüchten. Denn die würde mir vielleicht keine Salbe auf meine körperlichen Wunden reiben, dafür aber mit Sicherheit auf die seelischen.

Ich reichte ihr eine Tasse und wollte mich gerade setzen, als ich ihre Finger bemerkte. Sie zitterten wieder, so heftig, dass der Kaffee hin und her schwappte.

»Was ist mit deiner Hand?«, fragte ich.

»Was soll damit sein?«

»Sie zittert.«

»Sie zittert nicht.« Rim hatte die zweite Hand dazu genommen und stellte die Tasse auf ihrem Schoß ab.

»Doch. Natürlich. Das habe ich doch gerade gesehen.«

Beiläufig hob sie die Schultern. »Ach das. Das ist nichts.«

»Wie kann das nichts sein, wenn ich doch sehe, dass es etwas ist?«

»Weil ich es sage«, erwiderte Rim in einem Tonfall, den ich von ihr kannte. Sie duldete dann keine weiteren Diskussionen. Ich überlegte, ob ich trotzdem widersprechen sollte, aber sie kam mir zuvor: »Außerdem geht es ja nicht um meine kleinen Wehwehchen ...«

»Also ist es doch etwas«, unterbrach ich sie. »Es sind Wehwehchen. Was für Wehwehchen?«

»... sondern um dein tierisches Desaster«, fuhr Rim unbeirrt fort, »um deine Demütigung apokalyptischen Ausmaßes, beigebracht von einem Minipferdchen. Oder täusche ich mich da?«

»Wenn du es so ausdrücken willst«, entgegnete ich und nahm meinen ersten großen Schluck. Das Getränk war noch sehr heiß und verbrannte mir die Zunge. Erstaunlicherweise wurden dadurch meine anderen Schmerzen allerdings tatsächlich besser, zumindest für einen Moment.

»Das scheint mir angemessen, wenn ich deine Schilderungen bisher richtig verstanden habe. Du wurdest also von einem wild gewordenen Shetlandpony ...«

»Minishetlandpony.«

»Minishetlandpony durch die Prärie geschleift, als hätte es dich mit einem Seil an einen Streitwagen gebunden und zur Belustigung des Plebs durch die Manege gezogen?«

Ich zögerte, dann nickte ich. »Ja.«

»War das vor oder nachdem du es keinen Millimeter vom Gras wegbekommen hast?«

»Danach.«

»Und wie groß ist das Pferdchen noch mal?«

»Vielleicht achtzig Zentimeter.«

»Also nicht einmal einen Meter«, kommentierte sie.

»Aber es wirkt größer, weil es so viel Fell hat«, behauptete ich zu meiner Verteidigung.

»Du hast die Schlacht also gegen eine achtzig Zentimeter große Fellexplosion namens Püppilotta verloren?«

»Verloren?«, gab ich zurück. »Ich weiß nicht, ob ich das wirklich verloren nennen würde.«

»Lass es mich umformulieren: Dir hat also eine achtzig Zentimeter große Fellexplosion namens Püppilotta diese krachende Niederlage zugefügt? Besser?«

»Sag den Namen nicht so«, erwiderte ich.

Meine Freundin hob die Augenbrauen. »Wie sag ich ihn denn?«

»Als wäre es der Name eines bezaubernden, entzückenden, engelsgleichen Wesens, dessen Haare von Schmetterlingen gekämmt werden und das ein Herz aus Gold hat.«

»Du kannst Püppilotta nicht anders aussprechen als so«, widersprach sie mir. »Ich meine, der Name ist Püppilotta und nicht Frankenstein oder Hades oder …«

»Aber der Name täuscht über ihren heimtückischen, teuflischen Charakter hinweg«, wandte ich ein.

»Und was hast du jetzt vor?«, wollte sie wissen.

»Was ich jetzt vorhabe?«

»Wie willst du das Spiel noch drehen?«

Ich runzelte die Stirn. »Das Spiel?«

»Welchen Plan hast du, um die Schlacht am Ende doch für dich zu entscheiden?«

»Mein Plan sieht so aus, dass ich da nie wieder hingehen werde. Niemals wieder.«

»Also vollständige Kapitulation?«

»Ganz genau.«

»Und warum genau?«

»Was meinst du?«, gab ich verständnislos zurück.

»Ich verstehe schon, dass es jetzt nicht der beste Anfang für euch war«, antwortete Rim und war zum ersten Mal wieder etwas ernster. »Aber darauf lässt sich doch aufbauen.«

»Darauf baue ich gar nichts auf.« Demonstrativ verschränkte ich die Arme vor der Brust. »Du hast doch selbst gesagt, dass mir dieses Pferdchen eine Demütigung apokalyptischen Ausmaßes zugefügt hat.«

»Da habe ich vielleicht ein bisschen übertrieben.«

»Das finde ich überhaupt nicht.«

Aufmerksam betrachtete sie mich. Dann fragte sie mich: »Was genau wirfst du Püppilotta vor?«

»Du meinst, abgesehen vom Offensichtlichen?« Ich wies auf meine Kleidung, als wäre diese immer noch voller Matsch.

»Abgesehen vom Offensichtlichen.« Rim nickte.

Ich schwieg einen Moment. »Ich wollte Spaß haben«, murmelte ich dann und spürte wieder Tränen in mir aufsteigen. »Ist das wirklich zu viel verlangt?«

»Und das war kein Spaß«, stellte meine Freundin mitfühlend fest.

»Das Ende jedenfalls nicht.«

»Verstehe ich.« Sie machte eine kurze Pause, dann fügte sie zu meiner Überraschung hinzu: »Aber eine Kapitulation kommt natürlich nicht infrage.« Zum ersten Mal hob auch sie jetzt die Tasse, um etwas zu trinken. Ich beobachtete sie genau, um zu sehen, ob ihre Hand erneut zitterte. »Hör auf, mich so anzustarren«, fuhr sie mich an, nippte kurz an ihrem Kaffee und stellte ihn dann auf ihren Knien ab.

Betont deutlich wandte ich den Blick ab, dann antwortete ich: »Ich habe nicht vor, mich noch einmal von dieser Teufelin im Fellkostüm durch den Dreck ziehen zu lassen. Im wahrsten Sinne des Wortes. Dabei wäre es schön, wenn ich nur im übertragenen Sinne durch den Dreck gezogen worden wäre. Dann hätte ich bestimmt weniger blaue Flecken. Aber unter keinen Umständen tue ich mir das noch mal an.«

»Natürlich nicht.«

»Denn genau das würde wieder passieren, wenn ich auch nur einen weiteren Fuß auf diesen verfluchten Hof setzen würde.«

»Deshalb brauchst du ja auch einen geeigneten Schlachtplan.«

»Und wie soll der deiner Meinung nach aussehen?«

Rim schien einen Moment nachzudenken. Dann legte sie die Fingerspitzen aneinander und erwiderte: »Ich möchte dir gerne eine Geschichte erzählen.«

Ich hob die Augenbrauen. »Eine Geschichte?«

»Bitte unterbrich mich nicht. Ich referiere«, gab sie gespielt würdevoll zurück.

»Da bin ich aber gespannt.«

»Ich war mal mit Ehemann Nummer zwei und vier …«

»Du meinst, zwei und fünf«, unterbrach ich sie.

»Zwei und fünf?« Sie überlegte, dann erwiderte sie: »Zwei und fünf. Du hast recht. Ich war mal mit Ehemann Nummer zwei und fünf im Urlaub in Marokko bei meiner Familie, und er hatte sich dafür extra eine neue Badehose gekauft. Wir hatten vor dem Abflug wenig Zeit, und alles war sehr hektisch, sodass ich seine neue Badehose erst gesehen habe, als er sich damit zum ersten Mal an den Strand setzen wollte, vor meinen Eltern und Geschwistern und der gesamten Verwandtschaft. Und was war das für ein Teil? Ein goldenes. So knapp geschnitten, dass seine Arschbacken beinahe rausgefallen sind. Von vorne will ich gar nicht erst anfangen.«

»Was hat das mit meiner Ponygeschichte zu tun?«, fragte ich verwirrt.

»Nur Geduld, nur Geduld.« Meine Freundin machte eine beruhigende Geste. »Ich dachte jedenfalls, sag mal nichts. Es geht nur um eine Kleinigkeit, nicht der Rede wert. Er ist erwachsen. Er muss es selbst wissen. Jedenfalls folgten zwei Schlechtwettertage, und die Badehose war erst einmal vergessen. Doch dann kam Ehemann Nummer zwei und fünf von einer Shoppingtour mit einem meiner Brüder zurück. Sie hatten mir nichts davon erzählt. Sie wollten nur ein bisschen in die Stadt. Und plötzlich hatte er dieses enge lachsfarbene Blüschen an.«

»Ein was?«, fragte ich.

»Nicht schön anzusehen. Das kann ich dir sagen. Aber mein Bruder war da, meine Mutter kam vorbei, ich wollte ihn nicht bloßstellen ... Und nach vier Wochen flogen wir schließlich mit drei weiteren potthässlichen Kleidungsstücken nach Hause, in denen Ehemann Nummer zwei und fünf wie ein Zuhälter oder ein Pornostar aussah oder beides. Ich habe mich kaum noch mit ihm auf die Straße getraut. Du kannst es dir nicht vorstellen.«

»Und?«

»Und am Ende stand dann Scheidung Nummer fünf.«

»Ach komm«, gab ich ungläubig zurück.

»Gut, vielleicht waren die goldenen Höschen und Leberwurstblüschen und Lackhosen nicht unser einziges Problem. Vielleicht hat auch seine ignorante, intolerante Einstellung nicht unerheblich dazu beigetragen, die mich übrigens heute noch richtig wütend ...«

»Rim.«

»Ja?«

»Mein Ponyproblem«, erinnerte ich sie. »Was hat deine Geschichte mit meinem Ponyproblem zu tun?«

»Ist das nicht offensichtlich?«, fragte sie sichtlich erstaunt.

»Für mich nicht.«

»Achte auf die Kleinigkeiten.«

»Und weiter?«

»Wenn ich den Kauf dieser goldenen Pornostarbadehose verhindert oder zumindest danach energisch eingegriffen hätte, wäre es nicht zu seinem Leberwurstoutfit gekommen. Und das bedeutet, am Ende hätte ich vielleicht nicht ein weiteres Mal meinen Friedrich Wilhelm unter irgendwelche Scheidungspapiere setzen müssen. Obwohl doch, das war unvermeidlich«, ergänzte sie, »aber trotzdem.«

»Ich verstehe es immer noch nicht«, erwiderte ich.

»Ich habe natürlich mit teuflischen Kleinstpferden nicht die großen Erfahrungen, aber irgendwas sagt mir, dass der Moment, wenn das Pony im vollen Galopp auf dem Weg nach Hause ist und du mit der Nase im Dreck liegst, irgendwie zu spät ist, um noch etwas an der Situation zu verändern.«

»Ach nee«, gab ich zurück.

Entschuldigend hob sie die Hände. Als ihre Finger erneut zu zittern begannen, versuchte sie, das zu überspielen, indem sie die Arme bewegte, als wollte sie winken.

»Sagst du mir jetzt noch, was mit deinen Händen ist?«, fragte ich.

»Hab ich doch schon.«

»*Nichts* ist keine Antwort.«

»Erstens ist *nichts* sehr wohl eine Antwort«, beharrte sie. »Und zweitens ist es sogar die beste Antwort von allen. Was hast du zu verzollen?«

»Zu verzollen?«

»Was hast du Freitagabend vor? Was macht das komische Geräusch in meinem Auto? Was trägst du drunter? Was willst du trinken?«

»Nichts?«

»Aber on the rocks und mit einem kräftigen Schluck Gin.«

Ich verdrehte belustigt die Augen, erklärte aber trotzdem streng: »Rim.«

»Ja.«

»Ernsthaft. Muss ich mir Sorgen machen?«

»Natürlich nicht. Ich mach mir keine Sorgen. Also musst du dir auch keine machen. Und was ich außerdem eigentlich sagen will«, fuhr sie eilig fort, ehe ich noch etwas einwenden konnte. »Was es auch war, das Püppilottas plötzliches Durchstarten ohne Rücksicht auf Verluste angekündigt hat, ich bin mir sicher, da war etwas. Denn es sind die Feinheiten, die vermeintlichen Kleinigkeiten, auf die es ankommt. Wenn es dir also gelingt, diese kleinen Signale zu erkennen, dann kannst du verhindern, dass du ein weiteres Mal im Dreck liegst. Oder zumindest etwas weniger oft. Und dafür musst du im Grunde nur eins tun.«

»Und das wäre?«

»Du musst die Sprache der Pferde lernen. Der Minipferde. Der Miniminipferde.«

Am nächsten Abend saßen Werner und ich gemeinsam vor dem Fernseher. Ich konnte mich nicht erinnern, wann wir uns das letzte Mal gemeinsam einen Film angeschaut hatten. Dafür hatte Werner jetzt eigentlich keine Zeit mehr, weil ab nachmittags immer irgendwelche Vorträge oder Veranstaltungen waren, die er nicht verpassen wollte, weil er oft noch mit den Mitgliedern seines Specksteinbearbeitungskurs, seiner Tauchgruppe oder ein paar netten Leuten, die er bei seinem Sushi-selber-rollen-Einsteiger-Workshop kennengelernt hatte, noch was trinken war.

Ich hatte gemütliche Abende nur für uns zwei, bei einem netten, vorhersehbaren Film und mit einer Dose salziger Erdnüsse immer gemocht. Doch manchmal fragte Werner mich jetzt, ob ich nicht lieber ein gutes Buch lesen wolle, anstatt vor der Glotze zu verblöden, während er demonstrativ einen besonders dicken Band in die Luft hob, und mehrmals war es vorgekommen, dass er nach seinen vielen Aktivitäten einfach zu müde war und sofort ins Bett musste, wie er mir nicht ohne eine übertriebene Portion Stolz sagte und dann meist mit einem Lachen hinzufügte: »Wer hätte gedacht, dass die Rente so anstrengend sein würde?«

Ich war deshalb überrascht gewesen, dass Werner zu Hause war, und noch überraschter, dass er sich zu mir aufs Sofa setzte. Ich hatte mich auf einen Fernsehabend mit mir allein eingestellt, wie ich ihn so oft verbrachte.

»War der Hund eigentlich noch mal da?«, fragte Werner plötzlich.

»Was für ein Hund?«, gab ich ungenau zurück, weil ich dem Film folgen wollte, der gerade spannend wurde.

»Kowalskis Hund.«

»Was ist mit dem?«

»War der noch mal hier?«

»Wo?«

»Im Garten, Hilde. «

»Ja ... bestimmt ... wahrscheinlich.«

»Du weißt es nicht?«

»Doch. Sicher. Aber nicht genau«, fügte ich hinzu.

»Warum nicht?«

Abgelenkt zuckte ich die Schultern. »Na ja, ich bin auch nicht immer hier.«

»Das stimmt, du bist viel unterwegs zurzeit. Wo bist du denn eigentlich?«

Ich zögerte, weil mir auffiel, dass ich mir in den letzten Tagen tatsächlich wenig Gedanken um den Nachbarshund gemacht hatte. Vielmehr war ich noch dabei gewesen, meine Wunden zu lecken und mir zu überlegen, wie es für Püppilotta und mich weitergehen sollte.

»Unterwegs«, antwortete ich deshalb und ergänzte dann: »Klingt komisch, ist aber so. Die langweilige Hilde geht auch mal vor die Tür.« Es hätte lustig klingen sollen. Doch das tat es nicht. Ich hörte es selbst.

Ich spürte Werners prüfenden Blick auf mir. Er hatte sich ganz vom Fernseher weggedreht, um mich anzusehen. Aber ich wollte nicht angesehen werden und reden. Ich wollte mich noch ein wenig berieseln lassen und dann nach oben gehen und im Bad heimlich meine Abschürfungen mit Salbe einreiben und anschließend ins Bett gehen und morgen einen neuen Anlauf mit Püppilotta starten. Denn das hatte ich inzwischen entschieden: So leicht wollte ich dieses störrische Pony nicht davonkommen lassen.

»Denkst du das?«, fragte Werner.

Ich antwortete nicht, starrte weiter zum Fernsehgerät.

»Denkst du, dass wir das denken, Hilde? Die Mädchen? Ich?«

»Sag doch bitte nicht immer Mädchen.«

Er war irritiert. »Was?«

»Elisa und Merle sind erwachsene Frauen. Elisa ist verheiratet, und Merle bekommt bald ihr erstes Kind. Sie sind keine Mädchen mehr.«

»Aber sie bleiben doch unsere Mädchen. Das sage ich immer so. Und du auch, oder nicht? Ich glaube nicht, dass die beiden das stört. Und dich hat es auch noch nie gestört.«

»Du machst sie kleiner, als sie sind, wenn du sie immer noch Mädchen nennst. Als würdest du sie nicht ernst nehmen. So machen Männer das schon immer mit uns Frauen. Sie machen uns klein.«

Er zögerte, schien nach Worten zu suchen. Unsicher nestelte er an einer Kissenecke herum und fuhr sich mit der Hand durch das schüttere Haar. »Das möchte ich nicht«, antwortete er dann. »Ich nehme sie sehr ernst. Ich möchte sie nicht kleinmachen. Ich möchte kein Vater sein, der seine Töchter kleinmacht.« Seine Stimme klang belegt und zitterte leicht.

Ich hatte ihn gar nicht so treffen wollen. Ich wusste selbst nicht genau, warum ich das gesagt hatte. Störte es mich wirklich, dass er Elisa und Merle Mädchen nannte?

Ich hatte es gehasst, dass man mich früher im Büro das Mädchen für alles genannt hatte. Sogar dann noch, als ich einen Fehler in einer großen Rechnung gefunden hatte, der sonst niemandem aufgefallen war. Es war um mehrere zehntausend Euro gegangen. Anschließend hatte mein Chef anerkennend gesagt: »Auf Sie kann man sich immer verlassen. Sie kümmern sich schon darum. Sie sind ein gutes Mädchen.«

Zu jenem Zeitpunkt war ich Ende vierzig gewesen, und im nächsten Moment hatte mich mein Chef gebeten, einen Fleck aus seinem Lieblingshemd herauszubekommen. Ich könne solche Sachen einfach.

Ja, das Wort Mädchen störte mich. Genau wie Fräulein. So war ich auch noch angesprochen worden, ganz früher, und hatte es schrecklich gefunden. Noch schrecklicher allerdings war dieses komische Verhaspeln einiger alter Männer, nachdem Werner und ich geheiratet hatten. Als machte es einen Unterschied, dass ich nicht mehr ledig war, als würde ich durch eine Hochzeit aufsteigen, als wäre mein Ehering eine Art Auszeichnung.

Aber dass Werner unsere Töchter noch *seine Mädchen* nannte, mochte ich eigentlich. Ich selbst tat es auch oft. Er hatte recht, sie würden ja irgendwie immer unsere Mädchen bleiben. Warum also hatte ich das gesagt?

»Das möchte ich nicht«, wiederholte er jetzt noch einmal.

Ich wandte mich zu ihm um: »Das weiß ich doch.« Ich griff nach seiner Hand und drückte sie kurz.

»Gut.« Er schien ehrlich erleichtert. »Aber vielleicht frage ich die beiden auch noch mal.«

»Ich glaube nicht, dass sie das stört.«

»Mag sein, aber ich werde sie zur Sicherheit noch mal fragen.«

Ich nickte, und Werner deutete ein Lächeln an. Gerade wollte ich mich wieder zum Fernseher drehen, als er weitersprach: »Hat er denn noch was umgegraben?«

»Wer?«

»Kowalskis Hund.«

»Nein, ich … ich glaube nicht. Aber ich weiß es nicht genau.«

»Und hat er noch mal einen Haufen auf deinen Rasen gemacht?«

Ich zögerte und musste an die Pferdeäpfel denken. Trotzdem sagte ich: »Ich habe nichts gesehen.«

»Dann ist ja gut.«

»Warum?«

»Du machst dir immer so viel Mühe mit deinem Garten. Das ist dir wichtig. Es ist dein Hobby, oder nicht?« Er wartete nicht auf eine Antwort. »Du verbringst viel Zeit darin und steckst viel Arbeit in das alles.«

Er deutete in Richtung Garten. »Und du hast vollkommen recht. Das kostet alles Geld. Ist doch klar, dass du dich ärgerst, wenn das alles kaputt gemacht wird.«

»Ach ja?«, fragte ich verwundert.

Mich überraschten Werners Worte. Ich war mir bisher sicher gewesen, dass er mir nicht einmal zugehört hatte, wenn ich über Kowalskis Hund geschimpft hatte. Ganz abgesehen davon, dass ich immer den Eindruck hatte, er würde denken, ich übertreibe. Woher kam dieser plötzliche Sinneswandel?

Ich musterte Werner. Er wirkte etwas müde, vielleicht auch ein wenig blass. Oder lag das am Licht? Ich konnte es nicht genau sagen.

»Ja. Natürlich«, antwortete er mir jetzt. »Von irgendeinem Streuner«, er machte eine kurze Pause, »aus der Nachbarschaft. Das geht doch nicht. Und deshalb ist es schön, dass sich Kowalskis Hund offenbar von unserem Garten fernhält.«

»Wenn das mal so bleiben würde«, warf ich ein.

»Vielleicht tut es das ja.«

»Glaube ich nicht«, widersprach ich resigniert. »Dieser Hund ist unverbesserlich. Er ist die sturste und nervigste Töle, der ich je begegnet bin. Der wird immer wiederkommen. Das weiß ich leider nur zu gut.«

»Aber möglich wäre es doch.«

»Wenn du es unbedingt glauben willst«, sagte ich mit einem leichten Seufzen.

Werner lächelte mich an. »Ja«, sagte er, »das will ich.«

Fünf

Der erste Ausflug mit Püppilotta hatte nicht so geendet, wie ich es mir vorgestellt hatte, und eigentlich war ich mir sicher gewesen, keinen Schritt mehr auf diesen Hof zu machen. Aber es hatte auch schon so schöne Momente mit dem Pony gegeben, und irgendwie war auch mein Ehrgeiz geweckt. Man nannte mich schließlich die Babyflüsterin, und jetzt sollte ich mich von einem so kleinen Pferd ins Bockshorn jagen lassen? Das konnte doch nicht sein.

»Ich glaube, ich möchte Ihr Angebot mit den Trockenübungen doch annehmen«, sagte ich deshalb, als ich am nächsten Nachmittag wieder vor Schmidt stand.

Der Satz fiel mir schwer. Ich bat nicht gerne um Hilfe, aber um meine Zeit weiter mit diesem eigensinnigen und viel zu schlauen Minipony verbringen zu können, blieb mir nichts anderes übrig. Und zu meiner eigenen Überraschung war es genau das, was ich wollte.

Ich hatte befürchtet, Schmidt würde sich vielleicht über mich lustig machen oder zumindest einen bissigen Kommentar abgeben. Stattdessen nickte sie nur. »Kriegen wir hin. Aber unter einer Bedingung«, fügte sie hinzu.

Misstrauisch runzelte ich die Stirn.

»Du lässt dat alberne Siezen. Unter Pferdemenschen heißt es Du.«

»Unter Pferdemenschen«, wiederholte ich leise und musste ein wenig schmunzeln. War ich das? War ich jetzt ein Pferdemensch?

Zunächst stattete mich Schmidt mit dem nötigen Equipment aus. Ich bekam ein paar Handschuhe und eine Gerte.

»Die is zum Wedeln da. Als verlängerter Arm«, erklärte sie mir streng. »Damit wird nich geschlagen. Dat muss klar sein.«

Ich nickte ernsthaft.

»Und du brauchst Leckerli. Als zusätzliche Motivation.«

»Ich bin vorbereitet«, erwiderte ich und klopfte auf meine Tasche, die randgefüllt war mit klein geschnittenem Gemüse und Obst.

»Dann kann's ja losgehen.«

Angeleitet von Schmidt, begannen Püppilotta und ich auf dem eingezäunten Sandplatz schließlich, unsere Runden zu drehen. Ich sollte Püppilotta sagen, wann sie stehen bleiben und wann wieder losgehen sollte, und erhielt dafür geeignete Kommandos mit meiner Stimme, mit meinem Körper und meiner Gerte. Ich brauchte ein bisschen, um das alles koordiniert zu bekommen. Entweder war ich zu langsam oder machte den zweiten Schritt vor dem ersten. Mal war der Strick zu lang, und ich verhedderte mich in meinen eigenen Schlaufen. Mal traf ich versehentlich mich selbst mit der Gerte, anstatt sie durch die Luft zu wedeln, oder stolperte über meine eigenen Füße. Es war zum Verrücktwerden.

Es war Ewigkeiten her, dass ich etwas komplett Neues gelernt hatte, und das Ganze kam mir wie ein komplizierter Tanz vor, für den ich kein Talent besaß. Doch mit Schmidts Hilfe gelangen Püppilotta und mir nach und nach die Bahnen relativ gut. Ich war überrascht, wie sehr wir schon harmonierten. Das Minishetty hörte mir zu, es achtete auf die Dinge, die ich sagte und tat, und vor allem zog es mich nicht nach Belieben durch die Gegend.

Ich war beinahe euphorisch. Wer hätte das gedacht? Wir konnte es. Wir konnten es wirklich.

»Nich schlecht«, lobte Schmidt, die mein Strahlen bemerkt hatte, als ich das nächste Mal am Tor vorbeikam. »Trotzdem aufpassen.«

Aufpassen? Natürlich passte ich auf. Ich dachte schließlich immer an Rims Worte und die Sache mit den Kleinigkeiten. Aber es lief gerade so gut. Was sollte da …?

Ich konnte meinen Satz nicht zu Ende denken, als Püppilotta plötzlich stehen blieb. Ich merkte es zu spät, ging weiter und war dem Pony dadurch einige wenige Schritte voraus. »Hoppala«, wollte ich lachend sagen, aber da war das Minishetty schon hinter meinem Rücken durchgetaucht und hatte unvermittelt Gas gegeben.

Ich hielt den Strick noch fest in der Hand und war dadurch gezwungen, mich einmal schwungvoll um mich selbst zu drehen, wie bei einer unfreiwilligen Pirouette. Ich geriet aus dem Gleichgewicht. Taumelte. Konnte das Seil nicht mehr festhalten. Und Püppilotta galoppierte auf die andere Seite des Reitplatzes, wo sie den Kopf durch die unterste Zaunlatte streckte, um an ein paar Grashalme zu kommen. Verdutzt schaute ich ihr nach.

»Wie ist das jetzt passiert?«

»So is sie eben«, kam es ungerührt von Schmidt. »Püppilotta wiegt ihre Leutchen gern in Sicherheit. Sie tut so, als wär sie lieb und artig, um dann 'nen unachtsamen Moment auszunutzen. Wie jetzt.« Sie deutete auf mich und anschließend das fressende Pferdchen.

»Und was mache ich jetzt?«

»Du holst sie dir wieder. Wat sonst?«, antwortete Schmidt unbeeindruckt und in ihrer gewohnt barschen Herzlichkeit, an die ich mich inzwischen fast gewöhnt hatte.

Also machte ich mich auf den Weg zu Püppilotta, die mich nicht zu beachten schien, sondern friedlich graste. Sie hatte sich so weit unter den Zaun geschoben, wie es ihre Größe zuließ.

»Sie hat dich schon bemerkt«, sagte Schmidt, die meine Gedanken gelesen zu haben schien.

»Bist du dir sicher? Sie hat gar nicht den Kopf gehoben.«

»Dat braucht sie auch nicht. Pferde haben durch die seitlichen Augen fast 'nen Rundumblick. Der is für sie überlebenswichtig. Als Fluchttiere müssen sie ihre

Fressfeinde aus allen Richtungen erkennen können. Außerdem musste auf ihre Ohren achten. Schon als du dich da vorn in Bewegung gesetzt hast«, sie wies auf die Stelle, an der ich eben noch gestanden hatte und an der sich Püppilottas und meine Wege getrennt hatten, »hat sich ihr linkes Ohr zu dir gedreht. Pferde sehn nich nur mit den Augen, sondern auch mit den Ohren. Sie hat dich also sehr genau im Blick und weiß, watte tust und wo du bist. Dat sollte dir immer klar sein. Pferde nehmen uns schon aus wat weiß ich wie vielen Kilometer Entfernung wahr. Und sie wissen allein durch unsere Körperhaltung, unsere Bewegungen und unsere Energie, wat sie von uns zu halten haben. Da denken wir noch: Ne, wat is dat für'n schöner Tag und so hübsche Pferdis auffer Weide.«

»Das wusste ich nicht«, murmelte ich und sah Püppilotta jetzt mit anderen Augen.

Sie hatte mich also immer schon längst bemerkt und nur jedes Mal entschieden, dass ich ihr vollkommen egal sein konnte. Das war faszinierend und ziemlich niederschmetternd, wenn man es genau überlegte.

»Deshalb guck immer, wie du 'nem Pferd gegenübertrittst. Dat sach ich auch immer meinen Reitschülerinnen. Während du zum Stall kommst und mit dem Kopp noch bei der letzten Klassenarbeit bist, hat dich dein Pony längst durchschaut und erkannt, dat es heute 'ne ruhige Kugel schieben kann, weil du sowieso nich wirklich bei der Sache bist. Schlechte Laune riechen die schon vom Mond aus. Und wenn du deinem Pferd jedes Mal höflich aus'm Weg gehst, wenn's dich drum bittet, brauchste dich nicht wundern, wenn du's demnächst übern Reitplatz tragen sollst.«

Ich musste grinsen. »Die Sprache der Pferde kommt mir ziemlich kompliziert vor. Ich befürchte, ich habe noch sehr viel zu lernen.«

»Dat haben wir alle. Pferde kommunizieren untereinander durch die allerkleinsten Minisignale. Die kriegen wir als Menschen gar nich mit. Dafür sind wir viel zu sehr als Holzköppe unterwegs. Durch 'n winziges Zucken weiß so 'n Pferd schon, wo sein Platz is und wat es zu tun hat. Dat sind echte Körpersprachespezialisten. Und wir Menschen sind ja eher von der grobmotorischen Sorte. Deshalb können wir von denen richtig viel lernen. Du musst dir also immer klar sein, wat du ausstrahlen willst, wenn du dich auf'n Weg zum Pferd machst. Willste wie 'n Schluck Wasser in 'ner Kurve wirken oder wie jemand, der 'n Arsch inner Hose hat. Je nachdem wird dein Pferd sagen: Okay, ich mach mir mal 'nen Lauen heute. Aber wenn du ruhig und souverän und freundlich und immer fair auftrittst, wird's sagen: Klar, die Hilde, die is ein guter Typ und weiß, wat sie will, mit der gehe ich gern ma mit. Dat gilt auch für so kleine Pferde wie Püppilotta. Besonders für so kleine Pferdchen, denn grade die kleinen haben's oft faustdick hinter den Ohren und nutzen ihre Chance, wenn sie eine kriegen.«

»Sie ist eben sehr schlau«, sagte ich.

»Manche sagen, dat is 'n Segen und 'n Fluch. Aber eigentlich musst du es nur schaffen, ihre Schlauheit in die richtigen Bahnen zu lenken und Püppilotta auf deine Seite zu ziehen. Wenn sie von sich aus mitmachen will, kannste mit ihr bestimmt tolle Sachen auffe Beine stellen. Also los«, wies mich Schmidt an und zeigte auf das zufrieden schmatzende Pony. »Nächster Versuch. Und immer dran denken: Schultern zurück und Brust raus und nich ins Bockshorn jagen lassen von der kleinen Mistbiene.«

Bevor ich wieder einen Schritt auf Püppilotta zu machte, sammelte ich mich. Ich richtete mich auf und hob den Kopf, ich bemühte mich, jeden Muskel meines Körpers anzuspannen, um meine ganze Entschlossenheit zum Ausdruck zu bringen. Dann ging ich energisch auf Püppilotta zu, trat bei jedem Schritt so fest auf, als würde ich nicht laufen, sondern marschieren. Der Strick lag vielleicht zwei oder drei Meter von mir entfernt im Sand, der von den letzten Regengüssen noch nass und übersät mit Pfützen war. Ich wollte mir das Seil schnappen und dann ...

Ich konnte meinen Plan nicht zu Ende schmieden, denn im selben Moment tauchte das Minishetty mit dem Kopf unter dem Zaun hervor, machte einen kleinen Bocksprung und galoppierte in die andere Richtung.

Überrascht sah ich Schmidt an. »Was habe ich jetzt falsch gemacht?«

»Dat war zu viel«, erklärte sie mir.

»Zu viel?«, fragte ich frustriert. »Ich dachte, ich soll selbstbewusst auftreten.«

»Selbstbewusst ja, aber doch nich wie Frau Feldmarschall persönlich. Dat is 'n schmaler Grat. Und unsere Püppilotta reagiert auf so wat allergisch. Deshalb veräppelt sie uns ja auch die ganze Zeit. Oder geht uns gleich ganz aus dem Weg, wenn sie kann. Wir Menschen sind ihr zu langweilig oder zu doof. Der kannste nich einfach sagen, wat sie tun soll. Du musst sie überzeugen. Sie braucht ’nen Grund, um mitzumachen. Wir tun immer so, als wären Pferde uns wat schuldig oder als müssten sie dat alles mitmachen, weil wir dat so wollen. Dat is totaler Humbug. Pferde sind sehr besondere Tiere. Die müssen gar nix. Wir sollten dankbar sein, dat sie bereit sind, so viel mit und für uns zu tun. Es muss alles freiwillig sein. Wir müssen uns um die Ponys bemühen. Nich umgekehrt. Nur so kann dat funktionieren. Nix anderes will unsere Püppilotta den Menschen beibringen. Ich sach doch, von der wirste ’ne ganze Menge lernen.«

»Und was soll ich jetzt machen?«, fragte ich ratlos.

»Hinterher.«

»Hinterher?«

»Sicher. Und weiter versuchen.«

Ich hatte wenig Lust, erneut hinter diesem Pony durch den Sandmatsch zu stapfen, aber gleichzeitig spürte ich weiter meinen Ehrgeiz. Das musste ich doch hinbekommen. Wenn Werner einen Kurs in Mandarin belegte, konnte ich doch wohl die Sprache der Pferde lernen.

Dieses Mal straffte ich zwar die Schultern, bemühte mich aber, mich Püppilotta nicht zu forsch zu nähern, um sie nicht wieder zu vertreiben, während sie auf der anderen Seite des Zauns Grashalme zu ergattern versuchte.

»Lauf nicht frontal auf sie zu. Mach ma seitlicher. Du musst sie einladen, zu dir zu kommen.«

»So?«, rief ich in Schmidts Richtung und fühlte mich wie eine Krabbe.

»Wird schon besser.«

»Ist das eine Einladung?«

»Sieht fast aus wie eine.«

»Aber sie kommt nicht.«

»Sie will die Einladung wohl heute nich annehmen«, erwiderte Schmidt schlicht.

»Na toll.« Ich ließ die Schultern direkt wieder hängen. »Und was soll ich dann machen?«

»Nimm den Strick. Er liegt direkt vor deinen Füßen.«

Ich hatte mich so auf das Pony konzentriert, dass ich das Seil im Sand übersehen hatte. Ich beugte mich nach unten und hob es auf. Es war feucht und dreckig.

Eines hatte ich bereits verstanden: Es war keine gute Idee, das Seil einfach irgendwie um meine Finger zu legen. Ich musste es so sortieren, dass es sich nicht zusammenziehen und um meinen Arm wickeln konnte, wenn Püppilotta wieder daran riss, um ihrer Wege zu gehen. Und sie würde daran reißen, um ihrer Wege zu gehen. Das war nur eine Frage der Zeit. Anschließend stellte ich mich neben das Pferdchen, hielt die Gerte links.

»Dranbleiben und mit der Gerte tippen«, wies mich Schmidt an. »Sei so nervig wie ’ne Fliege. Kriegste dat hin?«

»Wenn man meine Familie fragt, klar«, antwortete ich.

Damit hatte Schmidt offenbar nicht gerechnet, denn sie brach plötzlich in lautes Lachen aus. Überrascht sah ich mich zu ihr um. Ich hatte sie noch nie lachen gehört. Sie schien mir ein eher ernster Mensch zu sein. Aber ich hatte mich getäuscht. Sie brauchte mehrere Sekunden, um sich wieder zu beruhigen.

Nachdem sich Püppilotta schließlich in Bewegung gesetzt hatte, klappte es einige Runden gar nicht schlecht. Wir schafften sogar ein paar kleine Kreise und Richtungswechsel, die für mich kniffliger waren als für das kleine Pferd.

»Gut«, lobte uns Schmidt.

Doch plötzlich ließ sich Püppilotta doch wieder etwas einfallen. Sie wurde schneller. Schmidt wollte mich noch warnen, dass ich sie bremsen müsste, aber auch da war es schon zu spät. Denn Püppilotta war die entscheidenden Schritte vorausgeeilt, gab dann richtig Gas, und es war unmöglich, sie noch zu halten.

Einmal mehr verlor ich durch den Schwung das Gleichgewicht und landete natürlich genau in einer Pfütze.

»Wieder zu langsam«, kommentierte Schmidt mitleidlos.

»Ist mir aufgefallen«, erwiderte ich frustriert und versuchte, mich wieder aufzurappeln. Kalt spürte ich das Wasser auf meiner Haut und versuchte, den klebrigen Sand von mir abzureiben, was jedoch kaum Aussicht auf Erfolg hatte. Dazu kam noch das erneut bittere Gefühl, von diesem kleinen Pferd ein weiteres Mal ausgetrickst worden zu sein.

»Und wieder zu langweilig«, fügte Schmidt hinzu. »Bei diesem Pony musste ständig aufpassen, dat du ihr nich zu langweilig wirst. Dann hat sie keinen Bock mehr, kommt auf dumme Ideen und geht stiften.«

»Dem Pony nicht zu langweilig werden«, brummte ich und zupfte die durchweichten Kleidungsschichten von meiner Brust. Die kühle Luft ließ mich ein wenig frösteln. Aber es war vor allem die Erkenntnis, dass ich nicht einmal interessant genug für ein Pony war, die sich wie eine kalte Dusche anfühlte. »War ja klar. Jetzt langweile ich sogar ein Pferdchen zu Tode.« Trotzdem machte ich mich ein weiteres Mal auf den Weg zu Püppilotta. »Achte auf die Kleinigkeiten«, flüsterte ich mir selbst zu. »Achte auf die Kleinigkeiten.«

Rim hatte so recht gehabt. Denn eine Sache hatte ich bereits erkannt. Kurz bevor das Minishetty losgerannt war, hatte ich etwas in seinem Blick gesehen, als würde es etwas aushecken. Nur verstanden hatte ich es in dem Moment nicht und deshalb auch nicht schnell genug reagieren können, aber zumindest hatte ich es bemerkt. Das war doch sicher ein Anfang. Ab jetzt würde ich die Augen offen halten, um das erste Anzeichen nicht zu verpassen.

Das Einfangen klappte dieses Mal schon etwas besser. Ich tat so, als würde ich nach vorne schauen, aber stattdessen hatte ich die ganze Zeit das Pony im Blick. Was tat es? Wohin zeigten die Ohren? Hatte es die Nase gerümpft? Was sagte mir sein Blick?

Und tatsächlich: Ich erkannte die Sekunde, in der Püppilotta genug von unserem Training hatte und beschloss, dass etwas anderes lustiger sein würde, und vor allem ohne mich. »Sei nicht langweilig«, wiederholte ich dabei in meinem Kopf. »Du darfst das Pony nicht langweilen.«

Ich musste mir etwas einfallen lassen. Und deshalb lief ich los. Das, was sie sonst getan hatte, machte nun ich. Ich rannte los. Einfach so. Von ihr weg. Ohne darauf zu achten, ob sie mitkam.

Aber das tat sie. Zu meiner eigenen Überraschung und offenbar auch zu ihrer kam sie mit mir. Ich musste sie nicht ziehen und zerren, sie ließ sich nicht durch den Sand schleifen, der Strick spannte sich nicht einmal, sondern fast im selben Moment, in dem ich startete, folgte sie mir, und es kam mir sogar vor, als hätte sie Lust, mir nachzulaufen. Sie gab ein kleines Wiehern von sich.

Ich lief so schnell und so weit ich konnte, was nicht sehr schnell und nicht sehr weit war. Denn der Sand war tief und schwer, und ich hatte keine Kondition. Als ich spürte, dass mir gleich die Luft ausging und sich mein Knie meldete, drehte ich mich um und lief noch einige Schritte rückwärts, da machte Püppilotta zwei Galoppsprünge auf mich zu. Ein bisschen erschreckte ich mich, aber nur kurz, denn im Garten hatte ich ja bereits gelernt, was ich tun musste, wenn sie mir zu nah kam und zu aufdringlich wurde. Ich stellte mich gerade hin, hob leicht die Hände, und sie blieb ebenfalls stehen.

Ich war fix und fertig. Und überglücklich.

Auch das Pferdchen wirkte zufrieden. Püppilotta hatte nicht mehr diese verkniffene Nase, die mir an ihr aufgefallen war und die aus ihr für mich immer eine garstige alte Frau gemacht hatte, die den ganzen Tag am Fenster stand und die Straße beobachtete und alle Menschen zurechtwies, die vorbeikamen. Meine eigene Zukunft, wie ich manchmal fürchtete. Stattdessen wirkte Püppilotta jetzt entspannt und leckte sich die Lippen.

»Siehst du, ich bin gar nicht immer langweilig«, flüsterte ich und reichte ihr als Belohnung einen Apfel, dann drehte ich mich zu Schmidt: »Ich bin gar nicht immer sterbenslangweilig«, rief ich ihr zu.

»Dat seh ich«, kam als Antwort zurück.

»Ich bin gar nicht immer sterbenslangweilig«, wiederholte ich noch einmal sehr leise und streichelte Püppilotta durch die Mähne.

»Dann machen wir Schluss für heute«, entschied Schmidt.

»Jetzt schon? Aber es hat doch gerade so gut geklappt. Ich dachte, wir könnten noch …«

»Man muss aufhören, wenn's am schönsten is. Ihr zwei habt dat gut gemacht. Jetzt kann's nur schlechter werden. Deshalb packen wir Püppilotta auf'n Paddock. Und du bekommst von mir 'nen Glühwein.«

Kurze Zeit später saßen wir in Schmidts Küche, von der aus man auf einige der Pferdeausläufe gucken konnte, und tranken gemeinsam einen herrlich duftenden, aber ziemlich starken Glühwein. Es war ein billiger aus dem Supermarkt, den sie mit einem weiteren ordentlichen Schuss Alkohol aufgepeppt hatte, wie sie das nannte, und der anschließend zum Erhitzen kurz in die Mikrowelle gewandert war. Beim ersten Schluck musste ich heftig husten, trotzdem kam es mir irgendwie vor, als hätte ich nie zuvor einen besseren getrunken als diesen. Ich war durchgefroren, und die nasse Kälte war mir tief in die Knochen gezogen. Ich fühlte mich erschöpft, jedoch gleichzeitig irgendwie zufrieden und fast ein wenig euphorisch. Auf jeden Fall so euphorisch wie schon lange nicht mehr.

»Irgendwie hat das Lernen der Pferdesprache etwas von Mandarin«, sagte ich.

»Mandarin?«

»Mein Mann Werner lernt Mandarin in einem VHS-Kurs. Neben allen möglichen anderen Dingen, seit er in Rente ist.«

»Warum?«, gab sie zurück.

»Weil er das schon immer machen wollte und nie Zeit dafür hatte.«

»Warum?«

»Weil er viel gearbeitet hat«, antwortete ich. »Schon seit er ein Jugendlicher war. Und er hat wohl das Gefühl, viel nachholen zu müssen.«

»Dann hat ihm früher aber viel gefehlt«, erwiderte Schmidt.

»Ja, wahrscheinlich«, murmelte ich, obwohl ich das so noch nicht gesehen hatte.

»Und wieso soll nun Pferdesprache wie Mandarin sein?«, fragte sie dann.

»Werner bekommt ständig lange Listen mit Zeichen ausgeteilt, die er dann auswendig lernen muss. Das ist ja nicht wie Englisch oder Französisch. Es ist alles ganz anders. Man kann nichts wiedererkennen. Und deshalb muss man nicht nur die Bedeutung eines Zeichens lernen, sondern auch, wie man dieses Zeichen ausspricht und wie man es malt. Das ist ganz schön kompliziert. Aber ich dachte, so könnte ich es auch machen.«

»Wat wolltest du? Den Pferden Zeichen malen?«

»Nein, aber Pferde reden ja nicht.«

»Meistens nich.«

»Sie kommunizieren doch über Körpersprache. Und ich glaube, ich bin eine ziemliche Bewegungslegasthenikerin.«

»Dat sind wir alle.«

»Aber ich dachte anfangs, ich könnte die einzelnen ... Signale lernen wie Vokabeln. Wie bei Französisch in der Schule.«

»So einfach ist dat nich.«

»Habe ich gemerkt«, stöhnte ich auf und nippte erneut von meinem Glühwein.

Schmidt konnte sich ein leichtes Schmunzeln nicht verkneifen. »Es gibt schon 'ne Art von *Wortschatz*«, fügte sie hinzu und hob die Finger zu Gänsefüßchen. »Da kannste bestimmte Bewegungen üben, bestimmte Abläufe und Muster. Lernen, welches Signal wat bedeuten kann. Man kann Pferden auch unglaublich viel beibringen, aber am Ende isset wie mit allem. Du brauchst ’n Gefühl. Und du musst dein Gegenüber immer im Blick behalten. ’n Gespräch mit ’nem Pferd sollte immer ’n Dialog sein. Dat is, wat viele Pferdeleute vergessen. Oder es interessiert sie nich. Sie wollen Pferde, die einfach tun, wat man ihnen sacht. Aber Pferde sind keine Maschinen oder Roboter. Sie spulen nich einfach irgendwelche Lektionen ab. Oder doch, viele tun dat tatsächlich, weil sie gelernt haben, dat sie dat tun müssen. Aber dat is traurig. Einfach traurig. Man nimmt Pferden damit genau dat, wat sie zu diesen besonderen Geschöpfen macht, die sie sind.«

Schmidt machte eine kurze Pause. Sie schien nachdenklich. Ich sah sie an und erkannte, dass sie eine echte Pferdefrau war, die nicht nur mit den Tieren arbeitete, sondern diese wirklich liebte. Den Kindern gegenüber konnte sie manchmal einen etwas barschen Tonfall haben, aber in diesem Moment verstand ich, dass das zum Wohle der Pferde war, damit die Kinder sie nicht als Turngeräte ansahen, auf denen man seine Runden drehen konnte, sondern als Lebewesen mit eigenen Gefühlen, Bedürfnissen und auch einer Meinung.

»Sehr viel anders ist das bei Menschen auch nicht, oder?«, sagte ich, weil ich an meine eigene Familie denken musste, in der ich mich auch oft nicht gehört oder überhört fühlte. »Ich meine, da redet man vielleicht, aber gar nicht miteinander, sondern eher aneinander vorbei.«

»Soll’s schon gegeben haben«, antwortete Schmidt.

»Eine Frage hat nur dann 'ne Bedeutung, wenn ich auch die Antwort hören will. Selbst dann, wenn sie mir nich gefällt.«

»Ich sehe schon. Am Ende erfahre ich hier nicht nur was über die Pferdesprache.«

»Du kennst doch den berühmten Spruch.«

»Welchen?«

»Nich für die Reitschule, sondern fürs Leben lernen wir.«

Ich musste lachen. »Ja, kommt mir bekannt vor.«

»Letztlich is es dabei wie mit allem. Es geht darum, an sich selbst zu arbeiten. Dat ist es, wat zählt, um ein besserer Pferdemensch zu werden. Und ein besserer Mensch.«

»Ich schätze, ich habe noch einiges zu tun. Gerade fühle ich mich wie eine ziemliche Analphabetin.«

»Dat wirste auch noch 'ne ganze Weile bleiben.«

»Du verstehst es ja, Leute aufzumuntern«, stöhnte ich.

Ein leichtes Grinsen zeigte sich um Schmidts Mundwinkel. »Wat soll ich sagn? Die Ponys können dat ja alles schon. Sie verständigen sich seit ihrer Geburt so. Sie sind die Experten, und es is an uns, ihre Sprache zu lernen. Dat is hart. Dat ist wirklich harte Arbeit, weißte? Pferde wollen mit uns zusammenarbeiten.«

»Alle?«, fragte ich zweifelnd.

»Alle.«

»Auch Püppilotta?«

»Auch Püppilotta. Sie weißet vielleicht im Moment nich«, fügte Schmidt mit einem Augenzwinkern hinzu. »Sie is noch nich so lang bei uns auf'm Hof und hat die Erfahrung gemacht, dat Menschen doof sind, dat wir nich zuhören. Dat is für'n Pony wie Püppilotta, dat viel zu sagen und zu allem 'ne sehr klare Meinung hat, natürlich besonders schlimm.«

»Wie kam sie denn zu dir?«

»Eigentlich war ich gar nich auf der Suche nach so 'nem kleinen Pony. Aber dat sind wahrscheinlich die besten Pferdekäufe.« Sie lachte. »Vor 'n paar Monaten hatte ich in 'ner Anzeige 'nen Haflinger entdeckt, der von 'ner Beschreibung ganz gut in meine Reitschule passen konnte. Also bin ich gute zwei Stunden gefahren, um mir dat Kerlchen ma anzusehen. Schnell war klar, dat ich ihn mitnehmen würde, und ich hatte auch schon den Anhänger dabei. Aber dann hab ich unsere Püppilotta da auf der Koppel stehen sehen. Sie war noch dicker als jetzt, und die kleine Wiese, auf der sie gehalten wurde, besser gesichert als Fort Knox. Dat hätte mir schon zu denken geben sollen. Aber wat soll ich sagen?«

Sie nahm einen großen Schluck Glühwein, ehe sie weitersprach: »Ich bin mit Pferden aufgewachsen. Ich war sogar für 'nen paar Jahre in Amerika, um dat Pferdeflüstern von den großen Meistern zu lernen. Ich würd also behaupten, dat ich mich schon ganz gut auskenne. Und ich hab im Leben noch kein Tier gekauft, weil's süß is. Aber bei unserer Püppilotta muss mich irgendwat geritten haben. Ich weiß selbst nich, wat. Dat mit dem Graskurzfressen hat sie noch grandios gut gemacht. Beim Rest hat sie aber gesagt: ohne mich. Die ließ sich nich ma anständig ’n Halfter anziehen, obwohl sie schon um die zwölf sein wird. Als man sie geholt hat, um sie mir zu zeigen, is sie gestiegen und hat gebockt. Dat volle Programm. Aber dann hat sie meinen Hänger gesehen und is einfach reinmarschiert.«

»Wie, einfach reinmarschiert?«, wiederholte ich ungläubig.

»Na, einfach rein.« Amüsiert hob Schmidt die Schultern.

»Da wollte aber eine unbedingt mit.«

»So hab ich dat auch gesehen. Also hab ich den Leuten ’nen Hunderter mehr in die Hand gedrückt, und die waren froh, sie los zu sein. Ich hatte dat nich geplant, aber so bin ich an unsere Püppilotta gekommen. Anfangs dacht ich noch, sie könnte vielleicht mit ein bisschen Training doch ein ganz gutes Schulpony für die Allerkleinsten werden. Aber den Zahn hat sie mir ziemlich schnell gezogen. Die Kiddies sind mit so ’ner starken Persönlichkeit einfach überfordert, und ich hab nich die Zeit. Und trotzdem glaub ich fest daran, dat unsere Püppilotta uns schon noch zeigen wird, wat in ihr steckt. Die macht es uns nich leicht, aber dat is auch ihr gutes Recht. Wenn ein Pferd kein Interesse an uns zeigt, liegt’s an uns, dat zu ändern. Dann müssen wir sein Interesse wecken. Dann müssen wir interessanter werden.«

»Ja«, seufzte ich so laut auf, dass Schmidt grinste. »Und was soll ich tun, um für Püppilotta interessant zu werden?«

»Dat kann ich dir auch nich sagen. Da musste deinen eigenen Weg mit ihr finden.«

»Oh«, machte ich mutlos.

»Es gibt Pferde, die machen's uns leicht. Püppilotta gehört nich dazu.«

»Das hatte ich befürchtet.«

»Aber es könnte schlimmer sein.«

»Ach ja?«

»Es gibt Pferde, die haben gelernt, zu kämpfen. Dat kann richtig gefährlich werden. Und es gibt Pferde, die haben gelernt, dat es besser is, gar nix mehr zu sagen. Es gibt eigentlich nix Schrecklicheres. Denn solche Pferde wieder aus ihrem Schneckenhaus rauszubekommen, kann ein Leben dauern. Oder du schaffst es nie. Püppilotta zeigt uns wenigstens noch den Mittelfinger. Dat is 'n Anfang. Damit können wir arbeiten.«

Ich war nicht wie dieses meinungsstarke, entschlossene Minipony. Das war klar. Stattdessen fühlte ich mich, als hätte ich mich schon viel zu lange in meinem eigenen Leben versteckt. Aber vielleicht war es an der Zeit, mich wieder herauszuwagen. Und vielleicht konnte mir Püppilotta dabei ein Vorbild sein.

Ich musterte Schmidt aus dem Augenwinkel. Während Werner ständig von neuen Leuten erzählte, die er bei seinen vielen unterschiedlichen VHS-Kursen kennengelernt hatte, konnte ich mich nicht einmal mehr erinnern, wann ich mich das letzte Mal länger mit einem fremden Menschen unterhalten hatte. Wenn Püppilotta nicht zufällig in meinem Garten aufgetaucht wäre, wäre ich Schmidt wahrscheinlich nie über den Weg gelaufen.

Eine Weile hingen wir beide unseren Gedanken nach und saßen schweigend nebeneinander, während es draußen bereits dunkel wurde. Ich wusste nicht, wie spät es war. Vielleicht waren das genau die Momente, von denen Werner mir manchmal erzählt und die ich bis jetzt nicht hatte nachvollziehen können. Wenn man wirklich die Zeit vergaß. Das war nicht nur eine Ausrede. Das passierte wirklich.

Schmidt stand auf, holte aus einem Schrank eine bereits geöffnete Packung Weihnachtskekse und legte sie vor uns auf den Tisch. Außerdem schaltete sie die Lichterkette an einem winzigen Plastikweihnachtsbaum ein, der auf dem Fensterbrett stand.

»Für die festliche Stimmung«, sagte sie mit einem schiefen Grinsen, ehe sie wieder Platz nahm. Dann sagte sie unvermittelt: »Du könntest ausprobieren, mit der Kutsche zu fahren.«

»Kutsche zu fahren?«, entgegnete ich nur.

»Mit Püppilotta.«

»Mit Püppilotta?«

»Wat wird dat? Wiederholste einfach nur meine Worte?«

Hastig deutete ich ein Kopfschütteln an. »Nein. Entschuldige. Aber ich glaube, ich verstehe nur Bahnhof.«

»Sie is zu dick. Vielleicht is dir aufgefallen, dat sie etwas fett is.«

»Ja, schon«, gab ich zu. »Aber ich war mir nicht sicher, ob kleine Ponys vielleicht so aussehen.«

»Dat tun sie, wenn sie sich so wenig bewegen wie Püppilotta und gleichzeitig so viel fressen. Ihr würd's guttun, wenn sie 'n bisschen mehr Sport machen würde.«

»Für mich wäre das wohl auch nicht schlecht«, gab ich zurück. »Ich habe absolut keine Kondition. Aber kann Püppilotta das denn? Ist sie dafür nicht viel zu klein?«

»Theoretisch kann sie dat. Wir haben's nur noch nich oft gemacht. Ponys können fast dat Zweifache ihres Körpergewichts ziehen. Wir würden 'ne leichte Kutsche nehmen. So'n Sulky oder Gig. Dat schafft sie locker.«

»Hat sie darauf denn Lust?«

»Vermutlich nich«, antwortete Schmidt unbeeindruckt. »Aber 'n Versuch wär's wert.«

»Und was, wenn ich das nicht kann?«

»Ich zeig dir, wie dat geht. Glaub mir, so schwer is dat nich. Dat kriegste schon hin.«

»Und was, wenn Püppilotta nur mit mir zum Tor rausfährt und dann stehen bleibt und Gras frisst?«

»Dann hast du's dabei wenigstens bequem.«

»Oder wenn sie wieder einen Rappel bekommt und losrennt?«

»Dann wird sie dich dieset Ma zumindest nich los, und du landest nich schon wieder mit der Nase im Dreck.« Gleichmütig hob Schmidt die Schultern.

Ich zögerte. »Darf ich es mir überlegen?«, fragte ich.

Ich hatte noch nie darüber nachgedacht, einmal in meinem Leben Kutsche zu fahren. Wenn ich irgendwo eine gesehen hatte, waren die Pferde oft riesig gewesen, und mir war nicht der Gedanke gekommen, dass ich das auch gerne mal machen wollte, so wie Werner offenbar schon immer Golf spielen und Papier schöpfen und töpfern wollte.

Und doch sah ich jetzt dieses Bild vor mir und war mir sicher, dass ich es nicht wieder aus dem Kopf kriegen würde. Denn ich würde höchstwahrscheinlich niemals Motorrad fahren. Dafür war ich inzwischen einfach zu alt. Aber vielleicht konnte ich stattdessen eine Kutsche nehmen.

»Ich hab's mir überlegt«, sagte ich deshalb. »Ich versuch's.«

»Ich hatte da eine Idee«, sagte Werner am Abend, als ich gerade aus dem Bad ins Schlafzimmer kam.

Er lag bereits in seinem Weihnachtsschlafanzug, den Merle ihm vor Jahren gekauft hatte, auf seiner Seite der Matratze, mit einem Kissen unter dem Kopf, und übte seine Mandarin-Vokabeln, legte die Zettel jetzt jedoch zur Seite, um mich anzusehen.

Ich spürte die vielen Runden durch den nassen Sand in den Knochen und auch mein Knie. Aber nicht einmal diese körperlichen Wehwehchen konnten das gute Gefühl trüben, das ich noch immer fühlte.

»Welche denn?«, fragte ich und verrieb meine Handcreme, während ich zum Bett ging und mich auf meine Seite setzte.

»Ist das da Dreck?«, wollte er anstelle einer Antwort wissen.

»Was? Wo?«

»Hier. Am Nacken.«

Ich betastete meine Haut. Werner hatte recht. Mit den Fingern entdeckte ich sogleich den Sand. Ich war mir sicher gewesen, alles erwischt zu haben, aber offenbar hatte ich noch ein wenig Schmutz vom Stall mitgebracht. Wie das klang: vom Stall. Fast hätte ich gelacht. Hastig drehte ich den Kopf zur Seite, damit Werner mich nicht sah.

»Hast du Alkohol getrunken?«, wollte er wissen und schnupperte an mir.

»Ich hatte einen Glühwein.«

»Seit wann trinkt Rim Glühwein?«

»Wer sagt, dass ich bei Rim war?«, gab ich zurück.

»Wo warst du denn dann?«

»Vielleicht war ich ja woanders.«

»Und da gab es Glühwein?«

»Wäre doch möglich.«

»Und wo war das?«

»Welche Idee hattest du?«, wich ich aus, weil ich noch nicht bereit war, meine verschiedenen Geheimnisse mit ihm zu teilen.

Werner zögerte und musterte mich. Er schien abzuwägen, ob er weiter nachbohren sollte. Ich konnte nur hoffen, er würde sich dagegen entscheiden, denn ich hatte nicht vor, ihm von Püppilotta zu erzählen. Aber lügen wollte ich auch nicht, zumindest nicht, wenn es sich vermeiden ließ.

»Weißt du noch, wie schön es früher immer war, wenn wir Vorweihnachten gefeiert haben? Wollen wir das nicht mal wieder machen?«, sagte Werner zu meiner Überraschung.

Das war eine Tradition, die ich vor über dreißig Jahren eingeführt hatte, damals vor allem, um meinen Töchtern das lange Warten auf Heiligabend zu verkürzen. Immer am dritten Advent gab es bei uns ein besonderes Essen, das wir Vorweihnachten nannten und an dem es ein großes Büfett mit verschiedenen Vorspeisen gab, Salat und Suppe, Mini-Tartes und Würstchen im Schlafrock, gefüllte Pilze, Bruschetta und Tomaten mit Mozzarella. Jedes Jahr dachte ich mir etwas anderes aus und hatte sogar Kochbücher ausschließlich mit Vorspeisenrezepten. Und reihum durfte sich jedes Familienmitglied zu jedem Vorweihnachten das Gericht wünschen, das es besonders mochte. Bei Merle waren es Pfannkuchen-Rouladen, bei Elisa Brokkolicremesuppe und bei Werner kleine Fleischspieße. Bei mir dagegen gehörte es ebenfalls fast schon zur Tradition, dass ich nicht wusste, was ich besonders gernhatte.

Über die letzten Jahre hinweg war das Vorweihnachtsessen jedoch immer mehr eingeschlafen. Mal hatte Elisa nicht gekonnt, mal war Merle bereits verabredet gewesen, und ich hatte es ihnen auch nicht aufdrängen wollen. Offenbar war es ihnen nicht so wichtig gewesen wie mir, deshalb hatte ich es irgendwann einfach nicht mehr erwähnt. Da Werner es auch nicht mehr angesprochen hatte, war ich davon ausgegangen, dass er darauf ebenfalls gut verzichten konnte. Ohnehin hatte er sich um Weihnachten so gut wie gar nicht gekümmert. Sogar den Weihnachtsbaum hatte ich ausgesucht, ihn anschließend mit dem Auto hergefahren und aufgestellt. Ihm mussten die Vorbereitungen in all der Zeit wie das Werk von Elfen vorkommen, weil alles wie von Zauberhand geschah. Darum war ich jetzt umso erstaunter über seinen Vorschlag.

»Wieso?«, fragte ich deshalb ein wenig misstrauisch.

»Weil wir das früher immer gemacht haben.«

»Hast du mit Elisa oder Merle gesprochen?«

»Mit Elisa, ja.«

»Ich wusste es.«

»Warum?« Er wirkte irritiert.

»Ach komm, Werner.«

»Nein. Warum? Was wusstest du?«, fragte er.

»Du bist noch nie von allein auf Gedanken an ein gemeinsames Familienessen gekommen. Egal, ob zu Weihnachten oder nicht.«

»Das ist nicht wahr.« Sein Tonfall hatte sich verändert. Er klang gekränkt.

»Natürlich ist das wahr«, widersprach ich.

»Nein.« Er schwieg einen Moment, als würde er nachdenken. »Du bist mir nur meistens zuvorgekommen.«

»Jahre zuvor oder was?«, fragte ich lachend.

Werner lachte nicht mit. »Unsinn«, sagte er.

»Das ist kein Unsinn, Werner. So ist es nun mal.

Wenn, dann bin ich diejenige, die so etwas vorschlägt. Oder Elisa oder Merle.«

»Aber dieses Mal hatte ich die Idee dazu.«

»Elisa hat dich drauf gebracht.«

»Nein, hat sie nicht. Ich habe sie danach gefragt. Nicht umgekehrt. *Ich* habe sie gefragt«, wiederholte er.

»Von mir aus«, erwiderte ich. Ich würde mich jetzt nicht mit ihm streiten. Dafür war der Tag mit Püppilotta heute viel zu schön gewesen. Ich hob die Schultern, drehte mich dann um und schlüpfte mit den Füßen unter die Bettdecke. Einige Male bewegte ich meinen Kopf auf dem Kissen nach rechts und links, bis ich die richtige Schlafposition gefunden hatte, anschließend zog ich die Decke zu mir nach oben.

»Du glaubst mir nicht«, beharrte er.

»Doch, Werner«, gab ich etwas gereizt zurück. »Du allein bist auf die Idee gekommen, dass wir uns am dritten Advent zum Essen treffen sollten. Als Familie.«

Zunächst antwortete Werner nicht, sondern blieb auf seiner Bettseite sitzen, ohne sich zu bewegen. Dann kletterte er ebenfalls ins Bett und legte sich neben mich auf die Matratze. »Ist ja auch so«, murmelte er.

Ich beugte mich zur Seite und schaltete das Licht der Nachttischlampe aus. Ich schloss die Augen und hatte vor, schon im nächsten Moment einzuschlafen, aber Werners Stimme hielt mich davon ab. »Also?«, fragte er.

»Was *also?*«, gab ich zurück, ohne die Augen wieder zu öffnen.

»Machen wir es? Unser Vorweihnachtsessen?«

»Sicher.«

»Dann also jetzt am Wochenende?«

»Wenn da der dritte Advent ist.«

»Ist er.« Er klang leicht irritiert darüber, dass ich mir nicht sicher war, obwohl ich sonst sogar im Schlaf die genaue Anzahl der Tage bis Weihnachten hätte nennen können.

Kurz überlegte ich. Er hatte recht. Nächstes Wochenende war bereits der dritte Advent und in nicht einmal zwei Wochen Weihnachten. »Dann nächstes Wochenende«, stimmte ich zu.

»Soll ich mich darum kümmern?«

»Du?«, fragte ich überrascht.

»Ja.«

»Nein, Werner. Lass ruhig. Ich mache das.«

»Du kümmerst dich?«

»Natürlich«, sagte ich bereits im Halbschlaf. »Das mache ich doch immer.«

Sechs

»Und wer is dat?«, fragte Schmidt, als ich mit Tula auf dem Arm über den Hof kam.

Bisher waren wir zu Hause geblieben, wenn ich auf das kleine Mädchen aufgepasst hatte, aber aus eigener Erfahrung wusste ich, dass Babys gerne draußen waren und die frische Luft ihnen guttat. Als ich Saida gefragt hatte, ob ich mit Tula kleine Ausflüge oder Spaziergänge machen dürfe, hatte sie den nahe gelegenen Tierpark vorgeschlagen, in dem man Rehe und Wildschweine in Gehegen füttern konnte.

Weil ich jedoch heute unbedingt zum Stall wollte, hatte ich beschlossen, dass ein Pony mindestens genauso gut war, und Tula kurzerhand mitgenommen. Davon schien sie jedoch nicht sonderlich begeistert. Schon seit der Autofahrt quengelte sie und wirkte auch jetzt, als wollte sie jeden Augenblick anfangen zu weinen.

»Das ist mein Leihenkelkind Tula«, antwortete ich und wog das Baby leicht hin und her, um zu verhindern, dass es tatsächlich zu schreien anfing.

Schmidt beugte sich zu ihr vor: »Hallo, Leihenkelkind Tula«, sagte sie. »Willste auch ein Pferdemädchen werden wie die Omma?« Sie grinste mir zu.

Und auch ich konnte mir ein leichtes Lachen nicht verkneifen. Ich und Pferdemädchen? In meinem Alter? Aber irgendwie mochte ich den Gedanken.

Tula war jedoch ganz anderer Meinung. Denn kaum hatte sich Schmidts Gesicht ihrem etwas genähert, begann sie, aus vollem Hals zu brüllen. Obwohl ich ihr lautes Organ inzwischen kannte, zuckte ich zusammen und verzog das Gesicht.

»Na, dann viel Spaß«, wünsche mir Schmidt mit einem vielsagenden Blick, ehe sie sich auf den Weg in Richtung Reitplatz machte.

»Werden wir haben, oder, Tula?«, fragte ich das Kind, doch sie war viel zu beschäftigt damit zu schreien. »Jetzt lernst du erst einmal Püppilotta kennen. Ich glaube, du wirst sie mögen.«

Als ich das weinende Baby zu den Pferdeausläufen trug, hoben bereits einige der tierischen Bewohnerinnen und Bewohner ihre Köpfe. Ich erkannte neugierige Gesichter, aber auch skeptische Blicke, und einige Vierbeiner traten gleich den Rückzug an, je näher ich ihnen mit meiner kleinen Heulboje kam.

»Schau mal«, versuchte ich, Tula abzulenken, während ich das Tor öffnete, hinter dem Püppilotta mit einigen kleinen und größeren Freundinnen wohnte. »Da vorne ist mein Pony.« Ich deutete auf den hellen Popo, der zu uns gedreht war. »Das ist Püppilotta. Vielleicht solltest du ein bisschen leiser werden. Schließlich willst du doch einen guten ersten Eindruck auf sie machen, oder? Und wenn du so brüllst, traut sie sich vielleicht gar nicht … «

Ich konnte meinen Satz nicht beenden, denn zu meiner großen Überraschung drehte sich das Shetty in diesem Moment um und kam, ohne zu zögern, auf uns zu.

»Das ist neu«, murmelte ich, denn es wurde zwar inzwischen leichter, Püppilotta einzufangen, aber freiwillig gekommen war sie bisher noch nie.

Jetzt allerdings stapfte sie zielsicher über ihren Paddock und auf mich und die schreiende Tula zu, die sich einfach nicht beruhigen wollte. Vielleicht war das Ganze doch keine gute Idee gewesen. Vielleicht überforderte ich das Baby mit den vielen neuen Eindrücken. Außerdem war Püppilotta ja als Kinderschreck bekannt. Das wurde sicher nicht besser, wenn eines von ihnen wie am Spieß schrie.

»Hallo, Püppilotta«, begrüßte ich jedoch erst einmal das kleine Pferdchen, das uns beinahe erreicht hatte.

Es reckte seine Nase neugierig in die Höhe und spähte unter seinem dicken Schopf hervor, um seine Besucherinnen in Augenschein zu nehmen. Von der schönen goldenen Farbe seines Fells war nicht viel zu sehen, denn es hatte sich offenbar ausgiebig im Matsch gewälzt. Die Haare waren schlammig verklebt.

»Du hast dich ja extra schick gemacht«, sagte ich fröhlich zu dem Pony und bemühte mich weiter, Tula durch leichtes Schaukeln auf meiner Hüfte zu beruhigen. Jedoch nach wie vor ohne Erfolg. »Ich habe dir heute jemanden mitgebracht«, stellte ich Püppilotta die Gästin auf meinem Arm vor. »Das ist Tula. Tula«, ich wies nun wieder auf das kleine Tier, »das ist Püppilotta.«

Das Pony kam noch einige Schritte auf uns zu und reckte seinen Kopf hinauf. Ich wollte das Kind bereits höher heben, weil ich befürchtete, Tula würde noch lauter zu brüllen anfangen, wenn ihr das unbekannte Tier zu nahe kam, aber plötzlich geschah etwas Eigenartiges.

Denn mit einem Mal wurde das Mädchen, dessen Wangen bereits rot und fleckig waren, still. Seine tränennassen Augen richteten sich auf das Pferdchen. Tula schien jedoch keine Angst zu haben, sondern war sichtlich fasziniert.

Auch Püppilotta war offenbar interessiert an dem Baby auf meinem Arm. Mit einer Vorsicht, die ich sonst nicht von ihr kannte, schnupperte sie zunächst an den kleinen Füßen, dann an den Beinen. Zaghaft beugte ich mich gemeinsam mit Tula etwas nach unten. Pferd und Kind kamen sich noch näher. Aber beide waren neugierig und sehr behutsam. Tula streckte ihre Hand aus und berührte vorsichtig die wild abstehenden Haare des Shettys.

Von ihrem eigenen Mut überrascht, gluckste sie im nächsten Moment lustig auf.

»Das gefällt dir?«, fragte ich sie erstaunt. Als Antwort kam ein weiteres helles Geräusch, und ich musste lächeln. »Das magst du wirklich. Du *bist* ja schon ein richtiges Pferdemädchen«, stellte ich begeistert fest. »Und?«, wandte ich mich anschließend an Püppilotta. »Du findest Tula auch gut?«

Das Pony stupste mich an, als wollte es zustimmen.

»Wer hätte das gedacht?«, murmelte ich und wollte gerade etwas hinzufügen, als Tula plötzlich ein lautes und beherztes Niesen von sich gab.

Noch ehe ich wusste, was passierte, machte Püppilotta einen Satz zurück und starrte uns aus entsetzten, vorwurfsvollen Augen an. Ich musterte sie, dann das Kind auf meinem Arm, dann brach ich in Gelächter aus.

»Ist das dein Ernst?«, fragte ich mein Pony atemlos, während ich versuchte, mich wieder zu beruhigen. »Weißt du, dass man dich für einen Kinderschreck hält? Und dann erschreckst du dich vor einem Nieser? Einem Babynieser?« Ich konnte es nicht fassen. »Hast du das gesehen, Tula?«, wandte ich mich an die Kleine. »Das Minipferdchen, das hier alle in die Flucht schlägt und kleine Mädchen und alte Frauen frisst, fürchtet sich ausgerechnet vor einem *Hatschi.* Ist das zu glauben?«

Als ich meine Augen wieder auf Püppilotta richtete, schien die tatsächlich etwas peinlich berührt. Wahrscheinlich bildete ich mir das nur ein, aber sie kam mir vor, als würde sie sich ärgern, so überreagiert zu haben. Sie wich meinem Blick aus und rieb sich stattdessen fast verlegen die Nase an ihrem Vorderbein.

»Dafür musst du dich doch jetzt nicht schämen«, sagte ich, konnte mir ein Kichern aber weiter nicht wirklich verkneifen. »Und das nennt man übrigens Übersprungverhalten, meine Liebe.«

Das Shetty gab ein entrüstetes Schnauben von sich und machte Anstalten, sich umzudrehen.

»Ach komm, sei nicht beleidigt. Ich werde auch nicht weiter über dich lachen. So was kann doch jeder und jedem mal passieren. Sogar den kleinsten Pferden mit der größten Persönlichkeit unter uns.« Ich grinste. »Was hältst du davon, wenn wir uns gemeinsam ans Putzen machen?«, schlug ich vor. »Du siehst nämlich wie ein Ferkel aus, Püppilotta. Vielleicht können Tula und ich ein bisschen Schadensbegrenzung betreiben. Was meint ihr?«

Das Kind gab ein fröhliches Brabbeln von sich, und Püppilotta kam ganz selbstverständlich mit uns, als ich mich mit dem Kind auf dem Arm in Bewegung setzte.

»Ich nehme das als Ja«, sagte ich. Das Pony dagegen schien nicht überzeugt, deshalb fügte ich hinzu: »Es wird sich bestimmt für dich lohnen. Tula hat nämlich extra eine Banane für dich mitgebracht.« Bei dem Wort spitzte das Shetty die Ohren und hatte seine Verärgerung offenbar vergessen. »Und wenn Tula noch mal niesen muss, halte ich ihr die Nase zu. Fest versprochen.«

Ich hatte das Klingeln bereits draußen gehört und es gerade noch rechtzeitig zum Telefon geschafft. Jetzt stand ich, halb am Türrahmen abgestützt, und versuchte, meine schlammigen Schuhe abzustreifen, um den Stalldreck nicht durchs ganze Haus zu tragen, während ich den Hörer an mein Ohr presste. Ich musste dringend an Wechselschuhe denken. War das nicht toll? Ich hatte inzwischen eigene Pferdekleidung, die ich im Keller versteckte oder im Bad hinter dem Korb mit der schmutzigen Wäsche.

Werner schien nicht da zu sein. Wahrscheinlich hatte ich wieder irgendeinen VHS-Kurs vergessen, in dem er lernen wollte, Wein selber zu pressen oder seinen Namen zu tanzen.

Ich fühlte mich noch immer elektrisiert. Den gesamten Weg zu Tula nach Hause und von da aus zu uns hatte ich nicht aufhören können zu grinsen. Auch Saida war das aufgefallen, als ich ihr ihre Tochter übergeben hatte, und bezog es wohl darauf, dass Tula und ich eine schöne Zeit zusammen gehabt hatten, auch wenn es nicht allein Tulas Gesellschaft war, die mich so strahlen ließ, sondern unsere gemeinsame Freude an einem kleinen, dicken Pferdchen.

»Du bist aber schwer zu erreichen«, sagte Merle jetzt vorwurfsvoll.

Ich war so guter Stimmung, dass ich großzügig über ihren Tadel hinwegsehen und stattdessen antworten konnte: »Ja, manchmal ist das so.« Ich hatte meinen einen Schuh ausgezogen, machte mich jetzt an den anderen, ohne den Hörer zu verlieren, den ich mir zwischen Ohr und Schulter geklemmt hatte.

»Ich habe es schon tausendmal auf deinem Handy versucht.«

»Wirklich?«

»Ja, wirklich.«

Ich deutete ein Kopfschütteln an. »Das habe ich nicht mitbekommen. Ich muss es ausgeschaltet haben.

Vielleicht ist auch der Akku leer geworden. Ich glaube, der ist kaputt.«

»Der ist nicht kaputt«, widersprach meine Tochter.

»Doch, ich denke schon.«

»Der muss nur mal richtig aufgeladen werden. Und nicht alle paar Monate für fünf Minuten.«

»Früher musste ich mein Handy nur alle paar Monate aufladen.«

»Ja, früher hattest du ein Nokia, mit dem du nur telefonieren konntest. Aber jetzt hast du ein Smartphone. Da ist der Akku schon nach zwei oder drei Tagen leer.«

»Aber mehr als telefonieren tue ich damit auch nicht«, wandte ich ein.

»Trotzdem. Außerdem telefonierst du damit ja gar nicht.«

»Wohl.«

»Wie denn? Es ist ja immer aus.«

»Dann ruf mich eben zu Hause an.«

»Tue ich ja. Aber da bist du auch nicht.«

»Warum wolltest du mich denn eigentlich erreichen?«, fragte ich, bekam mit ein wenig Schwung den zweiten Fuß auch noch frei und musste aufpassen, nicht nach hinten über zu fallen. Hastig hielt ich mich am Türrahmen fest, um mein Gleichgewicht nicht zu verlieren. Dabei rutschte mir jedoch das Telefon aus der Hand und fiel klappernd zu Boden.

»Mama?«, rief mir Merle bereits entgegen, als ich noch dabei war, den Hörer zurück an seinen Platz an meinem Ohr zu bugsieren.

»Ja. Ich bin da.«

»Was machst du denn da, Mama? Du hörst mir gar nicht richtig zu.«

»Mir ist das Telefon aus der Hand gefallen. Mehr nicht. Und jetzt sag doch mal, warum du anrufst«, versuchte ich, das Thema zu wechseln.

»Wegen Sonntag.«

»Was ist Sonntag?«

»Unser Essen, Mama. Unser Vorweihnachtsessen. Hast du das vergessen?«

»Natürlich habe ich das nicht vergessen«, behauptete ich, obwohl ich auch Weihnachten und das dringend anstehende Besorgen von Geschenken gerade wieder vollkommen aus den Augen verloren hatte. »Natürlich nicht.«

»Soll ich dafür noch etwas einkaufen?«, wollte sie wissen.

»Du? Nein, warum solltest du dafür was einkaufen?«

»Du kennst dich doch mit veganem Essen gar nicht aus. Ich dachte, ich könnte dir da helfen.«

»Man lässt einfach das Fleisch und die Eier weg. Das ist doch ganz leicht«, gab ich mich zuversichtlicher, als ich war.

»Und die Milch und die Sahne und die Butter«, zählte sie weiter auf.

»Jaja.«

»Für das alles gibt es auch pflanzliche Ersatzprodukte.«

»Pflanzliche Ersatzprodukte? Was soll das sein?«

»Siehst du, genau das meinte ich, Mama. Lass mich doch einfach ein bisschen hel...«

»Ich krieg das schon hin, Merle«, unterbrach ich meine Tochter. »Habe ich doch immer.«

»Aber hast du dafür im Moment überhaupt Zeit?«

»Warum sollte ich keine Zeit dafür haben?«

»Weil du ständig unterwegs bist.«

»Ich bin gar nicht *ständig* unterwegs. Außerdem sollte ich ja vielleicht unterwegs sein, wenn ich für das Essen am Sonntag alles dahaben will, oder nicht?«

»Dann kommst du gerade vom Einkaufen?«

»Hm«, machte ich uneindeutig.

»Was gibt es denn? Zu essen, meine ich.«

Ich runzelte die Stirn. »Weiß ich noch nicht.«

»Wie kannst du schon einkaufen gewesen sein, wenn du noch gar nicht weißt, was es gibt?«

»Ich entscheide das spontan.

»*Spontan?*«, fragte sie, und ich konnte ihre hochgezogenen Augenbrauen beinahe hören. »Du bist die Königin des Listenschreibens. Für dich ist nach Weihnachten doch vor Weihnachten. Schon vergessen?«, erinnerte sie mich an einen Spruch von mir, der mir vor ein paar Jahren eingefallen war, während ich die Feiertagsdekoration abgehängt hatte.

Doch ich wollte das Thema gerne beenden, deshalb erwiderte ich: »Ich kümmere mich schon darum. Tue ich doch immer.«

»Sicher?«

»Natürlich. Aber jetzt sag mir mal, wie es dir geht.«

»Gut.«

»Einfach nur gut?«

»Nein, das Schwangersein nervt«, stöhnte sie auf.

Es war das erste Mal, dass sie mit mir überhaupt von sich aus darüber sprach, deshalb überlegte ich, was ich sagen sollte. »Ich weiß«, antwortete ich mitfühlend. »Die letzten Wochen sind die schlimmsten. Man fühlt sich wie in einem von diesen Sumoringeranzügen. Und man kann es kaum erwarten, endlich aus diesem Kostüm rauszukommen.«

»Anfangs fand ich das Schwangersein eigentlich ganz schön«, berichtete sie. »Aber mittlerweile geht es mir nur noch auf die Nerven.«

»Halte noch ein bisschen durch. Bald ist es geschafft.«

»Das will ich hoffen. Wenn es nicht bald kommt, werde ich ihm das nie verzeihen«, erklärte meine Tochter.

Ich lachte.

»Lach nicht. Das meine ich ernst.«

»Das habe ich auch«, gab ich zu. »Erst bei Elisa. Und dann bei dir.«

»Das Baby hat sich noch nicht gedreht. Es ist zwar noch ein bisschen Zeit, aber so langsam werde ich nervös.«

»Es macht es eben gerne spannend. Bestimmt setzt es bald zu einem Purzelbaum an. Du wirst sehen.«

»Ja, wahrscheinlich hast du recht. Mir ist nur seit ein paar Tagen so komisch. Ich weiß auch nicht. Ich hoffe, das ist normal.«

»Komisch? Wieso komisch?«, fragte ich und war

direkt besorgt. »Ist dir übel oder schwindlig? Hast du Schmerzen? Sollen wir vielleicht zusammen ins Krankenhaus fahren?«

»Ach, jetzt erkenne ich dich wieder.« Merle lachte. »Ich dachte schon, man hätte dich gegen eine fremde Frau ausgetauscht, die ein geheimes Doppelleben führt und Weihnachten nicht leiden kann.«

»Haha«, machte ich. Mehr fiel mir nicht ein. »Vielleicht hast du schon Wehen«, überlegte ich.

»Nein, ich denke nicht. Ich müsste doch merken, wenn es Wehen wären, oder?«, fügte Merle hinzu. »Wahrscheinlich ist das auch alles Quatsch. Manchmal befürchte ich einfach ... Egal«, unterbrach sie sich selbst. »Es ist nicht weiter schlimm. Vielleicht spürt das Baby nur meine schlechte Laune und zeigt mir jetzt schon den Stinkefinger.«

»Wäre möglich. Immerhin haben du und Elisa mir beide schon nach der Geburt auf den Bauch gemacht.«

»Ja, ich weiß«, stöhnte meine Tochter theatralisch auf, weil sie die Geschichte nur zu gut kannte und sie in unserer Familie längst ein Running Gag war.

»Ihr zwei habt mich von Anfang an ...«

»... beschissen«, beendete sie meinen Satz, und ich hörte durchs Telefon, dass wir beide lächeln mussten.

»Habt ihr euch abgesprochen?«, fragte ich, als ich am nächsten Morgen gerade die Haustür hinter mir ins Schloss ziehen wollte und Elisa in die Arme lief.

Sie schien genauso überrascht wie ich und einen

Moment nicht zu wissen, was sie antworten sollte. Ich hielt den Autoschlüssel in der Hand und hatte es eilig, weil ich einen Anruf von Tulas Vater bekommen und er mich gefragt hatte, ob ich mich vielleicht um Tula kümmern könnte. Saida gehe es nicht gut und er sei gerade auf Dienstreise.

Eigentlich hatte ich dafür heute keine Zeit. Ich wollte zum Stall und Püppilotta. Schon beim Aufstehen war ich so aufgeregt gewesen und hatte es kaum erwarten können. Ein bisschen ärgerte ich mich, dass ich zugesagt hatte und meine Verpflichtungen als Leihoma meine Pläne mit dem Pony durchkreuzten. Aber wie hätte ich da Nein sagen können? Vielleicht würde es ja nicht lange dauern. Dann könnte ich anschließend gleich weiter zum Pferd.

»Wieso?«, fragte Elisa jetzt.

»Ich habe gestern schon mit deiner Schwester telefoniert.«

»Ach, hat sie dich endlich mal erreicht?« Bevor ich wusste, was ich darauf sagen sollte, fügte sie hinzu: »Kann ich reinkommen?« Sie wollte bereits einen Schritt nach vorne machen. Als ich mich jedoch nicht bewegte, zögerte sie ebenfalls.

»Eigentlich bin ich gerade auf dem Sprung«, erwiderte ich.

»Du bist auf dem Sprung?«, wiederholte sie, und ihre Augenbrauen zogen sich ungläubig zusammen, als hätte sie diese Worte von mir noch nie gehört.

Wenn es einen Gesichtsausdruck gab, den Elisa perfektioniert hatte, dann war es dieser. Sie war die

Skeptikerin in der Familie. Alles musste zuerst bei ihr auf den Prüfstand. Während Merle auf viele Dinge schon als Kind offen zugegangen war, hatte Elisa sich davorgestellt, die Arme verschränkt und erst mal abgewartet, ehe sie sich alles angesehen hatte und erklären ließ. Manchmal behauptete ich sogar, dass Merles erstes Wort Ja und Elisas erstes Wort Nein gewesen war, aber mit Sicherheit wusste ich das nicht.

»Und wohin springst du?«, wollte sie jetzt wissen.

»Ich habe einen Termin.«

»Einen Arzttermin? Stimmt etwas nicht?«

»Nein, es ist alles in Ordnung. Warum bist du denn überhaupt hier?«, wechselte ich das Thema.

»Ich wollte nach dir sehen.«

»Nach mir sehen? Jetzt?« Mein Blick fiel auf meine Uhr. »Vor der Arbeit?«

»Es ist zehn Uhr. Ich habe schon ein bisschen gearbeitet.«

Ich war überrascht. »Dann machst du extra Pause?«

»Sonst erwischt man dich ja nicht.«

»Aber ich muss los.« Ich blieb weiter in der Tür stehen.

»Willst du mich jetzt echt nicht reinlassen?«, fragte Elisa erstaunt, als hätte sie mir vorher nicht geglaubt.

»Ich muss los. Kannst du nicht einfach später wiederkommen?«

»Nein, kann ich nicht. Ich muss arbeiten.«

»Dann danach«, schlug ich vor.

»Da wollte Mika für uns kochen.«

»Ach gut, ich hatte sowieso vergessen, dass ich danach auch schon was vorhabe.«

»Wieso machst du die ganze Zeit so ein Geheimnis aus allem?«

»Ich muss euch doch keine Rechenschaft ablegen, was ich tue, oder? Aber du kannst gerne reingehen und dir einen Kaffee nehmen. Es ist bestimmt noch was da. Aber sei so lieb und stell die Tasse danach in die Spülmaschine, ja? Dein Vater lässt sie einfach immer irgendwo rumstehen, damit ich sie dann wegräume.«

»Du kommst nicht mit rein?«, fragte meine Tochter verblüfft.

»Nein«, antwortete ich. »Wie gesagt, ich habe jetzt was vor.«

»Okay, ist ja schon gut. Ich hab's kapiert. Dann lass dich nicht aufhalten. Aber weißt du, was?«, fragte sie noch, als ich mich bereits umgedreht und halb auf den Weg gemacht hatte.

»Was?«

»Papa und Merle glauben wirklich, du würdest das Vorweihnachtsessen am Sonntag komplett vergessen.«

»Hatten wir heute eine Verabredung?« Saida sah mich mit einer Mischung aus Irritation und Erleichterung an, als ich die Treppe heraufkam.

Ich hatte mehrmals klingeln müssen, ehe sie den Türöffner betätigt hatte. Vielleicht hatte sie geschlafen. Vielleicht hatte sie nicht öffnen wollen. Sie wirkte müde und auch so, als hätte sie geweint.

»Ich wollte mal nach Ihnen sehen«, wiederholte ich die Worte meiner Tochter.

Über das Gesicht von Tulas Mutter huschte ein Lächeln, so undeutlich, als hätte es sich auf ihren Zügen nur kurz gespiegelt. Zu meiner eigenen Verwunderung war ich deutlich weniger stark außer Atem als bei den letzten Malen. Ich blieb zwar wieder einen kleinen Moment auf dem Treppenabsatz stehen, um Luft zu holen, aber weder meine Beine noch der Sauerstoff in meiner Lunge brannten.

»Wie geht es Tula?«, fragte ich.

»Sie schläft«, murmelte Saida.

»Das tut ihr bestimmt gut.«

»Ja.« Sie nickte, während sie mich hereinließ, und wirkte ein wenig unsicher. »Möchten Sie einen Tee?«

»Warum nicht.« Saida ging vor in die Küche und wollte sich bereits mit schlurfenden Schritten auf den Weg zur Spüle machen. Doch ich hielt sie zurück: »Ich kümmere mich schon darum«, sagte ich.

Sie zögerte kurz, setzte sich dann aber bereitwillig an dieselbe Stelle wie bei meinem ersten Besuch, während ich mich daranmachte, Wasser aufzusetzen und zwei Tassen zu waschen.

»Was haben Sie eigentlich gestern gemacht?«, fragte Saida.

»Was meinen Sie?«

»Mit Tula. Wir hatten noch gar keine Zeit, darüber zu sprechen.«

»Wir waren draußen unterwegs.«

»Aha.«

»Warum?« Ich wandte mich leicht zu ihr um.

Saida nahm einen Bleistift, der auf der Tischplatte gelegen hatte, und drehte ihn zwischen den Fingern. Sie stellte ihn auf, dass die Spitze ins Holz drückte, dann ließ sie ihn umfallen, hielt ihn zwischen dem Daumen der einen und dem Zeigefinger der anderen Hand.

»Ich wollte es nur wissen«, antwortete sie und hob die Schultern, obwohl sie nicht bemerkt hatte, dass ich sie beobachtete.

Ich schwieg, weil der Wasserkocher jetzt so laut wurde, dass er meine Stimme ohnehin übertönt hätte. Als er sich ausschaltete, füllte ich den brodelnden Inhalt in die Tassen und suchte im Schrank nach Teebeuteln.

»Sie haben so gestrahlt«, sagte Saida sehr leise.

Und obwohl ich sie verstanden hatte, fragte ich: »Was?« Als müsste ich es noch einmal von ihr hören.

»Sie haben so gestrahlt. Gestern, als Sie Tula nach Hause gebracht haben.«

»Wir hatten viel Spaß«, sagte ich und hängte zwei Kräuterteebeutel in die Tassen. Eine von beiden stellte ich vor sie, die andere auf die andere Seite vor einen der leeren Stühle. Ich sah Saida prüfend an und wartete ab.

»Ich habe gar keinen Spaß mehr. Ich bin nur noch müde«, fügte sie nach einer kurzen Pause hinzu. »Ich glaube, ich bin für Spaß inzwischen viel zu erschöpft.« Saida schwieg wieder eine Weile und hielt den Blick weiter auf den Stift gerichtet, den sie flach auf die Tischplatte gelegt hatte und den sie nun unter ihrer Handfläche hin- und herrollen ließ. »Wie macht man das?«, fragte sie schließlich.

»Was? Spaß haben?«

»Früher wusste ich, wie das geht. Aber jetzt? Als Mutter? Ich habe das Gefühl, dass es gar nicht mehr darum geht, was ich will und was mir Spaß macht.«

Ich zögerte. Fragte sie mich wirklich nach einem Rat zum Spaßhaben? Mich? Als wäre ich die Expertin? Noch vor einigen Wochen hatte ich selbst keine Ahnung davon gehabt und hatte mich ebenfalls gefühlt, als wäre das eine Sache in meinem Leben, die einfach nicht mehr vorgesehen war. Aber inzwischen war das irgendwie anders. Ich spürte es nicht nur in mir, offenbar konnte man es auch von außen sehen.

»Seit Sie gestern hier waren«, fuhr Saida fort, ehe ich antworten konnte, »mit diesem Strahlen im Gesicht, frage ich mich, was mit mir nicht stimmt, wissen Sie? Ich habe die ganze Nacht nicht geschlafen.« Das erklärte einiges. »Weil ich mich wirklich frage, wie man als Mutter zwischen all der Müdigkeit, den Pflichten und dem vielen Kümmern überhaupt noch Spaß haben kann.«

Sie hatte aufgehört, den Bleistift zu rollen. Ihre Handflächen lagen jetzt flach auf der Tischplatte, aber nicht ruhig und entspannt, sondern sie drückten in das Holz, als wollte sie sich daran festhalten.

Ich zögerte noch einmal, kam dann auf sie zu und setzte mich ihr gegenüber, auf diesen Stuhl, für den ich zu klein war. Weil mir nichts anderes einfiel, legte ich meine Hände auf ihre. Ihre Haut war kalt und feucht.

»Ich weiß, was Sie meinen«, begann ich. »Ich habe das selbst auch viel zu lange vergessen. Als Mutter ist man so darauf konzentriert, alles zu machen, was gut für das Kind ist, was *ihm* Freude bereitet, was das Baby gerne tut. Und darüber verliert man vollkommen aus den Augen, was man selber tun möchte, woran das eigene Herz hängt und womit man am liebsten seine Zeit verbringt. Man hat dafür einfach zu wenig Zeit und auch nicht genug Raum.«

Nachdenklich betrachtete sie mich, dann nickte sie plötzlich. »Ja«, sagte sie. »Genau so ist es.« Sie atmete tief ein und fragte dann: »Also geht es nicht nur mir so?«

Ich musste ebenfalls ein wenig lächeln. Vielleicht hatte Werner nicht ganz unrecht. Ich konnte wirklich einer jungen Mutter helfen, wenn auch anders, als er gedacht hatte – und ich auch.

»Nein, ganz und gar nicht. Ich würde sogar sagen, dass es gut ist, dass Sie es so früh merken«, erwiderte ich. »Ich habe es viele, viele Jahre gar nicht richtig wahrgenommen. Ich war so damit beschäftigt, mich um alle und alles zu kümmern, dass ich gar nicht erkannt habe, dass ich mich selbst darüber ganz verloren habe.« Ich zögerte und musste schlucken.

Hatte ich das für mich schon so deutlich formuliert? Ausgesprochen jedenfalls nicht. Es fühlte sich jedoch gut an, es endlich getan zu haben.

»Mir ist es erst aufgefallen, als ich schon so unglücklich und unzufrieden mit meinem Leben war, dass ich an gar nichts mehr Freude hatte, sondern so viel Ärger und Frust in mir gespürt habe, dass ich manchmal nicht einmal mehr aus dem Bett aufstehen konnte.«

»Das kommt mir bekannt vor«, murmelte Saida.

Ich warf ihr einen verständnisvollen Blick zu, meine Hände weiter auf ihren.

»Aber wie kann man das ändern?«, fragte sie nach einigen Momenten des Schweigens. »Ich meine, woher kam dieses Strahlen gestern? Was haben Sie gemacht?«

Ich war mir nicht sicher, ob ich ehrlich sein sollte. Außer Rim wusste bisher niemand von meinem Pony, und bisher hatte ich die Zeit am Stall wie ein Geheimnis gehütet. Aber gleichzeitig kam es mir plötzlich richtig vor, Saida davon zu erzählen. Vielleicht sollte sie es wissen. »Ich war beim Pony«, sagte ich deshalb.

»Was?«

»Ich war mit Tula beim Pferd.«

Noch immer sah mich Saida verständnislos an. »Sie haben ein Pferd?«

»Nein, nicht direkt. Es ist eine sehr lange Geschichte. Aber ich kümmere mich regelmäßig um eins. Ein kleines, ein wirklich ganz, ganz kleines. Also ja, irgendwie habe ich vielleicht doch eins«, sagte ich und musste dabei lächeln.

»Und was machen Sie da? Reiten kann man das dann doch nicht.«

»Nein, nein«, stimmte ich sofort zu. »Aber wir gehen spazieren, und ich putze sie. Wir haben jetzt sogar angefangen, mit einem Frisbee zu spielen, hinter dem sie herläuft und es antippt und dafür dann etwas Leckeres bekommt.«

»Einem Frisbee?« Saida blickte mich verwundert an. »Und warum tun Sie das?«

»Weil es Spaß macht. Deswegen. Einfach nur, weil es wirklich richtig viel Spaß macht.« Ich nickte zur Bestätigung. »Demnächst werde ich wahrscheinlich sogar Kutsche fahren.«

»Kutsche fahren.«

»Das kann Püppilotta nämlich auch. Ich muss das allerdings erst noch lernen. Ein bisschen was wurde mir schon gezeigt. Aber für eine alte Frau wie mich ist es nicht ganz leicht.«

»Aber es macht Spaß?«

»Es macht Riesenspaß. Ich weiß nicht, wann ich zuletzt so viel Freude empfunden habe wie mit diesem Pony.«

Saida musterte mich, dann nickte sie langsam. »Ja, das sieht man. Und dahin haben Sie meine Tula gestern mitgenommen?«

»Ja. Sie hatten Ja gesagt, dass wir in einen Tierpark gehen dürfen. Ich weiß natürlich, ein Reiterhof ist nicht direkt ein Tierpark, und wahrscheinlich hätte ich das vorher absprechen sollen …«

»Ja, das hätte ich gut gefunden.«

»Das tut mir leid. Es war eine etwas spontane Idee, wissen Sie?«, erwiderte ich. »Aber soll ich Ihnen etwas sagen? Tula war begeistert. Sie hat schlagartig aufgehört zu weinen, als Püppilotta an ihren Beinen geschnuppert hat. Ich bin natürlich vorsichtig und passe auf«, sagte ich eilig, als ich Saidas besorgten Blick bemerkte. »Aber Tula fand es toll, das Fell zu streicheln und die Mähne. Sie wird bestimmt eine richtige Pferdenärrin.«

Saida betrachtete mich nachdenklich. »Das würde ich gerne selbst sehen.«

»Das können Sie. Kommen Sie uns doch einfach mal auf dem Ponyhof besuchen«, schlug ich zu meiner eigenen Überraschung vor.

Sie schien unschlüssig und bewegte ungenau den Kopf. Dann fragte sie stattdessen: »Was kann man dagegen tun, wenn man als Mutter nicht mehr weiß, wie man Spaß hat? Wir können schließlich nicht alle mit einem Pony Frisbee spielen.«

»Warum nicht?« Ich lachte. Als ich jedoch Saidas ernsten Gesichtsausdruck bemerkte, hielt ich inne. Sie wollte wirklich eine Antwort von mir. Ich war mir jedoch nicht sicher, welche ich ihr geben konnte und geben wollte. »Ich denke, es ist schon mal gut, dass Sie sich das jetzt fragen und nicht erst in dreißig Jahren, wenn Sie in Rente sind. Denn dann hätten Sie sehr viel Zeit verloren. So wie ich.« Ich presste die Lippen aufeinander. »Sie sollten sich überlegen, was Sie jetzt gerade glücklich machen würde. Auch wenn Sie keine Mutter wären und wenn Sie sich nicht die ganze Zeit Gedanken um einen kleinen Menschen machen würden. Was wäre das? Vielleicht das, was Sie vorher schon gerne getan haben. Vielleicht aber auch was ganz anderes. Und dann nehmen Sie Tula einfach mit.« Ich hielt kurz inne.

»Denn nicht alles, was Sie gerne machen, muss etwas mit Ihrem Baby zu tun haben. Glauben Sie mir. Das ist vollkommen in Ordnung. Auch wenn andere Ihnen vielleicht einreden wollen, dass Sie das zu einer schlechten Mutter macht. Das ist nicht wahr. Ich weiß ja nicht, wie das bei Tulas Vater ist, aber mein Mann Werner ist schon zwei Wochen nach der Geburt unserer ersten Tochter wieder ins Stadion gegangen. Und er hat sich sicher nicht gefragt, ob das aus ihm einen schlechten Vater machen würde.«

»Jan, Tulas Papa«, fügte Saida hinzu, als wüsste sie nicht, dass ich ihn kannte, »hat nie aufgehört, zum Sport zu gehen. Und ich schaffe es nicht einmal Dienstagabend zum Yoga.«

»Verstehen Sie, was ich meine? Wir sind als Mütter doch nicht allein für das Wohl unserer Kinder verantwortlich. Und wir dürfen darüber uns selbst nicht vergessen. Ja, wir sind Mütter, und wir lieben unsere Kinder, aber wir sind doch trotzdem noch unsere eigenen Menschen. Deshalb denke ich, dass natürlich nicht mehr alles geht wie vorher. Wenn ich früher zum Beispiel gerne, was weiß ich, Fallschirmspringen war, kann ich mir mein Baby jetzt schlecht vor die Brust binden und mit ihm aus dem nächsten Flugzeug hüpfen, aber es muss doch Wege geben, um trotzdem Zeit zu finden, die Dinge zu tun, die Ihnen Spaß machen, nur Ihnen.«

Ich machte eine kurze Pause, dann fügte ich hinzu:

»Ich weiß, ich habe das viel zu lange nicht getan. Und glücklich hat mich das nicht gemacht.«

»Da dat so gut klappt«, sagte Schmidt, nachdem ich Püppilotta vor der Kutsche an diesem Sonntag bereits zum dritten Mal fehlerfrei um die aufgestellten Pylonen und zwischen zwei Tonnen hindurch gelenkt hatte, »möcht ich, datte dat jetzt durch'n richtiges Tor versuchst.«

»Welches?« fragte ich zurück.

»Dat hier.« Sie deutete auf das Tor des Reitplatzes, an dem zwei Mädchen standen und uns zusahen.

Während ich mein Pony geputzt, die am Stall übliche gebisslose Trense angelegt und es angeschirrt hatte, hatten die beiden mich bereits beobachtet und mir mitleidige Blicke zugeworfen, weil ich das Pech hatte, mit Püppilotta Unterricht zu nehmen, was offenbar einer Strafe gleichkam. Aber wir hatten unsere Arbeit in dem eingezäunten Bereich in der letzten Stunde so gut gemacht, dass sie mich inzwischen fast ein wenig beeindruckt ansahen, wie ich fand.

»Das kriegen wir hin, oder, Püppilotta?«, fragte ich mein kleines Pferdchen, während Schmidts Reitschülerinnen die beiden Flügel öffneten, damit ich die Kutsche hindurch steuern konnte.

»Und dann einfach rechts und raus«, wies Schmidt an und kam hinter uns her.

»Wie raus?«, fragte ich erschrocken und versuchte, mich zu ihr umzudrehen, was auf dem Fahrsitz der zweirädrigen Kutsche, die ich lenkte, gar nicht so einfach war.

»Raus. Einfach raus inne Prärie.«

»Aber …« Ich nahm die Leinen an und brachte Püppilotta, die schon motiviert durch das Tor marschieren wollte, etwas gegen ihren Willen zum Stehen, um Schmidt richtig ansehen und ihr den Ernst der Lage erklären zu können.

»Nix aber. Jetzt is Schluss mit Trockenübungen«, sagte die jedoch entschieden. »Du kannst als Fahranfängerin auch nich die ganze Zeit mit dem neuen Auto im Hinterhof rumkurven. Irgendwann musste raus auf die Straße und in 'ne echte Welt, sonst lernst du's nie.«

»Glaubst du denn, dass wir schon so weit sind?«

»Werden wir sehen.«

»Na, toll.«

»Wenn ich nich denken würd, dat ihr dat hinbekommt, würd ich euch wohl kaum losschicken«, fügte Schmidt hinzu.

»Ja?«, fragte ich unsicher und sah eines der beiden Mädchen an. Sie war vielleicht zehn oder elf und nickte mir aufmunternd zu.

»Ihr macht das toll«, sagte sie mit einem Lächeln.

»Danke.«

»Ja, ich hätte nie gedacht, dass Püppilotta mal irgendwas macht, das man von ihr will«, ergänzte ihre Freundin.

»Wenn das Pferd nicht die Antwort gibt, die du erwartest hast, solltest du deine Frage überdenken«, wiederholte ich Schmidts Worte und wandte mich noch einmal halb zu ihr um. »Richtig?«

»Sehr richtig«, bestätigte sie. Dann fragte sie: »Worauf wartet ihr denn? Los mit euch.«

»Puh«, machte ich. »Aber gut. Auf geht's, Püppilotta, ins nächste Abenteuer.«

Ich gab die Hände etwas vor und bewegte meine Peitsche über den Pferderücken, und schon zog mein Pferdchen an, und der Sulky setzte sich in Bewegung. Meine Hände zitterten, während wir durch das Tor fuhren und dann nach rechts abbogen, auf den Hofausgang zu.

»Das kann ja was werden«, murmelte ich, als wir den Grünstreifen erreichten. »Achte auf die Kleinigkeiten. Achte auf die Kleinigkeiten«, wiederholte ich und passte genau auf, ob mein Pony in Richtung der matschigen Wiese schielte. Jedes Mal, wenn ich den Verdacht hatte, Püppilotta würde darüber nachdenken, sich einen kleinen Snack für unterwegs zu nehmen, sagte ich streng ihren Namen, und so schafften wir es tatsächlich am verlockenden Grün vorbei, das unter den Resten des Herbstlaubs hervorblitzte, und in Richtung Straße.

Es war kalt, aber zum ersten Mal seit Wochen war der Himmel nicht niedrig und duster, sondern blau und hell. Sogar die Sonne schien. Trotzdem hatte ich mich besonders warm angezogen und legte mir nun zusätzlich eine kleine warme Wolldecke über die Beine.

Püppilotta und ich nahmen denselben Weg, den wir

schon bei unserem Spaziergang gegangen waren, hinein in das kleine Wäldchen. Das Pony hielt hier draußen den Kopf etwas höher, hatte die Ohren gespitzt und lief auch flotter als auf dem Reitplatz. Es schien ihr mehr Spaß zu machen, die Kutsche und mich durch das Gelände zu ziehen, als eine weitere Runde durch den Sand. Ihre Hufe machten gleichmäßige Klack-klack-Geräusche, wo der Boden hart und fest war, auch mein Wagen gab hier draußen andere Töne von sich, wenn die Erde uneben war, er über eine Wurzel oder durch den Matsch rollte. Ich versuchte, mich etwas mehr zu entspannen, denn ich saß sehr verkrampft auf dem Sitz, drückte die Füße fest auf das Gitter, hielt die Leinen umklammert. Ich erinnerte mich daran zu atmen, und langsam wurde es besser.

Wir hatten gerade die Stelle passiert, an der Püppilotta beim letzten Mal umgedreht war und Reißaus genommen hatte, und ich fragte mich, ob sie sich auch daran erinnerte. Sicherheitshalber schwang ich die Peitsche noch einmal über ihren Kopf und sagte beschwörend: »Weiter, einfach weiter, Püppilotta, das machst du fein. Ganz fein.«

Und plötzlich, ich wusste selbst nicht genau, woher ich diesen Wagemut nahm, gab ich meinem Pony das Signal zum Traben. Vor uns lag der offene Weg, niemand war zu sehen. Eine bessere Gelegenheit würde es wahrscheinlich nicht geben. Püppilotta schien im ersten Moment überrascht, ließ sich aber nicht noch einmal bitten, sondern setzte sich bereits mit einem lustigen Tripp-Trapp in Gang, das durch meinen gesamten Körper federte. Hepp, hepp, hepp.

Ich konnte nicht anders und musste lachen.

Es war so ein herrliches Gefühl. Die wippende Bewegung des Pferdchens und des Wagens. Der Wind, den ich im Gesicht spürte. Mähne und Schweif, die witzig im Takt hüpften. Ich lachte immer lauter, juchzte fast, ein Geräusch, das ich das letzte Mal wahrscheinlich als Kind gemacht hatte und von dem ich nicht einmal wusste, dass ich es überhaupt noch konnte, und Püppilotta wurde auch immer schneller. Von selbst fiel sie in Galopp, eine Gangart, die wir auf dem Platz bisher noch nicht geübt hatten. Anders als beim Trab, der eher hüpfend und hopsend war, fühlte sich die Bewegung wie eine Welle an, die bei ihr anfing und sich über die Kutsche und mich fortsetzte, ganz gleichmäßig, wieder und wieder. Auch das Trommeln der kleinen Hufe war jetzt noch lauter.

»Juchhu!«, rief ich vor Begeisterung. »Juchhu!«

Und Püppilotta schnaubte, als wollte sie mir zustimmen.

Ich konnte nicht sagen, wie lange wir so dahinsausten, aber irgendwann wurde mein Pferdchen wieder langsamer, prustete noch einige Male und ging dann zurück in den Schritt.

»Das war ...«, stammelte ich, weil ich meine eigenen Gefühle kaum in Worte fassen konnte. »Das war unglaublich. Einfach unglaublich. Und so ... so wunderbar, Püppilotta.«

Ich wischte mir über die Augen, weil ich den Weg

vor uns kaum noch erkennen konnte, und stellte fest, dass es daran lag, dass ich weinte. Ich weinte vor Freude und vor Glück.

Ich nahm die Leinen noch etwas fester an, damit mein Pony stehen blieb, dann kletterte ich umständlich vom Sitz. Mit zitternden, weichen Beinen ging ich nach vorne zu Püppilotta, die fast überrascht schien, mich plötzlich neben sich zu sehen.

»Ich danke dir«, flüsterte ich und hockte mich neben sie. »Ich danke dir, du wunderbares kleines Pferdchen. Das war toll, oder?« Wieder gab sie ein leises Schnauben von sich. »Das war einfach ... So etwas habe ich noch nie zuvor erlebt. Das ist noch viel besser als Motorradfahren. Und du bist wirklich das großartigste kleine Pony, das ich je kennengelernt habe. Ja, ja, natürlich bekommst du dafür was«, fügte ich lachend hinzu, als das Shetty mit seiner Nase an meiner Hose schnupperte, was selbst durch den Stoff kitzelte, und mich anstupste.

Ich zog ein Apfelstück hervor und reichte es ihr, und während sie es genüsslich schmatzend in ihrem Maul verschwinden ließ, streichelte ich ihr liebevoll über das Fell und drückte mein Gesicht in ihre dichte Mähne.

Das war ein Moment in meinem Leben, den ich niemals vergessen würde.

Ich kniete noch immer am Boden, als Püppilotta entschied, dass wir genug gekuschelt hatten. Sie hatte ein Grasbüschel an der Seite entdeckt und machte sich samt Sulky auf den Weg dorthin, und ich saß ihr dabei leider etwas im Weg. Gerade noch rechtzeitig kam ich auf die Füße und konnte an den Leinen ziehen, um sie davon abzuhalten, sich auf ihren Snack zu stürzen.

»Das hast du dir wohl so gedacht«, schimpfte ich, nicht so ernst, wie ich wahrscheinlich hätte sein müssen. Verwundert und mit Unschuldsmiene sah Püppilotta mich an. Und wieder musste ich lachen. »Du bist eine Schelmin«, sagte ich und wuschelte ihr durchs Haar. »Du bist eine echte Schelmin.«

Sieben

Nachdem ich strahlend und noch immer mit ein paar Tränen in den Augen zurück zum Stall gekommen war, ganz in Ruhe im Schritt, hatte ich Püppilotta abgespannt und noch ein wenig geputzt, ehe ich sie anschließend auf ihren Auslauf gebracht hatte. Dort hatte ich gestanden und sie beobachtet, während ich mein Glück kaum hatte fassen können, und dort hatte mich Schmidt nach einer Weile gefunden und auf einen weiteren Glühwein aus der Mikrowelle eingeladen.

Wir hatten noch länger zusammengesessen und geredet, ehe ich mich schließlich auf den Weg nach Hause gemacht hatte. Mein Plan war eigentlich gewesen, mich noch kurz unter die Dusche zu stellen und dann früh ins Bett zu gehen, denn so schön der Ausflug gewesen war, ich spürte die anfängliche Anspannung und die kalte Luft jetzt deutlich in Armen und Beinen und war einfach glücklich müde. Doch schon an der Tür hörte ich die Stimmen von Elisa, Merle und Werner, die erstarben, während ich aufschloss. Als würden sie alle nach mir lauschen.

In der Hand hielt ich einen Flyer für das Stallturnier am zweiten Weihnachtstag. Schmidt hatte mich gefragt, ob ich daran teilnehmen wolle, obwohl es bei ihr eher wie eine Aufforderung geklungen hatte. »Du machst doch mit, oder?«

Ich hatte nicht gewusst, was ich darauf antworten sollte, denn natürlich hatte ich absolut nicht vor, an irgendeinem Wettkampf teilzunehmen und mich vor einer ganzen Horde junger Mädchen und deren Eltern zur Idiotin zu machen. In welche Disziplin sollte ich da überhaupt antreten? Den Werbezettel hatte ich nur mitgenommen, um die Diskussion zu beenden. Vielleicht würde ich zumindest vorbeischauen, um den Kindern zuzusehen, obwohl ich mir nicht einmal da sicher war.

Ich war gerade noch dabei, meine Schuhe auszuziehen, als zuerst Elisa, dann Merle im Flur erschienen, hinter ihnen Werner.

»Hallo«, sagte ich überrascht.

»Hallo?«, fragte Elisa. »Ist das alles?«

»Sagt man das jetzt nicht mehr zur Begrüßung?«, gab ich zurück.

»Vor«, überdeutlich hob sie den Arm, um auf ihre Uhr am Handgelenk zu schauen, »fünf Stunden wäre das auch vollkommen in Ordnung gewesen, aber jetzt?«

»Was war vor fünf Stunden?«, fragte ich.

Doch noch bevor meine Tochter antwortete, fiel es mir schlagartig ein. Unser Essen. Das Vorweihnachtsessen. Am Sonntag. Dem dritten Advent. Und heute war Sonntag, der dritte Advent. Also war heute unser Vorweihnachtsessen.

»Ja, genau«, bestätigt Elisa, als hätte sie meine Gedanken gelesen. »Vor fünf Stunden wollten wir eigentlich zusammen essen. Und seit fünf Stunden warten wir hier auf dich. Und machen uns Sorgen, ob dir was passiert sein könnte. Weil du ja wieder mal nicht auf dein Handy guckst.«

»Das hatte ich gar nicht dabei.«

»Noch besser.« Sie klatschte in die Hände. »Und weißt du, was uns vor vier Stunden dann noch aufgefallen ist, nachdem wir hin und her überlegt haben, wo du wohl stecken könntest? Dass der Kühlschrank vollkommen leer ist.«

Erschrocken schlug ich die Hände vors Gesicht. »Ich hab's vergessen. Stimmt. Ich wollte die ganze Zeit noch einkaufen gehen. Aber ich habe es einfach vergessen. Es tut mir leid.«

»Was ist denn los mit dir, Mama? Wo warst du? Ich habe dich doch noch gefragt, ob ich was einkaufen soll«, kam es von Merle aus dem Hintergrund.

»Und ich habe auch angeboten zu helfen.« Das war Werners Stimme, dessen Gesicht ich jedoch nur halb zwischen unseren Töchtern sehen konnte.

»Aber du hast jedes Mal gesagt, dass du dich kümmerst, Mama«, fügte Elisa hinzu.

»Ich sag doch, dass es mir leidtut«, gab ich zurück. Ich fühlte mich in die Enge getrieben, von allen dreien, und wusste nicht, wie ich mich befreien sollte. »Ich habe es wirklich einfach vergessen. Das kann doch mal passieren.«

»Natürlich kann das *mal* passieren. Aber dir passiert es in letzter Zeit dauernd«, behauptete Elisa.

»Das ist nicht wahr.«

»Doch, ist es. Dabei liebst du Weihnachten. Normalerweise legst du Monate im Voraus mit den Vorbereitungen los. Und jetzt? Bist du die ganze Zeit unterwegs. Ständig hast du irgendwas zu tun. Wir sehen und hören dich kaum noch.«

»Ich dachte, genau das wolltet ihr«, entgegnete ich etwas schärfer. Ja, ich hatte das Vorweihnachtsessen vergessen, aber das ging zu weit.

»Was?«

»Ihr habt doch gesagt, ich würde euch nerven. Ihr bräuchtet meine Hilfe nicht. Ich solle euch nicht immer so bemuttern, weil ihr erwachsen seid. Und jetzt rufe ich euch nicht jedes Mal an und bin auch nicht vierundzwanzig Stunden am Tag zu Hause, und jetzt passt es euch auch wieder nicht? Kann ich euch überhaupt irgendwas recht machen?«

»Aber wo bist du gewesen?«, verlangte Elisa entschlossen zu wissen.

»Wollen wir uns nicht vielleicht ein bisschen beruhigen?«, schlug Merle vor. »Wir haben Mama ziemlich überfallen. Lasst uns doch erst mal in die Küche gehen und uns hinsetzen. Dann können wir in Ruhe reden.«

»Ja, das ist eine gute Idee«, sagte auch Werner. »Kommt. Komm, Elisa.«

Er hatte die Hand nach unserer Tochter ausgestreckt und berührte sie am Arm. Sie schien einen Moment unschlüssig, zögerte, dann schließlich drehte sie sich um und verließ den Flur.

»Mama?«, fragte Merle. Sie klang fast ein bisschen ängstlich, als befürchtete sie, ich könnte Nein sagen und einfach gehen.

Mit diesem Gedanken spielte ich tatsächlich einen Moment. In der Küche schien mich ohnehin eine Art Tribunal zu erwarten. Der erste Teil der Anklagepunkte war mir bereits verlesen worden. Wollte ich die anderen wirklich hören? Eben noch war ich so überglücklich gewesen, dass meine Wangen durch das viele Lachen und Lächeln geschmerzt hatten. Jetzt hielt ich die Lippen fest aufeinandergepresst.

»Mama?«, wiederholte Merle, als ich nicht reagierte. »Kommst du?«

»Ja«, murmelte ich so leise, dass ich mich selbst kaum verstand.

Ich legte den Schlüssel, den ich die ganze Zeit noch in der Hand gehalten und dessen kaltes Metall deutliche Spuren in meiner Haut hinterlassen hatte, auf die Kommode, hielt einen Augenblick inne und folgte meiner Tochter dann.

Als ich an der Wohnzimmertür vorbeikam, blieb ich überrascht stehen. In der Ecke neben dem Fenster stand ein Weihnachtsbaum. Noch nicht geschmückt, aber man hatte bereits das Netz, mit dem er umwickelt wurde, entfernt. Es war ein schönes Exemplar. Das fiel mir direkt auf, voll und buschig, mit vielen Ästen und einer schönen dunkelgrünen Farbe.

»Papa hat ihn heute besorgt«, flüsterte Merle mir zu. »Weil doch Vorweihnachten ist.«

Ich nickte nur, ehe ich mich abwandte und wir gemeinsam die inzwischen aufwendig geschmückte Küche betraten. Werner und Elisa saßen bereits am Tisch, direkt der Tür gegenüber, als ich hereinkam. Also vertraten die beiden gemeinsam die Anklage, während Merle wahrscheinlich eine Art Pflichtverteidigerin für mich sein würde. Demonstrativ nahm sie auf dem Stuhl neben meinem Platz.

»Willst du was trinken?«, fragte sie mich.

»Nein«, antwortete ich, doch dann spürte ich, wie trocken mein Hals war. »Doch. Ja. Aber ich kann selbst …«, wollte ich einwenden.

Aber Merle war bereits umständlich aufgestanden, eine Hand in den Rücken gestützt, und bewegte sich etwas pendelnd in Richtung Küchenschrank, holte ein Glas, füllte es mit Wasser und reichte es mir.

»Das hätte ich wirklich selbst machen können.«

»Ja«, sagte Elisa knapp, aber Merle hob abwehrend die Hand.

»Bewegung tut mir gut. Nur sitzen oder stehen geht nicht mehr«, fügte sie mit einem leichten Lächeln hinzu. »Und liegen. Liegen ist ganz schlecht.«

Ich nickte verstehend.

»Wir haben uns Sorgen gemacht«, sagte Elisa unvermittelt. Sie redete nie lange um den heißen Brei.

»Das ist doch Quatsch. Ich war …«

»Sag nicht, dass das Quatsch ist«, fuhr sie mich an. »Du warst nicht da. Du hast niemandem gesagt, wohin du gegangen bist. Papa wusste auch nichts. Wir haben sogar Rim angerufen, um herauszufinden, wo du stecken könntest.«

Ich deutete ein irritiertes Kopfschütteln an. »Rim? Warum solltet ihr Rim …?«

»Was glaubst du, was sie gesagt hat?«

»Keine Ahnung. Woher soll ich das wissen? Sie hat wahrscheinlich gar nichts gesagt. Wahrscheinlich hat sie sich gewundert, dass ihr so ein Drama macht.«

»Rim konnte sogar sehr gut nachvollziehen, warum wir uns Sorgen gemacht haben. Und jetzt rate, was sie gesagt hat.«

»Ich rate doch nicht …«

»Sie meinte, du wärst wahrscheinlich beim Pferd.«

Ich erstarrte. Das hatte sie nicht getan. Sie war mir nicht so in den Rücken gefallen. Meine einzige und beste Freundin.

»Und jetzt stell dir vor, wie überrascht wir waren, als wir das gehört haben. Denn bisher hast du uns ja noch rein gar nichts von einem Pferd erzählt. Papa wusste nichts.« Wieder präsentierte sie ihre Beweise. »Merle wusste nichts. Ich wusste nichts.«

»Und?« Ich bemühte mich um Beiläufigkeit.

»Und? Findest du nicht, wir sollten das wissen?«

»Nein. Warum denn?«

»Du hast also ein Pferd?«

»Ich *habe* kein Pferd«, widersprach ich.

»Was meinte Rim dann damit? Was machst du die ganze Zeit?«

»Ich habe Spaß«, antwortete ich, weil ich nicht wusste, was ich sonst sagen sollte. Elisa konnte einen so mit Fragen bombardieren, dass man kaum noch den eigenen Namen wusste. Das hatte sie bereits als

Jugendliche so gemacht. Mich hatte das schon immer gestresst.

»Du hast Spaß?«, wiederholte sie meine Worte ungläubig.

»Ja, stell *du* dir vor. Ich habe Spaß. Ist das erlaubt? Oder hätte ich euch vorher um Erlaubnis fragen müssen? Muss ich mir das von euch allen dreien erst absegnen lassen?«

»Natürlich nicht«, sagte Merle, bevor jemand anderes etwas erwidern konnte. »Hat es mit dem Minishetty zu tun, das in deinem Garten war? Warum hast du uns das nicht erzählt? Warum dürfen wir nicht wissen, dass du deine Freizeit mit einem Pferd verbringst? Wir hätten uns doch für dich gefreut.«

»Ihr hättet euch für mich gefreut? Dass ich nicht lache!«

»Was?«

»Ihr dürft immer machen, was ihr wollt. Ihr dürft alle möglichen VHS-Kurse belegen, um zu lernen, wie man auf Chinesisch den eigenen Namen tanzt und dabei selbst geschnitzte Schuhe trägt. Ihr dürft verlangen, dass es zu Weihnachten ein veganes, glutenfreies, antiallergenes, zuckerarmes Familienessen gibt, ohne Zusatzstoffe, Geschmacksverstärker, künstliche Aromen und wahrscheinlich auch vollkommen ohne Geschmack, für das ich stundenlang am Herd stehe. Ihr dürft entscheiden, dass die Kinderzimmergardinen, für die ich extra teuren Bio-Fairtrade-Schlagmichtot-Stoff gekauft habe, für den Rest der zusammengewürfelten Einrichtung viel zu gewöhnlich sind, obwohl ich zwei Nachmittage gebraucht habe, um den dämlichen Faden wieder einzufädeln …«

»Das wusste ich nicht«, warf Merle ein.

Ich ignorierte sie. »Aber wenn ich mal was möchte, dann wird das direkt abgetan. Dann übertreibe ich wieder. Dann hört ihr mir nicht einmal zu.«

»Das ist doch nicht wahr«, sagte Elisa.

»Ach nein? Und was war mit Kowalskis Hund?«

»Was soll mit dem gewesen sein?«, fragte Werner.

»Wie oft habe ich euch erzählt, dass er meine Beete umgräbt und meine Blumen zertrampelt und mir dauernd auf den Rasen kackt? Riesige, eklige Haufen. Die ich dann wegmachen muss. Wie oft? Und wie oft habe ich gesagt, dass man dagegen was tun müsste. Zumindest mal den Zaun reparieren. Aber hat irgendeiner von euch mir geholfen? Hat irgendeiner von euch was getan? Ihr habt euch über mich lustig gemacht und mich eine Tierhasserin genannt. Ihr habt die Augen verdreht und getan, als würde ich mich wieder in irgendwas reinsteigern. Euch war es vollkommen egal, dass es mein Garten war. Das einzige Hobby, was ich überhaupt jemals hatte, weil ich als Vollzeitmutter einfach nie die Zeit hatte herauszufinden, was *ich* mag und was *mir* Freude machen würde.«

»Ja, ich lerne nicht, kyrillische Buchstaben auf Französisch zu schreiben«, fuhr ich nach einer kurzen Pause zum Luftholen fort, »ich habe keinen so wichtigen Beruf wie du, bei dem ich hinter dem Computer die Welt rette«, ich deutete auf Elisa, »und ich habe mich auch nicht entschieden, ganz allein ein Baby zu bekommen.« Nun sah ich meine andere Tochter an. »Aber ist deshalb alles gleich unwichtig, was ich mache und was ich mir wünsche? Ist das immer gleich zum Lachen? Vielleicht habe ich euch deshalb von all dem nichts gesagt, weil ich mir nicht schon wieder eure blöden Sprüche anhören wollte. Vielleicht wollte ich mal etwas für mich haben und für mich tun. Für mich ganz allein.«

Ich musste atmen, ein und aus, bevor ich weitersprechen konnte: »Und jetzt habe ich endlich etwas gefunden, das mir wirklich Spaß macht. So viel Spaß, dass ich manchmal weine vor Glück und dass fremde Menschen mich fragen, warum ich so sehr strahle. Und darüber vergesse ich dann die Zeit und unser Vorweihnachtsessen, und ihr wartet hier auf mich wie das Jüngste Gericht und stellt mich an den Pranger, weil ich es nicht geschafft habe, für euch zu kochen. Aber seid ihr auch nur einmal auf die Idee gekommen, schon mal anzufangen? Das Kochen für mich zu übernehmen? Oder, Gott bewahre, dass wir vielleicht ausnahmsweise einfach eine blöde Pizza bestellen? Damit würde man ja gegen die heilige Tradition verstoßen, die euch allen im Übrigen in den letzten Jahren vollkommen egal war. Also nein. Seid ihr nicht. Weil es kein Familienessen ist. Sondern ein Werner-Elisa-Merle-Essen, bei dem Hilde wieder einmal für die Bewirtung zuständig ist. Aber wisst ihr, was? Auf so ein Essen ist mir der Appetit vergangen.«

Damit stand ich auf und verließ die Küche.

»Du bist sauer auf mich.«

»Nein … doch … Ich bin nicht wirklich sauer. Ich verstehe nur nicht, warum du mich verraten hast.«

»Das habe ich verdient«, erwiderte Rim und machte keine Anstalten, die Ofenform, die ich mitgebracht hatte, in Empfang zu nehmen. »Aber komm erst mal rein.« Damit ging sie zurück ins Wohnzimmer, mit etwas unsicheren Schritten, die irgendwie anstrengend aussahen. Ihre Hände hatte sie in die Taschen ihrer Strickjacke geschoben.

Mehrfach hatte sie mich seit gestern angerufen, es lange klingeln lassen, wieder angerufen, aber ich hatte nicht abgenommen, weil ich, anders als ich behauptete, tatsächlich sauer war. Wie hatte sie mein Pony-Geheimnis verraten können? Warum hatte sie mich so in die Pfanne gehauen? Vor meiner Familie. Vor Werner. Vor meinen Töchtern.

Irgendwann hatte ich doch abgenommen, weil ich mir Sorgen gemacht hatte, es wäre etwas passiert und Rim bräuchte meine Hilfe. Aber sie hatte nur gesagt, ich solle ihr dringend die Ofenform wiederbringen, die ich letztens mit nach Hause genommen hatte. Dann hatte sie aufgelegt, ehe ich hatte Nein sagen können.

Eigentlich hatte ich einen Schlüssel für Rims Wohnung, den ich manchmal benutzte. Heute absichtlich nicht. Ich war so verärgert, dass es mir wie ein kleiner Triumph vorkam, wenn sie selbst zur Tür kommen musste. Mein Plan war, ihr die Form in die Hand zu drücken und wieder zu verschwinden, aber natürlich ließ mich Rim nicht.

Als ich jetzt mit einem genervten Seufzen hinter ihr herdackelte, um die dämliche Ofenform loszuwerden, fiel mir erneut ihr unsicherer Gang auf. Warum lief sie so seltsam? Mir kam sie fast ein wenig vorneüber gebeugt vor.

Bevor ich länger darüber nachdenken konnte, hatte sie sich bereits wieder hingesetzt, die Hände aus den Taschen genommen und sie in ihrem Schoß ineinander verschränkt, ein bisschen so, als würde die eine die andere festhalten. Was war nur mit ihr los?

»Wo soll ich die Ofenform hinstellen?«, fragte ich, aber meine Wut war bereits Sorge gewichen. Irgendwas stimmte nicht mit meiner Freundin.

»Egal«, erwiderte Rim.

»Weshalb brauchst du sie denn so dringend?«

»Tue ich nicht.«

»Und warum musste ich dann unbedingt herkommen?«

»Weil ich *dich* dringend brauche.«

»Wofür?«, fragte ich abwehrend.

»Um mich bei dir zu entschuldigen.«

»Das kannst du dir sparen.«

»Setzt du dich einen Moment?«, bat Rim und wies mit dem Kopf in Richtung Sessel.

Ich wollte eigentlich nicht, und noch einige Minuten zuvor hätte ich mich wahrscheinlich sogar geweigert, aber jetzt verdrehte ich nur halbherzig die Augen und nahm Platz.

»Ich hätte deiner Familie nichts sagen dürfen.«, begann sie. »Das ist die erste Freundinnenregel.«

»Allerdings.«

»Aber sie haben sich wirklich Sorgen gemacht.«

»Dein dritter Mann hat sich auch wirklich Sorgen gemacht, als er wissen wollte, wo du bist, und ich dich in meinem Schlafzimmer versteckt habe.«

»Der hat sich nicht wirklich Sorgen gemacht. Der wusste gar nicht, wie das geht.«

»Aber ich habe dich versteckt.«

»Ich weiß.«

»Und als dieser eine schreckliche Theaterleiter aus Köln unbedingt mit dir sprechen wollte, weil ... ich weiß gar nicht mehr, warum, habe ich meine Stimme verstellt und mich als du ausgegeben, weil du ...«

»Ja, ich weiß. Ich weiß, Hilde. Ich bin eine viel schlechtere Freundin als du. Und ich habe unseren Freundinnenpakt verraten. Das war scheiße von mir. Richtig scheiße.«

»Ja.«

»Aber zu meiner Verteidigung möchte ich sagen, dass Elisa Merle ans Telefon geholt hat.«

»Merle?«, wiederholte ich. »Das ist heftig.«

»Du weißt, dass ich ihr nichts abschlagen kann. Und außerdem hat mich Werner in den letzten Tagen schon dreimal angerufen.«

»Werner? Warum?«

»Ich glaube, er denkt, dass du dich scheiden lassen willst.«

»Was?«

»Er sagt, du würdest nicht mehr mit ihm reden, du wärst ständig weg, du hättest Geheimnisse.«

Ich verzog das Gesicht. »Ich habe keine Geheimnisse.«

»Na ja, eigentlich schon. Und er denkt, du hättest vielleicht einen anderen Mann und möchtest die Scheidung.«

»Wirklich? Und was wollte er dann von dir?«

»Einen Rat.«

»Wofür? Für einen guten Scheidungsanwalt? Bekommst du da mittlerweile Rabatte?«

»Was er tun könnte«, ging Rim über meine Sticheleien hinweg. »Und er wollte noch nie einen Rat von mir. Dabei hätte ich ihm so einige gute Ratschläge geben können. So ganz grundsätzlich. Angefangen bei seiner besonders nervigen Art, zu jedem Thema was sagen zu müssen, auch wenn er keine Ahnung hat und es auch gerade nicht um ihn geht. Wir wollen schließlich ein Gespräch führen und sind nicht im Kindergarten.«

Gegen meinen Willen musste ich lachen. Aber das war ein alter Streit zwischen Rim und Werner, die beide viel und gerne redeten und peinlich genau darauf achteten, wie viel Redeanteil der oder die andere hatte und dass sie selbst genug abbekamen.

»Oder die Sache mit seinen Socken. Oder der Art, wie er ...«

»Ja, schon klar«, unterbrach ich sie. »Er hat dich also wirklich um Rat gefragt.«

»So ist es.«

»Und was hast du gesagt?«

»Dass er sich ein Hörgerät anschaffen soll. Das hätte er am besten schon vor Jahren tun sollen.«

Ich war irritiert. »Was?«

»Anders kann ich mir nicht erklären, warum er dich all die Jahre so überhören konnte. Du bist eine kluge, starke und schöne Frau, und mit seinen Ohren muss etwas ganz und gar nicht stimmen, wenn er nicht einmal mitbekommen hat, was du von ihm möchtest.«

»Das hast du gesagt?«

Sie zuckte die Schultern. »Sicher. Gut, die Sache mit deiner Schönheit hat nicht wirklich etwas mit den Ohren zu tun, aber das wollte ich trotzdem nicht unerwähnt lassen.«

»Du bist etwas ganz Besonderes, Rim Karima Amrani«, sagte ich.

»Nein, *du* bist etwas ganz Besonderes, Hilde Arendt Gildemeister«, widersprach sie mir. Sie nannte immer meinen Mädchennamen und Werners Nachnamen zusammen. »Und wenn ich dich als Freundin verlieren würde, wüsste ich nicht, was ich tun soll«, fügte sie hinzu, plötzlich weinend.

Rim weinte selten. Schon gar nicht wegen Firlefanz, wie sie Gefühle manchmal nannte. Wenn ich zurückdachte, hatte ich sie nur bei der Scheidung von Ehemann Nummer eins weinen gesehen und als ihre Mutter gestorben war.

Aber jetzt liefen ihr ebenfalls Tränen über die Wangen, die sie nicht wegwischte.

Ich stand auf, ging auf sie zu und schlang meine Arme um sie. Sie schluchzte, und ich musste plötzlich auch ein bisschen schwer atmen. Sie war einer der wichtigsten Menschen in meinem Leben und der einzige, der mich tatsächlich bis jetzt noch nie enttäuscht hatte.

Als Tänzerin war Rim immer eine schlanke, aber sehr kräftige Frau gewesen. Ich hatte erlebt, wie sich ein Bauarbeiter bei ihrem Händedruck ein angestrengtes, schmerzhaftes Lächeln abgerungen hatte. Aber davon spürte ich jetzt nichts mehr. Ihr Körper wirkte in meinen Armen geschwächt auf eine Art, die ich bei ihr nie zuvor gefühlt hatte.

Als wir einander losließen, blieb ich vor ihr stehen und schaute sie an. »Sagst du mir jetzt, was los ist?«

Einen Moment hatte ich den Eindruck, Rim wollte wieder Ausflüchte finden. Sie lagen ihr bereits auf den Lippen. Ich konnte sie beinahe sehen, aber dann entschied sie sich offenbar anders. »Ich glaube, ich habe Parkinson«, antwortete sie und klang zum ersten Mal wieder etwas nach sich selbst, einfach geradeheraus.

Ich musste schlucken. Plötzlich fühlte ich mich so schwach, wie Rim sich angefühlt hatte. »Wieso glaubst du das?«, fragte ich.

»Ich habe einen Selbsttest gemacht.«

»Einen Selbsttest?«

»Im Internet.«

»Im Internet?«

»Und bei den Frühwarnsymptomen musste ich mehr als dreimal Ja ankreuzen. Es wäre schön, wenn du das nicht auch wiederholen würdest«, fügte sie hinzu.

»Also warst du noch bei keinem Arzt?«

»Was soll ich bei einem Arzt?«

»Dir eine Diagnose geben lassen? Eine richtige

Diagnose. Die nicht aus ein paar Kreuzchen in einem Internetformular besteht.«

»Das war gar kein Formular. Es waren Fragen, die man beantworten musste. Zum Beispiel ob man geschwollene Knöchel hat, Schwierigkeiten beim Gehen, Probleme mit dem Magen oder ob man unter Tagesmüdigkeit und Niedergeschlagenheit leidet. Und es stand drüber, dass man bei mehr als drei mit Ja beantworteten Fragen mit hoher Wahrscheinlichkeit an Parkinson leidet.«

Ich zog die Augenbrauen nach oben. »Mit hoher Wahrscheinlichkeit?«

»Geht das schon wieder los?«

Ich ignorierte sie. »Es war nicht einmal ein Formular, Rim. Du hast einen Fragebogen auf einer womöglich dubiosen Internetseite ausgefüllt.«

»Vielleicht war sie auch von der Deutschen Parkinson Gesellschaft.«

»War sie von der Deutschen Parkinson Gesellschaft?«

»Gut, nein.«

»Dann möchte ich davon nichts mehr hören.«

»Aber ich bemerke wirklich körperliche Veränderungen an mir, die definitiv nicht in Ordnung sind. Ich habe Schwierigkeiten beim Gehen, zittere, und meine Handschrift – du weißt, dass ich meine Handschrift liebe, Hilde, aber sie ist zur reinsten Mäuseschrift verkommen, so klein und krakelig.«

»Dann musst du zu einem richtigen Arzt gehen, anstatt Internetfragebögen auszufüllen.«

»Das will ich nicht.«

»Warum nicht?«

»Ich will mir nicht ins Gesicht sagen lassen, dass ich Parkinson habe. Schon nach dem Selbsttest musste ich mich erst mal zwei Tage lang betrinken.«

»Aber vielleicht hast du kein Parkinson. Vielleicht ...«

»Und woher soll dann bitte dieses Zittern kommen, Hilde?« Wie zum Beweis hob Rim eine ihrer Hände. Wir beide starrten ihre Finger an. Es tat sich nichts. Sie blieben ruhig. »Das ist der Vorführeffekt«, erklärte Rim. »Na los.« Sie hob die zweite Hand und schnippte gegen die andere.

»Siehst du, das sagt nichts ...«, wollte ich erleichtert einwenden, als in diesem Augenblick doch eine leichte Unruhe in die Gliedmaßen kam.

»Das ist Parkinson.«

»Das weißt du nicht.«

»Was soll es sonst sein?«

»Ich bin keine Ärztin. Aber deshalb sollst du auch ...«

»Und dieser komische Gang? Das ist auch ein Anzeichen für Parkinson, wenn man so geht. Dieses furchtbare Schlurfen, als wäre ich eine alte Frau.«

»Du *bist* eine alte Frau.«

»Nicht so alt.«

»Unsere Körper funktionieren nicht mehr so wie vor zehn oder zwanzig Jahren. Das ist womöglich normal, etwas, womit wir uns wohl oder übel abfinden müssen«, versuchte ich es weiter.

Doch Rim ließ sich nicht überzeugen: »Und laufe ich auch noch vollkommen schief. Wusste dass ich früher für meine aufrechte Haltung besonders gelobt wurde? Die hatte ich schon als Kind beim Ballett. Manchmal hat mich die Lehrerin extra nach vorne geholt, damit alle anderen sehen konnten, wie aufrecht man gehen kann. Oder sie hat mich neben die anderen Mädchen gestellt, damit die an mir sehen konnten, dass sie wie Fragezeichen in der Gegend rumstanden.«

»Das scheint mir aber eine sehr fragwürdige pädagogische Lehrmethode zu sein«, antwortete ich.

»Das waren die Siebziger.«

»Bist du dir sicher?«

»Ja, okay, von mir aus. Dann waren es eben die Sechziger«, gab Rim zu. »Aber es ändert nichts daran, dass ich den geradesten Rücken von ganz Marrakesch hatte und dass ich jetzt rumlaufe, als wäre ich ein oller Seebär, der sein ganzes Leben gegen den Wind marschiert ist.«

»Sich als marokkanische Frau an deutschen Theatern behaupten zu müssen, hat schon etwas von einem Marsch gegen den Wind«, entgegnete ich mit Blick auf die unzähligen Widerstände und Kämpfe, die meine beste Freundin in ihrer Karriere überwinden und gewinnen musste. »Einem sehr scharfen Wind sogar.«

»Aber wenn es doch Parkinson ist? Gegen Parkinson hilft nichts.«

»Das weißt du doch gar nicht.«

»Doch.«

»Rim«, sagte ich.

»Ich bin eine Tänzerin. Eine Schauspielerin. Mein Körper ist mein Kapital. Er ist das Material, mit dem ich arbeite, mein Ausdrucksmittel.«

»Ich weiß.«

»Ich hatte früher Chirurginnenhände. Das hat meine Mutter mir immer gesagt. ›Rim, wenn du mal nicht mehr tanzen oder schauspielern willst, kannst du immer noch Herzen transplantieren.‹«

»Es gibt Männer, die behaupten, du hättest genau das getan«, sagte ich.

Rim sah mich an, dann lachte sie.

»Ist das ein Hund?«, fragte ein Mann, als Püppilotta und ich an ihm vorbeifuhren.

»Der Kleine ist ja süß«, sagte ein anderer.

»Das ist aber gemein«, lachte eine Frau, »warum muss denn der Kleine Sie ziehen? Wechseln Sie sich denn gleich auch ab?«

Der Streit mit meiner Familie lag inzwischen zwei Tage zurück, doch er steckte mir noch immer in den Knochen. Werner und ich waren besonders höflich zueinander, gingen uns aber ansonsten die meiste Zeit aus dem Weg. Mit Elisa und Merle hatte ich noch gar nicht geredet. Ich konnte mich nicht erinnern, wann wir überhaupt jemals eine so lange Funkstille gehabt hatten.

Aber hier und jetzt wollte ich nicht weiter darüber nachdenken. Denn das war meine erste richtige Ausfahrt mit Püppilotta. Dieses Mal hatten wir nicht vorher auf dem Platz geübt. Nicht einmal Schmidt war da gewesen, um mir zu helfen, meine Fehler zu verbessern oder mir noch irgendwelche Ratschläge zu geben. Deshalb hatte ich mein kleines Pferdchen ganz allein vom Auslauf geholt, was länger gedauert hatte als gehofft, aber nicht so lange wie befürchtet. Ich hatte Püppilotta an den Anbindebalken gebracht, wo sonst die Mädchen mit den Schulpferden standen, hatte sie mit den Bürsten aus ihrer Putzkiste geputzt und ihre wilden Haare etwas in Ordnung gebracht. Ich machte Püppilotta fünf dicke Zöpfe in ihre Mähne und einen in den Schweif. Sie waren krumm und schief und schon beim Binden etwas zottelig, aber ich war trotzdem zufrieden.

Vor dem Einspannen hatte ich einigen Respekt. Ich hatte es bisher nur unter Aufsicht gemacht, und Schmidt hatte jedes Mal noch einiges korrigiert. Mir war sie anfangs ruppig und mürrisch vorgekommen, und ich hatte mich gefragt, ob sie so überhaupt eine gute Lehrerin sein konnte, doch inzwischen wusste ich, dass sie sogar eine sehr gute war. Sie hatte eine besondere Ruhe und Geduld, selbst wenn sie Dinge zum tausendsten Mal erklären musste, hatte man nicht das Gefühl, man würde sie damit nerven. Und da ich manchmal ziemlich auf dem Schlauch stand, wusste ich genau, wovon ich sprach.

Als ich nun zum ersten Mal allein alle Riemen an den richtigen Platz bringen und alle Schnallen korrekt schließen musste, hörte ich in Gedanken Schmidts

Stimme, die mir Anweisungen gab und mir die Begründung für jeden einzelnen Handgriff gleich mitlieferte. So gelang es, dass Püppilotta am Ende tatsächlich fertig angeschirrt auf dem Hof stand, und alles schien seine Richtigkeit zu haben.

Eine weitere Herausforderung war im Anschluss das Aufsteigen auf den Kutschbock gewesen. Bisher hatte Schmidt mein Pony für mich gehalten oder zumindest in griffbereiter Nähe gestanden, aber dieses Mal musste ich das ebenfalls ganz allein machen. Ich musste es also schaffen, dass Püppilotta ruhig stehen blieb, und mich selbst gleichzeitig auf die Sitzfläche wuchten. Die ganze Nacht hatte ich darüber nachgedacht, wie ich das bewerkstelligen sollte, denn ich hatte Horrorszenarien im Kopf, in denen ich es erst halb auf den Sulky geschafft hatte, aber mein Minipferdchen schon der Meinung gewesen war, es wäre Abfahrtszeit. In meiner Vorstellung war ich wahlweise sofort zu Boden gefallen und im wahrsten Sinne des Wortes unter die Räder gekommen oder erst kilometerlang mitgeschleift worden, obwohl ich mir eigentlich ziemlich sicher war, dass Püppilottas Kondition nicht für einen kilometerlangen Galopp reichte.

Nun stellte ich mein Pony mit Kutsche so vor den Anbindebalken, dass es nicht mehr als zwei oder drei Sätze vorwärts machen und ich gleichzeitig losfahren konnte, sobald ich es auf meinen Sitzplatz geschafft hatte. Ich hielt die Leinen sehr verkrampft in der linken Hand, während ich mit der anderen die Lehne gepackt hatte, um einzusteigen. Es war nicht leicht, aber es gelang mir, was vor allem daran lag, dass meine Sorgen vollkommen unbegründet waren. Denn Püppilotta stand seelenruhig genau an der Stelle, an der ich sie angehalten hatte, und schien nicht im Geringsten auf verrückte Ideen zu kommen. Stattdessen hatte sie sogar eines ihrer Hinterbeine leicht angewinkelt und die Augen halb geschlossen und döste vor sich hin. Ich konnte mich in Ruhe sortieren, die Leinen richtig durch die Finger ziehen, mich zurechtsetzen und meine Peitsche nehmen.

»Na dann, auf geht's«, hatte ich schließlich unseren ersten gemeinsam Ausflug angekündigt und einmal kurz geschnalzt, um mein Pony aufzuwecken.

Etwas widerwillig hatte es ein Ohr zu mir gedreht, aber als ich schließlich auch ein wenig mit der Gerte gewedelt hatte, war Püppilotta mit einem kleinen Seufzen losmarschiert.

Seit gestern war das Wetter umgeschwungen. Es war knackig kalt, aber dafür trocken und der Himmel blau. Irgendwie lag der Duft von Schnee in der Luft. Am Montag war Heiligabend, vielleicht würde es ja doch noch weiße Weihnachten geben.

Wie beim ersten Mal klopfte mir das Herz, als wir den Hof verließen, aber während wir gemütlich unserer Wege fuhren, wurde ich nach und nach wieder entspannter. Püppilotta schien gut drauf zu sein, lief fleißig, aber nicht zu schnell und ließ sich in die Richtungen lenken, die ich für uns ausgesucht hatte.

Ich hatte einiges über scheuende Pferde gelesen und mir vorgenommen, unsere Umgebung genau im

Blick zu behalten, ob irgendwo Gefahrenquellen lauern konnten. Aber Püppilotta kam mir vollkommen unerschrocken vor. Nichts und niemand brachte sie aus der Ruhe, nicht einmal eine Plastiktüte in einem Busch, ein bellender Hund oder ein Fahrrad, das aus dem Nichts zu kommen schien und uns viel zu dicht überholte. Sie wackelte nicht einmal mit den Ohren, sondern stapfte ungerührt durch die eisige Dezemberluft vorwärts. Auch das gab mir immer mehr Sicherheit.

Wenn man mit einem so kleinen Pferdchen unterwegs war, fiel man auf, und wenn dieses kleine Pferdchen dann auch noch einen Wagen zog, blieben die Leute sogar stehen, einige machten Bemerkungen, andere wollten ein Foto von Püppilotta oder starrten uns einfach nur an, weil sie es offenbar gar nicht fassen konnten. Wir genossen beide die Aufmerksamkeit.

Püppilotta und ich machten einen großen Bogen durch den laublosen Wald und an den Feldern vorbei. Als ich noch einen kleinen Schlenker um einen Weiher machen wollte, hatten mein Pferdchen und ich unsere erste Meinungsverschiedenheit. Durch ihre Streifzüge schien sich Püppilotta überall gut auszukennen. Sie wusste genau, welcher Weg wohin führte, und hatte offensichtlich ihren eigenen Plan. Anstatt nach links zu gehen, wie ich ihr mit Leine und Peitsche anzeigte, drehte sie den Kopf nach rechts und drängte auch mit ihrem Körper in diese Richtung.

»Nein«, sagte ich deshalb streng. »Da geht es nicht lang. Ich weiß, dass du zu allem deine eigene Meinung hast, aber jetzt muss ich dir sagen: Wir wollen nach links.«

Ich wedelte etwas fester, aber Püppilotta war noch immer nicht überzeugt. Sie machte zwar einige Schritte nach links, nur um im nächsten Moment wieder nach rechts zu ziehen.

»Hey! Was habe ich denn gesagt?« Ich griff mit der rechten Hand über die linke, um den Zügel noch weiter zu verkürzen. Mein Pony schüttelte widerwillig den Kopf, deshalb schlug ich vor: »Was hältst du von einem Kompromiss? Wir gehen jetzt diesen Weg, aber dafür darfst du an der nächsten Kreuzung entscheiden. Einverstanden?« Einen Moment schien es, als würde Püppilotta tatsächlich darüber nachdenken, ehe sie schließlich ohne ein weiteres Murren in die Richtung lief, die ich vorgegeben hatte. Die Diskussion war beendet. »Du bist schon ein kleiner Dickschädel. Kann das sein?«, fragte ich das Pferdchen, das meiner Stimme lauschte. »Aber da muss ich dir leider sagen, dass ich ebenfalls ein ziemlicher Sturkopf sein kann.«

Und tatsächlich ließ die nächste Unstimmigkeit nicht lange auf sich warten.

Als wir an einen breiten Feldweg mit nicht zu vielen Pfützen kamen, der so einladend vor uns lag, wollte sie erst nicht angaloppieren, und nachdem ich sie dazu überredet hatte, wollte sie nicht wieder langsamer werden. Zu meiner eigenen Überraschung blieb ich vollkommen ruhig. Ich hatte mir schon einige Male ausgemalt, was passieren würde, wenn ich das

Pony nicht mehr würde bremsen können, und hatte befürchtet, ich würde in Panik geraten oder müsste im schlimmsten Fall von der Kutsche abspringen. Aber stattdessen zupfte ich einfach etwas stärker an den Leinen und wiederholte das Geräusch zum Anhalten.

»Püppilotta, langsamer«, sagte ich dazu so bestimmt wie möglich und konnte sie damit offenbar umstimmen. Sie verringerte ihr Tempo, wechselte erst in den Trab und dann in den Schritt. »Sehr gut«, lobte ich sie, war damit allerdings etwas zu vorschnell.

Denn bereits im nächsten Moment wurde mein Pony wieder schneller. Ich hielt sie entschlossen zurück, und das gefiel ihr gar nicht. Sie stemmte sich mit den Hinterbeinen in den Boden und hob die Vorderhufe. Der Sulky bekam einen leichten Schlag.

Bisher hatte ich Püppilotta bereits einmal steigen gesehen, als sie nicht ihren Willen bekommen hatte. Darüber war ich jetzt froh, denn so wusste ich, dass es nicht so schlimm war, wie ich es mir bei großen Pferden immer vorgestellt hatte. Natürlich musste man aufpassen, nicht von ihren Füßen getroffen zu werden, wenn man direkt neben ihr stand, aber auch aufgerichtet war ein kleines Pony immer noch ein kleines Pony, und hinten in der Kutsche war ich vor ihren paddelnden Hufen ohnehin geschützt.

»Nein!«, sagte ich deshalb einmal sehr laut.

Püppilotta und ich waren gleichermaßen überrascht, dass meine Stimme nicht unsicher klang, nicht erschrocken, sondern klar und fest. Augenblicklich stellte sich das Pferdchen wieder mit allen vier Hufen auf die Erde und wartete auf meine nächste Anweisung.

»Du immer mit deinen verrückten Ideen«, fügte ich mit einer Mischung aus Vorwurf und Amüsiertheit hinzu. »Nicht lenken, nicht loslaufen, nicht anhalten und steigen. Haben wir jetzt alles durch?«

Ihre Antwort war ein Schnauben.

»Können wir dann weiterfahren?« Ich gab das Zeichen zum Anziehen, und Püppilotta setzte sich in Bewegung. »Aber ich danke dir für diesen tollen Vorschlag. Du hast nämlich wie ein richtiges Zirkuspony ausgesehen. Und ich denke, daraus lässt sich was machen.«

Als ich später zu Hause war und in die Küche kam, stand Werner am Herd und machte Spiegelei. Er sah hoch und mich an und kam mir seltsam ertappt vor.

Seit dem missglückten Familienessen hatte ich mit Werner noch immer kaum mehr als ein paar Worte gewechselt, die unvermeidlich gewesen waren, wie guten Morgen, gute Nacht, nein und ja. Anfangs war ich zu wütend gewesen, um mit ihm und meinen Töchtern zu sprechen, denn ich fühlte mich von ihnen überfallen, in die Ecke gedrängt und zu Unrecht beschuldigt, jetzt, nachdem der erste Zorn verraucht war, wusste ich nicht mehr so richtig, wie. Und die Tatsache, dass nicht einmal Merle angerufen hatte, machte es nicht besser. Ich sah zum ersten Mal regelmäßig auf mein Handy, ob eine von ihnen zumindest eine Nachricht geschrieben oder ein witziges Bild geschickt hatte, wie sie es sonst dauernd taten. Aber alles blieb ruhig.

»Möchtest du auch was essen?«, wollte Werner wissen.

»Nein, danke«, sagte ich.

»Ich mache nur Spiegelei. Also nichts Gefährliches«, fügte er mit einem schiefen Lächeln hinzu. »Warst du wieder beim Pferd?«

Ich war überrascht über die Frage und spürte wieder diese Abwehr in mir, als wollte ich mein Geheimnis beschützen, das kein Geheimnis mehr war, als wollte ich etwas Besonderes in meinem Leben nicht mit Werner teilen. Aber anders als in den letzten Wochen fühlte sich das nicht trotzig oder triumphierend an, sondern irgendwie traurig.

»Ja«, antwortete ich deshalb.

»War es schön?«

»Es war sehr schön.«

»Das freut mich für dich, Hilde.«

»Na ja«, machte ich und wusste selbst nicht, was das bedeuten sollte.

»Am Freitag wird der Zaun neu gemacht.«

»Welcher Zaun?«

»Der Zaun. Der Gartenzaun. Zu Kowalskis Grundstück«, verbesserte Werner, offenbar irritiert, dass ich nicht gleich verstand, wovon er sprach.

Aber mir fiel auf, dass ich an den Zaun und den Hund und Kowalski seit Ewigkeiten nicht mehr gedacht hatte. Seltsam dafür, dass ich über Monate, vielleicht sogar Jahre so viel darüber geschimpft hatte.

»Ach so, ja. Der wird neu gemacht?«

»Ja. Am Freitag. Extra noch vor Weihnachten.«

»Warum?«

»Weil er alt und kaputt ist. Das hast du doch immer gesagt.«

»Das hat aber sonst auch niemanden interessiert.«

»Aber jetzt interessiert es uns.«

Fragend runzelte ich die Stirn. »Uns? Was heißt uns?«

»Kowalski und mich.«

»Kowalski und dich?« Mir kam es gerade vor, als würde Werner wieder seine Sprechübungen in Mandarin machen, so wenig verstand ich ihn.

»Ja.« Er nickte.

»Was hast du denn mit Kowalski zu tun?«

Werner zögerte. Wenn ich es nicht besser wissen würde, hätte ich gesagt, dass er ein ähnlich abwehrendes Gesicht machte wie ich. »Ich habe mit ihm gesprochen.«

»Mit Kowalski? Weshalb?«

»Wegen des Zauns. Und wegen des Hundes. Das wolltest du doch. Oder nicht?«

»Doch ... ja.«

»Erst haben wir den Zaun ausgebessert. Wir glauben, dass der Hund immer durch dasselbe Loch geschlüpft ist. Da waren einige Latten runtergefallen, und wir dachten, wir könnten sie einfach wieder festnageln, aber leider hat sich dann herausgestellt, dass sie doch zu morsch sind. Und eigentlich ist der ganze Zaun morsch. Provisorisch haben wir da zwar ein bisschen was flicken können, damit der Hund erst einmal nicht mehr durchkommt, aber eigentlich war klar, dass wir den gesamten Zaun neu machen und alle Pfähle und Latten austauschen müssen.«

»Und das macht ihr jetzt noch vor Weihnachten?«

»Genau. Freitag fangen wir an. Wir wollten das schon viel früher machen, aber es hat irrsinnig lange gedauert, das Material zu bestellen. Offenbar ist Holz gerade Mangelware oder was auch immer. Wir hatten auch überlegt, einfach irgendeinen Metallzaun hinzubauen, aber was sie da hatten, sah alles nicht schön aus, und deshalb dachten wir, dass du bestimmt nicht die ganze Zeit auf so einen hässlichen Metallzaun gucken willst, oder?«

»Nein.«

»Und darum haben wir vorletzte Woche alles für einen neuen Zaun bestellt.«

»Vorletzte Woche?« Ungläubig sah ich Werner an.

»Wusstest du, dass der eine wirklich traurige Geschichte hat?«, wollte Werner wissen.

»Wer?«

»Der Kowalski. Er hat Frau und Kinder.«

»Ach ja?«

»Aber die leben getrennt von ihm, und er sieht sie kaum. Nicht einmal zu Weihnachten. An den Geburtstagen schreibt er ihnen Karten und schickt Geschenke. Aber er bekommt nie eine Antwort.«

»Nein, das wusste ich nicht.«

»Ich denke, deshalb trinkt er zu viel. Und hat auch seinen Job verloren. Und bekommt überhaupt nichts mehr gebacken in seinem Leben. Ich weiß ja nicht, was zwischen ihnen vorgefallen ist. Es geht mich auch nichts an, aber … Das ist schon eine wirklich traurige Geschichte«, wiederholte er.

»Und das alles hast du erfahren, weil du was? Ihn wegen des Zauns angesprochen hast?«

Ungenau hob Werner die Schultern. »Du hast doch gesagt, dass da endlich jemand was tun soll.«

»Aber ich dachte nicht, dass du mir überhaupt zugehört hast.«

»Doch, habe ich.«

»Aber ich sage das schon seit Jahren.«

»Ich weiß.«

»Und plötzlich kommt da jetzt ein neuer Zaun hin?«

»Ja«, antwortete er und wirkte verunsichert. Er fuhr sich mit der Hand über die Stirn.

»Was soll das sein? Eine Art Weihnachtswunder?« Ich lachte leicht.

»Vielleicht.«

»Ich weiß nicht, was ich dazu sagen soll.«

»Du musst dazu auch nichts sagen. Ich hätte viel früher auf dich …«

»Deine Eier«, unterbrach ich ihn.

»Was?«

»Deine Spiegeleier brennen an.« Ich deutete auf die Pfanne, aus der es bereits rauchte.

»O ja.« Erschrocken zog Werner sie vom Herd, schaltete die Platte aus und versuchte, mit einer wedelnden Handbewegung den Dampf zu verteilen, um sehen zu können, wie schlimm es war. Die Spiegeleier waren deutlich verkohlt. »Mist. Verdammter Mist.«

»Soll ich dir neue machen?«, schlug ich vor.

»Nein.«

»Ich kann es machen.«

»Ist schon gut.«

»Es wäre kein Problem.«

»Nein, Hilde«, erwiderte Werner mit Nachdruck. »Ich möchte nicht, dass du mir neue Spiegeleier brätst. Du tust hier sowieso schon so viel. Alles eigentlich. Da möchte ich nicht, dass du jetzt auch noch neue Spiegeleier machst, nur weil ich zu doof bin, um sie nicht anbrennen lassen.«

»Du bist nicht zu doof. Wir haben uns unterhalten. Du hast nicht aufgepasst. Das kann jedem mal passieren.«

»Dir nicht.«

»Doch. Mir auch.«

»Nein. Und ich möchte einfach nicht, dass du diese Dinge machst, weil du sie besser kannst.«

»Das ist nur Übung«, antwortete ich. »Die letzten vierzig Jahre habe ich fast nichts anderes gemacht. Deshalb kann ich das.«

»Und genau das meine ich«, sagte Werner. »Wäsche waschen, ein Spiegelei in die Pfanne hauen, die Kinder ins Bett bringen. Das muss man einfach nur üben. Und wenn man es nicht kann, hat man es eben auch nicht oft genug gemacht. Vielleicht weil man nicht musste. Vielleicht weil man immer arbeiten war und eine Frau wie dich hatte, die das alles für einen übernommen hat.«

Werner hatte sich fast etwas in Rage geredet. Er war außer Atem, musste jetzt eine Pause machen, um Luft zu holen, und warf mir dabei einen etwas unsicheren Seitenblick zu. »Ich meine nur, wenn ich es jetzt auch mache, dann ... Damit will ich natürlich nicht sagen, dass du das alles nicht toll gemacht hast«, wandte er ein.

Aber ich schüttelte den Kopf. »Nein«, sagte ich. »Du hast vollkommen recht.«

»Ja?«

»Ich besitze für diese Dinge kein angeborenes Talent. Ich habe fürs Wäschewaschen und Spiegeleierbraten und Kinder-ins-Bett-Bringen keine besondere Begabung, wodurch ich für diese Aufgaben besonders geeignet bin. Keine Frau hat das. Wir können es nur, weil wir es immer machen. Unser ganzes Leben kümmern wir uns. Es ist nichts als Übung.«

»Genau«, stimmte mir Werner zu.

»Und nur weil ich etwas ganz gut kann, weil ich es eben schon immer getan habe, heißt das nicht, dass ich es gern machen muss, oder?«

»Nein.«

»Nein«, wiederholte ich seine Antwort, weil es mir auch erst jetzt so genau klar geworden war. Ich hatte es selbst aussprechen müssen, um es zu erkennen.

Nachdenklich musterte ich Werner, ich lächelte ihn an, er lächelte zurück, noch etwas zaghaft, als fürchtete er, es wäre nicht richtig. Das tat mir leid.

»Du hast das sehr schön gemacht«, entgegnete ich deshalb.

»Was meinst du?«

»Das alles. Die Dekoration.« Ich wies ungenau um mich. »Du hast unser Haus wirklich schön weihnachtlich geschmückt.«

Werner winkte ab. »Ach, das war nichts.«

»Doch. Ich konnte das dieses Jahr irgendwie nicht. Ich weiß auch nicht, warum. Darum: danke.«

»Habe ich gern gemacht.« Jetzt lächelte er etwas sicherer. Dann fügte er hinzu: »Ich wollte auch noch etwas sagen.«

»Und was?«

»Die Sache mit der Kaffeetasse tut mir leid. Ich lasse sie nicht aus Boshaftigkeit stehen.«

»Das habe ich auch nicht gedacht«, behauptete ich, obwohl es nicht ganz stimmte.

»Ja, ich weiß. Du hast dich darüber geärgert. Weil du geglaubt hast, ich würde dich als meine persönliche, ich weiß auch nicht, Kellnerin oder Spülkraft oder was auch immer ansehen. Das tut mir leid. Denn das tue ich nicht. Natürlich tue ich das nicht. Ich habe einfach nicht daran gedacht. Ich weiß selbst nicht, wieso. Leider habe ich keine bessere Erklärung als diese. Auch das tut mir leid. Aber jetzt wird das anders. Ich habe dich gehört. Wirklich. Und ich habe verstanden. Ich will unsere Probleme nicht länger ignorieren. Ich will, dass sich zwischen uns etwas ändert, und dafür bin ich bereit, auch selbst etwas zu ändern. Das verspreche ich dir. Hoch und heilig. Ich wollte nie, dass du glaubst, ich nehme dich für selbstverständlich. Bitte entschuldige, Hilde. Das tue ich ganz und gar nicht, du bist für mich etwas Besonderes.« Das letzte Worte brachte er nur sehr leise und rau heraus.

Ich zögerte, dann streckte ich die Hand nach Werner aus und griff nach seiner. »Danke«, flüsterte ich.

Acht

»Sie waren wieder bei Ihrem Pferd«, stellte Saida fest, als ich mit Tula auf dem Arm am nächsten Tag aus dem Aufzug trat und vor der Wohnungstür stehen blieb. »Das sieht man Ihnen gleich an.«

»Finden Sie?«

»Sie strahlen dann immer so.«

»Findest du das auch, Tula?«, wandte ich mich an das Kind auf meiner Hüfte, das meine Frage mit einem heiteren Glucksen beantwortete. »Aber wir hatten auch wirklich einen wunderschönen Tag, oder nicht?«

»Ich nehme sie Ihnen ab«, sagte Saida und streckte die Hände nach ihrem Baby aus.

Ich strich Tula zum Abschied noch einmal über den Kopf und küsste sie auf die Wange, dann gab ich sie an ihre Mutter weiter, die sie sogleich an sich drückte.

»Ich glaube, Tula wird nachher gut schlafen.«

»Ach ja?«

»Sie hat heute ein Abenteuer erlebt.«

»Wieso?«

Saida war einige Schritte in die Wohnung zurückgetreten, um mich hereinzubitten. Ich folgte ihr, obwohl ich eigentlich gleich nach Hause wollte.

»Tula hat heute zum ersten Mal ein Pony geführt?«

»Sie hat *was?*«

»Eigentlich habe ich es natürlich festgehalten, aber das Seilende lag in ihrer Hand. Sie ist wirklich so gerne bei den Pferden. Sie bekommt richtig große, neugierige Augen, wenn eins von ihnen näher kommt.«

»Darüber wollte ich auch noch mal mit Ihnen reden«, setzte Saida an.

Überrascht hielt ich inne. »Ach ja?«

»Ich freue mich für Sie, dass Sie etwas gefunden haben, das Ihnen Spaß macht. Wirklich.«

»Danke«, sagte ich langsam, weil ich nicht genau wusste, worauf sie hinauswollte.

»Man sieht Ihnen ja auch an, wie gut Ihnen das tut.« Sie lächelte kurz. »Aber eigentlich bezahlen wir Sie dafür, dass Sie etwas mit Tula machen.«

»Ich mache doch was mit Tula.« Etwas verständnislos hob ich die Schultern. »Sie glauben ja nicht, wie viel Spaß sie hat. Sie sollten sie dabei sehen. Das ist einfach schön. Irgendwann müssen Sie ihr wahrscheinlich auch ein eigenes Pony kaufen. Hören Sie auf meine Worte.« Ich lachte ein wenig, verstummte aber, als Saida nicht darauf einging.

»Ich will hier auch gar nicht die Spielverderberin sein«, erwiderte sie. »Es geht nicht darum, dass Sie Tula mal mit zu Ihrem Pferd nehmen. Auch wenn ich es schon gut gefunden hätte, wenn Sie das vorher absprechen.«

»Ich weiß, ja. Da haben Sie recht. Das kann ich gerne immer …«

»Letztlich ist es eine Geschäftsbeziehung«, unterbrach sie mich. »Sie kümmern sich um Tula, und wir zahlen dafür. Es ist ein Job, und dabei kann man nicht immer nur das machen, was man gerne tut. So ist das nun mal.«

»Nein … ja … ich …«, murmelte ich.

»Ich fände es einfach besser, wenn Sie während Ihrer Arbeitszeiten vor allem Dinge für Tula tun.«

»Genau das versuche ich ja, Ihnen zu erklären«, setzte ich erneut an. »Es ist auch für Tula. Sie hat so viel Freude an den Pferden. Sie kann die Ponys streicheln und mir beim Putzen helfen. Sie ist an der frischen Luft. Sie hatte einfach eine tolle Zeit am Stall. Das ist genau das, was ich beim letzten Mal gemeint habe. Das eine schließt das andere nicht aus. Deshalb ist das der beste Rat, den ich Ihnen geben kann: Machen Sie so viel und so oft Dinge, die Sie mögen, und nehmen Sie Tula einfach mit. Jetzt. Das klappt. Wirklich. Und es wird Sie bestimmt auch glücklicher machen.«

»Das sagt sich so leicht«, erwiderte Saida, während sie Tula betrachtete. »Aber das ist es nicht.«

»Leicht vielleicht nicht, aber …« Ich hielt inne.

Ich hatte noch lange über das Gespräch mit Werner nachdenken müssen, und hatte das Gefühl, ich müsste auch Saida davon erzählen. Ich fand es wichtig, dass sie es wusste. Vielleicht würde es ihr helfen. Ich wünschte, ich hätte es auch schon früher verstanden.

»Wissen Sie, was ich erst viel zu spät erkannt habe? Vielleicht sogar jetzt erst?«, begann ich neu.

»Nein. Was?«, fragte sie.

»Dass alles nur Übung ist«, erklärte ich.

»Was meinen Sie?«

»Das Wickeln, das Füttern, das Ins-Bett-Bringen. Das ist nichts als Übung. Ich konnte es nicht deshalb gut, weil ich ein besonderes Talent habe, weil ich gut mit Kindern umgehen kann oder weil ich eine natürliche Begabung als Frau habe.« Ich verzog leicht das Gesicht. »Das glauben immer alle. Auch ich habe das lange geglaubt. Oder wollte es vielleicht auch glauben. Aber es ist einfach so: Ich habe es von Anfang an gemacht. Das ist das einzige Geheimnis. Kinder sind Gewohnheitstiere, wissen Sie?«, fuhr ich mit einem leichten Grinsen fort. »Sie brauchen Rituale, dass alles immer auf dieselbe Art gemacht wird. Die Tatsache, dass es in den ersten Tagen und Wochen oft vor allem die Mutter ist, führt dazu, dass es so wirkt, als könnte sie es tatsächlich besser. Als könnte nur sie das Baby ins Bett bringen, weil es nur bei ihr nicht so lange schreit, sondern schneller einschläft. Dabei hat es sich durch die erste Zeit einfach daran gewöhnt.«

Saida schwieg.

»Was ich damit meine, ist, wenn es um Routinen geht, kann man diese durchbrechen. Indem auch Tulas Vater die täglichen Aufgaben mit ihr übernimmt. Damit sich Tula daran gewöhnt. In meiner Generation war das einfach noch nicht so. Da waren das alles meist die Aufgaben der Mutter. Das war irgendwie selbstverständlich. Auch wenn sich schon viel getan hat, aber das war trotzdem noch vollkommen normal.

Aber Sie und Tulas Vater, Eltern in Ihrem Alter, da verändert sich gerade so viel. Väter wollen jetzt mehr Anteil haben, wollen Zeit mit ihren Kindern verbringen, sich die Familienpflichten teilen und das alles. Wir müssen nur aufhören zu denken, dass Frauen, was Kinder angeht, irgendwas besser können, nur weil sie Frauen sind. Aber wenn wir es schaffen, dass die Väter gleich vom ersten Tag das alles auch tun, den gesamten, langweiligen, banalen Alltag, nicht nur die schönen Dinge, den Sport oder den Spielplatz oder am Wochenende, sondern auch die Kinderkotze wegwischen oder zu Hause bleiben, wenn das Kind krank ist. Wenn wir das schaffen, dann glaube ich, dass wirklich viel möglich sein wird.«

Eigentlich hatte ich gar nicht so viel sagen wollen. Irgendwie waren mir die Gedanken, die mir seit dem Gespräch mit Werner gekommen waren, einfach so über die Lippen gesprudelt. Und gleichzeitig fühlte es sich so an, als wären es Überlegungen, die ich schon sehr viel länger mit mir herumtrug, es war mir bisher nur selbst nie bewusst gewesen.

»Aber wie?«, fragte Saida plötzlich und klang fast ein bisschen sauer.

Ich war irritiert. »Wie bitte?«

»Wie soll das gehen? Ich meine, für Sie mag das ja alles neu sein. Und ich freue mich, dass Sie diese Erkenntnisse hatten.« Sie klang ein wenig überheblich, wie ich fand. »Aber meiner Generation ist das schon lange klar. Wir wollen es ja anders machen. Wir scheitern damit nur an der Realität.«

»Aber doch nur, weil ihr immer noch dieselben Fehler macht wie wir früher. Immer noch bleiben vor allem Frauen zu Hause, um sich um die Kinder zu kümmern. Immer noch reduzieren vor allem Frauen ihre Stunden. Immer noch tragen vor allem Frauen die Verantwortung für den Haushalt.«

»Das ist doch wohl kaum unsere Schuld«, gab Saida kühl zurück. »Das wird schließlich auch von uns erwartet.«

»Ich sage doch nicht, dass irgendjemand Schuld hat.« Ich schüttelte den Kopf. »Darum geht es gar nicht. Es geht darum, aus den Fehlern zu lernen und es besser zu machen.«

»Und das sagen Sie jetzt mir? Ich muss also nicht nur eine gute Mutter für mein Kind sein, weiter Karriere machen und eine begehrenswerte Ehefrau oder Partnerin sein. Ich muss jetzt auch noch aus *Ihren* Fehlern lernen und alles besser machen.« Der Blick, mit dem sie mich ansah, war so vorwurfsvoll wie erschöpft.

Ich schluckte. »Nein ... so meinte ich das nicht ... Das wollte ich damit natürlich nicht sagen.« Ich rieb mir übers Gesicht, weil ich mich plötzlich auch sehr müde fühlte. Saida hatte recht. Das war alles nicht so einfach. Nichts war einfach.

»Und was wollten Sie sagen?«, fragte sie herausfordernd.

Zunächst wusste ich nicht, was ich darauf antworten sollte. Dann jedoch fiel mir etwas ein. »Wie wäre es denn zum Beispiel, wenn Sie in der Elternzeit von Tulas Vater nicht in Urlaub fahren?«

»Wieso nicht?«

»Wie wäre es, wenn Sie die Zeit für sich nutzen? Denn Sie haben ja die ganze Zeit davor auch nichts Besonderes gemacht. Sie hatten nicht frei, sind nicht weggefahren, haben sich nicht mit irgendwelchen Projekten selbst verwirklicht. Sie haben den Alltag bewältigt. Das ist eine Menge, aber es sind keine Ferien. Wäre es da nicht gerecht, wenn es jetzt mal andersherum wäre? Dass sich Tulas Vater jetzt mal um den Alltag kümmert?«

Saida nickte langsam. »Ja«, sagte sie, »das stimmt. Ich meine, ich habe Ihnen ja erzählt, dass Tulas Papa nie aufgehört hat, zum Sport zu gehen, während ich letztens das allererste Mal seit Ewigkeiten wieder beim Yoga war.«

»Sehen Sie? Es geht bestimmt nicht alles und mit Sicherheit nicht so viel, wie wir uns wünschen würden. Aber manchmal ist es trotzdem mehr, als wir glauben. Nichts muss so bleiben, nur weil es immer schon so war. Aber dafür müssen wir alles hinterfragen. Auch unsere eigenen Entscheidungen und Gedanken und Überzeugungen. Gerade die. Achte auf Kleinigkeiten, sagt meine Freundin Rim immer. Es ist nicht leicht. Aber wir dürfen einfach nicht aufhören, für Veränderungen zu kämpfen. Für uns.«

»Aber warum bleibt denn immer alles an uns hängen? Sogar das Kämpfen?«

In einer hilflosen Geste hob ich die Schultern. »Was haben wir denn für eine andere Wahl?«

»Und was ist mit Ihnen?«

»Was soll mit mir sein?«, gab ich überrascht zurück.

»Kämpfen Sie für sich?«

Saida stellte diese Frage nicht gehässig oder absichtlich provozierend. Trotzdem fühlte sie sich an wie ein Faustschlag in die Magengrube. Ich wusste nicht, was ich antworten sollte. Tat ich das? Kämpfte ich für mich? Kämpfte ich genug?

Saida schwieg ebenfalls einige Momente und musterte dabei ihre Tochter, dann deutete sie eine leichte Kopfbewegung an. »Ich denke, Tula sollte jetzt langsam mal ins Bett. Sie braucht dringend einen Mittagsschlaf. Ihr fallen schon fast die Augen zu.« Sie lächelte ihr Baby an.

»Ja, ich wollte auch längst nach Hause.« Ungenau deutete ich hinter mich.

»Und wie gesagt«, begann Saida noch einmal. »Hin und wieder können Sie Tula gerne mit zum Stall nehmen. Es ist ja schön, wenn sie unterschiedliche Dinge erlebt. Aber mir ist einfach wichtig, dass sie für Sie Priorität hat. In der Zeit, in der Sie sich um sie kümmern, soll es um sie gehen. Um sie allein. Alles andere können Sie gerne in Ihrer Freizeit machen. Sonst ist die Sache mit der Leihoma vielleicht einfach nichts für Sie.«

»Du bist hier draußen«, sagte Werner und streckte seinen Kopf durch die Terrassentür.

Dick eingepackt gegen die eisige Kälte der letzten Tage saß ich zum ersten Mal seit Langem wieder im

Garten, während es um mich herum dämmerte und die Weihnachtslichter aus der Nachbarschaft zu leuchten begannen. Hierhin hatte ich mich verzogen, als ich von Saida und Tula nach Hause gekommen war. Ich wusste noch immer nicht, was ich zu all dem denken sollte. Auch meine Gefühle waren ein totales Chaos. Ich war seltsam verletzt und verärgert. Irgendwie gingen mir Saidas Worte nicht aus dem Kopf, aber gleichzeitig konnte ich nicht sagen, was sie für mich bedeuteten. Nach dem Gespräch mit Werner hatte ich den Eindruck gehabt, endlich klarer zu sehen. Doch jetzt kam mir alles noch verworrener vor als vorher.

Zunächst hatte ich versucht, Rim zu erreichen, weil sie die Einzige war, die mir in solchen Momenten helfen konnte. Sie sagte die richtigen Dinge. Sie wusste die richtigen Antworten. Aber sie war nicht zu Hause gewesen. Und deshalb hatte ich mir meinen Platz im Garten gesucht, absichtlich versteckt, dass man mich nicht vom Küchenfenster aus sehen konnte, sondern nur, wenn man wirklich nach draußen kam, um nach mir zu suchen. Das hatte Werner getan.

Kämpfte ich für mich selbst? Viel zu lange hatte ich das sicher nicht getan und es nicht einmal wirklich bemerkt. Eigentlich hatte ich in den letzten wenigen Wochen gedacht, ich hätte zumindest damit angefangen. Reichte das? Oder musste ich mehr tun? Und wenn ja, was?

»Möchtest du einen Glühwein?«, fragte Werner weiter, als ich schwieg.

»Was?«

»Ich dachte, wir könnten einen Glühwein zusammen trinken. Es ist doch bald Weihnachten.« Er hielt die beiden dampfenden Tassen in die Höhe, die ich erst jetzt bemerkte. »Schön heiß.« Mit einem Lächeln kam er zu mir nach draußen, zog einen zweiten Gartenstuhl neben meinen und reichte mir mein Getränk. Dann rückte er die Feuerschale, die schon seit Ewigkeiten unbenutzt in einer Ecke gestanden hatte, zu uns und zündete Holz an. Es brauchte ein wenig, doch dann begann es langsam zu knistern. »Wir haben früher oft im Garten gesessen und was zusammen getrunken«, sagte er, als er sich gesetzt hatte. »Weißt du noch?«

»Ja.«

»Meist nicht unbedingt bei diesen Temperaturen.« Er blies in die Tasse in seinen Händen. »Sondern eher im Sommer mit einem Bier. Wenn die Kinder im Bett waren ... Das fand ich immer sehr schön.«

»Ach ja?«

»Ja, Hilde. Ich habe immer gerne Zeit mit dir verbracht.«

Ich lachte auf und hörte selbst, wie bitter ich klang. Jetzt drehte Werner den Kopf zu mir und sah mich direkt an, musterte mich.

»Das habe ich wirklich«, sagte er.

»Ach komm.«

»Nein, Hilde. Es stimmt. Warum? Glaubst du mir nicht?«, fragte er, als ich nicht antwortete, sondern nur die Augenbrauen nach oben zog.

»Ich glaube dir, dass du das glaubst«, erwiderte ich schließlich diplomatisch.

Er schien ehrlich bestürzt. »Warum sagst du das?«

»Weil es die Wahrheit ist.«

»Und wie kommst du darauf?«

Ich schwieg, und Werner wartete.

Mir kam es plötzlich so vor, als würde ich jeden Augenblick anfangen zu weinen. Ich hatte bereits diesen Druck in der Brust, konnte kaum schlucken, meine Augen brannten, und ein Schluchzen stieg in mir auf.

Ich brachte keinen Ton heraus.

»Habe ich etwas falsch gemacht, Hilde? Vielleicht musst du es endlich mal aussprechen, damit ...«

»Damit was?«

»Keine Ahnung.« Werner atmete geräuschvoll aus. Es klang wie ein Seufzen, und er fuhr sich über das Gesicht, ließ seine Hände einige Momente länger über den Augen, ehe er mich wieder anschaute. »Damit du es endlich mal gesagt hast«, fuhr er fort. »Sprich doch mit mir. Damit du es loswerden kannst. Damit wir endlich wissen, womit wir es zu tun haben. Damit wir es hinter uns lassen können. Oder eben auch nicht«, fügte er hinzu.

Unwillkürlich musste ich an Rims Worte denken. Daran, dass Werner sie um Rat gefragt hatte, weil er Angst hatte, ich würde mich scheiden lassen wollen. Mir wurde klar, dass ich daran bisher nicht gedacht hatte. Nicht einmal, als Rim und ich darüber gesprochen hatten. Warum war mir das nicht in den Sinn gekommen? So viele Menschen ließen sich scheiden. Rim trieb die offizielle Statistik im Alleingang nach oben. Aber auch sonst hörte man es ständig. Das war schon früher so gewesen. Manche Paare gingen kurz nach der Geburt ihrer Kinder getrennte Wege, andere, wenn die Kleinen aus dem Gröbsten raus waren, manche hatten nie Kinder, und da schien es auf den ersten Blick einfacher, einen endgültigen Schlussstrich zu ziehen.

War ich vielleicht auch nur wegen der Kinder bei Werner geblieben? Oder aus Bequemlichkeit? Oder war es auch eine Frage des Geldes?

Denn natürlich hatte ich nie viel gearbeitet. Meine Rente war nicht der Rede wert. Ich konnte mir nichts vormachen, ohne Werner würde ich wahrscheinlich das Haus verlieren, meinen Garten, fast alles. Obwohl ich genauso viel für das alles getan hatte wie er.

»Redest du jetzt gar nicht mehr mit mir?«, fragte Werner irgendwann.

Wir hatten beide sehr lange geschwiegen und ins inzwischen lodernde Feuer gesehen, das unsere Gesichter wärmte, aber mir war die Stille zwischen uns gar nicht so sehr aufgefallen, weil ich mit mir selbst gesprochen hatte, meine eigenen Fragen hin und her gewälzt und mir Gedanken über die Antworten gemacht hatte. Doch Werner hatte gewartet. Das erkannte ich an der Art und Weise, wie er auf seinem Stuhl saß, angespannt, wie zum Sprung bereit, und wie verkrampft er seinen Glühwein hielt.

»Ich weiß nicht, was ich sagen soll«, erwiderte ich

ausweichend, obwohl ich keine Ahnung hatte, ob es die Wahrheit war.

»Warum glaubst du nicht, dass ich gerne mit dir Zeit verbringe?«, wollte er wissen.

»Es ist doch offensichtlich, dass du alles andere lieber machst.«

»Das ist nicht wahr.«

»Und warum hast du es dann nie getan?«

»Ich musste arbeiten. Du weißt, dass ich immer viel gearbeitet habe, um unsere Familie zu versorgen, für das Haus, für dich. Ich hätte gerne viel mehr Zeit mit dir verbracht. Mit euch. Auch mit Alfred. Das ist eines der Dinge, die ich am meisten in meinem Leben bereue. Dass ich so viel Zeit verpasst habe. Dass ich mehr an eurem Leben hätte teilhaben sollen. Aber ich musste Geld verdienen. Du weißt, dass ich ...«

»Und was ist jetzt?«, fragte ich und klang schärfer, als ich es beabsichtigt hatte.

Werner wirkte beinahe erschrocken. »Jetzt bin ich doch da. Ich bin hier.«

Kurz löste er die Hand von der Tasse, bewegte sie in meine Richtung. Ich dachte schon, er wollte mich berühren, meinen Arm, meine Schulter, vielleicht meine Wange, doch seine Finger verharrten einen Moment in der Luft, ehe er sie zurückzog und sie erneut um das Porzellan presste.

»Wir sitzen doch hier, Hilde. Wir trinken einen Glühwein zusammen. Wie früher.«

»Wie früher?«, entgegnete ich. »Wie früher? Hör auf, das ständig zu sagen.«

»Warum?«

»Ich will nicht, dass alles wie früher ist.«

»Aber ...«

»Nichts aber, Werner. Ich habe genug davon. Es mag ja sein, dass dir das gereicht hat. Früher. Aber mir nicht.«

»Was denn? Was hat dir nicht gereicht?«

»Das Leben«, antwortete ich. »Ja, du warst arbeiten. Du hast das Geld verdient. Aber ich ...« Ich schluckte. »Weißt du eigentlich, wie oft du darüber gesprochen hast, was du alles machen würdest, wenn du erst in Rente bist?«

»Natürlich habe ich das. Weil es für mich sehr wichtig war. Ich habe so viel verpasst. Ich wollte so viel tun. Aber ich musste immer arbeiten. Denkst du nicht, dass ich mir das auch anders vorgestellt habe? Ich wollte nicht schon als Junge für meinen Bruder verantwortlich sein. Und dann für euch.«

»Bitte entschuldige, dass wir so eine Belastung für dich waren.«

»So habe ich das gar nicht gemeint. Du weißt genau, dass ich das so gar nicht gemeint habe. Ich wollte doch nur sagen, dass ich mir mein Leben auch anders vorgestellt habe. Auch in meiner Arbeit habe ich mich nicht gerade selbst verwirklicht. Ich bin ein einfacher Beamter. Das ist in Ordnung, aber hätte ich lieber etwas anderes gemacht? Ja. Aber ich hatte Verantwortung, eine Familie, ein Haus. Hätte ich meinen Job kündigen sollen, um mein Abitur nachzuholen und zu studieren?«

»Wenn es das gewesen wäre, was du wolltest.«

»Und dann hätten wir vier auf der Straße gestanden? Und mein Bruder Alfred? Das hätte ich mir nie verzeihen können. Es ist auch nicht schlimm. Ich habe es gern getan. Für uns. Ich bereue das nicht. Aber ich werde mich auch nicht dafür entschuldigen, dass ich noch was vom Leben haben möchte, dass ich Dinge nachhole, für die früher keine Zeit war. Dafür werde ich mich nicht entschuldigen, Hilde.«

»Und was ist mit mir? Wo bin ich in deiner Aufzählung?«

»Wo ...?«

»Du wolltest Töpfern lernen und Mandarin und Golf und Gitarre und ... Ist dir nicht einmal aufgefallen, dass ich in deinen Plänen gar nicht vorkomme?«

»Ich ...«

»Und hast du mich jemals gefragt, was ich gerne tun möchte? Nein, hast du nicht. Weil es dich gar nicht interessiert hat. Weil du es gar nicht wissen wolltest. Weil nur *du* wichtig warst. Nur deine Pläne. Deine Wünsche. Ich bin dir vollkommen egal.«

»Das ist nicht wahr. Hilde ... ich ...«

»Weißt du, was ich gesagt hätte, wenn du auch nur einmal auf die Idee gekommen wärst, mich zu fragen, was ich machen möchte, wenn wir beide in Rente sind, wie ich mir unsere Zukunft vorstelle?«

»Was?«

»Dass ich absolut keine Ahnung habe, Werner. Ich wusste bisher überhaupt nicht, was mich interessiert oder was mir Spaß machen würde. Weil ich nie die

Möglichkeit hatte, es herauszufinden. Aber ich hätte schon gedacht, dass wir endlich mehr Zeit miteinander verbringen würden. Das hätte ich dir gesagt. Doch du hast mich nie gefragt. Und offenbar hast du dir deine Zukunft anders vorgestellt.«

»Hilde.«

Ich stand auf. »Ich bin müde. Ich gehe ins Bett. Bleib du einfach noch ein bisschen hier draußen sitzen und trink deinen Glühwein. Wie früher.«

Damit ging ich zurück ins Haus.

»Was meinst du, Püppilotta? Wagen wir noch einen kleinen Galopp?«, fragte ich mein Pony, als wir gerade aus dem Wald auf einen schönen Feldweg einbogen.

Ich war heute Morgen sehr früh aufgestanden und hatte mich schon geduscht und angezogen, während Werner erst langsam wach geworden war. Ich hatte noch schnell einen Kaffee getrunken, um halbwegs munter zu werden, dabei aber ständig nach oben gehorcht, ob er herunterkommen würde, und hatte so bald wie möglich das Haus verlassen. Die Gedanken an den vergangenen Abend und unser Gespräch fühlten sich wie ein Kater an, trüb und undeutlich, aber mit der ständigen Erinnerung an Übelkeit. Mir kam es vor, als lägen die Karten zum ersten Mal auf dem Tisch. Aber ich hatte keine Ahnung, was wir damit jetzt tun sollten.

Ich hatte mich erleichtert gefühlt, als ich am Stall angekommen war. So, als könnte ich das alles hinter mir lassen. Und am schönsten war gewesen, dass Püppilotta gleich zu mir gekommen war. Ich hatte sie nicht fangen müssen, nicht überlisten, sondern sie hatte mich schon von Weitem gesehen und war dann zu mir marschiert, von ganz allein, aus freien Stücken, als wüsste sie, dass ich eine Aufmunterung gebrauchen könnte. Deshalb hatte ich mir viel Zeit gelassen, mein kleines Pony zu putzen und anzuspannen, ehe ich mich schließlich, eingewickelt in eine Wolldecke, mit ihr auf den Weg gemacht hatte.

Heute Nacht hatte es zum ersten Mal ein ganz kleines bisschen geschneit. Eine dünne weiße Zuckerschicht bedeckte den Boden. Bei uns in der Siedlung war diese bereits unter den Autoreifen geschmolzen und zu kaltem Matsch zusammengeschoben worden, aber hier draußen war sie so früh noch vollkommen unberührt. Die Luft war klar und frisch, und ich spürte, dass Püppilotta Lust hatte zu laufen. Das passte mir gut, denn ich hatte das dringende Bedürfnis, mir den Kopf frei pusten zu lassen. Ich wollte die Worte, die ich gestern gesagt hatte, und die Dinge, die sie bedeuteten oder bedeuten konnten, aus meinen Gedanken genauso vertreiben wie die Sorgen wegen Rim, die mich seit unserem letzten Treffen begleiteten. Und was wäre dafür besser als eine Kutschfahrt mit meinem kleinen Lieblingspferdchen?

Wir waren deshalb eine große Runde gefahren, auf uns bisher noch unbekannten Wegen, bei denen ich zeitweise keine Ahnung mehr hatte, wie wir wieder zurückfinden würden. Aber irgendwie hatte mir dieser Gedanke sogar gefallen. Außerdem hatte ich mein Handy mit und dieses Mal sogar eingeschaltet. Also würde ich im schlimmsten Fall einfach Schmidt anrufen, damit sie uns helfen konnte.

Wir waren bereits einige kleinere Strecken galoppiert, aber auch viel entspannt und gemütlich vor uns hin getrabt. Das witzige Hüpfen, das Püppilottas Bewegungen zu mir trug und das ich in meinem gesamten Körper spürte, munterte mich auf, und ich konnte gar nicht anders, als zu lächeln, während ich dem dicken Haar zusah, wie es ebenfalls im Takt auf und ab wippte.

Nach einer kleinen Verschnaufpause, bei der Püppilotta einige letzte Blätter von einem Baum zupfen durfte, befanden wir uns jetzt auf dem Rückweg, und so langsam kamen mir die Straßen und Wege wieder bekannt vor. Wenn ich richtiglag, führte der Feldweg, der sich jetzt vor uns erstreckte, nach der Biegung wieder in Richtung Wäldchen, das hinter den letzten Häusern der Siedlung begann. Von dort war es noch eine gute Dreiviertelstunde bis zum Hof, wenn wir es ruhig angehen lassen würden.

Aber jetzt war erst einmal Galopp angesagt, und darum ließ sich Püppilotta kein zweites Mal bitten. Schon bei ihrem Namen hatte sie ein Öhrchen nach hinten zu mir gerichtet, das andere nach vorne auf den Weg. Ich hatte noch nicht die Peitsche gehoben, da beschleunigte sie ihr Tempo und ließ einigen Trabschritten bereits im nächsten Moment den ersten Galoppsprung folgen. Ich ließ die Leinen locker und beugte mich leicht vor.

»Los, schneller«, feuerte ich mein Pony an, denn ich hatte die Erfahrung gemacht, dass Püppilotta ein wenig Jubel und Begeisterung brauchte, damit sie alles gab. Da war sie wie wir alle.

Auch dieses Mal wirkten meine Zurufe Wunder, und wir schossen den verschneiten Feldweg entlang. Es fühlte sich beinahe wie Fliegen an. Püppilottas Hufe schienen kaum den Boden zu berühren. Auch die Räder unter mir spürte ich kaum noch. Das Feld links neben uns rauschte vorbei. Die Hecken und Büsche rechts ebenso. Der Wind trieb mir Tränen in die Augen. Ich wurde heiser vom Schreien. Mein Atmen kam kaum hinterher.

Viel zu schnell erreichten wir das Wegende und mussten jetzt nach rechts. Ich steuerte zu spät nach links gegen. Und wir nahmen die Kurve zu eng. Dort lag ein Baumstamm, dessen einer Arm etwas herausragte. Er traf den Reifen. Der Sulky machte einen Satz nach links. Ich rutschte auf meinem Sitz. Püppilotta kam leicht ins Straucheln. Aber es war zum Glück nur ein kurzer Schreck.

»Alles okay?«, rief ich ihr zu.

Musste wohl. Denn wir sausten weiter. Mein Pony streckte sich noch mal. Die Kutsche nahm ein weiteres Mal Fahrt auf. Ich keuchte und rief, rief und keuchte. Dann erst wurden Püppilotta und ich langsamer.

Sie schnaubte zufrieden. Und auch ich grinste so breit, dass mir die Lippen wehtaten. Aber ich weinte auch. Ich weinte richtig. Die Tränen liefen mir über die Wangen und tropften von meinem Kinn. Geräuschvoll zog ich die Nase hoch. Wer sollte mich hören? Hier war niemand, und Püppilotta störte es nicht.

»Das hast du toll gemacht«, flüsterte ich. Zu mehr hatte ich nicht die Kraft. Aber an den Ponyohren sah ich, dass sie mir genau zuhörte. »Ich danke dir, Püppilotta. Ich danke dir für alles.«

Denn genau so fühlte ich mich. Ich war dankbar. Ich war so dankbar für dieses kleine Pferdchen und dass es so unverhofft in mein Leben gekommen war und alles durcheinandergewirbelt hatte. Noch vor einigen Wochen hätte ich es nicht für möglich gehalten, dass ich heute hier auf dem Kutschbock sitzen und über Feldwege rasen und dabei so großen Spaß haben würde wie schon sehr, sehr lange nicht mehr.

So viel hatte sich verändert. Und das alles hatte mit Püppilotta begonnen.

Ich nahm die Leinen locker in die linke Hand, kramte mit der anderen ein Taschentuch hervor, mit dem ich mir das Gesicht abtrocknete und die Nase putzte. Das Pony lief jetzt ruhig im Schritt, atmete selbst noch etwas schwer von der wilden Fahrt, aber auch die heftige Bewegung ihres Bauchs kam langsam wieder zur Ruhe. Erst in diesem Moment fiel mir auch an Püppilotta die Veränderung auf. Denn anders als bei unserer ersten Begegnung sah sie nicht mehr aus wie ein Luftballon, der kurz vor dem Platzen stand. Sie war zwar immer noch pummelig, aber nicht mehr ganz so dick wie vor ein paar Wochen.

»Scheint, als würden unsere Fahrten nicht nur mir guttun«, erzählte ich dem Shetty mit einem leichten Lächeln.

Als Antwort schnaubte Püppilotta wieder einmal.

Zwischen den Bäumen blitzten jetzt einige Häuser hervor, deshalb wollte ich mein Pony gerade leicht nach rechts wenden, als ich ein Geräusch hörte. Im ersten Augenblick wusste ich nicht, was es war oder woher es kam. Ich sah mich um. Auch Püppilotta hob den Kopf und drehte die Ohren in alle Richtungen. Bis mir klar wurde, dass meine Tasche diese Melodie machte. Oder eigentlich etwas in meiner Tasche. Endlich erkannte ich den Ton. Mein Handy.

»Halt«, sagte ich zu dem kleinen Pferdchen und zog leicht an den Leinen.

Hastig kramte ich in meiner Jackentasche. Das Klingeln wurde lauter. Irgendwas an der Art des Klingelns machte mich nervös, obwohl ich nicht hätte sagen können, wieso. Als ich das Telefon endlich in den Händen hielt, brauchte ich einen Moment, um die richtige Taste zu finden, so aufgeregt war ich plötzlich. Ich vergaß sogar, auf das erleuchtete Display zu gucken, um zu wissen, wer mich anrief.

»Hallo?«, fragte ich deshalb ahnungslos.

»Mama.«

»Elisa?«

»Es geht um Merle.«

»Was ist mir ihr?«

»Sie ist im Krankenhaus. Es ist was mit dem Baby.«

»Mit dem Baby? Was ist denn mit dem Baby? Was

ist los? Ist es schlimm? Elisa, sag mir, wie schlimm es ist.«

»Du musst herkommen«, antwortete meine Tochter. »So schnell es geht.«

Danach sagte Elisa noch mehr, und ich hörte ihr auch zu, ich hörte sogar einige Male meine eigene Stimme, als ich etwas fragte, aber meine Gedanken waren längst woanders. Im Krankenhaus. Das war alles, was ich denken konnte. Merle war im Krankenhaus.

Ich war im Wald. Mit Püppilotta. Und der Kutsche.

Wie kam ich jetzt ins Krankenhaus?

Und dann lag die Antwort plötzlich vor mir.

»Ich bin gleich da«, hatte ich noch ins Handy gesagt, ehe ich mich an mein Pony wandte: »Püppilotta, wir müssen los. Wir müssen ins Krankenhaus. Zu Merle.«

Sie wandte den Kopf zu mir um und sah mich aufmerksam und mit einem abenteuerlustigen Funkeln in den Augen an. Damit war die Sache klar, und noch bevor ich das Signal zum Abwenden geben musste, bewegte sie sich bereits nach links und steuerte auf einen Pfad zwischen den Bäumen zu, der zur Straße führte.

Wir hatten Glück, dass die Straße nicht viel befahren war. Nur ein Autofahrer kam an uns vorbei und warf uns einen irritierten Blick zu, während wir hinter ihm auf die Straße einbogen. Falls mein Pony noch nie eine Kutsche durch den Straßenverkehr gezogen hatte, ließ es sich das zumindest nicht anmerken. Es ging zügig vorwärts und schien Lärm und andere Fahrzeuge einfach zu ignorieren.

Es machte ihr nicht einmal etwas aus, als ich sie nach kurzer Zeit darum bat, anzutraben, damit wir schneller vorankamen, sondern sie trippelte entspannt ihres Weges, während mich das rhythmische Wackeln beruhigte und ich zum ersten Mal seit Elisas Anruf wieder bewusst atmen konnte.

Der Weg bis zum Krankenhaus kam mir lang und kurz zugleich vor. Als ich die oberen Etagen des Hochhauses über den Dächern auftauchen sah, war ich erleichtert, und gleichzeitig wurde mir schlecht vor Angst. In meinem Kopf wiederholten sich immer wieder dieselben Fragen.

Was war passiert? Ging es Merle gut? Was war mit dem Baby?

Als ich auf den Krankenhausparkplatz einbog, hatte ich mich an die vielen ungläubigen Blicke und überraschten Kommentare längst gewöhnt. Anders als sonst, wenn Püppilotta und ich unterwegs waren, konnte ich mich darüber auch nicht freuen. Ich reagierte nicht einmal mehr darauf, sondern behielt mein Ziel im Blick. Fast hatte ich den Haupteingang erreicht, und erst jetzt wurde mir klar, dass ich mir doch etwas mehr Gedanken hätte machen müssen. Ich konnte das Pony ja nicht einfach abstellen wie ein Auto oder an den Fahrradständern anbinden. Was sollte ich tun? Ratlos sah ich mich um. Wenn sie sich langweilte, wollte ich mir nicht ausmalen, was sie sich einfallen lassen würde. Außerdem hatte ich Sorge, jemand würde so ein süßes und hübsches kleines Pferdchen einfach stehlen. Also musste ich sie mit ins Krankenhaus nehmen. Das war die einzige Option, wenn mich meine Tochter so schnell wie möglich brauchte.

»Hör zu, Püppilotta. Wir gehen jetzt zusammen da rein. Du und ich«, erklärte ich meinem Pony und machte mich bereits daran, das Geschirr abzuschnallen. »Ich bin mir nicht sicher, ob Shetlandyponys in einer Klinik erlaubt sind, deshalb musst du dich möglichst unauffällig verhalten. In Ordnung? Keine verrückten Ideen und vor allem keine Pferdeäpfel auf der Station. Wenn du noch mal auf Toilette musst, mach es bitte jetzt.«

Das Shetty sah mich aufmerksam an, als würde es mir wirklich zuhören, aber schon im nächsten Moment drehte es den Kopf und wollte seine Nase in einen der Mülleimer versenken, die neben den Fahrradständern standen.

»Was habe ich denn gerade gesagt?«, fragte ich vorwurfsvoll. »Keine verrückten Ideen. Und gefressen wird auch nichts. Ist das klar?«

Mit einer Hand bemühte ich mich, mein kleines Pferdchen im Zaum zu halten, während ich mit der anderen den Sulky so in die Ecke schob, dass er möglichst wenig störte. Dann atmete ich einmal kurz durch und warf Püppilotta noch einen kurzen Blick zu.

»Also los«, sagte ich, und gemeinsam machten wir uns auf den Weg zum Haupteingang.

Durch eine Schiebetür gelangten wir in ein Foyer mit der Anmeldung, die weihnachtlich geschmückt war. Auf dem Tresen stand ein Adventskranz, an dem drei der vier elektrischen Kerzen eingeschaltet waren. Außerdem war seitlich davon eine große Weihnachtsmannfigur aufgebaut, zu deren Füßen Geschenke aufgetürmt waren. Ich war froh, dass die Frau hinter der Glasscheibe nicht in unsere Richtung schaute, denn so konnte ich Püppilotta von ihr unbemerkt unterhalb des Schalters platzieren, sodass mein Pony fast unsichtbar war. Ich musste jedoch aufpassen, dass es sich nicht über die Dekoration hermachte.

»Ich suche Merle Gildemeister. Sie bekommt ein Baby und ist heute zu Ihnen gekommen«, sagte ich der Frau, die in ihren Computer schaute und mir eine Stations- und Zimmernummer nannte.

»Dafür müssen Sie da vorne den Aufzug nehmen und in die dritte Etage fahren.«

»In die dritte Etage, vielen Dank.« Ich drehte mich um, und während die Frau gleich wieder in ihre Unterlagen vertieft war, steuerten Püppilotta und ich gemeinsam auf die Fahrstühle zu.

»Du kommst mit dem Pferd?«, war das Erste, was Elisa sagte, als Püppilotta und ich, so schnell wir konnten, in Merles Zimmer schlüpften.

»Pst«, machte ich und schloss hinter uns die Tür.

»Du kommst doch nicht wirklich mit einem Pferd ins Krankenhaus, Mutter. Was ist los mit dir?«

»Es ist ein Pony«, verbesserte ich.

»Mir ist egal, ob es …«, wollte sie antworten, aber Mika kam ihr zuvor.

»Wie süß es ist«, sagte sie. »Und so winzig.«

Ich suchte den Raum ab. »Wo ist Merle?«, fragte ich.

»Papa und sie sind auf den Fluren unterwegs«, erklärte Elisa.

»Was sagen die Ärzte?«

»Nichts Genaues. Das Baby hat sich noch immer nicht gedreht. Sie wollen es wahrscheinlich holen.«

»Ich muss zu ihr«, sagte ich entschlossen.

Ich wollte mich bereits umdrehen, als meine Tochter mich zurückhielt: »Mit dem Pony?«

»Ach so. Nein.« Ich sah Püppilotta an, sie sah mich an. »Kannst du sie nehmen?«, fragte ich, war selbst nicht sicher, ob ich damit Elisa oder Mika gemeint hatte, und hielt den Strick irgendwo zwischen sie.

Als Elisa zögerte, machte Mika einen Schritt nach vorne. »Ich mach das«, sagte sie, und ich lächelte sie dankbar an, als ich ihr mein Pony übergab.

»Du musst aufpassen. Sie hat zu allem eine klare Meinung. Außerdem frisst sie fast alles.«

»Das kriegen wir schon hin«, erwiderte Mika zuversichtlich.

»Also gut.« Ich warf einen letzten Blick auf Püppilotta. »Ich komme gleich wieder«, sagte ich ihr, dann verließ ich das Zimmer.

Auf dem Flur war von Merle und Werner keine Spur. Ich suchte überall. Meine Schuhe hinterließen ein hektisches Quietschgeräusch auf dem Linoleumfußboden, weil ich so schnell lief. Im Schwesternzimmer unterhielten sich die Pflegerinnen darüber, dass eine von ihnen ein Pony auf der Station gesehen haben wollte. Ihre Kolleginnen schoben das auf zu viele Nachtschichten, und ich hastete weiter.

Dann endlich entdeckte ich sie.

Merle und Werner liefen nebeneinander, er innen, sie daneben und hielt sich mit der einen Hand an ihm, mit der anderen leicht an der Wand fest. Sie kamen nur sehr langsam voran.

»Merle«, rief ich von Weitem. »Merle.« Sie hatten mich gehört, waren stehen geblieben und sahen sich zu mir um. Ich rannte los. »Ich habe euch schon gesucht«, rief ich, als ich sie noch nicht erreicht hatte. Aber schließlich hatte ich es geschafft.

»Mama«, war alles, was Merle rausbrachte, und schlang die Arme um mich.

Ich drückte sie so fest an mich, wie es der Bauch zwischen uns zuließ, dabei sagte ich immer wieder ihren Namen. So hatte ich es schon gemacht, als sie noch ganz klein gewesen und das erste Mal vom Baum gefallen war oder als sie sich den Arm beim Skateboardfahren gebrochen hatte. Fast ein bisschen beschwörend, als könnte ich damit Schlimmeres verhindern.

»Ich hatte schon Angst, ich wäre zu spät«, flüsterte ich.

»Das Baby ist noch drin«, antwortete Merle. »Aber es will sich einfach nicht drehen. Und dabei hab ich alles versucht. Indische Brücke, Moxen, Musik. Stundenlang bin ich auf allen vieren rumgekrabbelt, und wenn ich noch einmal auf einen Gymnastikball steigen muss, raste ich wahrscheinlich aus. Aber nichts hilft. Langsam bekomme ich wirklich Angst, Mama. Was ist, wenn bei der Geburt was nicht richtig läuft?«

Ich schob sie ein Stück von mir weg, damit ich sie anschauen konnte. »Mach dir keine Sorgen, du bist in guten Händen, und wir sind hier und helfen dir. Aber ich bin auch froh, dass sich unser Enkelkind noch nicht auf den Weg gemacht hat, denn ich wollte dir unbedingt noch was sagen.«

»Und was?«

»Du bist wichtig.«

»Was? Was meinst du?«

»Du wirst in den nächsten Stunden Mutter.«

»Stunden?«, stöhnte Merle auf. »Du verstehst es wirklich, jemanden aufzumuntern.«

»Gut, sagen wir Minuten, in wenigen Minuten. Und es wird die einfachste und witzigste Sache deines gesamten Lebens. So besser?« Ich zwinkerte ihr zu.

Meine Tochter grinste. »Viel besser.«

»Du wirst also in den nächsten Minuten, vielleicht sogar Sekunden auf eine ganz entspannte und herzerwärmende Weise Mutter eines kleinen Würmchens, das du so sehr lieben wirst, wie du nie gedacht hättest, dass du lieben könntest. Und du wirst die nächsten Jahre damit verbringen, dich um dieses Kind zu kümmern, es zu umsorgen und es auf jede erdenkliche Weise darin zu unterstützen, ein eigenständiger kleiner Mensch zu werden. Und nebenbei wirst du dir die schlimmsten Sorgen machen, um dieses Würmchen, aber auch darum, ob du auch nur irgendwas bei all dem halbwegs richtig gemacht hast.«

»Du bist ja heute voller aufbauender Worte, Mama.«

»Ja, ich weiß«, gab ich zu. »Aber was ich eigentlich sagen möchte: Bei all dem, was in den nächsten Wochen und Monaten und Jahren auf dich zukommt, will ich, dass du nicht vergisst: Du bist wichtig. Nicht nur als Mutter. Das auch. Aber als Person. Als du selbst. Ich möchte, dass du dich über das Kümmern um einen anderen Menschen nicht selbst aus den Augen verlierst. Denn du bist wichtig«, wiederholte ich noch einmal.

»Mama ...«

»Das ist nicht egoistisch. Das ist einfach ... Ich wünschte, mir hätte das jemand gesagt. Ich wünschte, ich hätte es mir selbst mal gesagt.«

Merle musterte mich einige lange Augenblicke, dann griff sie nach meinen Händen. »Ich wünschte auch, dass dir das jemand gesagt hätte«, flüsterte sie mir zu.

Ich musste schwer schlucken.

»Weinst du?«

»Quatsch. Nein.« Eilig fuhr ich mir über die Augen.

»Du weinst doch. Och, Mama.« Merle küsste mich auf die Wange und strich mir ebenfalls Tränen aus dem Gesicht.

Die gesamte Fahrt hierher war mir das nicht aus dem Kopf gegangen, und ich hatte mir solche Vorwürfe gemacht, dass ich darüber mit Merle nicht früher gesprochen hatte oder überhaupt. Aber ich fing ja selbst erst gerade an, das alles auch für mich richtig zu erkennen.

»So, und jetzt bekommst du erst einmal dein Kind. Ich hätte ja lieber jedes Mal auf der Couch gesessen und Chips gegessen.«

»Hättest du das mal besser getan«, erwiderte Merle. »Zumindest beim zweiten Mal. Dann müsste ich hier jetzt nicht stundenlang rumwatscheln und mein Baby dazu bringen, doch noch in Tauchposition zu gehen.«

»Nein, deine Mutter hat damals alles richtig gemacht«, sagte Werner. »Und Chips gab es später«, fügte er mit einem leichten Grinsen hinzu.

»Allerdings.« Ich erwiderte sein Lächeln. »Kann ich übernehmen?«, fragte ich.

»Sicher. Ich brauche sowieso eine kleine Pause. Deine Tochter hat einen ziemlich festen Händedruck. Dafür muss ich mir von den Schwestern hier erst einmal eine Portion Eis besorgen.«

»Dann merk dir das bitte, wenn du demnächst wieder versuchen solltest, das letzte Stück Kuchen zu ergattern«, sagte Merle.

»Ich werde es mir merken, wenn ich das nächste Mal wieder eine Handwerkerin brauche. Du hast Hände wie Schraubstöcke. Pass auf«, warnte er mich, als ich seine Position an Merles Seite einnahm und er in Richtung Zimmer ging.

»Ich habe es mir überlegt, Mama«, sagte Merle.

»Und was?«

»Ich glaube, ich möchte doch kein Baby.« Sie versuchte zu grinsen, wirkte dafür jedoch etwas zu erschöpft.

»Sollen wir einfach wieder nach Hause gehen?«

»Meinst du, sie lassen uns?«

»Wir fragen gar nicht.«

»Und dann gibt es Chips auf der Couch?«

»Dann gibt es Chips auf der Couch.« Liebevoll fuhr ich ihr über die Wange.

»Ich habe Angst«, sagte sie, nachdem wir einige Schritte schweigend nebeneinanderher gegangen waren.

Ich betrachtete sie. So lange hatten wir nicht mehr offen miteinander geredet. Ich hatte das Gefühl gehabt, sie würde mich bestrafen und aus ihrem Leben ausschließen. Die letzten Wochen und Monate war es mir vorgekommen, als hätte ich mich wie auf Zehenspitzen bewegt, weil ich nicht wieder etwas Falsches sagen wollte, weshalb sie noch mehr sauer auf mich sein würde. Erst jetzt merkte ich, wie sehr mir meine eigene Tochter deswegen gefehlt hatte. Sie hatte mir so unfassbar gefehlt.

Deshalb drehte ich mich zu ihr und zog sie in meine Arme. Zum ersten Mal spürte ich keinen Widerstand, keine Distanz mehr zwischen uns. Sie drückte sich sogar enger an mich.

»Ja, ich weiß«, murmelte ich in ihr Haar.

»Ich glaube, ich habe das alles nicht ausreichend durchdacht«, fuhr Merle fort, als wir uns schließlich wieder voneinander gelöst hatten. »Ein Kind ganz allein großzuziehen.«

»Doch, das hast du. Und du bist nicht allein.«

»Du weißt, was ich meine.«

»Ich weiß, was du meinst, aber du bist nicht allein.«

»Was ist, wenn ich es trotzdem nicht schaffe?«

Ich hob die Schultern. »Was heißt das schon? Ein Schritt nach dem anderen. Ein Tag nach dem anderen. Kinder haben ist wie Laufen lernen.«

»Irgendwann kann man es?«

»Irgendwann denkt man, man könnte es. Und dann fällt man richtig auf die Nase«, antwortete ich amüsiert.

»Sehr tröstlich. Oh fuck«, entfuhr es ihr plötzlich.

Sie beugte sich vor. Ihre Hand drückte meine so fest, dass ich selbst beinahe in die Knie gegangen wäre. Sie stützte sich gegen die Wand. Verzog das Gesicht. Stöhnte auf. Atmete geräuschvoll aus. Ich blieb neben ihr stehen und wartete.

Wie verrückt das war. Mein Kind bekam ein Kind. Und ich durfte in dieser Situation bei ihr sein, sie unterstützen und ihre Hand halten. Das fühlte sich sehr besonders an.

Der Lauf des Lebens kam mir wie eine Ziehharmonika vor, und jetzt gerade wurden beide Teile so eng zusammengepresst, dass sie einander fast berührten. Ich hatte nicht das Gefühl, dass über dreißig Jahre vergangen waren. Wie konnte das so schnell passieren?

»Dein Vater hat recht«, sagte ich, als die Wehe vorbei war und Merle sich wieder aufrichtete, Luft holte und die Verkrampfung aus ihrem Körper wich.

»Und das aus deinem Mund«, antwortete sie und versuchte zu lachen, was ihr jedoch misslang.

»Hätte ich selbst kaum für möglich gehalten.«

»Und womit?«

»Deine Hände sind wie Schraubstöcke.« Mit schmerzerfülltem Gesichtsausdruck schüttelte ich den freien Arm aus.

»Wer hätte gedacht, dass ich meine geheime Superkraft bei der Geburt meines Kindes entdecke?«

»Das tun die meisten Frauen«, sagte ich. »Für die nächsten Jahre kannst du sie auch gut gebrauchen.«

»Bitte keine weiteren Aufmunterungsversuche mehr, Mama.«

»Aber das sind nicht die einzigen Superkräfte, die du hast. Du warst schon immer deine eigene Superheldin. Wie ... wie hieß sie noch? Sailor Mohn?«

»Sailor Moon.«

»Genau die. Und du, Merle Gildemeister, bist eine Superheldin. Das warst du schon immer. Und das wirst du immer sein. Die Superheldin in deinem eigenen Superheldinnenleben. Vergiss das nicht. Niemals. Kannst du mir das versprechen?«

»Ich denke schon«, erwiderte Merle langsam.

»Gut«, sagte ich und nickte.

»Scheiße!« Ihre Hand griff nach meiner.

»Was denn? Eine weitere Wehe?«

»Nein ... Moment ... falscher Alarm.«

»Ich glaube, für die nächsten Wehen sollte ich mir wirklich Sicherheitshandschuhe holen. Gut, dass wir in einem Krankenhaus sind. Ich sollte unbedingt mal fragen, auf welcher Etage die Chirurgie ist. Oder würde man damit eher in die Orthopädie gehen?«

»Wie wär's mit der Notaufnahme?«

»Keine schlechte Idee. Wenn du noch mal so fest drückst, kommt bestimmt Blut«, erwiderte ich belustigt.

»Vielleicht können Papa und du euch ein Zimmer teilen. Als Unfallopfer.«

»Meinst du nicht, dass es da nur noch mehr Verletzte gibt?« Ich lachte.

»Mama? Wie bist du eigentlich so schnell hergekommen? Elisa meinte, du wärst mit deinem Pony unterwegs.«

»War ich auch. Bin ich noch.«

»Was soll das heißen?«

»Ich habe Püppilotta mitgebracht. Ins Krankenhaus.«

Ungläubig starrte sie mich an. »Hast du nicht!«

»Doch. Sicher. Was sollte ich sonst machen?«

»Püppilotta?«

»Das ist ihr Name.«

»Das heißt, Püppilotta ist hier irgendwo im Krankenhaus?«, fragte Merle und senkte die Stimme, damit uns niemand hören konnte.

»In deinem Zimmer«, flüsterte ich zurück.

»In meinem Zimmer? Das will ich sehen.«

»Sie ist wirklich ganz süß«, sagte Elisa und deutete auf Püppilotta, die in einer Ecke des Krankenhauszimmers stand und Wasser aus einer Plastikschüssel trank, die ich ihr hingestellt hatte.

Merle war abgeholt worden. Die Ärztin hatte sich für einen Kaiserschnitt entschieden, um das Baby zu holen, und wir konnten nichts anderes tun als warten. Werner, Mika und drei von Merles engsten Freundinnen und Freunden waren nach unten gegangen, um sich etwas in der Cafeteria zu kaufen. Rim war auf dem Weg hierher. Sie wollte ein Taxi nehmen und musste jeden Moment kommen. Ich hatte das Gefühl, mich nicht rühren zu können. Ich musste genau an diesem Ort bleiben, in diesem Zimmer, keine Ahnung, wieso. Elisa schien es ähnlich zu gehen.

Ich hatte Schmidt angerufen und ihr alles erzählt. Sie würde Püppilotta abholen. Aber für den Moment war ich froh, dass mein Pony noch da war.

Es half mir, es zu beobachten, wie es sich ganz selbstverständlich durch den Raum bewegte, als würde es sonst nicht in einem Offenstall wohnen, sondern schon immer in einem kleinen Krankenhauszimmer, in dem es nach Desinfektionsmitteln roch. Püppilotta schien sich an alles anpassen zu können. Sie hatte inzwischen aufgehört zu trinken, knabberte ein wenig am Rand der Schüssel, hob dann einen Huf, tauchte ihn in das übrig gebliebene Wasser und bewegte ihn energisch hin und her, dass die Tropfen in alle Richtungen flogen. Anschließend prustete sie noch einmal in die Plastikschale.

»Und sie ist frech«, fügte Elisa hinzu.

Ich lächelte. »Ja, das ist sie.«

»Warum hast du uns nie von ihr erzählt?«

»Ich weiß nicht«, antwortete ich ausweichend, aber Elisa hatte mich gleich ertappt.

»Doch, weißt du«, sagte sie.

»Am Anfang wollte ich euch nicht einen weiteren Beweis dafür liefern, dass ich eine Tierhasserin bin.«

»Du magst Tiere ja auch wirklich nicht besonders.«

»Doch ... ich ...«, wollte ich widersprechen, entschied mich dann aber anders: »Ja, kann schon sein.«

»Was war bei ihr anders?«

»Es war irgendwie ... keine Ahnung. Sie hat mich einfach überrumpelt. Ich hätte doch auch nie geglaubt, dass ich mal ein Pferdemädchen werden würde.« Ich verzog das Gesicht. »Aber irgendwas war da zwischen uns. Von Anfang an.«

»Hat sie dir in die Augen und damit in die Seele geblickt?«, fragte Elisa leicht amüsiert.

»Na ja, erst einmal hat sie mich mit dem Arsch nicht angeguckt«, gab ich zurück, als ich an Püppilottas und mein erstes Kennenlernen dachte. »Ich war ihr vollkommen egal.« Ich musste lachen. »Sie war so stur. Richtig störrisch. Ich wollte sie aus meinem Garten vertreiben. Ich habe sogar versucht, sie zu schieben.«

»Zu schieben?«

»Ja, ich habe mich mit aller Kraft gegen ihren Hintern gelehnt. Und sie hat sich einfach nicht vom Fleck gerührt. Keinen einzigen Schritt. Das hat mich wahnsinnig gemacht.«

Elisa grinste. »Da bin ich mir sicher.«

»So ist sie bei allem. Sie hat eine klare Meinung. Sie weiß ganz genau, was sie will, und vor allem, was sie nicht will. Immer. Und das sagt sie dir auch. Einfach so. Mitten ins Gesicht. Wenn du willst, dass sie etwas tut, musst du ihr schon gute Gründe dafür geben. Das ist ziemlich anstrengend, aber irgendwie auch eine tolle Herausforderung«, fügte ich hinzu. »Ich glaube, ich hatte von Anfang an das Gefühl, ich könnte von ihr sehr viel lernen.«

»Und welche guten Gründe hast du ihr gegeben? Püppilotta? Damit sie etwas tut?«, fragte sie. »Möhren und Äpfel?«

»Auch«, antwortete ich. »Aber vor allem Spaß, würde ich sagen. Das hat sie mir auch beigebracht.«

»Was? Wie man Spaß hat?« Elisa wollte lachen, tat es aber dann doch nicht.

»Daran hat sie mich wieder erinnert. Denn ich durfte auf keinen Fall langweilig sein und habe dabei festgestellt, dass ich es tatsächlich nicht bin.«

Einige Momente lang betrachtete ich Püppilotta, wie sie dort stand und wieder etwas auszuhecken schien. Ja, sie hatte mein Leben ganz schön umgekrempelt. Dann ging mein Blick zum Fenster. Es hatte wieder zu schneien angefangen.

Neun

Das Baby war da. Es war mitten im ersten richtigen Schnee dieses Winters auf die Welt gekommen.

Und beide hatten die Geburt gut überstanden.

Ich blieb noch länger im Krankenhaus, um bei Merle und meinem Enkelkind zu sein. Ich fühlte mich überwältigt. Irgendwie von allem. So viele Erinnerungen brachen über mich herein. Damit hatte ich nicht gerechnet. Ich merkte erst jetzt, dass ich mich gar nicht darauf eingestellt hatte, wirklich Oma zu werden. Die Leihomasache hatte mich auf gar nichts vorbereitet. Mit meinen jetzigen Gefühlen hatte es so wenig zu tun wie Schwimmen im See mit Kraulbewegungen an Land. Anders als Werner behauptet hatte, konnte man so etwas nicht vorher üben.

Ich hielt dieses kleine Wesen im Arm, aber noch viel länger saß ich an Merles Bett und sah ihr zu, wie sie dieses kleine Wesen im Arm hielt und ganz verzückt mit ihm sprach, es anlächelte, ihm über die Wangen streichelte und mich mit einem seltsamen Ausdruck in den Augen anschaute, an den ich mich selbst noch gut erinnerte, mit einer Mischung aus Verzückung und Erschrecken, ob sie dieses Kind jetzt für immer würde behalten dürfen.

Irgendwann war Mika mit Püppilotta nach unten gegangen. Wahrscheinlich hatte Schmidt sie bereits abgeholt. Ich konnte mich jedoch nicht losreißen.

Inzwischen war auch Rim bei uns im Krankenhaus angekommen, und als Merle eingeschlafen war, blieben wir beide noch eine Weile an ihrem Bett stehen, hielten uns in den Armen und betrachteten sie gemeinsam.

»Das Leben geht weiter«, flüsterte ich Rim zu.

Und sie nickte als Antwort. »Das Leben geht immer weiter.«

Erst danach machten wir uns jede für sich auf den Weg nach Hause. Werner war schon früher gefahren, und er hatte gesagt, er würde mich abholen, wenn ich Bescheid geben würde. Aber mir war nicht danach, abgeholt zu werden. Am liebsten wäre ich mit meinem Pony und meiner kleinen Kutsche zurückgefahren. Die frische Luft und das Getrappel der kleinen Hufe hätten mir sicher gutgetan, aber Püppilotta stand wahrscheinlich längst satt und zufrieden in ihrem Auslauf.

Ich entschied mich, durch den Schnee zu laufen, obwohl der Weg eigentlich zu lang war, vor allem für mein Knie. Es war deshalb schon dunkel, als ich endlich zu Hause ankam, und Werner bereits im Bett. Ich bemühte mich, mich so leise wie möglich fertig zu machen, aber gerade, als ich mich auf meine Matratzenseite rollte, spürte ich Werners Hand um meine.

Ich sah auf meine Finger in seinen, dann ihn an.

Wir lächelten.

Als ich am nächsten Morgen aufwachte, war Werner nicht da. Es lag ein Zettel auf seinem Kissen.

Es geht ihnen beiden gut, stand da.

Also hatte er schon mit Merle gesprochen. Beide hatten die erste Nacht zusammen gut überstanden. Ich betrachtete das Papier länger als nötig. Ging die einzelnen Worte mit meinen Augen ab und fuhr sie mit den Fingern nach. Ich faltete den Zettel schließlich zusammen und legte ihn neben mich. Ich würde ihn später in meine Hosentasche stecken, weil ich die Worte bei mir haben wollte. Keine Ahnung, wieso, aber es fühlte sich richtig an. Für den Moment konnte ich allerdings noch etwas länger liegen bleiben und dem immer noch fallenden Schnee vor meinem Fenster zuschauen.

Ich musste noch einmal eingeschlafen sein, denn als ich auf die Uhr sah, war es kurz nach zehn. So spät war ich schon seit Ewigkeiten nicht mehr aufgestanden. Ich gähnte und strich mir durch die Haare, dann angelte ich nach meinem Handy. In unserer Familien-Nachrichten-Gruppe gab es ein Bild vom Baby, darunter hatte Merle geschrieben: *Yuki wünscht guten Morgen.*

Darunter hatten Elisa, Mika und Werner große rote Herzen gesendet.

Ich zögerte kurz, dann tippte ich: *Omma hat verschlafen.* Ehe ich ebenfalls ein Herz einfügte.

Ich brauchte noch einen weiteren Moment, um wach genug zu werden und nach unten zu gehen. Aber auch da war Werner nicht. Ich fand ihn nicht in der Küche. Ich fand ihn nicht im Wohnzimmer. Ich fand ihn nicht im Garten oder in der Garage.

»Werner«, rief ich einige Male, erhielt aber keine Antwort.

Als ich erneut auf die Terrasse hinaustrat, die teilweise von Schnee bedeckt war, und mich umsah, fiel mein Blick auf den Zaun. Konnte es sein …?

Ich ging zurück ins Haus, dann nach draußen und nebenan. Noch bevor ich es mir anders überlegen konnte, hatte ich geklingelt. Ein lautes Bellen ertönte, das mich unwillkürlich einen Schritt zurücktreten ließ. Trotzdem tat sich ansonsten erst einmal nichts, und ich wollte gerade den Rückweg antreten, als Kowalski die Tür öffnete, in einer ausgebeulten Hose und einem schwarzen T-Shirt irgendeiner Heavy-Metal-Band mit einer schrecklichen, gruseligen Fratze mitten auf der Brust. Es war viel zu dünn für das Wetter. Sein Hund drängte sich von hinten zwischen seinen Beinen und dem Türrahmen nach vorne, um etwas sehen zu können. Kowalski griff nach dem Halsband.

»Sie benutzen ja die Vordertür«, sagte er mit ausdruckslosem Gesicht.

»Natürlich«, wollte ich einwenden, als mir unsere letzte Begegnung wieder einfiel, bei der ich durch seinen Garten gekrochen war. »Immer mal was Neues«, antwortete ich deshalb. »Ich suche meinen Mann. Werner.«

»Ich glaube, der wollte in den Baumarkt. Aber heute war er noch nicht hier.«

»Okay, danke.« Ich hatte mich schon halb umgedreht, und Kowalski hatte fast die Tür wieder geschlossen, als ich innehielt. »Was heißt, heute noch nicht? Ist er öfter hier?«

»Fast jeden Tag.«

Ich hob die Augenbrauen. »Fast jeden Tag?«

»Erst seit ein paar Wochen.«

»Ein paar Wochen?« Ich starrte ihn an.

»Wussten Sie das nicht?«

»Nein.«

»Oh«, machte Kowalski und nahm mir damit das Wort aus dem Mund.

Ja, oh. Warum wusste ich das nicht? Warum hatte Werner nichts gesagt? Und was machte er fast jeden Tag hier?

»Ich hoffe, das war nicht verboten.«

»Wieso verboten?«

»Weil Sie mich ja nicht besonders mögen«, erwiderte Kowalski. Es klang nicht wie ein Vorwurf, fühlte sich aber ein bisschen so an.

Ich überlegte, ob ich ihm widersprechen sollte, irgendwelche Ausflüchte suchen, aber ich entschied mich dagegen. Es wäre unehrlich gewesen, und Kowalski würde mir wahrscheinlich ohnehin nicht glauben.

»Warum?«, fragte ich stattdessen.

»Warum was?«

»Warum ist er hier? Bei Ihnen?«

Kowalski zögerte. »Er kümmert sich.« Er wirkte etwas verschämt und zuckte ungenau die Schultern. »Um mich«, fügte er so leise hinzu, dass ich ihn kaum verstand.

»Er tut was?« Ich konnte es nicht fassen.

»Wollen Sie vielleicht reinkommen?«

»Ich ... also ... ich ...«, stotterte ich, unfähig, einen vollständigen Satz herauszubringen. In meinem Kopf wiederholten sich Kowalskis Worte. Er kümmert sich. Um mich. Er kümmert sich um mich.

»Ich verspreche, ich bin kein Axtmörder«, sagte Kowalski, als ich nicht reagierte.

»Ich habe eher Angst vor dem Hund«, antwortete ich, als ich mich endlich wieder ein bisschen gesammelt hatte, und deutete auf die große Hundenase, die noch immer in meine Richtung schnüffelte. Das Tier sabberte, was sehr eklig war.

»Der ist auch kein Axtmörder.«

»Dann bin ich ja beruhigt.«

»Also?« Er schob seinen Hund bereits zurück ins Haus.

»Ja ... Ist gut. Ich komme rein. Aber nur kurz«, sagte ich eilig und schaute hinter mich, ehe ich einen Schritt hinein machte.

Im Inneren des Hauses war die Luft schlecht. Es roch nach altem Essen, zu vielen Zigaretten und Bier. Es war dämmrig, weil die Gardinen vor den meisten Fenstern nicht aufgezogen waren. In den wenigen Lichtschneisen, die durch Schlitze im Stoff fielen, tanzten Staubflocken. Es war unaufgeräumt und wahrscheinlich dreckig, aber ich sah nicht so genau hin.

»Ich lasse eben den Hund raus«, sagte Kowalski mit einem Blick zu mir.

Wir hatten das Wohnzimmer erreicht, und er öffnete die Terrassentür. Sofort stob das Tier nach draußen in den Schnee.

»Wollen wir nicht auch nach draußen gehen?«, fragte ich, als ich mich gerade an zwei gefüllten blauen Müllsäcken vorbeischob.

»Sie meinen, draußen hört man Ihre Schreie besser?«

»Etwas in der Art«, murmelte ich, obwohl ich mir vor allem Sorgen um den fehlenden Sauerstoff und den Gestank machte.

»Wie Sie wollen.« Kowalski nickte, drückte die Tür noch etwas weiter auf und ging vor mir nach draußen.

»Wollen Sie nicht vielleicht eine Jacke anziehen?«, fragte ich.

Doch er schüttelte den Kopf. »Mir ist nicht kalt.«

»In Ordnung«, murmelte ich und schlug den Kragen hoch.

Kowalskis Terrasse war gepflastert, hatte aber keine Überdachung, deshalb war sie nun vollständig mit einer weißen Schicht aus gefrorenem Wasser überzogen. Es gab zwei alte, vergilbte Campingstühle, aber keinen Tisch. An der Seite aufgereiht standen Bierflaschen, neben dem einen Stuhlbein entdeckte ich ein Glas mit Zigarettenkippen, auch diese waren von einer Schneeschicht bedeckt. Trotz der Kälte war ich froh, hier draußen zu sein. Hier war die Luft deutlich besser, obwohl es auch hier unverkennbar nach Hund roch.

»Ich würde Ihnen ja gerne einen Platz anbieten«,

sagte Kowalski und deutete zu den Campingstühlen. »Aber …« Er ließ den Rest des Satzes zwischen uns hängen.

Ungenau wedelte ich mit der Hand durch die Luft. »Schon gut.«

Einen Moment schwieg ich, versuchte, meine Gedanken zu sortieren, und sah dem Hund zu, wie er schnüffelnd an der Hecke entlang durch den Schnee stapfte. Er schien etwas entdeckt zu haben, sprang einige Male in die Höhe und gab ein leises Bellen von sich, dann verlor er das Interesse und stromerte weiter.

Mein Blick fiel auf den Zaun, der tatsächlich notdürftig repariert war, wie Werner erzählt hatte. Mir wurde klar, dass ich mir das Ganze bisher nicht angesehen hatte.

»Was soll das heißen, Werner kümmert sich um Sie?«, fragte ich schließlich.

Kowalski antwortete nicht sofort, sondern rieb sich über die Stirn und kaute auf seiner Unterlippe. Ich dachte schon, er wollte gar nichts mehr erwidern, als er entgegnete: »Angefangen hat es vor Kurzem mit dem Zaun.« Wie zum Beweis deutete er mit dem Kopf in Richtung Grundstücksgrenze. »Der war Ihnen ja ein Dorn im Auge.«

»Ja«, erwiderte ich ehrlich.

»Wir haben uns bemüht, ihn auszubessern, damit Friedrich nicht mehr ständig in Ihren Garten geht.«

»Friedrich?«

»Friedrich der Große. Der Hund«, gab Kowalski zurück.

»Wie passend.«

»Danke. Jedenfalls …« Er überlegte kurz, wo er stehen geblieben war. »Er ist einfach schon zu kaputt. Der Zaun. Da ist nicht mehr viel zu machen. Wir wollten deshalb einen ganz neuen bauen, und Werner war auch schon im Baumarkt deswegen.« Es war seltsam, Werners Namen aus seinem Mund zu hören, so ganz selbstverständlich. Als wären sie Freunde, zumindest gute Bekannte. »Aber im Moment ist Material wohl schwer zu bekommen.«

»Das hat er gesagt.«

»Und er wollte auch nicht so einen hässlichen Metallzaun hinstellen. Es sollte ein schöner Holzzaun werden, über den Sie sich freuen können.«

Ich lächelte leicht.

»Danach hat es sich dann einfach ergeben.«

»Wie kann es sich einfach ergeben?«

»Wir haben ein bisschen geredet. Über meine Lage. Meine familiäre Situation und so weiter.« Er deutete ein Kopfschütteln an, aber ich war mir nicht sicher, wem das galt. »Und dann kam er mit einem Butterbrot vorbei.«

»Einem Butterbrot?«

»Ja. Mit Spiegelei. Er hat mir auch mal was gekocht.«

»Er hat gekocht? Werner hat gekocht?«, wiederholte ich.

»Ja. Er kocht ganz gut. Aber ich esse meist Spaghetti aus der Dose, deshalb habe ich nicht viele Vergleiche.« Kowalski wirkte beinahe entschuldigend. »Er hat angefangen, hier aufzuräumen.« Er machte eine Armbewegung in Richtung Haus. Seine Stimme wurde immer leiser, vielleicht weil ich eigentlich nicht hören sollte, was er sagte. »Ich wollte das nicht. Das habe ich ihm auch gesagt. Doch er hat sich nicht davon abbringen lassen.« Kowalski musste husten, hielt sich die Hand vor den Mund und brauchte einen Moment, um wieder zu Atem zu kommen. »Er hat aber auch nicht nur gearbeitet, wenn er hier war.«

»Sondern?«

»Wir haben auch geredet. Karten gespielt. Er mag auch Friedrich. Den Hund«, fügte er erklärend hinzu, weil er meinen verständnislosen Gesichtsausdruck falsch deutete. »Es ist nett, wenn er da ist. Es ... na ja ... hilft ... irgendwie.« Er räusperte sich noch einmal. »Ich hatte nicht viel Besuch in der letzten Zeit. Werner ist ein guter Kerl. Ihr Mann ist ... er ist einfach ein guter Kerl.«

Ich sah Kowalski an, dann ging mein Blick zu Friedrich, der im Schnee zu buddeln angefangen hatte, und weiter zum ausgebesserten Zaun. Dahinter lagen mein Garten und unser Haus. Ich hatte es noch nie aus dieser Perspektive gesehen. Schön sah es aus. Auch im Vergleich.

»Ja«, sagte ich nachdenklich. »Das ist er.«

»Ist unser nächster Termin nicht erst nach Weihnachten?«, fragte Saida, als sie überrascht die Tür öffnete. »Heute habe ich Sie gar nicht in meinem Kalender.«

»Nein«, erwiderte ich. »Der Termin ist nach Weihnachten. Wäre nach Weihnachten gewesen«, verbesserte ich.

»Kommen Sie doch rein.«

»Es dauert nicht lange.«

»Kommen Sie trotzdem rein«, sagte sie und trat zurück.

Ich erinnerte mich an dieses Gefühl aus der Zeit mit Elisa und Merle, wenn man selbst die Postbotin am liebsten zu sich hereingebeten hätte, nur um ein bisschen Abwechslung zu haben und ein paar Minuten lang mit einem erwachsenen Menschen reden zu können.

Saida schien allein mit Tula zu sein, die auf ihrem Hochstuhl in der Küche saß. Wie groß sie über die vergangenen Wochen geworden war, die ich sie nun schon begleitet hatte. Wie schnell das ging, sicher würde ich mir das auch bei meiner kleinen Enkelin denken. Saida trug dasselbe T-Shirt wie bei unserer ersten Begegnung und auch dieselbe Jogginghose. Ihre Haare hatte sie zu einem unordentlichen Zopf zusammengebunden. Auf dem Küchentisch lag ein aufgeschlagenes Buch, von dem die ersten Seiten gelesen worden waren.

Eigentlich hatte ich selbst gar nicht vorgehabt herzukommen. Ich war auf dem Weg zu Merle und Yuki gewesen, doch kurz bevor ich auf den Parkplatz abgebogen war, war mir plötzlich so klar gewesen, was ich tun musste, dass ich sofort gewendet hatte und auf dem direkten Weg zu Saida und Tula gefahren war. Nun stand ich hier, suchte nach den richtigen Worten und wollte es hinter mich bringen.

»Sieh mal, Tula«, wandte sich Saida an ihre Tochter. »Guck mal, wer da ist. Deine Leihomi. Wir haben Besuch.«

»Hallo, Tula«, sagte ich, stellte mich einen Moment gebückt so vor das Kind, dass es mir ins Gesicht sehen konnte. »Geht es Ihnen beiden gut?«

»Uns geht es sehr gut«, antwortete Saida. »Tula ist nur etwas quengelig heute.«

»Wie kommt's?«, fragte ich Tula.

»Sie hat schlecht geschlafen.«

»Oje«, sagte ich und warf Saida einen verständnisvollen Blick zu, den sie mit einem dankbaren Lächeln beantwortete. »Vielleicht machst du gleich noch einen Mittagsschlaf?«, schlug ich Tula vor. »Eine schlechte Nacht kann einem den ganzen Tag versauen, oder?« Ich strich ihr über den Kopf. »Weshalb ich hier bin.« Ich richtete mich wieder auf und sah jetzt Saida direkt an.

»Wie geht es Ihrer Tochter?«, wechselte sie das Thema.

»Sie hat ihr Baby bekommen.«

»Herzlichen Glückwunsch. Sind beide wohlauf?«

»Jetzt ja. Die Geburt war nicht ganz unproblematisch. Sie mussten das Baby holen. Wir haben uns einige Stunden ziemliche Sorgen um beide gemacht. Aber jetzt ist zum Glück alles gut. Und ich wollte auch gleich ins Krankenhaus, um sie zu besuchen.«

»Dann sind Sie jetzt nicht nur Leihoma, sondern auch noch eine richtige Oma.«

»Da Sie das schon ansprechen ...«

»Ich wollte Ihnen noch etwas erzählen«, unterbrach sie mich unvermittelt. »Ich habe nämlich mit Jan geredet.«

»Ach ja?«

»Wir fahren jetzt doch nicht in den Urlaub, wenn er Elternzeit hat. Zumindest nicht zusammen. Ich werde mit einer Freundin eine Woche lang eine Sprachreise machen. Ich wollte schon immer mal Vietnamesisch lernen.«

»Vietnamesisch?«, fragte ich überrascht.

»Und da dachte ich jetzt, warum bis zur Rente warten, oder?« Sie lachte ein wenig. »Vielleicht lerne ich auch Didgeridoo spielen. Das sind diese Instrumente ...«

»Ja, ich weiß, was das ist«, erwiderte ich mit einem leicht belustigten Grinsen.

»Ich habe noch viel über das nachgedacht, was Sie beim letzten Mal gesagt haben. Ich will jetzt wieder regelmäßig zum Yoga gehen, mindestens einmal die Woche, als festen Termin, und nicht nur, wenn es bei Jan passt. Dann muss er das mal organisieren. Außerdem hat er versucht, noch einen Monat länger Elternzeit zu bekommen. Aber das ist bei ihm auf der Arbeit für Männer nicht üblich. Nur die zwei ›Vätermonate‹.« Saida hob die Finger zu Gänsefüßchen und gab ein abschätziges Geräusch von sich. »Es ist nicht viel«, sagte sie dann. »Aber ich denke, es ist ein erster Schritt. Achte auf die Kleinigkeiten, oder?«

»Achte auf die Kleinigkeiten«, bestätigte ich und nickte ihr zu.

»Aber ich habe Sie gerade unterbrochen. Was wollten Sie sagen?«, fragte Saida.

»Ich habe mir auch noch viele Gedanken über das gemacht, was Sie gesagt haben, und ich …«

»Sie wollen aufhören«, kam sie mir zuvor.

Es war eine Feststellung, keine Frage, trotzdem antwortete ich: »Ja.«

»Das habe ich mir schon gedacht. Es war von Beginn an nicht das Richtige für Sie.«

Erstaunt betrachtete ich Saida. Warum hatte sie das so viel früher erkannt als ich? Denn es stimmte. Im Grunde war es nie das gewesen, was ich hatte tun wollen. Wenn ich gleich auf mein Gefühl gehört hätte, hätte ich wahrscheinlich gar nicht erst angerufen. Ich bereute es nicht, doch jetzt wusste ich es besser.

Denn ich hatte erst Saida gebraucht, die mir mit ihren Regeln, wohin ich mit Tula gehen durfte und wohin nicht, die Augen geöffnet hatte. Ihre Vorschriften hatten mich erst verärgert. Inzwischen war ich ihr beinahe dankbar. So konnte ich für mich erkennen, was ich wollte, und vor allem auch, was ich nicht wollte. Und dafür war ich tatsächlich auch bereit zu kämpfen.

»Ich hatte überlegt, ob ich anrufen soll, aber ich wollte es lieber persönlich machen«, sagte ich.

»Das ist sehr nett. Tula wird Sie bestimmt vermissen, aber wenn es nicht passt, passt es nicht. Wir brauchen jemanden, für den sie oberste Priorität hat.«

»Und das bin ich nicht. Ich möchte jetzt erst mal selbst Priorität haben.«

»Ja.« Saida nickte. »Und wer weiß? Vielleicht kommen wir Sie ja wirklich mal auf Ihrem Ponyhof besuchen.«

»Das wäre sehr schön. Und würden Sie mir eventuell noch einen Gefallen tun?«, bat ich, als ich mich bereits von beiden verabschiedet hatte und auf dem Weg in den Hausflur war.

»Und der wäre?«

»Könnten Sie in Ihrer nächsten Anzeige nicht Leihoma schreiben?«

»Warum nicht?«

»Ich mag das Wort einfach nicht. Frauen sollte man sich nicht ausleihen können.«

Saida zuckte leicht die Schultern. »Mich stört das nicht.«

»Aber mich schon.« Damit hob ich noch einmal zum Abschied die Hand und machte mich auf den Weg nach unten.

Vor der Haustür blieb ich einen Augenblick stehen und atmete durch. Ich fühlte mich befreit und war auch ein bisschen stolz auf mich. Weil ich meine Meinung vertreten hatte und für mich eingestanden war. Und zum ersten Mal seit Langem freute ich mich wieder auf das, was vor mir lag.

Denn ich würde weiter mein kleines Pony besuchen. Wenn möglich jeden Tag. Ich würde weiter mit ihm Kutsche fahren und Zirkustricks üben. Vielleicht würde ich sogar am Weihnachtsturnier teilnehmen. Aber vor allem wollte ich weiter lernen, die Pferdesprache zu verstehen, mit Püppilotta eine schöne Zeit verbringen und einfach Spaß haben. Ich hatte sogar bereits fest vor, Yuki irgendwann mit zum Stall zu nehmen. Möglicherweise auch Merle oder Elisa, wenn sie mochten. Wenn nicht, war das auch okay. Aber ich fände es wunderbar, wenn sie sehen könnten, was mich so glücklich machte.

Denn das tat es. Es machte mich glücklich. Dieses kleine Pony machte mich glücklich.

Er war es wirklich.

Da vorne am Zaun des Paddocks stand Werner und beobachtete die Pferde. Ich hatte sein Auto auf dem Parkplatz gesehen, aber ihn zunächst nirgendwo entdecken können. Trotzdem war ich jetzt überrascht, dass er hier war. Mit einer seltsamen Mischung aus Nervosität und Aufgeregtheit und Freude und irgendwie auch Misstrauen ging ich auf ihn zu.

»Du weißt schon, dass das ein Pferdeauslauf ist, oder?«, sagte ich zur Begrüßung und lächelte etwas unsicher.

»Das sind keine Kängurus?«, gab er zurück. »Du meinst, ich gucke mir seit einer Stunde tatsächlich Pferde an?«

»Du bist schon eine Stunde hier?«

Werner sah auf die Uhr an seinem Handgelenk. »So in etwa.«

»Warum?«

»Weil ich dich gesucht habe. Und jetzt weiß ich ja, dass du einen Großteil deiner Zeit am Stall verbringst.«

Ich lächelte. »Stimmt. Was gibt's?«

»Nichts.«

»Nichts? Ich dachte, du hast mich gesucht.«

»Ja, aber aus keinem besonderen Grund. Ich wollte dich nur finden. Deshalb bin ich hier.«

Ich musterte ihn. »Na gut, dann würde ich sagen, du warst erfolgreich. Da bin ich.«

»Da bist du.«

Ich stellte mich neben ihn an den Zaun und legte die Arme auf die obere Latte.

»Püppilotta hat die anderen Pferde ziemlich im Griff. Das ist sie doch da vorne, oder?«, fragte er und deutete auf mein kleines, blondes Pferdchen.

»Ist sie.«

»Ich glaube fast, sie ist die Chefin. Sie lässt sich von keinem der anderen was sagen. Auch wenn die doppelt so groß sind wie sie.«

»Niemals«, bestätigte ich nicht ohne Stolz.

»Aber ich glaube, sie hat mich wiedererkannt.«

»Ja?«

»Sie ist vorhin gekommen, um mich zu begrüßen. Aber als sie gemerkt hat, dass ich nichts zu essen dabeihabe, ist sie wieder gegangen. Und streicheln sollte ich sie auch nicht.«

»Sie weiß eben sehr genau, was sie will«, erwiderte ich mit einem Grinsen. »Deshalb kann ich ja auch so viel von ihr lernen.«

Werner sah mich an. »Klingt gut«, sagte er. »Stehen die Pferde hier nicht in Boxen? Ich dachte immer, Pferde stehen in Boxen.«

»Nein. Es sind Lauf- und Herdentiere«, erklärte ich ihm. »Deshalb sollten sie möglichst viel Zeit an der frischen Luft und mit anderen verbringen.«

»Was du alles weißt«, entgegnete Werner anerkennend.

Ich musste lächeln. »Aber wenn sie noch mal kommt, kannst du ihr das hier geben.« Ich kramte in meiner Hosentasche nach den kleinen grünen Presswürfeln.

Es waren zuckerfreie, kalorienarme Leckerchen aus Bio-Wiesenheu, wie mir Elisa erklärt hatte. Die hatte sie irgendwo im Internet bestellt, damit ich mein übergewichtiges Pony nicht mehr ständig mit Süßigkeiten vollstopfte, sondern eine gesunde Alternative hatte. Mit einem schiefen Lächeln hatte sie mir die Packung in die Hand gedrückt und abwehrend durch die Luft gewedelt, als ich mich gerührt hatte bedanken wollen. Püppilotta schien zwar enttäuscht, dass es jetzt weniger Möhren und Äpfel gab, aber die gesunden Brocken aß sie auch.

»Okay«, sagte Werner und nickte. »Dann bin ich vorbereitet. Ich habe übrigens Schmidt kennengelernt.«

»Ach ja?«

»Sie ist schon speziell.«

»Du wirst sie mögen, wenn du sie besser kennst. Ich war übrigens gestern bei Kowalski«, sagte ich nach kurzem Zögern.

»Hat er mir erzählt. Oder war das ein Geheimnis?«

»Nein, war es nicht. Aber ... Ich wusste nicht, dass ihr euch inzwischen so gut kennt.«

»Was heißt gut kennen? Wir haben in den letzten Wochen ein wenig Zeit miteinander verbracht.«

»Auch das wusste ich nicht.«

»Es war ja auch nicht geplant. Eigentlich wollte ich nur mit ihm sprechen. Wegen des Zauns. Du warst so ärgerlich deswegen ... und hattest ja auch recht damit«, fügte er eilig hinzu. »Ich hatte ein richtig schlechtes Gewissen, dass ich mich darum nicht früher gekümmert habe. Ich weiß auch nicht, warum. Mir war nicht klar, dass es dir so wichtig war. Obwohl ... Wahrscheinlich war es mir klar, aber ich war zu beschäftigt. Mit meinen Kursen und den Vorträgen und allem. Ich hatte das Gefühl, ich hätte dafür keine Zeit. Es war irgendwie ... stressig.«

»Niemand zwingt dich dazu, das alles zu machen. Wenn es dir zu viel wird ...«

»Doch. Also nicht irgendjemand. Nur ich mich selbst.«

»Wieso?«

»Ich will das alles nachholen. Ich will unbedingt all das machen, was ich nie getan, wovon ich immer nur geträumt habe.«

»Und geredet«, fügte ich hinzu.

»Ja, wahrscheinlich habe ich darüber auch sehr viel geredet in den letzten Jahren, oder?«

»Nicht nur in den letzten Jahren.«

»Okay«, lachte er. »Wahrscheinlich schon so lange, wie wir uns kennen.«

»Kommt schon eher hin.« Amüsiert zwinkerte ich ihm zu.

»Aber nur, weil ich so vieles nicht tun konnte damals. Und jetzt habe ich das Gefühl, dass ich in meinem Leben sehr viel verpasst habe.«

»Das Gefühl kenne ich.«

»Ja?«

»Ja.«

»Und ich dachte einfach, ich müsste das alles noch machen. Jetzt und sofort. Ich dachte, ich müsste endlich der Mensch sein, der ich immer sein wollte, aber nie sein konnte, wegen der Arbeit und allem. Ich dachte, ich dürfte nicht länger Zeit verschwenden. Aber ...«

»Was aber?«, hakte ich nach, als Werner nicht gleich weitersprach.

»Aber ich bin kein junger Mann mehr. Ich kann das alles nicht. Ehrlich gesagt, ist es mir zu anstrengend. Nach einer Stunde Tai-Chi könnte ich mich sofort wieder ins Bett legen, so fertig bin ich. Und dabei üben wir nur zu stehen. Zu stehen, Hilde. Ich stehe schon mein ganzes Leben lang. Aber wenn ich es jetzt richtig machen soll, brauche ich danach einen Mittagsschlaf.«

»Dann mach das doch.«

»Oder das Mandarinlernen«, fuhr er fort. »Ich glaube, mein Gehirn ist einfach schon zu alt und verkalkt. Ich kann mir das alles nicht mehr merken. Ich muss nur eine halbe Stunde Vokabeln üben, und es kommt mir vor, als wäre das matschige Brötchen da oben durch den Fleischwolf gedreht worden. Danach müsste ich mich einfach den Rest des Tages vor den Fernseher hocken, weil ich geistig zu gar nichts mehr fähig bin. Und eigentlich ist das ja auch alles totaler Quatsch.«

Überrascht sah ich ihn an. »Was?«

»Eigentlich habe ich es nicht verpasst, Golf zu spielen oder töpfern zu lernen oder der älteste Tai-Chi-Schüler der Welt zu werden.« Er versuchte sich an einem Lachen, das ihm aber nicht ganz gelingen wollte.

»Sondern?«, fragte ich nach.

»Was ich vor allem verpasst habe, war, mich zu kümmern. Um euch. Und Zeit mit euch zu verbringen. Mit dir.«

Ich betrachtete ihn aufmerksam. Diese Worte kamen unerwartet. Ich wusste noch nicht, wie ich darauf reagieren sollte.

»Und dann war ich bei Kowalski«, fuhr Werner nach einer Weile fort, »und er ist wirklich ... Eigentlich ist er ein wirklich netter Typ. Ich hab ihm ab und zu was rübergebracht und so, und da habe ich gesehen, dass es gar nicht so schwer ist, sich zu kümmern, dass man einfach nur anfangen muss. Und eigentlich mache ich das ganz gern. Früher habe ich das ja auch gemacht. Als Alfred und ich noch Kinder waren. Da blieb mir gar nichts anderes übrig.«

»Ich hätte deine Hilfe auch gut brauchen können, Werner.«

»Ja«, antwortete er mit rauer Stimme. »Ich weiß.« Er nickte langsam. »Das habe ich leider viel zu lange nicht erkannt. Und das tut mir sehr leid. Ich verstehe jetzt, wie allein ich dich gelassen habe. Das hätte nicht alles an dir hängenbleiben dürfen. Das wäre auch meine Aufgabe gewesen.« Er presste die Lippen aufeinander.

Einige Momente lang war es still zwischen uns. Zum ersten Mal seit Langem fühlte sich diese Wortlosigkeit zwischen uns jedoch nicht feindselig an, sie war nicht anstrengend und unangenehm, sondern hatte etwas Verbindendes.

»Was ist mit Kowalski?«, wollte ich schließlich wissen.

»Der hat echt Probleme. Ich glaube, er braucht erst einmal eine Entrümpelungsfirma. Aber mit ein bisschen Unterstützung kriegt er das schon hin.«

»Sieht so aus«, erwiderte ich.

»Außerdem habe ich dann eine Ausrede.«

»Eine Ausrede? Wofür?«

»Dafür, nicht schon wieder walken gehen zu müssen oder schwimmen oder Golf spielen. Oder schon wieder Vokabeln zu lernen oder dieses schreckliche Didgeridoo zu spielen, aus dem ich keinen Ton rausbekomme, und wenn, dann nur das armselige Ächzen eines verendenden Hirsches.« Werner lachte auf.

Wir sahen einander kurz an, lächelten dabei, dann wandten wir uns beide fast gleichzeitig in Richtung Paddock und zu den Pferden. Wir schwiegen, und ich versuchte, mich zu überwinden, etwas zu fragen, was ich schon längst fragen wollte.

»Warum wolltest du mich nie dabeihaben?« Meine Stimme klang dünn und zittrig.

»Was?« Werner drehte sich wieder zu mir und musterte mich.

»Warum wolltest du all deine Kurse und Vorträge und das alles immer allein machen?«

»Das ...« Er schien sichtlich überrascht. »Das wollte ich gar nicht. Wie kommst du darauf? So war das nicht.«

»Wie war es dann?«

»Natürlich hätte ich dich gerne dabeigehabt. Ich hätte mich gefreut, wenn wir da zusammen hingegangen wären.«

»Aber du hast nie gefragt.«

»Weil ich dachte, dass du dich dafür nicht interessierst.«

»Warum sollte ich mich nicht dafür interessieren? Weil ich zu dumm dafür bin? Weil ich zu schlicht gestrickt bin, um etwas anderes machen zu wollen, als mich nur um andere zu kümmern?«

»Was? Nein. Natürlich nicht«, erwiderte Werner erschrocken. »Ich dachte einfach ... Du hast dich ständig darüber lustig gemacht. Von dir kamen immer irgendwelche Sprüche und Witze. Deshalb dachte ich, dass das nichts für dich ist. Dass du keine Expertin für die kyrillische Sprache werden möchtest und auch nicht deinen Namen tanzen lernen willst.«

»Will ich auch nicht.«

»Siehst du.«

»Aber ich hätte es trotzdem gerne mit dir getan«, sagte ich. »Während du dir immer ausgemalt hast, was du alles tun würdest, wenn du erst in Rente bist, habe ich mir vorgestellt, dass wir endlich mehr Zeit zusammen verbringen würden. Ohne deine Arbeit. Ohne die Kinder. Einfach nur für uns. Das hatten wir nie. Und ich dachte, das könnte schön sein. Ich habe mich darauf gefreut. Vielleicht war das albern …«

»Nein, das war überhaupt nicht albern.«

»Aber dir ging es nicht so«, stellte ich bitter fest.

»Doch«, widersprach Werner sofort. »Doch, mir ging es genauso. Ich wollte nur keiner von den Männern sein, die ihre Frauen die ganze Zeit nerven, kaum dass sie in Rente sind. Die ihren Frauen dann nur im Weg sind und alles durcheinanderbringen. Ich wollte dich nicht stören.«

»Du hättest mich nicht gestört.«

»Das dachte ich aber. Ich wollte dir nicht auf den Keks gehen, Hilde. Und wenn ich nur geahnt hätte, dass du zumindest ein kleines bisschen Lust gehabt hättest, mit mir irgendeinen von diesen Kursen zu besuchen, und sei es auch nur, um die Zeit mit mir zu verbringen, dann hätte ich dich gefragt. Das musst du mir glauben. Ich dachte nur wirklich …«

»Und ich dachte wirklich, dass du mich nicht dabeihaben willst.«

»Das tut mir leid. Das tut mir sehr, sehr leid.« Werner griff nach meiner Hand, drückte sie und sah mich dabei eindringlich an.

»Okay«, murmelte ich, obwohl ich noch nicht vollkommen überzeugt war. Zu fest saß dieser Stachel. Zu sehr fühlte ich mich davon immer noch verletzt. Aber ich zog auch nicht meine Hand weg, sondern ließ meine Finger in seinen. »Ich war auch ein bisschen neidisch, weißt du?«

»Neidisch?«, fragte er. »Auf mich?«

»Ja. Du hattest so viele Pläne. Du hattest so viele Ideen, was dir alles Spaß machen könnte.«

»Aber das meiste hat gar nicht so viel Spaß gemacht.«

»Trotzdem. Ich habe wirklich immer nur darüber nachgedacht, dass wir mit deiner Rente mehr Zeit miteinander verbringen würden. Aber was sonst noch? Was möchte ich denn? Was will ich vom Leben? Darüber habe ich mir nie Gedanken gemacht. Ich hatte überhaupt keine Ahnung, was mir Spaß machen könnte. Leihoma-Sein ist es übrigens nicht.«

»Was?«, fragte er verwundert.

»Das habe ich versucht. Ist nichts für mich.«

Er hob die Schultern. »Muss ja auch nicht. Ist wirklich auch ein bisschen seltsam, dass man sich nur Omas ausleihen können soll.«

Ich musterte ihn einen Moment schweigend, ehe ich sagte: »Aber ich bin Mitte sechzig und wusste nicht, woran ich Spaß haben könnte. Ist das nicht traurig?«

»Und weißt du es jetzt?«

»Ein paar Dinge ... ja«, antwortete ich und sah zu Püppilotta.

»Vielleicht können wir ja demnächst mal zusammen Kutsche fahren«, schlug Werner vor und klang etwas unsicher.

»Aber dann muss ich dir wahrscheinlich sehr viel zeigen«, wandte ich ein.

Er lächelte. »Davon gehe ich aus.«

Zehn

Mein Blick wanderte über den gedeckten und geschmückten Esstisch. Es dampfte aus den Schüsseln. Der Duft der verschiedenen Speisen mischte sich ineinander. Alle vier Kerzen am Adventskranz brannten, und draußen vor den Fenstern sah ich nicht nur die Weihnachtsbeleuchtung, die Werner und ich gemeinsam angebracht hatten, sondern auch die dichten Schneeflocken, die noch immer herabfielen wie ein gewebtes Tuch.

Es war Heiligabend, und das erste Mal fühlte ich mich nicht gestresst. Ich lief nicht noch hin und her, um es irgendwie perfekt zu machen. Ich hatte nicht einmal gekocht. Das alles hatten Werner, Elisa und Mika übernommen. Deshalb gab es eine bunt zusammengewürfelte Auswahl an Vor-, Haupt- und Nachspeisen, einen Hirse-Salat mit Minze, gebratene Udon-Nudeln, Klöße mit Rotkohl und Falafel, Kartoffelsalat mit Würstchen und sogar eine vegane Gans, die ausgesprochen lecker schmeckte. Es war kein abgestimmtes Menü, aber das störte mich nicht. Im Gegenteil. Ich fand sogar schön, dass Rim die Getränke besorgt und Herr Kowalski einen abgepackten Christstollen aus dem Supermarkt mitgebracht hatte.

So viele Jahre hatte ich mich mit all den Vorbereitungen verrückt gemacht. Jedes Fest sollte besser sein als das davor. Alle Traditionen mussten eingehalten werden. Das war wunderschön gewesen. Und schrecklich anstrengend.

Immer wieder hatten Elisa und Merle, die inzwischen mit Yuki aus dem Krankenhaus entlassen worden war, in den letzten Tagen gesagt, ich bräuchte mich nicht darum zu kümmern, und irgendwann hatte ich es tatsächlich verstanden. Ich brauchte mich nicht zu kümmern. Um nichts. Um rein gar nichts.

Deshalb war ich vorhin noch kurz bei Püppilotta gewesen und hatte ihr ein kleines Weihnachtsgeschenk vorbeigebracht. Zur Feier des Tages hatte sie eine Banane essen dürfen und das Obst so schnell verschlungen, als hätte sie es eingeatmet. Anschließend hatte ich mich mit Schmidt unterhalten, dann war ich nach Hause gefahren, um mich umzuziehen. Zu diesem Zeitpunkt war in der Küche bereits geschäftiges Treiben gewesen, und ich hatte Töpfeklappern, das Summen des Handmixers und dazwischen Weihnachtsmusik gehört, während ich nach oben gegangen war, um in etwas Ordentliches und halbwegs Sauberes zu schlüpfen. Und als ich schließlich wieder herunterkam, war tatsächlich alles so gut wie fertig gewesen.

In der Dekoration auf dem Tisch erkannte ich nicht nur unsere vielen Stücke aus all den Jahren des Bastelns und Zusammensuchens besonderer Exemplare. Es gab auch Dinge, die mir vollkommen fremd waren.

Mika hatte sie mitgebracht, aus ihrer Familie, und erst da war mir aufgefallen, dass ich sie nie gefragt hatte, ob und wie Weihnachten in ihrem Elternhaus gefeiert wurde. Jetzt jedoch hingen am Weihnachtsbaum einige von ihren lustigen Weihnachtsmannfiguren in einem Cabrio, auf einem Schnellboot und auf einem der Rentiere. Am besten gefiel mir jedoch Santa auf einem Motorrad. Zum Nachtisch hatte sie eine vegane Sahnetorte aus Biskuitteig mit Erdbeeren und weißer Schokolade gemacht, die in der Mitte des Tisches stand.

Rim hatte all ihren Getränkeflaschen kleine Weihnachtsmützen aufgesetzt. Das war ihr Beitrag zum Fest. Und Herr Kowalski trug wieder eines seiner furchtbaren Heavy-Metal-Shirts, aber dieses Mal hatte das Monster auf seiner Brust Elfenohren und einen roten Schal um den Hals. Zu meiner großen Überraschung unterhielten sich die beiden ausgezeichnet.

Während Werner und Elisa die letzten Schüsseln und Schälchen zum Tisch trugen, hatte ich Yuki auf dem Schoß und sah ihnen dabei zu. Immer wieder legte ich meine Nase an ihren Hinterkopf, um ihre weichen Haare auf meiner Haut zu spüren. Das hatte ich schon früher so geliebt. Mir kam dieser Heiligabend wie eine Art Neuanfang vor. Nicht nur, weil ich mein süßes Enkelkind in meinen Armen hielt und damit jetzt eine echte Oma war statt eine zum Ausleihen. Sondern weil sich das ganze Fest zum ersten Mal in meinem Leben ruhig und entspannt und langsam anfühlte.

So konnte Weihnachten also auch sein. Ohne Schweißausbrüche und einen kurz bevorstehenden Nervenzusammenbruch. Es hatte kleinere kulinarische Katastrophen gegeben, weil etwas verkocht war, etwas anderes angebrannt und irgendein Teig nicht richtig aufgegangen war. Aber niemanden von uns störte das. Es würde schon schmecken, und selbst wenn nicht, war noch genug anderes da. Außerdem waren wir alle zusammen. Nur das zählte.

Warum hatte ich so viele Jahre gebraucht, um das wirklich zu verstehen?

»Was machst du für ein Gesicht?«, fragte mich Elisa, als sie zwischen Mika und mir Platz nahm.

»Was mache ich denn für ein Gesicht?«

Meine Tochter musterte mich kurz, dann erwiderte sie: »Irgendwie ein glückliches.«

Ich war nervös. Mein Herz klopfte heftig, und die Hände, in denen die Leinen lagen, zitterten nicht nur von der Kälte an diesem frostigen zweiten Weihnachtstag, während ich darauf wartete, dass mir Schmidt das Zeichen zum Start geben würde. Sie war als Santa Claus verkleidet und hielt sich in der Nähe des Tors auf, vor dem ich mit Püppilotta und der Kutsche stand, sie vollkommen cool und gelassen und ich das reinste Nervenbündel.

Den ganzen Vormittag schon hatten Kinder mit ihren Ponys irgendetwas vorgeführt. Es hatte ein Rennen um Heuballen gegeben, bei dem nicht nur die Tiere hatten laufen müssen, sondern auch die Menschen, und ein Kostümreiten, das von einem Mädchen gewonnen worden war, das ihr Pferd als Rudolf verkleidet hatte, inklusive der roten Nase, und sich selbst als großes Geschenkpaket. Später würde noch ein Schneemannweitwerfen stattfinden, obwohl ich mir darunter nicht wirklich etwas vorstellen konnte, sowie eine Festtagschoreografie, an der die Teilnehmerinnen die letzten Wochen intensiv geübt hatten.

Jetzt stand aber erst einmal mein Beitrag für das diesjährige Weihnachtsturnier an.

Die letzten Tage hatte ich alles darangesetzt, mir den richtigen Ablauf unseres Parcours einzuprägen. Doch das kam mir fast schwieriger vor, als Mandarin zu lernen. Immer wieder war ich in Gedanken falsch abgebogen oder hatte irgendwelche Hütchen komplett vergessen. Natürlich würde das wahrscheinlich niemandem auffallen, aber ich wollte es richtig machen. Das war mir wichtig.

Püppilotta und ich hatten uns für diesen besonderen Anlass extra hübsch gemacht. Ihr hatte ich viele verschiedene Zöpfe geflochten und die wilden Haare mit rotem und grünem Band umwickelt. Außerdem trug sie eine lustige Zipfelmütze, die ich im Internet gefunden hatte. Sie war ihr ein wenig zu groß, doch mit einigen Klammern ging es. Unsere Kutsche hatte ich mit Tannenzweigen, Kugeln und kleinen Glöckchen dekoriert, die bei jeder Bewegung herrlich klingelten. Ich hatte einen selbst gebastelten Heiligenschein auf dem Kopf und hatte mir ein altes weißes Nachthemd über meine Kleidung gezogen, das ich zusätzlich mit goldenem Einpackband und glitzernden Sternen beklebt hatte. Ich wollte eine Art Christkind sein, war mir jedoch nicht ganz sicher, ob mir das geglückt war.

Erst einmal mussten Püppilotta und ich uns allerdings auf den Parcours konzentrieren. Auf dem Platz waren dafür Hütchen und Stangen aufgebaut, durch die mein Shetty und ich uns in den nächsten Minuten möglichst elegant hindurchbewegen wollten. Ich konnte nur hoffen, dass uns das einigermaßen gelingen würde, denn es waren wirklich viele Menschen da, vor denen wir uns andernfalls blamieren würden.

Bevor ich auf den Kutschbock kletterte, trat ich noch einmal zu Püppilotta und fuhr ihr sanft über das weiche Fell am Hals. Inzwischen waren viele Dinge zwischen uns beinahe selbstverständlich geworden. Manchmal war ich selbst noch erstaunt, wie schnell mir die verschiedenen Handgriffe in Fleisch und Blut übergegangen waren. Ich musste gar nicht mehr lange darüber nachdenken, wenn ich ihr ein Halfter überstreifte, ihre Hufe auskratzte oder das Geschirr anlegte. Mir kam es auch fast so vor, als hätten wir tatsächlich eine gemeinsame Sprache gefunden. Wir hörten einander wirklich zu.

Doch diese besondere Bindung zwischen uns, die ich in der Nähe des kleinen Ponys spürte, und die Dankbarkeit, bei ihr sein und mit ihr meine Zeit verbringen zu dürfen, daran würde ich mich sicher niemals gewöhnen. Darüber war ich einfach nur glücklich.

»Wollen wir?«, fragte ich schließlich.

Und Püppilotta stupste mich auffordernd an.

Ich hatte das Turnier meiner Familie gegenüber nur beiläufig erwähnt. Ich wollte es ihnen nicht verheimlichen, aber sie sollten sich auch nicht gezwungen fühlen, es sich anzusehen. Doch während mein Pferdchen und ich darauf warteten, dass unsere kleine Show endlich losgehen würde, entdeckte ich sie zwischen all den anderen Leuten. Da waren Werner, Elisa und Mika, Merle und Yuki und sogar Rim. Sie hatten sich bis nach vorne zum Zaun durchgekämpft und winkten mir zu, als ich zu ihnen hinübersah.

Sie waren gekommen. Sie waren wirklich gekommen, um uns zuzusehen.

Ich hatte jedoch nicht mehr viel Zeit, darüber nachzudenken, denn in diesem Moment erklang Schmidts Glocke, hell und klar. Das war das Startsignal.

Zwei helfende Elfen öffneten das Tor zum Reitplatz. Ich atmete noch einmal tief ein, dann gab ich meinem Pony das Zeichen zum Loslaufen.

»Auf geht's, Püppilotta«, sagte ich dem Shetty, das sich sogleich in Bewegung setzte. »Unsere fünf Minuten Ruhm warten.«

Angespannt steuerte ich Püppilotta auf die erste Reihe von Stangen zu, zwischen denen wir durchfahren mussten. Das war gleich zu Beginn etwas kniffelig, weil sie nicht besonders breit angeordnet waren. Ich musste sie möglichst mittig treffen, damit die Reifen sie nicht ins Rollen brachten. Der Boden des Sandplatzes war noch immer schneebedeckt, allerdings von den vielen Hufen und Füßen, die in den vergangenen Stunden über ihn hinwegmarschiert waren, längst matschig und zertreten. Dadurch kam es mir schwieriger vor, und ich musste ein paarmal leicht gegensteuern, weil mein Minipferdchen voller Elan einfach entschlossen vorwärtsging. Doch es klappte. Wir durchquerten den Engpass, ohne anzustoßen.

Erleichtert atmete ich aus. Das war geschafft. Danach wurde es leichter. Wie von selbst begann Püppilotta zu traben, und ich wurde lockerer. Wir umrundeten die Hütchen, schlängelten uns durch weitere Hindernisse, blieben stehen, wo wir stehen wollten, und sausten sogar in einem flotten Galopp außen am Zaun und den Zuschauenden vorbei. Einmal trafen wir mit dem linken Reifen eine der Markierungen. Die Pylone geriet ins Wanken. Ich kniff die Augen zusammen. Doch es passierte nichts. Sie kam wieder zur Ruhe und blieb, wo sie war.

»Glück gehabt«, flüsterte ich meinem Pony zu, das sogleich zufrieden schnaubte. »Jetzt noch da vorne durch das Törchen. Und dann noch das große Finale«, fügte ich hinzu und steuerte unsere letzte Aufgabe an. Auch die beendeten wir fehlerfrei, und ich nahm die Leinen an, um durchzuparieren.

»Unsere wilde Hilde mit ihrer Püppilotta, meine Damen und Herren«, rief Schmidt in ihr Mikrofon, durch das sie unsere gesamte Fahrt mit lobenden Worten begleitet hatte. Begeisterter Applaus brandete auf.

Ich sah zu Werner, meinen Töchtern und Rim.

Auch sie klatschten und jubelten mir zu. Ich war so stolz auf mein kleines Pony und auf mich, dass mir Tränen in die Augen stiegen. Doch wir waren noch nicht am Ende. Eine Sache fehlte noch. Deshalb machte ich mich daran, abzusteigen. Diesen Teil kannte selbst Schmidt nicht, denn es sollte auch für sie eine Überraschung sein. Es war etwas, das mein Pferdchen und ich heimlich geübt hatten.

Als ich vom Kutschbock heruntergeklettert war, ging ich nach vorne. Ich wusste, dass alle Augen auf uns gerichtet waren. Das machte mir durchaus ein mulmiges Gefühl, aber irgendwie war es auch aufregend.

»So, meine Kleine. Das hast du großartig gemacht«, wandte ich mich an das kleine Tier, das mich mit großen Augen unter seinem dicken Schopf hervor anschaute. »Ich bin dir sehr dankbar. Für das hier. Für alles.« Ich hatte mich zu ihr gebeugt und sprach so leise, dass nur sie mich hören konnte. »Ich wüsste wirklich nicht, was ich ohne dich tun würde.« Zärtlich strich ich ihr über die Nase und hatte irgendwie das Gefühl, dass sie genau verstand, was ich ihr sagte. Denn sie drückte ihre Nüstern gegen meine Finger und prustete ihren warmen Atem auf meine Haut. Dieser Moment gehört nur uns. Uns allein.

»Also? Bist du bereit?«, fragte ich schließlich, weil mir wieder sehr bewusst wurde, dass wir von unzähligen fremden Leuten angestarrt wurden. Auch meine Familie wartete auf das, was wir jetzt zeigen würden.

Ich sah noch einmal Püppilotta an und sie mich. Dann

hob ich die Hand und gab ihr damit das Zeichen. Augenblicklich stellte sie sich auf die Hinterbeine, die Vorderhufe in der Luft und den Kopf selbstbewusst in die Höhe gereckt. Das Gefühl war unvorstellbar.

Das hatte ich ihr beigebracht. Das hatten wir zusammen gemacht. Mein Pony und ich.

»Was wird das denn?«, fragte Rim, als sie vor die Haustür trat, nachdem ich sie rausgeklingelt hatte.

Es war der erste Tag nach Neujahr, und es lag immer noch jede Menge Schnee. Deshalb hatte ich Püppilotta nicht vor die Kutsche gespannt und war hierhergefahren, sondern zum ersten Mal vor den Schlitten, den wir in einer Scheune auf dem Hof gefunden hatten. Das hatte sich anfangs etwas ungewohnt angefühlt, hatte aber trotzdem gut geklappt.

»Wir fahren heute zusammen zu einem Arzt«, antwortete ich mit entschlossener Miene.

»Zu einem Arzt? Was soll ich bei einem Arzt?«

»Einem Spezialisten für Parkinson. Ich habe da einen Termin für dich gemacht.«

Fassungslos starrte meine Freundin mich an.

»Wir müssen jetzt wissen, womit wir es zu tun haben.«

»Warum?«

»Damit wir was dagegen tun können.«

»Was, wenn man nichts dagegen tun kann?«, fragte sie.

Ich blieb unbeeindruckt, weil ich mich schon auf

Gegenwehr eingestellt hatte. »Man kann immer etwas tun.«

»Das weißt du nicht.«

»Doch. Das weiß ich.«

Rim sah das Pony an, dann wieder mich. »Und was, wenn mir der Arsch deshalb auf Grundeis geht?«

»Dann sage ich dir, dass ich das verstehen kann. Wirklich. Aber deshalb machen wir das ja zusammen. Weil wir alles zusammen durchmachen. Du und ich. Egal, was kommt. Bis ans Ende unserer Tage.«

»Ist das so?«

»Natürlich ist das so. Du bist meine beste Freundin. Du hast mich nie allein gelassen. Und ich lasse dich nie allein.«

Rim sah mich an. Ich sah sie an.

»Was ist, wenn es wirklich Parkinson ist?«, wollte sie mit brüchiger Stimme wissen.

»Dann gehen wir damit um.«

»Wie?«

»Werden wir dann sehen.«

»Ich will nicht als zitternder, wackeliger, sabbernder Greis enden.«

»Ich weiß.«

»Mein Körper ... das war immer ich. Damit habe ich mich ausgedrückt.«

»Ja.«

»Ich weiß einfach nicht, was ich tun soll«, sagte sie so leise, dass ich sie kaum verstehen konnte. Zum ersten Mal kam mir Rim klein und zerbrechlich vor.

»Für den Moment brauchst du nur eins zu tun«, sagte ich ihr.

»Und das wäre?«

»In diesen tollen Schlitten einzusteigen.«

»Und dann?«

»Dann fährt uns Püppilotta hin.«

Danksagung

Die reale Püppilotta hat einen etwas anderen Namen und sieht auch etwas anders aus. Aber wie bei ihrem fiktiven Alter Ego können wir wohl alle froh sein, dass sie gerade einmal achtzig Zentimeter misst, denn sonst stünde die Weltherrschaft definitiv ganz oben auf ihrer Liste. Als ich Regine Schmitt das erste Mal von diesem kleinen Pferd mit der größten Persönlichkeit erzählt habe, war sie genauso wie ich überzeugt, dass wir damit die Hauptfigur für unseren dritten Tierroman gefunden haben. Deshalb kann ich ihr wieder einmal nicht genug danken, dass sie es Püppilotta und mir ermöglicht hat, los zu galoppieren. Hanna Bauer möchte ich auch bei dieser Geschichte für ihre Genauigkeit und das aufmerksame Lesen meinen Dank aussprechen, denn dadurch hat sie mein Pony und mich davor bewahrt, bei diversen Streifzügen zu weit vom Weg abzukommen. Ein herzliches Dankeschön geht außerdem an Anabelle Assaf, die sich nicht mehr wundert, woher die ganzen Tiere kommen, und an das engagierte und unterstützende Team von Piper, bei dem mein Pferdchen und ich von Beginn an offene Stalltüren eingerannt haben. Und ich möchte mich von ganzem Herzen bei den besonderen

Menschen und den besonderen Tieren in meinem Leben bedanken – nur durch euch ist das Gras auf meiner Seite immer viel grüner als das bei der Nachbarin.